茅盾研究
八十年書系

錢振綱・鍾桂松◎主編

葉子銘◎著

5

論茅盾四十年的文學道路

（1959年8月初版）（1978年10月修訂版）

花木蘭文化出版社

國家圖書館出版品預行編目資料

論茅盾四十年的文學道路（1959 年 8 月初版）　葉子銘 著／
論茅盾四十年的文學道路（1978 年 10 月修訂版）　葉子銘 著
― 初版 ― 新北市：花木蘭文化出版社，2014〔民 103〕
序 4+ 目 2+124 面＋序 4+ 目 2+124 面；19×26 公分
（茅盾研究八十年書系；第 5 冊）
ISBN：978-986-322-696-3（精裝）
1. 沈德鴻　2. 學術思想　3. 文學評論
820.908　　　　　　　　　　　　　　　　103010066

中國茅盾研究會《茅盾研究八十年書系》編委會

主　編：錢振綱　鍾桂松

副主編：許建輝　王中忱　李　玲

特邀顧問：

邵伯周　孫中田　莊鍾慶　丁爾綱　萬樹玉　李　岫

王嘉良　李廣德　翟德耀　李庶長　高利克　唐金海

茅盾研究八十年書系
第 五 冊　　　　　　　　　ISBN：978-986-322-696-3

論茅盾四十年的文學道路（1959 年 8 月初版）
本書據上海文藝出版社 1959 年 8 月初版重印

論茅盾四十年的文學道路（1978 年 10 月修訂版）
本書據上海文藝出版社 1978 年 10 月修訂版重印

作　者　葉子銘
主　編　錢振綱　鍾桂松
總 編 輯　杜潔祥
副總編輯　楊嘉樂
編　輯　許郁翎
出　版　花木蘭文化出版社
社　長　高小娟
聯絡地址　235 新北市中和區中安街七二號十三樓
　　　　　電話：02-2923-1455／傳眞：02-2923-1452
網　址　http://www.huamulan.tw 信箱 hml 810518@gmail.com
印　刷　普羅文化出版廣告事業
初　版　2014 年 7 月
定　價　60 冊（精裝）新台幣 120,000 元

論茅盾四十年的文學道路

（1959年8月初版）

葉子銘 著

作者簡介

　　葉子銘（1935.1-2005.10）福建泉州人。1957年畢業於南京大學中文系。1959年研究生肄業留校任教。文革後，被南大中文系民主選舉爲系主任，這在全國也是唯一的。歷任南京大學中文系教授、博士生導師、研究生院副院長、中國現代文學研究中心主任。兼任國務院學位委員會第三、第四屆學科評議組召集人、中國現代文學研究學會副會長、中國茅盾研究會會長、《茅盾全集》編輯室主任等。被國家人事部授予「中青年有突出貢獻專家」稱號，享受國務院政府特殊津貼。

　　他先後從事中國古代文學、文藝理論、中國現當代文學的教學與研究。主要學術著作有《論茅盾四十年的文學道路》、《茅盾漫評》、《夢回星移》、《葉子銘文學論文集》、《中國現代小說史》（主編）。編撰《茅盾論創作》、《茅盾文藝雜論集》、《以群文藝論文集》、《茅盾自傳》、《沈雁冰譯文集》，主持高校文科教材《文學的基本原理》的修訂和40卷本《茅盾全集》的編輯審定工作。

提　　要

　　該書是作者1957年的大學畢業論文，作者時年22歲。作者的指導老師是王氣中先生，他悉心指導，熱心推薦。在寫作過程中，作者還曾多次直接寫信向茅盾請教，得到茅盾及時指點，糾正了一些史實錯誤。

　　著名文學評論家以群在爲該書所作序中說：「這還是第一部比較全面地研究和分析茅盾的創作道路的著作。」「這部論著的特點是：結合各個歷史時期的革命鬥爭的特點和茅盾在這些鬥爭中的地位，來評論茅盾的文學活動和文學創作；同時又結合茅盾的社會活動和思想發展，來評論他各個時期作品的成就和缺點。」「像這樣的著作能出自一個大學剛畢業的青年之手，確是值得注目的。」

　　該書爲五四以來的重要作家之一茅盾的研究提供了良好的基礎，同時也爲中國現代文學史的研究起到推動作用。

　　該書在1959年初版後，在國內學術界引起了強烈的反應；在海外，如前蘇聯、法國和美國等，也受到廣泛的關注。

　　在文化大革命中，該書被批爲「鼓吹三十年代文藝黑線」，作者因此受到衝擊。1978年，應廣大讀者要求，上海文藝出版社再版此書。在修訂本中，作者保留了原書的結構和基本內容，但在有關茅盾的生平史實和作品分析方面，作了較多的充實和修訂。

　　本書據上海文藝出版社1959年8月初版重印。

序

　　第一次讀到葉子銘同志這部論著的原稿，是一九五七年秋天的事情。那時就覺得作者的態度是嚴肅認真的，他閱讀了茅盾同志的大部分著作，參考了不少有關茅盾文學活動的資料，並且請茅盾同志自己訂正了許多事實細節。他用自己的觀點來對茅盾四十年的創作道路作了比較全面的分析和探討。像這樣的著作能出自一個大學剛畢業的青年之手，確是值得注目的。

　　作者聽取了出版社編輯部和我個人的意見之後，在一九五八年一年內，又做了兩次修改和補充，從六萬字發展為十萬字的著作。改定稿比起初稿來，有了很大的豐富和提高，特別是對茅盾主要作品的分析方面，有了較大的進展。作者這種虛心聽取意見，不斷地進行深入鑽研的精神，也是值得讚揚的。

　　自然，以目前的改定稿來看，也還不是無可指謫的，但到現在為止，這還是第一部比較全面地研究和分析茅盾的創作道路的著作，因此，也特別值得我們重視和歡迎。這部論著的特點是：結合各個歷史時期的革命鬥爭的特點和茅盾在這些鬥爭中的地位，來評論茅盾的文學活動和文學創作；同時又結合茅盾的社會活動和思想發展，來評論他各個時期作品的成就和缺點；這樣，使讀者能夠比較清楚地看到：在「五四」以來四十年間的中國革命運動中，作為文學戰士的茅盾站在什麼地位，參考了什麼鬥爭，而這些革命鬥爭又怎樣促成了他思想上的演變和發展，並以某種形式反映在他的作品之中。它幫助今日的讀者——特別是青年不是孤立地來瞭解茅盾的個別作品，而是從中國革命的發展過程和茅盾自己的思想發展過程中，來瞭解茅盾的作品和評價茅盾作品的得失。儘管，著者的具體的論斷還不乏可以討論的地方，但

它對於今日的讀者瞭解茅盾的作品和認識茅盾的創作，能給予很大的幫助，這是無可懷疑的。而且，由於著者的辛勤努力，還給「五四」以來的重要作家之一——茅盾的研究工作，提供了一個較好的初基，這對於今後有關現代中國文學史的研究和討論，也一定會有相當幫助。

事實上，茅盾四十年的創作道路，不僅表明了他個人的文學創作和發展線索，而且也局部地記錄了現代中國的革命運動，並反映了革命的知識分子在中國革命進程中的思想演變和發展。如果從這方面來看，那麼，研究茅盾的創作道路的意義就更加重大了。我以為：茅盾的道路不僅是知識分子走向革命文學的道路，而且也是知識分子走向革命的道路。因此，從茅盾的經歷中，不僅足以幫助我們瞭解過去知識分子走向革命的曲折過程，而且也可以幫助我們認識今天的知識分子怎樣才能走上革命的大路。

茅盾的道路並不是一帆風順的，如他自己所說：「路不平坦，我們這一輩人本來誰也不會走過平坦的路，不過，摸索而碰壁，跌倒了又爬起，迂迴而再進，這卻各人有各人不同的經驗；我也有我的，可只是平凡的一種。」也許，正因為它是屬於「平凡的一種」，對於一般知識分子就更有值得借鑒或吸取教訓之處。據我個人的體會，在茅盾同志的經驗中，有幾點是特別值得我們深思的：

第一，茅盾創作的最初動因是由於他在一九二五至一九二七年的期間，「和當時革命運動的領導核心有相當多的接觸」，這個「革命運動的領導核心」就是黨；這也就是說：茅盾創作生涯的發端是來自黨，是黨引導他開發了創作的源泉，給了他創作的動力，並促使他走上革命文學創作的道路。而當他寫「蝕」三部曲時，他的思想情緒所以是「悲觀失望」的，也就是因為暫時離開了黨的緣故。一九三〇年後，他所以能夠擺脫「悲觀失望」的情緒而著手「子夜」的創作，也正是因為他又重新接近了「當時革命運動的領導核心」——黨。

第二，茅盾創作的重大特點之一，是能夠在作品中反映廣闊的社會生活和階級鬥爭，描繪各階層的多種多樣的人物，這在「五四」以來的作家之中是比較少有的。這個特點並非偶然形成，而是在一九二五至一九二七年的期間，他的工作崗位使他「經常能和基層組織與群眾發生關係」給他奠定了最初的基礎。假如他的作品中也有失敗的部分，那麼，細細推究起來，大概對群眾生活「既缺乏體驗，也缺乏觀察」，或是「僅憑第二手的材料」，恐怕是

最主要的原因。

　　第三，茅盾是一個重視作家的思想情緒對於創作的影響的作家，他較早地認識：「一個作家的思想情緒對於他從生活經驗中選取怎樣的題材和人物常常是有決定性的」這個道理，因此，他常常勇於認識自己的錯誤，並努力「補救」自己的錯誤，「補救」之道，也就是他自己常說的：「從頭向群眾學習，徹底改造自己」。他深深懂得了作家的思想、觀點對於創作的決定性作用，如他自己所說：「表現在我們筆下的，只是現實的一局部，然而沒有先理解全面，那你對於這一局部也不會真正認識得透徹。」茅盾作品的成功之處大都得力於認識得比較透徹，而某些敗筆的根源也正在於「沒有先理解全面」。

　　這些，都是可以從茅盾的生活道路和創作道路中體會出來的。我以為：關於這些問題的細心體會，不僅對我們評價前代的作家可以有很大的幫助，即對於今天的文學工作者應該走怎樣的道路，也可以有不少的啟發。本書的作者根據茅盾的生活經歷和創作經歷，在這些重大的問題上作了較全面、較細緻的分析和評論。這是非常值得我們重視和歡迎的。〔註〕

以群
1959.6.8

〔註〕　引號中的話摘自茅盾所作「回顧」和「茅盾選集」自序。

目

次

一　茅盾的生平和創作分期

　　茅盾的青年和壯年時代，正當十九世紀末期到二十世紀中期半封建半殖民地中國社會處於大變革的時代，從辛亥革命，五四運動，以至中華人民共和國的成立，其間經歷了由舊民主主義革命到新民主主義革命的整個歷史時代。偉大的時代產生偉大的文學。歷史的事實證明，每當社會基礎發生巨大的變革，新生的進步勢力戰勝舊的落後勢力時，反映在上層建築的文學藝術方面，必然會出現兩種文藝觀、兩條文藝路線的激烈鬥爭，一條是推動歷史前進的，一條是阻止歷史進步的，古今中外都沒例外。在這場鬥爭中，也必然會產生偉大的作家和作品，這些作家大都屬於那個時代的進步潮流，和人民的鬥爭緊密聯繫在一起的。也正因爲如此，他們才能從人民的鬥爭中吸取力量，寫出反映時代面貌的有血有肉的作品來。反之，那些和人民的鬥爭站在相敵對的地位上的，即使他們有多大的「才能」，最終也必將被歷史所拋棄。這是歷史的規律，也是文學史的規律。茅盾也正是生活在這樣巨大變革的時代裡。黨所領導的翻天覆地的革命鬥爭，反映在文藝戰線上，出現了無產階級的文藝觀與資產階級的文藝觀，無產階級的文藝路線與資產階級的文藝路線之間的激烈鬥爭，四十年來，這場鬥爭始終沒有停止過。在這場激烈的鬥爭中，茅盾始終站在人民革命的一邊，積極參加黨所領導的革命鬥爭，投身於無產階級的文藝運動，成爲我們時代的傑出的革命作家。

　　茅盾童年和少年時期的生活，是在舊民主主義革命的最後十幾年中度過的；而他從事文學活動和文學創作的主要時期，則是新民主主義革命時期。這是一個與過去歷史上任何時期都不同的偉大時代，中國人民在中國共產黨的領導下；展開了轟轟烈烈的反帝反封建的新民主主義革命鬥爭，經過了三

十多年來的艱苦奮鬥，終於徹底打垮了帝國主義、封建主義、官僚資本主義的反動統治，建立了中華人民共和國。茅盾和魯迅先生的許多活動和成就，都是和這個革命鬥爭緊密地聯繫在一起的。

毛主席說：「在中國文化戰線或思想戰線上，『五四』以前和『五四』以後，構成了兩個不同的歷史時期。在『五四』以前，中國文化戰線上的鬥爭，是資產階級的新文化和封建階級的舊文化的鬥爭……『五四』以後，中國產生了完全嶄新的文化生力軍，這就是中國共產黨人所領導的共產主義的文化思想，即共產主義的宇宙觀和社會革命論。」〔註1〕「五四」以來的新文藝運動，就是在馬克思主義文藝思想的指導下和中國共產黨的領導下發展過來的。三十幾年來，中國現代文學是在無產階級思想的指導下，沿著社會主義現實主義的道路前進的，是在國民黨反動派的壓迫與摧殘下，在與形形色色的資產階級文學代理人進行尖銳的鬥爭中，不斷發展與壯大起來的。在這場鬥爭中，文藝戰線上出現了許多革命的和進步的作家，出現了許多無產階級的文藝戰士，魯迅就是這支生力軍中「最偉大和最英勇的旗手」，茅盾也是這支生力軍中傑出的革命作家，「三十幾年來新文藝運動戰線上的老戰士」（周揚語）。在國民黨黑暗統治的年代裡，他和魯迅、郭沫若等，在黨的領導下，積極從事左翼革命文藝運動，與文學戰線上的各種資產階級反動文人和流派展開鬥爭。同時，在創作實踐上，他寫出許多優秀的作品，如「子夜」、「春蠶」、「林家鋪子」、「腐蝕」等。這些作品，都是朝社會主義現實主義方向努力的，它們豐富了「五四」以來中國現代文學的寶庫。

茅盾是我國現代的重要小說家之一，也是「五四」以來最老的前輩作家之一。從他一九一七年發表第一篇文章算起，到今天已經有四十年了。在這四十年中，他摸索過，苦悶過，走過的路並不是很平坦的。四十年來，他從一個小資產階級革命民主主義的作家，轉變為革命文藝運動中傑出的革命作家，社會主義現實主義文學創作的先驅者之一。新中國成立後，他又擔任了社會主義文化建設的領導工作，成為一個積極的社會主義文化戰士。

在評述茅盾的創作活動之前，我們先把他的生平和創作分期作一個簡單的介紹。

茅盾原名沈德鴻，字雁冰，一八九六年生於浙江桐鄉縣屬的青鎮。在童年時代，他受到良好的家庭教育，父親是「維新派」，受舊民主主義思想影

〔註1〕毛澤東：「新民主主義論」。

響，接受「科學」、「民主」的思想，因此，童年時代的茅盾就受到比較開明
的教育。他的中學時代，都是在浙江度過的。那時正遇上辛亥革命的爆發，
這場革命，對當時的青年學生有相當大的影響。他們嚮往民主自由，反對封
建壓迫，開始有了舊民主主義革命時期民主思想的萌芽。中學畢業後，他在
母親的鼓勵下，離開故鄉，考進北京大學預科第一類。畢業後，由親戚介紹，
一九一六年，他進入商務印書館編譯所，開始和文學有所接觸。從一九一六
年至一九二六年離開商務印書館往廣州參加大革命鬥爭，這十年當中，是他
早期文學活動的時期。在這時期中，他受到「五四」思潮的影響，一方面從
事文學活動，一方面也參加革命工作，搞過工人運動。一九一七至一九二〇
年間，他開始在商務出版的「學生雜誌」上發表翻譯和介紹方面的文章。一
九二〇年起，他參加「小說月報」的革新工作，開始發表文藝批評和文藝理
論方面的文章。一九二一年，他和鄭振鐸、葉聖陶等發起組織文學研究會，
並且負責主持「小說月報」的編輯工作。一九二三年，擔任在黨直接領導下
創辦的上海大學的教學工作，並且積極參加社會運動。一九二五年五卅運動
爆發後，他走向街頭，參加反帝的遊行示威。後來，因受到官廳的注意，所
以在北伐開始的時候，於一九二六年春離滬赴粵，參加到大革命鬥爭中去，
擔任革命宣傳工作。一九二六年三月二十日中山艦事件發生後，他由廣州回
到上海，在上海擔任國民通訊社的主編。一九二六年年底革命軍攻下武漢，
他又到了武昌，不久，擔任漢口「民國日報」的主筆。一九二七年「四‧一
二」大屠殺，蔣介石公開叛變革命，緊接著在同年七月十五日，武漢汪精衛
集團也叛變了革命，就在這時候，茅盾離開了武漢，先在牯嶺住了一段時期，
八月底回到上海。當時，他受到國民黨蔣介石政府的通緝，革命事業的嚴重
損失，使他精神上陷入極端悲觀苦悶的境地。於是，他重新提起筆來，開始
了創作生涯。一九二七年九月中旬到一九二八年六月，寫完他的第一部處女
作《蝕》三部曲。不久，他東渡日本，在東京住了一二年，其間寫了一些短
篇、散文和論文，一九二九年四月到六月，寫出未完成的長篇《虹》。這時
候他漸漸擺脫了悲觀情緒。一九三〇年春就回到了上海。回祖國後不久，立
即參加黨所領導的左翼作家聯盟的活動，並參加領導工作。回國初期，因為
患病不能工作，常常在交易所看人家發狂地賭博，看人家奔走拉股子，辦什
麼廠，對都市資產階級社會的生活做了較詳細的觀察和分析，為後來「子夜」
的寫作準備了條件。一九三一年，他寫出了中篇「三人行」、「路」和幾個歷

史短篇。一九三二年「一·二八」事變後，他一度回到自己的故鄉青鎮，接觸到三十年代初期半封建半殖民地中國市鎮、農村的現實，觀察和搜集了一些材料。一九三二年，先後寫了「林家鋪子」、「春蠶」等短篇。一九三三年十二月完成了長篇巨著「子夜」。在國民黨白色恐怖的年代裡，他和魯迅一起，在黨的領導下堅持左翼革命文藝運動。一九三四年，協助魯迅創辦了「譯文」雜誌。一九三五年年底，紅軍突破了國民黨蔣介石的第五次「圍剿」，完成了震撼世界的二萬五千里長征，當時茅盾和魯迅聯名打電報給毛澤東同志和朱德總司令，祝賀紅軍的勝利。一九三六年春天，爲了貫徹黨的抗日民族統一戰線的政策，團結一切願意抗日的愛國作家，左聯宣佈自動解散。當時，茅盾也積極參加文藝界抗日民族統一戰線的工作。一九三七年「七七」事變爆發，緊接著日寇進攻上海，「八·一三」上海抗戰結束後，茅盾由上海轉香港到長沙，然後又到了武漢。在八年抗戰中，他過著顛沛流離的生活，輾轉於國統區和香港之間。開初，他在香港爲「立報」編副刊「言林」，爲廣州生活書店主編「文藝陣地」，他的「第一階段的故事」就是在「言林」上連載的。一九三八年年底，他應杜重遠的邀請，赴新疆擔任新疆學院的文學院院長，在迪化前後住了一年多。後因杜重遠被逮捕下獄，〔註2〕茅盾就於一九四〇年五月離開新疆。關於這段時期的見聞，他後來寫了散文集「見聞雜記」。一九四〇年五月離開新疆後，中間曾到延安魯迅藝術學院講學，同年十月離開延安，到了重慶。到重慶不久，即發生「皖南事變」，茅盾又於一九四一年春第二次到香港。同年夏天，即以「皖南事變」前後國民黨特務統治的罪惡爲題材，寫了長篇小說「腐蝕」。這篇作品是在香港鄒韜奮主編的「大眾生活」上連載的。一九四一年年底，太平洋戰爭爆發後，香港淪陷在日寇手中，茅盾和當時住在香港的一些文化人，穿過重重的封鎖線，在黨領導的東江游擊隊的幫助下，終於脫離險境，到了桂林。一九四二年秋冬之交，在桂林寫了長篇「霜葉紅似二月花」。以後，又在重慶住了較長的時期，一九四五年寫了暴露國統區黑暗世界的劇本「清明前後」。抗日戰爭勝利後，他又經廣州、香港，回到了上海。一九四六年，他應蘇聯對外文化協會的邀請，赴蘇作友誼訪問。回國後，寫了「蘇聯見聞錄」、「雜談蘇聯」等書，介紹蘇聯社會主義建設的偉大成就，駁斥當時反蘇宣傳的謊言。後來國民黨發動反革命內戰，一些進步作家受到迫害，茅盾又到了香港。在香港的時候，

〔註2〕茅盾：「談杜重遠的冤獄」，見「文藝春秋」一九四六年十一期。

參加過「小說月刊」的編輯工作。

一九四九年北京解放後，中國共產黨派人到香港邀請民主人士回國籌備政協，茅盾就離開香港到了解放區。一九四九年七月，在北京召開第一屆全國文學藝術工作者代表大會，會上茅盾當選爲全國文聯副主席和全國文協主席（第二屆文代會時改名「作家協會」）。中華人民共和國成立後，他又擔任了中央文化部部長的職務，同時還擔任「譯文」的主編。一九五六年年底，曾代表中國作家出席亞洲作家代表大會。一九五八年十月，代表中國作家出席在蘇聯塔什干召開的亞非作家會議。解放九年來，他把自己的主要時間和精力，都貢獻給祖國社會主義文化建設事業和社會主義文學藝術事業。在這段期間內，主要是從事國家最高文化行政機關的領導工作，參加爭取世界和平和反對帝國主義侵略的活動。以上就是茅盾六十幾年來的生平簡述。

茅盾四十年的文學活動，基本上可以分爲五個時期：一、早期的文學活動──商務印書館時期（一九一六至一九二六年）；二、大革命到左聯成立前夕的時期，或簡稱爲大革命時期（一九二七至一九二九年），這也是他在創作道路上的苦悶和摸索的時期；三、左聯時期，又可以分爲兩個階段：一是左聯初期（一九三〇至一九三一年），這是一個轉變時期，也是一個過渡階段；二是左聯後期（一九三二至一九三七年），這是他創作上的黃金時期，也是他開始向社會主義現實主義道路邁進的時期。在茅盾創作發展道路上，是極爲重要的一個時期；四、抗戰時期（一九三七至一九四五年），這是他創作上的深化時期；五、抗戰勝利和新中國成立後的時期（一九四六年－）。爲了比較深入地研究作者在各個時期的文學活動，給他四十年來創作發展道路描畫一個輪廓，我們就按照這個分期來加以論述。

二　步入文學領域以前——童年和少年時期（一八九六至一九一六年）

　　一八九六年，中日戰爭結束後第二年的四月間，在浙江省桐鄉縣屬的一個小鎮——青鎮——的一家姓沈的大家庭裡，茅盾誕生了，他是這個大家庭的長子。

　　茅盾的童年和少年時期，正是孫中山先生所領導的資產階級民主革命進行得最緊張的時期。一九〇五年成立了同盟會，提出了推翻清朝專制政權，建立民主國家的綱領。從一九〇五至一九一一年，他們曾領導了多次的革命起義。一九一一年辛亥革命成功，終於推翻了清朝的反動統治，結束了幾千年來的封建帝制。但是，由於廣大群眾沒有真正發動起來，革命是不徹底的，所以政權很快又落到反動軍閥的手裡，中國的半封建半殖民地的性質並沒有改變，雖然辮子剪掉了，地主老爺們依然存在。但是，另一方面，資產階級民主革命也帶來一些新的東西，「科學」「民主」的思想開始傳播，新的科學技術、社會學說開始吸引了一部分進步的知識分子。正如毛主席所說的：「那時的所謂學校、新學、西學，基本上都是資產階級代表們所需要的自然科學和資產階級的社會政治學說（說基本上，是說那中間還夾雜了許多中國的封建餘毒在內）。在當時，這種所謂新學的思想，有同中國封建思想作鬥爭的革命作用，是替舊時期的中國資產階級民主革命服務的。」〔註1〕

　　茅盾既然生活在這樣一個時代裡，自然不可能不直接或間接地受到影響。在童年和少年時期，對他影響最大的有兩個方面：一是家庭的教育；一是學生時代所受的辛亥革命的影響。

　　茅盾童年時期所受的家庭教育，和當時一般的封建士大夫家庭有很大的不同。他父親是個「維新派」，退居在家行醫。當時所謂新學對他父親有很大

―――――――――――――

〔註1〕毛澤東：「新民主主義論」。

的影響，他的思想比較開明，對子女也注意用新學來教育。他平時非常喜歡新的科學技術，酷愛算學，曾自修到微積分。據茅盾的回憶，他的這種愛好甚至達到這麼一種程度，當他臥病在床的時候，「還常常託人去買了新出的算學書來，要母親翻開了豎著給他讀。」〔註2〕由於父親非常重視「新學」，所以茅盾小時候在家塾裡就讀了一些當時人稱為「洋書」的新書籍，如澄衷學堂的「字課圖說」，和從「正蒙必讀」裡抄下來的「天文歌略」、「地理歌略」。八歲時，鎮上新辦了一所小學校，課程有修身、國文、歷史、地理、算學、體操等，教員是懂「新學」的。茅盾就是這個學校的第一班學生。當時，進這種新學堂的人並不多，茅盾的父親希望自己的兒子將來能懂「新學」，所以把茅盾送去了。同時，在進小學之前，在家塾和私塾讀書的時候，他就開始教茅盾學算學。那時，他臥病在床，連手也不大能動，單靠口說，幼小的茅盾常常弄不清楚，他還因此常常納悶兒子為什麼於算學如此「不近」。那個小學，當時分為兩班，茅盾分在甲班裡。甲班的先生算學好，大家都說他「新學」有根基，因為那時小學裡的課程，能使一位教員表示他懂「新學」的，也只有算學這一門。十歲時，茅盾的父親故世了。在逝世以前，他因臥病三年，自知不起，就叫茅盾把他的書籍和算學草稿拿出來整理。在這些書籍中，有幾十本「新民叢報」，幾套「格致匯編」，還有一本譚嗣同先生的「仁學」，他吩咐特別包起來，說：「不久你也許能看了。」特別是那本「仁學」，他叮囑將來不可不讀，似乎很敬重這位「晚清思想界的彗星」。在他臨死以前，還在遺囑裡諄囑，要茅盾將來去學科學技術，讀「實科」；並且預言，十年內中國將大亂，為列強所瓜分，所以他認為，不學「西藝」，恐無以糊口。但是，茅盾在學生時代，並不喜歡算學，而是喜歡讀小說書。茅盾的父親萬萬沒想到，自己的兒子後來沒照他的意思去做一個工程師，卻反而成為當代的名作家。不過，童年時期的這種教育，對茅盾還是有很大影響的。「新學」的教育，使他削弱了封建思想的影響，童年時期的思想就得到比較健康的發展。

　　父親故世後，教育子女的責任就落在茅盾的母親身上。她姓陳，是一個性格堅強而有遠見的女子。自丈夫去世後，勤儉刻苦，堅持讓孩子繼續求學，希望他們能實現丈夫的遺志。但是，幼小的茅盾，興趣不在算學，而是在小說書。在先他曾從屋後堆雜物的平屋裡，找出一箱不知屬於哪一位叔曾祖的舊小說，都是印刷極壞的木板書，其中有「西遊記」。這些東西在當時稱為「閒

〔註2〕茅盾：「我的小學時代」，見「風雨談」第二期。

書」，是不許孩子們看的。但是，茅盾的父親知道後，並沒禁止，他說：「看看閑書也可『把文理看通』」。因此，反而叫他母親把一部石印的「後西遊記」拿給他看。這部「後西遊記」是沒有插圖的，爲了文理通順，他讓孩子看閑書，但不給有插圖的，怕他只揀有插圖的地方看，不看正文。茅盾的母親也是很喜歡看小說的，她就爲茅盾講過「西遊記」的故事。因此，茅盾從小時候起，就養成了愛好書籍的習慣，他讀過「西遊記」、「三國演義」之類的小說書。這些書籍，使他從小就接近了文學。

茅盾在家鄉讀完中學後，沈老太太用自己勤儉積蓄起來的一點錢，把他和他的弟弟沈澤民，都送到外地去讀大學。在當時那種閉塞的赴會裡，這種舉動是破天荒的，因爲，在一般人看來，中學畢業已經很不錯了，可以工作，也可以賺錢，用不著再上什麼大學了，因此它會被人認爲是不可理解的荒謬舉動。但是，沈老太太是有遠見的，她讓兒子繼續受教育，這對茅盾後來的成長有相當重大的影響。同時，她的倔強性格和爲人，對茅盾也是有影響的。所以茅盾後來經常提到他的母親，他說過：「在二十五歲以前我過的就是那樣的在母親『訓政』下的平穩日子，以後，朋友的影響最大。」〔註3〕從以上的敘述，說明了童年時期的家庭教育，雙親的思想，對茅盾的成長有很大的影響。

茅盾在中學時代，受影響最大的是辛亥革命。

他的中學時代都是在浙江度過的，一共進了三所中學——浙西三府的三所中學校。據他自己的回憶，中學時代的生活是「灰色的」、「平凡的」，照樣是「書不讀秦漢以下；駢文是文章之正宗；詩要學建安七子；寫信擬六朝人的小札；舉止要風流瀟灑；氣度要清華疏曠……」〔註4〕當時看不到什麼新雜誌，學生的知識領域非常狹窄，只是在大考「抱佛腳」時，才知道歐洲有幾個國家，和中國訂立哪些條約，還知道有個拿破崙。總之，空氣十分閉塞，在半封建半殖民地社會裡，清朝統治還沒有推翻的時代裡，中學生的生活確實是「平凡的」、「窒息的」。

辛亥革命是茅盾學生時代的一聲響雷，它振蕩了落後、閉塞的空氣，活躍了青年學生的思想。辛亥年暑假後，茅盾從浙江省立第三中學（在湖州）轉到省立第二中學（在嘉興），進三年級。當時，辛亥革命的浪潮也波及浙西

〔註3〕茅盾：「我的小傳」，見「文學月報」創刊號。
〔註4〕茅盾：「我的中學生時代及其他」，見「印象・感想・回憶」。

的幾所中學校，各校開始盛行剪辮子的風潮，它成爲下半年革命高潮到來的前奏。「武昌起義」的消息傳來後，同學們都異常興奮，他們學校剛好在滬杭鐵路的中段，同學們自動組織起來，每天派人跑到車站去，從旅客手裡買回上海的報紙。當時，他們「毫無猶豫地相信革命一定會馬上成功」，幾乎是達到了迷信的程度，後來茅盾自己有一段回憶，他說道：「爲什麼我們會那樣盲目深信？我們並不是依據了什麼理論，更不是根據什麼精密研究過的革命勢力與反革命勢力的對比；我們所以如此深信，乃是因爲我們目擊、身受清政府政治的腐敗，民眾生活的痛苦，使我們深信這樣貪污腐化專橫的政府，一定不能抵抗順應民眾要求的革命軍。」〔註5〕那時，嘉興府也出了幾個轟轟烈烈的革命黨，如陶煥卿、范古農等。學校中也有許多革命黨，校長就是個老革命黨。這一場革命，宣告了大清帝國倒臺，「辮子」完蛋，這對青年學生是一個極大的震動。當時茅盾只有十五歲，年紀雖小，但這場革命對他也產生了深刻的影響。它打破了沉悶迂腐的空氣，解放了學生的思想，打擊了封建統治。

但是，辛亥革命以後，學校並沒有多大改變，社會上也是如此。茅盾的家鄉「光復」時，紳商們出錢把旗人武官「護送出境」了事，不流半滴血的結束了革命，一切又和從前沒有多大的區別。學校重新開學後，新來了個學監，宣佈要整頓校風，學校的民主空氣就大不如前了。於是同學們報以搗亂，結果被開除出校，年幼的茅盾也包括在內。離開了嘉興府中學之後，他又進入杭州的安定中學，並在那裡畢了業。

茅盾十八歲時，離開了故鄉，考進北京大學預科第一類。這一類將來是進文法商科的。預科三年畢業後，由於家庭經濟困難，他母親不主張再繼續讀書，因此，一九一六年，經過一個親戚的介紹，他進了上海商務印書館編譯所。從此，他開始了新的生活，由於職業的關係，加上平時的修養與愛好，使他很快地就和文學接近起來了。〔註6〕

〔註5〕茅盾：「回憶是心酸的罷，然而只有激起我們的奮發之心」，見「時間的紀錄」。
〔註6〕本章主要根據如下的材料：
　　　茅盾：「我的小傳」、「我的小學時代」、「回憶辛亥」、「談我的研究」、「我的中學生時代及其他」、「回憶是心酸的罷，然而只有激起我們的奮發之心」、「回憶之類」等。
　　　孔另境：「懷茅盾」、「一位作家的母親——記沈老太太」（見「庸園集」）。

三 早期的文學活動──商務印書館時期（一九一六至一九二六年）

從一九一六年進商務印書館編譯所，到一九二六年春離開商務印書館往廣州參加大革命鬥爭，其間十年，茅盾青年時代的文學活動就開始於這時期。在這一時期中，他都在商務印書館工作，早期的文學活動和這時期的生活有密切的關係，所以我們把它稱為商務印書館時期。

五四運動以前，茅盾就開始用雁冰的名字，在商務印書館出版的「學生雜誌」上發表文章，從一九一七年到一九一九年五四運動爆發以前，共寫了近十篇文章，大部分都是翻譯、介紹方面的東西。不過，當時的影響還不大。作為一個文壇上的青年革新家，茅盾的主要活動還是在五四運動以後。

五四運動以後，新文學在理論上和實踐上擊敗了封建復古文學，開始進入建設新文學的時期。當時，「五四」文化革命受到十月革命的巨大影響，尤其是中國共產黨成立後，工人運動蓬勃地開展起來，文化革命運動也隨著革命鬥爭蓬勃發展起來，在無產階級思想的指導下，積極參加了反帝反封建的鬥爭。但是，隨著革命鬥爭的深入，以胡適為代表的資產階級右翼從統一戰線中分裂出去。他們散佈各種超越現實、反對革命的謬論，企圖把青年引導到脫離人民群眾、脫離社會鬥爭的道路上去。當時，以共產主義思想的先驅者李大釗同志為首的「五四」文化革命戰線的左翼，曾經和他們展開激烈的鬥爭。這是一場無產階級思想與資產階級思想的鬥爭。這場鬥爭，反映在文學上，有革命的文藝觀點與形形色色的超現實主義觀點的鬥爭。當時，茅盾是以年輕的文藝批評家和翻譯家參加這場鬥爭的。他一方面積極從事文藝批

評和翻譯介紹活動，反對封建復古文學，反對所謂超現實的資產階級藝術，提倡文學要反映時代，反映人民疾苦的現實主義主張；另一方面，他以極大的熱情，參加了當時黨所領導的社會運動和革命鬥爭。這兩個方面是密切不可分的。正因為他積極參加社會運動，關心國家的命運，人民的疾苦，所以在從事文學活動時，他就能把這種進步的社會觀點貫徹到自己的文學主張中去，要求文學要關心時代、關心人民疾苦，同情「被損害者與被侮辱者」。

五四運動是中國由舊民主主義革命進入新民主主義革命的轉捩點，這是一次徹底地不妥協地反帝反封建的革命鬥爭，它和茅盾少年時代所經歷的辛亥革命有本質的區別。前者是屬於世界資產階級民主革命範疇的，後者是屬於世界無產階級社會主義革命範疇的。辛亥革命雖然推翻了大清帝國，樹起了反封建的旗幟，解放了青年的思想，少年時代的茅盾也受過它的影響；但是，它是不徹底的，最後又和封建勢力妥協了，因此它不可能引導青年走上正確的鬥爭道路。五四運動則大大不同，它敲起了新時代的鐘聲，揭開新民主主義革命的序幕。毛主席說：「五四運動時期雖然還沒有中國共產黨，但是已經有了大批的贊成俄國革命的具有初步共產主義思想的知識分子。五四運動，在其開始，是共產主義的知識分子、革命的小資產階級知識分子和資產階級知識分子（他們是當時運動中的右翼）三部分人的統一戰線的革命運動。」〔註1〕當時，許多青年受到「五四」思潮的影響，抱著改革中國現狀的理想，參加到反帝反封建的鬥爭行列裡去。特別是一九二一年中國共產黨成立以後，中國工人運動開始發展起來，許多革命的小資產階級知識青年都投身到黨所領導的各種運動中去。青年時期的茅盾也沒有例外。當時，他一方面在商務印書館作編輯工作，一方面和一些同志在搞工人運動，積極參加社會鬥爭。他曾經說過：「那時候，我的職業使我接近文學，而我的內心趣味和別的許多朋友——祝福這些朋友的靈魂——則引我接近社會運動。」〔註2〕

一九二三年，黨創辦了上海大學，作為培養革命的知識青年的陣地。當時，瞿秋白同志任社會科學系主任，鄧中夏、惲代英等同志也參加教課。從它創辦起，茅盾也去教「小說研究」，為時約一年。當時「上大」的經濟極端困難，教一小時只發一元薪水，而且常常欠薪，因此有些經濟較好的同志就義務教課。茅盾因在商務有工作，所以也是義務的。在這期間，他積極參加

〔註1〕毛澤東：「新民主主義論」。
〔註2〕茅盾：「從牯嶺到東京」，見「小說月報」十九卷十號。

社會運動，宣傳進步的革命理論；在文學上，與各種反動的文藝流派展開鬥爭。一九二五年爆發了轟轟烈烈的反帝愛國的五卅運動，當時，茅盾也直接參加了這次運動。這個富有歷史意義的事件，後來在他的小說《虹》裡面有所描寫。五卅運動以後，他更加積極地參加革命鬥爭；接受馬克思列寧主義思想的教育，投身到黨的革命事業中去。在文藝觀點上，也有了顯著的進步，他開始用階級鬥爭的觀點來認識文藝問題，提出文學和文學批評是有階級性的觀點。由於他積極參加社會活動，因此引起了官廳的注意。當時，廣州國民政府已經成立，國民革命軍預備出師北伐，就在一九二六年春，他離開上海到廣州，參加當時的革命鬥爭。從此，他暫時脫離了文學生涯，在革命隊伍中擔任宣傳工作，專門從事革命活動。〔註3〕

由於茅盾參加了黨所領導的社會運動，受到革命鬥爭的鍛鍊，因此，在這時期的文學活動中，他成為一個年輕的革新派，並作出相當大的貢獻。他提出進步的文學主張，宣傳革命民主主義的文藝思想，與文壇上各種反動流派展開鬥爭，倡導新文學；同時，他也熱心於翻譯和介紹工作，介紹過俄國和革命勝利後的蘇聯文學，以及東歐等弱小民族的文學。

「小說月報」和文學研究會

在還沒有談和茅盾早期文學活動有密切關係的「小說月報」和文學研究會之前，我們先談談茅盾和「學生雜誌」的關係。

一九一六年茅盾進了商務印書館編譯所以後，起先是做校對工作，第二年起（即一九一七年），就開始在「學生雜誌」上發表他的第一篇翻譯文章「三百年後孵化之卵」。「學生雜誌」是商務印書館出版的刊物之一，它的主要對象是中學生。茅盾在一九一七至一九二○年間，連續在上面發表了二十幾篇文章，特別是一九一八至一九二○年之間，除了第五卷第五期（一九二八年五月）外，每期都有他的文章，有的甚至一期有三篇之多（如第七卷第七期）。這些文章，絕大部分是從外文雜誌上轉譯過來的，有小說、戲劇，也有論文或介紹性的文字。起先都是用文言寫的，約在一九一九年五四運動以後，就改用了白話文。

雖然，這些文章在當時的影響還不很大，但它卻為作者後來參加「小說

〔註3〕以上材料主要根據孔另境的「憶茅盾」一文。

月報」的革新工作打下了一定的基礎。

從這二十幾篇文章的基本內容看來，有兩點是值得我們注意的。一是作者對社會、政治的看法；二是作者在翻譯介紹方面的貢獻，以及他的文學觀點。在這兩個方面，都表現出作者的基本思想，是革命民主主義的思想，也明顯地受了進化論的影響。

一九一八年一月，茅盾在「學生雜誌」上發表了一篇題爲「一九一八年之學生」的論文，這是他的第一篇關於社會人生的重要文章。在這裡，作者向青年學生提出要革舊創新、隨「文明潮流」前進的思想，他認爲世界是進化的、發展的，人們如「猶抱殘守缺，不謀急進」，則必將爲時代所拋棄。他說：

> 二十世紀之時代，一文明進化之時代也。全世界之民族，莫不隨文明潮流而急轉。文明潮流，譬猶急湍；而世界民族，譬猶小石也。處此急流之下之小石，如能隨波逐流以俱進，固無論矣。如或停留中路而不進，鮮不爲飛湍所排抉。故二十世紀之國家，而猶陳舊腐敗，爲文明潮流之障礙，必不能立於世界。二十世紀之人民，而猶抱殘守缺，不謀急進，是甘於劣敗而虛負此生也。此二十世紀之所以異於十八、十九世紀，乃吾人所應知。

接著他發表了自己對國內時局的看法，認爲自歐洲大戰以來，世界局勢發生很大的變化，而「反觀吾國，則自鼎革以返（指辛亥革命——作者注），忽焉六載，根本大法，至今未決。海內蜩螗，刻無寧晷；虛度歲月，暗損利權。此後其將淪胥而與埃及印度朝鮮等耶？抑尚可自拔而免於亡國之慘耶？非吾儕所忍言」。「然則謂我國之前途，遂無一線之希望，是讆言也。吾人以前之歲月雖已擲諸虛牝，而以後之歲月，尙堪大有作爲。」因此，他呼籲青年學生，「其亦翻然覺悟，革心洗腸，投袂以起乎！」緊接著作者向他們提出了三點意見：一、革新思想。「何謂革新思想？即力排有生以來所薰染於腦海中之舊習慣、舊思想，而一一革新之，以爲吸收新知新學之備。」二、創造文明。在這裡，作者反對一味摹擬歐美，主張大膽創造。他說：「我國自改革以來，舉國所事，莫非摹擬西人。然常此摹擬，何以自立？我謂今後之學生當以摹擬爲愧恥，當具自行創造之宏願。蓋二十世紀之世界文明，日進無止境，徒效他人，即使能近似，已落人後。」三、奮鬥主義。他認爲「吾國社會之心理，素以退讓爲美德，守拙爲知命，此以防止野心家之爭名攘權，鄙

陋者之營求鑽謀，原無可厚非；而其弊則使中庸之人，皆奄奄無生氣，而梟雄特拔之人，反足藉以縱橫一世，莫敢誰何」。因此，他要求青年，要「抱定人定勝天之旨，而以我力爲萬能」。最後，作者要求青年學生：「鑒於國內之情形，鑒於世界之趨勢，亟當振臂而起，付父老之望；而滌虛生之恥。」

　　我們之所以這麼詳細地介紹這篇文章的內容，目的在於說明，五四運動前後，作爲一個剛步出學校不久的二十二歲的青年學生，茅盾就受到革命民主思想的薰陶，關心社會國家的前途，關心祖國的命運，這種思想，和「五四」前夕進步的時代潮流是相一致的。因此，五四運動以後，茅盾積極地參加黨所領導的革命鬥爭，也是很自然的事。不過，在五四前後，茅盾對於社會、政治的看法，明顯地受著進化論思想的影響，直到後來參加革命工作以後，才接受了馬克思主義的階級論觀點。

　　在一九一七至一九二○年間，茅盾在「學生雜誌」上所發表的文章，絕大部分是翻譯介紹方面的東西。他翻譯了些小說、戲劇，如「三百年後孵化之卵」、「求幸福」等，其中也有他和弟弟沈澤民合譯的「兩月中之建築譚」、「理工學生在校記」等。介紹外國文學方面的文章，如「履人傳」、「縫工傳」、「蕭伯納」、「托爾斯泰與今日之俄羅斯」、「近代戲劇家傳」、「文學上的古典主義浪漫主義和寫實主義」等。這些文章，大都是從外文雜誌上轉譯過來的，也有些是經過作者整理組織的。雖然，它們的水平不一定很高，觀點也不完全正確；但是，從一個剛步出學校大門的二十多歲的青年來說，他能如此辛勤地從事翻譯和介紹外國文學的工作，這已經是很可貴的了。在這些文章中，特別是「文學上的古典主義浪漫主義和寫實主義」一文中，也表現出作者對文學的發展，是持進化的觀點的。關於這一點，我們放在後面談茅盾的文學主張時一起來論述。

　　五四運動以後，隨著「五四」新文化運動的發展，文壇上沉寂的空氣打破了，新的文學刊物和文藝團體如雨後春筍，紛紛成立，新文學如決堤的洪流，戰勝了封建復古文學，呈現出一片絢爛的景象。據茅盾自己的不完全統計：一九二一年中國共產黨成立之後，全國範圍內出現的大小文藝團體約有一百多個，出版的刊物也在三百種以上。在一百多個文藝團體中，影響最大的是文學研究會和創造社。「小說月報」改革後，也成爲當時重要的文藝刊物之一。茅盾與文學研究會的成立，和「小說月報」的革新，都有極爲密切的關係。

　　「小說月報」本來是一個舊列物，由商務印書館出版、發行。它創刊於清末宣統二年（一九一〇年），登載的全部是舊詩詞、文言小說等舊文學，那時就是林紓翻譯的一些西洋小說和劇本，也是用文言文的。隨著「五四」新文化運動的發展，當時商務印書館的資本家，爲了適應新形勢，爭取讀者，也開始把已有十年左右歷史的「小說月報」，改請一些主張新文學的人來進行改革。〔註4〕當時，茅盾就擔任了這一工作。

　　在「小說月報」全面革新之前，已經開始實行過部分改革。當時在商務印書館工作的茅盾，就直接參加這個工作。從「小說月報」十一卷一號起（即一九二〇年一月），新闢了「小說新潮」、「編輯餘談」、「說叢」等欄，專載白話小說，新體詩，翻譯作品和論文等。這時候，「小說月報」就由全部登載舊文學到一半登舊文學一半登新文學，即由舊刊物變成半新半舊的刊物。這種嘗試性的改革，爲時約一年，到一九二一年，才全盤革新。從「小說月報」一九二〇年的部分改革到一九二一年的全盤革新，茅盾都參加工作，而且是這刊物革新中的重要人物。他的第一篇重要的文學論文「新舊文學平議之評議」就是登載在「小說月報」十一卷一號（一九二〇年一月）的「編輯餘談」欄中。

　　「小說月報」在一九二〇年的部分革新中，先後發表了一些新作品，也發表了一些文藝論文。如茅盾寫的「新舊文學平議之評議」、「俄國近代文學雜談」、「我們現在可以提倡表象主義的文學麼？」、謝六逸的「俄國之民眾小說」、「文學上的表象主義是什麼？」、「自然派小說」等。創作方面有白話小說和新體詩，翻譯方面如易卜生的「社會柱石」（周瘦鵑譯），和契呵夫、托爾斯泰、莫泊桑等的短篇小說。今天看來，這些活動是有其歷史作用的，它爲「小說月報」一九二一年的全面革新準備了條件，在摧毀舊的封建文學，提倡新文學方面起過積極的作用。從資產階級出版商的角度看，他們是爲了追求更大的利潤，所以支持改革，當這種嘗試性的改革受到讀者歡迎時，他們也會順著新潮流，把舊內容全部改革成新的內容，然而目的還是爲了利潤。但是，從茅盾這些年輕的文藝革新者來說，目的則是爲了提倡新文學，反對舊的封建文學。這時期，他們的文藝思想，基本上是民主主義的思想，表現在一些論文和翻譯中，強調文學要反映時代，描寫與同情平民，表現人生等。其中的代表的論文就是茅盾的「新舊文學平議之評議」。在茅盾早期的民主主義思想中，還帶有進化論的色彩，如在這篇文章中，他就提出所謂「進化的

<hr>

〔註4〕徐調孚：「『小說月報』話舊」，見「文藝報」一九五六年十五期」。

文學」。同時，由於十月革命的勝利，世界上第一個無產階級政權在俄國出現，
它大大振奮了中國人民的心。當時雖然對革命勝利後的蘇聯還瞭解得不夠，
但是，大家都很關心俄國勞動人民的勝利。表現在文學上的是茅盾等非常重
視十九世紀俄國革命民主主義文學，把它作為重點向讀者介紹。這方面將在
後面詳細論述。

在「小說月報」進行部分改革的期間，也可以看出一個傾向，就是在認
識文學的發展和演變規律時，帶有較明顯的機械論觀點。如在「小說新潮欄
宣言」中，他們認為新思想一日千里地前進著，迫切需要新文藝去鼓吹。為
了促進新文學的發展，他們主張盡量介紹西洋的新作品和新理論，理由是：
「藝術都是根據舊張本而美化的，不探到舊張本按次做去，冒冒失失地『唯
新是摹』是立不住腳的。所以中國現在要介紹新派小說，應該先從寫實派自
然派介紹起。」〔註5〕由此，「宣言」之後還附了一張茅盾擬訂的介紹寫實派
（即現實主義）和自然派（即自然主義）作品的計劃表，〔註6〕列入其中的
作家有托爾斯泰、果戈理、左拉、易卜生等。在這個「宣言」中，帶有明顯
的機械論觀點，他們認為西洋文學已經由浪漫主義進到寫實主義、表象主
義、新浪漫主義，而中國文學還停留在寫實主義以前。因此，他們主張必須
從寫實主義、自然主義介紹起，以便照西洋文學發展的模子「按次做去」。
顯然，這種看法是不對的。文學發展的規律，與各個時代人民的生活、鬥爭
是密切連繫的，決不是某種不變的程式所能代替的。不同的時代、不同的社
會在不同的歷史時期，有其不同的發展規律，中國和西歐並不完全一樣。因
此，雖然他們也反對「唯新是摹」，但實際上自己走的也是摹擬的路。在茅
盾的「我們現在可以提倡表象主義的文學麼？」一文中也有同樣的傾向。產
生這些缺點，也有其客觀原因。這是由於「五四」初期，新文藝理論的建設
還處於奠基時期，大家還缺乏馬克思主義的修養，對許多問題還沒有很好研
究，因此免不了產生較幼稚的缺點。

一九二一年，商務印書館的資本家，看到新文學已經取得絕對優勢，得
到廣大讀者的擁護，因此，就將已有十一年歷史的「小說月報」，實行全面
的革新。這次的改革和一九二〇年的改革大大不同，不僅在刊物的形式和內

〔註5〕「小說新潮宣言」，見「小說月報」十一卷一號。
〔註6〕沈雁冰：「答黃君厚生『讀小說新潮宣言的感想』」，見「小說月報」十一卷四
　　　號。

容上，和舊「小說月報」根本不同；而且在刊物的組織方面，也有一套完整的計劃，使它成為一個新文學的大型刊物。當時，改革刊物的基本力量，是文學研究會的會員，由他們來擔任撰稿人，編輯則只有茅盾一人。因此，「小說月報」彷彿成為文學研究會的機關刊物，影響更加大了。雖然那時編輯只有茅盾一人，「小說月報」還是辦得很出色，它成為當時全國唯一的純文藝雜誌。在反對封建文學，反對資產階級遊戲文學，提倡新文學，宣傳民主思想方面，「小說月報」起過一定的歷史作用，受到廣大讀者的歡迎，如當時一個讀者說：「『小說月報』如黑暗中一顆明星，引文學者到文學應走的路。」〔註7〕它成為「五四」以後的一個起著啟蒙作用的文學刊物，青年時期的茅盾，像一個勤勞的園丁，辛勤地灌漑著這朵新文藝園圃裡的鮮花。

但是，「小說月報」是資本主義企業發行的刊物，他們辦雜誌的目的是為了獲取利潤。因此，「它需要『八面玲瓏』、『面面俱到』，最忌的是得罪人，任何一個人；略帶戰鬥性的文字便不能在刊物上發表了。」〔註8〕當時，社會上和商務印書館內部反對新文學的力量還相當大，改革後的「小說月報」受到了頑固派的攻擊，資本家以為是茅盾編輯不好所致，所以於一九二三年起改請鄭振鐸主編。從此以後，茅盾不再主編「小說月報」，但仍然在商務工作，並且繼續負責「小說月報」上「海外文壇」消息一欄，還時常撰寫批評論文。直到一九三二年「一・二八」事變後，日寇炸毀商務印書館，「小說月報」才因此停刊。

當時，和「小說月報」相呼應的，還有附在上海「時事新報」上的「文學旬刊」，後獨立改名為「文學週報」，由鄭振鐸主編，都同屬文學研究會的刊物。

文學研究會成立於一九二一年一月，是「五四」時期兩大文學團體之一。發起人有茅盾、鄭振鐸、葉聖陶、王統照等十二人，先成立於北京，後遷上海，其他大都市都有分會。在文學研究會的宣言中，提出發起的目的有三：一，聯絡感情；二，增進知識；三，建立著作工會的基礎。他們通過「小說月報」、「文學週報」等刊物，宣傳文學要反映人生的現實主義主張，極力反對把文學「當作高興時的遊戲或失意時的消遣」，強調文學要為「人生」。這是文學研究會的基本態度。當時，文學研究會的主要代表人物茅盾等人，繼承「五四」文學革

〔註7〕「通信」，見「小說月報」十三卷五號。
〔註8〕徐調孚：「『小說月報』話舊」，見「文藝報」一九五六年十五期」。

命的精神，在他們的文藝批評和翻譯活動中，積極宣導文學要反映人生、關心
人民疾苦、同情「被損害者與被侮辱者」的現實主義文學原則，宣傳革命民主
主義的思想。他們通過「小說月報」、「文學週報」兩個主要刊物，和文壇上的
復古派、頹廢派、唯美主義以及形形色色的反現實主義的文學流派展開激烈的
鬥爭，在現代文學史上起過一定的進步作用，這是文學研究會的歷史功績。鄭
振鐸就說過：「這兩個刊物都是鼓吹著爲人生的藝術，標示著寫實主義的文學
的；他們反對無病呻吟的舊文學；反對以文學爲遊戲的鴛鴦蝴蝶的『海派』文
人們。」〔註9〕茅盾是文學研究會的主將之一，是當時文學研究會中最接近革
命的人，因此，他的許多理論和主張都是相當進步的。如果說，在大革命以前
文學研究會在創作方面的主要作家是葉聖陶和謝冰心，那麼，在文藝批評和翻
譯介紹方面的主要作家，就是茅質和鄭振鐸。

　　文學研究會是屬於同人性質的團體，它的組織是相當散漫的，各成員的
思想也各有不同。在與封建主義文學作鬥爭之初，他們還可以統一起來；但
是一旦遇到尖銳的階級鬥爭，他們便馬上分化了。所以，後來茅盾等人，堅
定地沿著現實主義道路前進，而周作人卻走上完全相反的反動道路。

進步的文學主張

　　從一九一六至一九二六年的十年間，茅盾的文學活動可以概括爲兩個方
面：一是文藝理論的建設和文藝批評；一是翻譯和介紹俄國及革命後的蘇聯，
以及西歐、東歐和北歐的進步文學作品和作家。在這兩方面的活動中，都貫
穿了他的進步的文學觀點和主張。

　　茅盾早期的文藝思想，基本上是革命民主主義的思想。不過，他的文藝
思想也是在發展的，我們可以把它分爲兩個階段，以一九二五年的五卅運動
爲分界線。五卅運動以前（一九一六至一九二五年），他還是一個革命民主主
義者，不是階級論者。五卅運動以後（一九二五至一九二七年），由於實際革
命鬥爭的鍛煉，黨的教育，他就開始運用階級論觀點來分析文學藝術的基本
問題了。下面我們分別加以說明。

　　我們前面已經談過，從一九一七至一九二〇年間，茅盾已經開始在「學生
雜誌」上發表翻譯和介紹方面的文章，不過，這時候作者的文學觀點還沒有

〔註9〕鄭振鐸：「中國新文學大系文學論爭集」二集「導言」。

系統地表現出來。到一九二〇年以後，茅盾就經常在「小說月報」、「文學週報」等刊物上，用沈雁冰和筆名丙生、方璧、玄珠、蒲牢、郎損、ＭＤ等名字，發表許多文藝理論和文藝批評方面的文章，闡述自己對文學的見解。從一些主要論文的內容來看，他的觀點是進步的。他繼承了「五四」文學革命的精神，反對封建主義文學，反對所謂超現實的資產階級的藝術觀點，提出文學要反映社會，服務於人生的現實主義原則，這也就是我們通常所說的「為人生而藝術」的主張。它具有兩個很顯明的特點：一是強調文學有「激勵人心」和「喚醒民眾」的積極的社會作用。這是針對當時封建主義和資產階級的反動文學流派而提出的，如鴛鴦蝴蝶派、感傷主義、唯美主義、頹廢派等，他們把文學當作個人玩賞的工具，娛樂的工具，用它來發洩他們的沒落情感。第二個特點，是對於「被損害者與被侮辱者」的熱愛與同情。它的基本精神是反對壓迫，反對歧視，提倡民主與平等的思想，帶有濃厚的人道主義色彩。關於後一個特點，不僅表現在文藝批評中，而且非常突出地表現在翻譯活動中，在後面我們還要詳細地談到。

強調文學的積極社會作用，是茅盾早期現實主義文學主張中的基本精神。他繼承「五四」以來文學革命的精神，把文學作為鬥爭的武器，號召藝術家反映時代疾苦，揭露社會的黑暗。他說：「文學是有激勵人心的積極性的，尤其在我們的時代，我們希望文學能擔當喚醒民眾而給他們力量的重大責任。」〔註10〕他極力反對那些所謂超現實的為藝術而藝術的錯誤論調，駁斥所謂「藝術獨立」的說法。在題為「文學與政治社會」的一篇評論中，他以俄國十九世紀文學為例，論證了文學和政治社會是密切相關的。〔註11〕同時，他堅決反對一切封建復古文學和以「禮拜六」為代表的鴛鴦蝴蝶派的遊戲文學；並且和「五四」初期文壇上盛行的感傷主義、頹廢派和唯美主義等資產階級的不良傾向展開鬥爭，積極提倡文學要反映社會疾苦、表現人生的現實主義主張。他認為在「社會內兵荒屢見、人人感著生活不安」〔註12〕的「亂世」時代，文學應該關心社會問題，反映人民的痛苦，同情於「被損害者與被侮辱者」。文學既不是超現實的，也不是供少數人遊戲娛樂的，而是有「激勵人心」和「喚醒民眾」的積極的社會作用的。

〔註10〕茅盾：「大轉變時期何時到來呢？」，見「文學論爭集」二集。
〔註11〕見「小說月報」十三卷九號。
〔註12〕「社會背景與創作」，見「小說月報」十二卷七號。

　　「五四」初期，社會上流行過一些無聊的刊物，如「禮拜六」、「星期」、
「快樂」、「遊戲世界」等。一些代表封建思想的文人，專門迎合社會的低級
趣味，寫一些吟風弄月和哥哥妹妹之類的無聊文章，在青年中造成極為惡劣
的影響。這類文人當時被稱為鴛鴦蝴蝶派。文學研究會成立後，就和它展開
激烈的鬥爭。文學研究會的「宣言」中，提出反對把文學「當作高興時的遊
戲或失意時的消遣」，也是針對鴛鴦蝴蝶派的文學而講的。它們對文學的態
度，恰恰處在完全對立的地位上。當時，文學研究會的主要成員茅盾、鄭振
鐸等，就通過「小說月報」和「文學週報」等刊物，和它們進行鬥爭。關於
鴛鴦蝴蝶派，鄭振鐸先生曾經說過這麼一段話：「鴛鴦蝴蝶派的大本營在上
海。他們對於文學的態度，完全是抱著遊戲的態度。那時盛行著的『集錦小
說』——即一人寫一段，集合十餘人寫成一篇小說——便是最好的例子，他
們對於人生也是抱著這樣的遊戲態度的。他們對於國家大事乃至小小的瑣
故，全是以冷嘲的態度出之。他們沒有一點的熱情，沒有一點的同情，只是
迎合著當時社會的一時的下流嗜好，在喋喋的閑談著，在裝小丑，說笑話，
在寫著大量的黑幕小說，以及鴛鴦蝴蝶派的小說來維持他們的『花天酒地』
的頹廢生活，幾有『人間何世』的樣子。」〔註 13〕它們和「五四」文學革命
的潮流是相違背的，在社會大變革的時代裡，躲在一邊無病呻吟，裝出一副
風流名士的態度，實際上，它們對於「五四」文學革命運動的發展是起著阻
礙作用的。這種反動的、封建的文藝思想，和文學研究會的文藝思想是水火
不相容的。所以，當「小說月報」剛進行改革的時候，鴛鴦蝴蝶派的文人們
就對它進行攻擊。茅盾在「什麼是文學」一文中，〔註 14〕狠狠地批判了遊戲
文學和所謂風流名士的態度，指出它的惡劣後果，「只造成了一班奇形怪狀的
廢物——『儒林外史』裡所諷刺的那一班地方名士。」並且進一步指出，這
些所謂名士、所謂風流才子，實質上「是廢物，是寄生蟲」，於社會毫無益處。
當時，有人錯把「禮拜六」之類的刊物，作為舊文化的代表，茅盾也指出：「這
些『禮拜六』以下的出版物所代表的並不是什麼舊文化舊文藝，只是現代的
惡趣味——污毀一切的玩世與縱欲的人生觀……他們把人生當作遊戲、玩
弄、笑謔。」〔註 15〕他認為把這些刊物說成舊文化的代表，至少要使歷史上

〔註13〕見「文學論爭集」二集「導言」。
〔註14〕見「文學論爭集」二集。
〔註15〕「真有代表舊文化舊文藝的作品麼？」，見「小說月報」十三卷十一號。

有相當價值的中國舊文學蒙受奇辱。

這場鬥爭在當時是很有意義的，它給鴛鴦蝴蝶派的遊戲文學予致命的打擊，清除了它在青年中的惡劣影響。因此，過了些時候，「禮拜六」、「遊戲雜誌」之類的刊物，讀者逐漸減少了，最後，它們只得自動停刊。

五四運動以後，隨著革命鬥爭的深入，馬克思主義思想的廣泛傳播，十月革命的影響日益擴大，以胡適爲代表的資產階級公開出來反對，企圖阻止革命的發展。他們高唱「多研究些問題，少談些主義」的論調，並且，於一九二二年創了辦「努力週刊」和「讀書雜誌」，繼之又出版了「國學季刊」（一九二三年）和「現代評論」（一九二四年）等刊物，公開宣揚爲帝國主義和封建主義服務，成爲「五四」文化革命的叛徒。他們宣揚整理國故，企圖引誘青年脫離社會鬥爭，走到爲藝術而藝術的道路上去。當時，魯迅、郭沫若、茅盾等曾給他們以有力的抨擊，顯示了文學革命戰線的威力。

茅盾在「大轉變時期何時來呢？」一文中，集中地批判了這種脫離現實鬥爭的傾向，號召青年們走出「七寶樓臺」，走出個人狹小的天地，關心周圍現實，關心人民的疾苦，把文學作爲鬥爭武器，擔當起「激勵人心」和「喚醒民眾」的重大責任。當時，感傷派、唯美主義傾向的產生，他認爲有三個原因：一是政治黑暗，民氣消沉，一些從前鼓動青年向前的人也逃到象牙之塔裡去，沉醉在唯美主義的小「天堂」裡了；二，中國名士壞習氣：狂放脫略，以注意政治爲卑瑣，把國家興亡大事，等之春花秋月。因此，西洋的唯美派、頹廢派文學一傳入，他們就穿上了「外來主義的洋裝」，在青年思想界活動起來了；三，當時定期刊物上所發表的車載斗量的唯美作家的作品，自己實在也不知道什麼叫做唯美主義，他們並未曾產生值得讚美的偉大作品。他們高唱醉呀，美呀……把反映社會鬥爭的文學目之爲「功利主義」，自己卻沉醉在感傷主義的泥坑裡，引導青年脫離人民，脫離鬥爭。這種傾向是和「五四」文學革命的精神相違背的，和當時人民大眾的反帝反封建鬥爭脫離得很遠。因此，茅盾要青年們睜開眼睛看看周圍的現實，希望他們「再不要閉了眼睛冥想他們夢中的七寶樓臺，而忘記了自身實在是住在豬圈裡」，更不要「閉了眼睛忘記自己身上帶著鐐鎖，而又肆意譏笑別的努力想脫除鐐鎖的人們」。他引用巴比塞的話，認爲「和現實人生脫離關係的懸空的文學，現在已經成爲死的東西；現代的活文學一定是附著於現實人生的，以促進眼前的人生爲目的了」。因此，他希望扭轉文壇上的這種壞風氣，「從

此以後就是國內文壇的大轉變時期」。但是，這個主張在當時並沒有受到重視。

後來，惲代英同志又提出新文學應該「激發國民的精神，使他們從事於民族獨立和民主革命運動」的主張，反對一切無病呻吟的文學，反對一切洋八股。〔註16〕這種充滿革命精神的進步主張，得到茅盾熱烈的支持。他要青年注意惲代英同志的呼籲，希望他們從「空想的樓閣中跑下來」，看看自己周圍的現實。他說：「如果你覺悟到現在這種政局和社會不是空想的感傷主義的和逃世的思想所能改革的，你大概也不會不把代英君的抗議想一想罷！」〔註17〕他認為：「如果我們永久落在傷感主義的圈子裡面，那麼，新文學的前途真可深慮呢！」〔註18〕

這一些主張，都說明了一個問題，茅盾對於文學與人生，文學與社會的關係的看法，是帶有革命民主主義精神的。他不僅肯定了文學與社會的關係，駁斥了一切超現實的主張；而且，把文學當作為革命鬥爭的武器，積極支持文學要服務於民族獨立和民主革命運動的主張。也就是說，在民主革命階段，他把文學作為反帝反封建的鬥爭武器，作為時代與人民的喉舌。這種文藝觀點當然是進步的。但是，必須指出，這種觀點的形成是逐漸的，起先還帶有抽象的、籠統的痕跡。同時，他所提出的「人生」、「社會」、「時代精神」、「被損害者與被侮辱者」，還是側重從民主主義的思想角度出發的，對於文學所要反映的「人生」和「社會」，還沒有明確到是階級的「人生」、階級的「社會」。對於文學的看法，還不能運用階級論的觀點。

拿茅盾最早的文學論文「新舊文學平議之評議」來講，他曾經這樣解釋新文學：「我以為新文學就是進化的文學，進化的文學有三件要素：一是普遍的性質；二是表現人生指導人生的能力；三是為平民的非為一般特殊階級的人的。唯其是要有普遍性的，所以我們要用語體來做；唯其是注重表現人生指導人生的，所以我們要注意思想，不重格式；唯其是平民的，所以我們要有人道主義的精神、光明活潑的氣氛。」〔註19〕這篇文章寫於一九二〇年一月，它提出了新文學是為平民的非為特殊階級的，新舊文學的區別「在性質，不

〔註16〕惲代英：「八股」，見「中國青年週刊」八期。
〔註17〕「雜感」，見「文學論爭集」二集。
〔註18〕「什麼是文學」，見「文學論爭集」二集。
〔註19〕見「小說月報」十一卷一號。

在形式」，這顯然是進步的。但是，把新文學稱爲「進化的文學」，這就多少模糊了新文學的性質。新文學的反帝反封建性質，只有用階級的觀點才能得到正確的解釋。當時，茅盾還不能看到這點。

同年九月，作者在「學生雜誌」第七卷九期上發表的「文學上的古典主義浪漫主義和寫實主義」一文中，也存在著同樣的傾向。在這篇文章中，他系統地介紹了西歐文學從古典主義、浪漫主義、寫實主義到新浪漫主義的興衰更替的歷史，分析了它們各自的特點和優劣，最後他得出結論，認爲「古典主義、浪漫主義、寫實主義、新浪漫主義這四種東西，是依著順序下來，造成文學進化的」（重點是筆者加的）。在他看來，「束縛個人自由思想是古典文學的特色，而個人自由思想實是人群進化之原素。所以人群不進化也罷，人群若進化，則古典文學自然欲立不住腳」。同樣的，「浪漫主義思想之所以復活，也是本著進化的原理進行」的，「浪漫主義所本有的思想自由，勇於創造的精神，到萬世之後，尚是有價值，永爲文學進化之原素」。在這篇文章中，雖然作者承認文學是發展的，「文學是描寫人生」的；但是對文學的發展，他只能用「進化」這一籠統、抽象的概念來說明。至於文學爲什麼會進化，促使它「進化」的動力是什麼，作者沒有做出解答。

同時，在一九二〇至一九二二年最早的一些論文中，茅盾曾經反覆強調文學是「溝通人類情感代全人類呼籲的工具」。〔註20〕他認爲文學與人生的關係是一代一代得到進一步闡明的，換言之，是逐漸進化的，使得文學「更能表現當代全體人類的生活，更能宣洩當代全體人類的情感，更能聲訴當代全體人類的苦痛與期望，更能代替全人類向不可知的運命作奮抗和呼籲。」〔註21〕認爲「文學的背景是全人類的背景，所訴的情感自是全人類共通的情感」。〔註22〕顯然，他十分重視文學在人類生活中的作用。但是，這樣脫離具體的歷史條件，脫離具體的社會環境，特別是脫離了階級鬥爭來空泛地談文學的全人類作用，實在太理想化，太抽象化了。尤其是在階級鬥爭十分激烈，階級對立嚴重存在的時代裡，根本不可能實現；相反的，這種看法反而要模糊我們對階級社會中文學本質的認識。當然，這種抽象的、理想的爲

〔註20〕「文學和人的關係及中國古來對於文學者身份的誤認」，見「小說月報」十二卷一號。
〔註21〕「新文學研究者的責任與努力」，見「文學論爭集」二集。
〔註22〕「創作的前途」，見「小說月報」十二卷七號。

「全體人類」的「人生」底觀點，並不是茅盾早期文學觀點中的主要部分，隨著革命鬥爭的發展，這種理想的色彩漸漸消失，代之的是面向現實人生、面向社會鬥爭的革命的進步的觀點。到了五卅運動以後，就更進一步發展爲階級論的觀點了。

由於這時期，他還沒有掌握馬克思主義的文藝觀點，因此，在早期的文藝理論建設方面，他也走了一些彎路。

「五四」初期，新文學無論在理論建設，或者是文藝創作方面，都還處於奠基時期，文學上還有許多根本問題沒有得到很好的解決。當時，十月革命勝利後蘇聯的一些馬克思主義文藝理論還沒有系統地介紹過來（這個工作要到一九二八年無產階級文藝運動開展以後，尤其是左聯時期，才做得比較系統），西歐的一些資產階級民主革命的思想和資產階級的文藝理論比較流行。而那時候文壇上卻盛行著形形色色的文學流派和文藝刊物，唯美主義、頹廢主義以及一些脫離現實的遊戲文學，在青年中起了很不良的影響。面對這種情況，迫切需要有正確的文藝理論來指導。當時，茅盾在從事文藝批評的活動中，就企圖運用西歐資本主義國家在十九世紀末到二十世紀初流行一時的理論，如泰納的社會學和左拉的自然主義理論，來解決當時文壇上的一些問題。因爲，這兩種理論都是肯定文學與社會的關係的，在馬克思主義理論出現以前，它們曾經在西歐擁有很大的勢力，比起那些唯心主義觀念論的理論家們，它們要進步得多，所以，茅盾也比較容易接受它們的影響。

在最早的文學批評活動中（約在一九二一至一九二二年），茅盾一度很推重泰納的理論，曾用它作爲文學批評的標準。比如在「文學與人生」一文中，他就完全應用了泰納文藝理論的三要素〔註 23〕來分析文學與人生的關係，認爲它表現在人種、環境、時代和作家人格等四個方面，各國文學的面貌就由這四個方面的情況來決定。根據這個理論，在「被損害民族的文學專號」中，茅盾寫了篇「被損害民族的文學背景的縮圖」，用泰納的理論來解釋各民族文學的特性。他說：「在這幅『縮圖』裡，我們要特別注意──因爲他特與該民族文學性質的產生有關──下列幾點：一、屬於何人種（民族遺傳的特性）；二、因被損害而起的特別性；三、所處的特別環境（自然的與社會的影響）。」

〔註23〕泰納在「英國文學史」序文中提出，認爲文學劇有三個要素：即種族、環境和時機，它們決定了各國文學的面貌。

〔註 24〕從這觀點出發，他介紹了波蘭、捷克、烏克蘭、芬蘭等國的人種、國境、特別性和特別環境等。顯然，在一九二一至一九二二年期間，茅盾很受泰納的影響，他自己就說過：「我現在最信仰泰納的純客觀的批評法，此法雖有缺點，然而是正當的方法。」〔註 25〕泰納的藝術社會學的理論，曾經支配了十九世紀後半期西歐資本主義國家的理論界。它把文學從雲端裡拉下平地，肯定了文學是社會的表現，這比起唯心主義的理論家、黑格爾的後裔們，已經算是跨進了一大步。但是，在分析作為文學的基礎的社會時，泰納卻從心理學和生理學的觀點去解釋，結果走入另一歧途。正如伊可維支所指出的：〔註 26〕這種理論像是建築在沙灘上的大廈，它是要倒塌的、立不住腳的，它不能根本解決文學的本質問題。因此，後來茅盾也就拋棄了這種觀點。

另一方面是關於自然主義的提倡問題。一九二二年在「小說月報」十三卷起的通信欄中，曾經展開一場相當熱烈的關於提倡自然主義運動的論爭。當時，茅盾針對文壇上描寫不真實的缺點，主張宣導一個自然主義的運動來克服這個缺點，指導作家們真實地去描寫現實。這意見一提出來後，就遭到許多人的反對。有人認為自然主義專寫人間的黑暗，給人的只是悲哀；有人指出自然主義的純客觀描寫的態度是不對的；也有人指出它含有機械論和宿命論的觀點，提倡它於青年無益。後來茅盾寫了「自然主義與中國現代小說」一文，〔註 27〕綜合了自己的和反對派的意見，這篇文章帶有總結性的意義。對於這次論爭，我們應該以歷史觀點實事求是的來進行分析，我們既不能就此認定茅盾是一個自然主義的信徒，也不能忽視這次論爭中所暴露出來的缺點。從茅盾的文章中，可以看出，他所以提倡自然主義，目的是要採取對現實的忠實態度，以之來糾正文壇上的缺點。他從中國的舊章回小說分析起，直到當時的白話小說，指出它們都存在著重大的毛病，即描寫不夠真實，內容單薄，不能深刻地反映社會問題。所以，他認為可以提倡自然主義運動，來克服這個缺點。因為，自然主義是力求客觀地反映現實的，在描寫方法上它採取實地觀察、實地描寫的辦法，茅盾認為這正可以克服描寫不真實的毛病。當然，這是行不通的。自然主義並不能真實地、正確地反映現實，這是

〔註24〕「小說月報」十二卷十號。
〔註25〕「通信」，見「小說月報」十三卷四號。
〔註26〕見「唯物史觀的文學論」
〔註27〕見「文學論爭集」二集。

我們所知道的，左拉的自然主義理論和實驗小說是存在著重大的缺陷的。就
以左拉本人來講，他的創作實踐就和他自己的理論發生了矛盾，他並沒有完
全按照自己的理論去從事創作，因此他的許多作品實際上是具有強烈的現實
主義精神的。路易‧阿拉貢在題為「左拉的現實意義」一文中，〔註28〕生動、
有力地說明了這一點。所以我們認為茅盾當時提倡自然主義是不恰當的，它
不可能真正解決當時文壇上的弊病。而且，這種主張對他後來在大革命初期
的創作還會發生一定的影響，使得《蝕》和「野薔薇」多少帶有些自然主義
的傾向。但是，我們也不能就此認定茅盾是自然主義信徒，認為他完全在毫
無鑒別地宣傳自然主義理論。這種看法是不符合事實的。從茅盾早期的全部
文學活動中，我們可以清楚地看到這一點。就以「自然主義與中國現代小說」
一文來說，他也並沒有否認自然主義的缺點，並且還在文章中，提出文學要
注意社會問題，「同情於被損害者與被侮辱者」的主張。應該承認，無論在早
期的文藝批評，或是大革命時期的創作中，他還是一個現實主義者。所以後
來茅盾曾經說過：「我愛左拉，我也愛托爾斯泰，我曾經熱心地──雖然無效
地而且很受誤會和反對──鼓吹過左拉的自然主義，可是到我自己來試作小
說的時候，我卻更近於托爾斯泰……我的意思是，雖然人家認定我是自然主
義的信徒──現在我許久不談自然主義了，也還有那樣的話──然而實在我
未嘗依了自然主義的規律開始我的創作生涯。〔註29〕

　　從以上的分析說明，在早期的文學活動中，尤其是在一九一七至一九二
二年間，茅盾曾經受到進化論思想的影響，在從事批評和理論建設時，也走
過一些彎路。這時期，他還是一個民主主義者。但是，也必須指出，茅盾早
期的革命民主主義思想，和十九世紀俄國的革命民主主義思想是不完全相同
的。因為，「五四」以後的中國民主革命是在無產階級思想的直接領導下進行
的；「五四」以來的文學革命也是在無產階級思想領導下發展起來的。所以，
茅盾早期的文藝思想，也隨著這個革命鬥爭不斷發展和豐富起來，直接受到
這個革命的影響。我們在前面已經談到，茅盾在一九一七至一九二五年期間
文藝思想和文學主張的基本特點是：強調文學的積極的社會作用，要求文學
要反映社會、反映人生，服務於民族獨立和民主革命運動，同情「被損害者
與被侮辱者」。這種觀點隨著革命鬥爭的發展，到了五卅運動前後，就得到更

〔註28〕「譯文」一九五六年十一月號。
〔註29〕見「從牯嶺到東京」。

進一步的發展。

我們知道，茅盾在這時期中，積極參加反帝反封建的鬥爭，他經受了「五四」、「五卅」以至於大革命鬥爭的教育和鍛鍊，在黨的領導下參加過實際鬥爭，和當時的革命運動關係密切。他自己就說過：「一九二五至二七，這期間，我和當時的革命運動的核心有相當多的接觸，同時我的工作崗位也使我經常能和基層組織與群眾發生關係。」〔註30〕因此，在五卅運動前後，茅盾的社會觀點和文藝觀點有了很大的發展，他開始運用馬克思主義階級論的觀點來認識文學藝術的基本問題。在一九二六年五月到十月間，他用沈雁冰的名字，斷續地在「文學週報」上發表了一篇題為「論無產階級文藝」的論文。這篇文章共分五節，前四節寫於五卅運動以前，後一節是秋後赴廣州以前寫的。這篇文章標誌著茅盾的文藝思想已經發展到一個新的階段。他開始運用馬克思主義階級論的觀點，對文學藝術的本質和當時無產階級藝術的內容、形式和範圍，以及文學的繼承問題，作了相當全面的論述；同時，也分析了蘇聯革命勝利後無產階級藝術存在的一些缺點。這些觀點，有些今天看來還是正確的。

首先，他肯定了在階級社會裡，文學和文學批評是有階級性的，是為不同的階級服務的。「在資產階級支配下的社會，其對於文藝的選擇，自然也以資產階級利益為標準；那些不合於資產階級的利益，開放得太早的藝術之花，一定要被資產階級的社會選擇力所制裁，至於萎死。即不萎死，亦僅能生存，決無榮發傳播之可能。」接著，他進一步分析了所謂社會選擇力，指出這不過只是該社會的統治階級所認為穩健（或合理）的思想而已。因此，他駁斥那些高唱「藝術超然獨立」的所謂批評家們，他說：「雖然自來的文藝批評家常常發『藝術超然獨立』的高論，其實何嘗辦到真正的超然獨立？這種高調，不過是間接的防止有什麼利於被支配階級的藝術之發生罷了。我們如果不願意被甜蜜好聽的高調所麻醉，如果不願意被巧妙的遮眼法所迷惑，我們應該承認文藝批評論確是站在一階級的立點上為本階級的利益而立論的。所以無產階級藝術的批評論將自居於擁護無產階級利益的地位而盡其批評的職能，是當然無疑的。」從這一基本認識出發，他相當全面地論述了無產階級藝術的各個方面的問題。

在談到什麼是無產階級藝術的問題時，他認為「無產階級藝術對於資產

〔註30〕見「茅盾選集自序」。

階級——即現有的藝術而言，是一種完全新的藝術」。它並非即「描寫無產階級生活的藝術之謂，所以和舊有農民藝術是有極大的分別的」。因此，他指出描寫無產階級生活的作品不一定就是無產階級藝術，無產階級藝術的題材並不只限於勞動者的生活，而是「必將如過去的藝術以全社會及全自然界的現象爲吸取題材之泉源」。同時，他也指出，無產階級藝術並非即革命的藝術，「故凡對於資產階級表示極端之憎恨者，未必準是無產階級藝術」。因爲，它的目的並不是單純的破壞，而是充滿著創造的。所以他認爲無產階級藝術是「以無產階級精神爲中心而創造一種適應於新世界（就是無產階級居於統治者地位的世界）的藝術」。最後，他還指出，無產階級藝術並非即對社會主義表同情的文學。因爲，這些作品都是一些資產階級知識階層的進步人物寫的。他們的思想不是集體主義，而是個人主義；他們把領袖當牧人，把群眾當羊，這種觀點和無產階級的觀點是相違背的。

最後，在談到無產階級藝術的內容和形式問題時，他認爲兩奢的關係是和諧統一的。他特別強調藝術形式、藝術技巧是「過去無數天才心血的結晶」，是無數前輩累積的結果，無產階級仍然把它作爲重要的遺產加以繼承，而決不是「硬生生的憑赤手空拳去幹創造」。

從這篇論文的基本內容看來，我們可以說茅盾在一九二五至二七期間；已經開始接受馬克思主義思想，並且用它來解釋文學藝術的基本問題，這是茅盾早期文藝思想的重要發展。不過，當時這種觀點並沒有鞏固下來，也沒有經受實踐鬥爭的考驗，因此，到大革命失敗以後，他又回到小資產階級民主主義的立場上去了。

翻譯和介紹活動的兩個特點

茅盾早期文學活動的第二個主要方面，是翻譯和介紹外國的進步作家和作品。在這些活動中，也貫徹了他的社會觀點和革命民主主義的美學理想。他特別注意被壓迫民族的文學，和俄國革命民主主義的文學。對於它們的反抗壓迫，反抗傳統習慣，同情於被壓迫與被悔辱者的精神，以及它們的要求民主自由，要求平等的思想，茅盾經常加以介紹和讚揚。並且，他自己也翻譯過一些被壓迫民族的作品，後來輯成「雪人」和「桃園」兩個被壓迫民族短篇集。

茅盾是我國翻譯界的老前輩之一，也是「五四」以來翻譯和介紹工作的

積極宣導者與實踐者。早在一九一七年一月，他就開始了翻譯介紹工作，發表了他的第一篇翻譯作品「三百年後孵化之卵」。從五四運動以後，茅盾一貫積極主張，要建設新文學，必須做好翻譯和介紹工作，吸取外國進步文學的經驗；同時，要整理與繼承我國舊文學的優良傳統。他認為，介紹外國文學必須要有明確的目的，「一半果是欲介紹他們的文學藝術來，一半也為的是欲介紹世界的現代思想——而且這應該是更注意的目的。」〔註 31〕因此，在翻譯上，他的態度很謹嚴，反對盲目的、無選擇的隨便亂譯，主張每譯一篇作品，應考慮到對本國是否有益。比如，對英國唯美主義作家王爾德的著作，他認為那些「人生裝飾觀」的作品就未必要篇篇介紹。在翻譯時，他很強調要注重原作的精神，不要把灰色的譯成紅色的，頹氣的譯成光明爽朗的，應該保持原作的特點。這些主張，在當時是相當進步的。

在茅盾早期的翻譯活動中，具有兩個很鮮明的特點：一是對於俄國革命民主主義文學和革命後蘇聯文學的重視與讚揚；一是對於東歐、北歐等被壓迫民族文學的同情與熱愛。他在主編「小說月報」時，就曾經出過「俄國文學研究專號」和「被損害民族的文學專號」，並且經常在「小說月報」的「海外文壇」上，介紹各國進步作家和進步文學的情況。他自己也寫過不少的介紹文字，如介紹俄國和蘇聯文學的，有「俄國近代文學雜談」、「最近俄國文壇的各方面」、「俄國戲院的近況」、「勞農俄國詩壇之現狀」、「勞農俄國治下的文藝生活」等。介紹被壓迫民族文學概況的有「新猶太文學概觀」、「芬蘭的文學」、「匈牙利文學史略」、「波蘭近代文學泰斗顯克微支」、「腦威寫實主義前驅般生」、「西班牙現代小說家巴落伽」、「丹麥文學一臠」、「十九世紀及其後的匈牙利文學」等。這些文章，充分表現了作者的反抗壓迫，同情「被損害者與被侮辱者」的精神。充滿濃厚的人道主義精神和民主主義思想。

早在一九一九年四月，茅盾就在「學生雜誌」上發表了一篇「托爾斯泰與今日之俄羅斯」的介紹文章，〔註 32〕在這篇文章中，它系統、全面地介紹了托爾斯泰的生平、思想及其創作活動，以及他和俄國文學的關係、他在世界文學中的影響和地位等等。一九二〇年初，茅盾又寫了篇「俄國近代文學雜談」，〔註33〕這篇文章相當扼要而有重點的介紹了十九世紀俄國革命民主主義

〔註31〕見「新文學研究者的責任與努力」。
〔註32〕見「學生雜誌」六卷四、五、六期。
〔註33〕見「小說月報」十一卷二、三號。

文學的特色和幾個主要的作家。他認為俄國近代文學的特色是為「平民的呼籲和人道主義的鼓吹」，許多俄國近代文學家都具有「社會思想和社會革命觀念」，一些著名的作家，同時也是思想家。他認為這種精神是英法文學家望塵莫及的，比如狄更斯描寫下層社會的生活就不如屠格涅夫和托爾斯泰的真摯。在文章中，他還介紹了幾個俄國作家，如屠格涅夫、托爾斯泰、契呵夫、安德列夫和高爾基等。他很推崇高爾基，說他「最善描寫俄國下等人的生活，悲痛不堪卒讀」。後來在「文學上的古典主義浪漫主義和寫實主義」一文中，他又說：「高爾該（基）的文學，革命性極強極烈，又極動人，自托爾斯泰以來，能夠得俄國青年一致的歡迎的，自然莫過於高爾該了。」在他全部的翻譯活動中，都貫穿著對俄國文學的重視。除了經常寫一些介紹俄國文學的文章外，如「近代俄國文學家三十人合傳」，還時常在「海外文壇」上介紹俄國文學的情況。特別引起我們注意的是：茅盾對於革命後蘇聯文藝發展情況的重視。他經常駁斥那些惡意誣蔑蘇聯文學藝術活動的言論，澄清一些誹謗蘇聯的謠言。比如當時有人誹謗蘇聯政府，說它對藝術家很刻薄，認為蘇聯藝術沒有發展前途。茅盾回答道：「這些是謠言，我們從各方面得來的消息——書報上的以及口頭上的一一匯齊來看，應該大膽相信赤化後的俄國，更能促進藝術的進步，滋培新藝術的產生。」〔註 34〕他充滿信心地相信，新興的無產階級藝術將是一種富有生命力的藝術。當時也有人認為蘇聯的戲院根本沒有好的藝術作品，只是專供政治宣傳之用的。茅盾也反駁這種說法，指出蘇聯戲院也演莎士比亞、果戈理、契呵夫、易卜生和莫里哀等的作品，只不過他們是徘斥崇拜帝王和金錢的劇本，為工農演出而已。因此，他得出和誹謗者根本相反的結論，認為「俄國現今的新戲院制——戲院歸無產階級，為他們自由表達思想情緒之工具——確是戲曲發達中的重要運動。無產階級的自由活動於藝術界中，也許就是開始藝術史的一頁新歷史的先聲」。〔註 35〕今天，事實也證明了茅盾的預言是正確的。對於革命後一些蘇聯作家的活動，茅盾也時常在「海外文壇」和其他刊物上介紹他們的生平和著作，如高爾基、馬雅可夫斯基、阿·托爾斯泰、布洛夫、費定、伊凡諾夫等。這種精神在他後來的翻譯活動中還繼續保持著。

　　在翻譯介紹方面的另一個特點，是對於被壓迫被損害的弱小民族文學的

〔註34〕「最近俄國文壇的各方面」，見「小說月報」十三卷一號。
〔註35〕「俄國戲院的近況」，見「小說月報」十三卷三號。

同情與熱愛。他經常把自己的視線投射到東歐和北歐的一些被壓迫的國家方面去，翻譯他們的作品，介紹他們的文學概況。他認為：「凡是被損害的民族的要求正義要求公道的呼聲是真的正義真的公道，在榨床裡榨過留下來的人性才是真正可寶貴的人性，不帶強者色彩的人性。他們中被損害而向下的靈魂感動我們，因為我們亦悲傷我們同是不合理的傳統思想與制度的犧牲者；他們中被損害而仍舊向上的靈魂更感動我們，因為由此我們更確信人性的砂礫裡有精金，更確信前途的黑暗背後就是光明。」〔註36〕他反對壓迫，要求平等，要求正義，為弱小民族的文學抱不平。他認為凡是地球上的民族都是大地的兒子，沒有一個應該特別強橫的；一切民族的精神結晶都應視為全人類的珍寶，在藝術的天地裡，沒有尊卑貴賤之分。這種思想在當時是很進步的。他不僅是從同情「被損害者與被侮辱者」的角度出發，而且是為了激起「同是不合理的傳統思想和制度的犧牲者」的中國人民的覺醒。在同是受壓迫的半殖民地半封建的中國，要求作家們反映社會疾苦，注意社會問題，關心被壓迫者，這正是茅盾早期的基本思想。在他經常介紹的作家中，有挪威的般生、哈姆生、鮑具爾（Johan Bojer），匈牙利的裴多菲、拉茲古，波蘭的顯克微支、萊芒式，西班牙的巴洛伽等。另外，如蕭伯納、濟慈、福樓拜爾、拜倫、巴爾扎克、左拉等，他也介紹過。除此之外，他還常常介紹某一小國的文學概況，如新猶太、芬蘭、丹麥、匈牙利等。這些東西有許多是作者從英文雜誌上轉譯過來的，也有他自己寫的，在當時都曾經起過一些作用。

茅盾早期的文學活動，在他創作發展道路上是具有很重要的意義的。在商務印書館九年間，他從一個普通職員變成當時著名的青年文藝批評家和翻譯家。這時期的全部活動，為他後來從事創作打下了深厚的基礎，成為他在創作上的準備時期。

這時期中所進行的社會活動，不僅鍛鍊了他的思想，而且為後來的創作提供了豐富的生活經驗和題材，如《虹》中關於「五卅」示威運動的描寫，就是作者在這時期中親身經歷過的。同時，在文藝批評和翻譯介紹方面的活動，也提高了他的藝術素養，豐富了文學知識，為後來的創作打下較廣博的基礎，準備了較成熟的條件；另一方面，這對於「五四」文學革命運動也有一定的貢獻。他所提出來的進步的文學主張，對當時文壇也起過積極的進步作用。所以，我們可以這樣說，早期的文學活動時期，是茅盾創作發展道路

〔註36〕「被損害的民族文學專號引言」，見「小說月報」十二卷十號。

上的準備時期。

四 從《蝕》到《虹》——苦悶、追求、摸索時期（一九二七至一九二九年）

　　茅盾的創作活動開始於一九二七年九月，《蝕》是他的第一部處女作。從一九二七年大革命失敗後，到一九二九年左翼作家聯盟成立前夕，是茅盾創作活動的第一個時期，我們稱之爲大革命時期。

　　五卅運動以後，茅盾受到了軍閥統治的注意。當時，國共已經實行合作，建立了革命的統一戰線，一九二五年七月一日，在廣州成立了國民政府。國民政府成立後，舉行了第二次東征和南征，擊潰了陳炯明的軍隊，鞏固了廣東的革命根據地。形勢迅速地發展著，國民革命軍開始準備出師北伐。就在這種革命鬥爭蓬勃發展的形勢下，茅盾於一九二六年春，離開了上海商務印書館，到廣州參加大革命鬥爭。起先，他擔任了國民黨中央執行委員會宣傳部的秘書，那時的部長是汪精衛，後來代理部長是毛主席。當時，革命統一戰線雖然已經建立了，但內部矛盾鬥爭非常激烈，以蔣介石爲首的國民黨右派竭力想排除共產黨和國民黨左派的勢力，篡奪革命的領導權。一九二六年三月二十日，蔣介石策劃了「中山艦事件」的陰謀，向共產黨人開刀了。事件發生的第二天，茅盾離開了廣州回到上海，在上海擔任國民通訊社的主編。到了一九二六年年底革命軍攻下武漢後，茅盾又到了武昌，不久，擔任漢口民國日報的主筆，專門從事革命宣傳工作。隨著北伐戰爭的勝利發展，國民黨反動派的反革命活動越來越倡狂，但是當時共產黨的領導機構內陳獨秀卻採取了投降主義的路線，沒有給予反革命活動以有力的打擊，因此助長了反革命的氣焰。一九二七年四月十二日，蔣介石公開叛變革命，對上海工人和

革命者進行血腥的屠殺。這次叛變以後，中國南部出現了兩個對立的營壘：一個是以武漢爲中心的革命營壘；一個是以南京爲中心的反革命營壘。當時，武漢革命政府四面受到包圍，處境非常危險。一九二七年五月，夏斗寅首先公開叛變，接著，又發生了「馬日事變」。這些暴亂也反映到武漢國民黨上層領導方面來，武漢內部的反革命勢力開始走向叛變革命的道路。當時，黨內陳獨秀的右傾機會主義集團，在革命緊要關頭，不僅不能積極去支持和發動已經蓬勃發展起來的工農群眾的革命運動，依靠工農革命力量打退帝國主義和反革命勢力的進攻；相反的，卻自動解除工農武裝，採取妥協、投降的方針，結果使得反革命活動越加猖狂。一九二七年七月十五日，汪精衛集團公開背叛革命，與蔣介石合流。他們封閉工農組織，屠殺共產黨員和革命者，致使第一次國內革命戰爭遭受失敗。汪精衛集團叛變後，茅盾就離開了漢口，先到牯嶺住下一段時期。後來，形勢急轉直下，以蔣介石爲首的國民黨新軍閥實行白色恐怖統治，大批殺害共產黨員和革命青年，使中國革命暫時轉入低潮時期。當時，茅盾也受到蔣介石政府的通緝，一九二七年八月底他回到上海，陷入精神上極端苦悶的時期。就在這充滿矛盾，充滿憤懣，充滿苦悶的情況下，他回憶了過去的生活，開始了自己的創作生活。〔註1〕

從一九二七年秋到一九二九年左聯成立前夕，他一共寫了連續性的三個中篇：「幻滅」、「動搖」、「追求」（後總名爲《蝕》），未完成的長篇《虹》，短篇集「野薔薇」，還有一些散文，如「賣豆腐的哨子」、「嚴霜下的夢」、「霧」、「紅葉」、「叩門」等（後來大都收在散文集「速寫與隨筆」中）。此外，還有一些一九二八年下半年寫的神話方面的研究著作，以及論文「從牯嶺到東京」、「讀『倪煥之』」等。

茅盾是我國當代的知名的小說家，在他四十年的文學活動中，曾經作出許多重大的貢獻，寫出許多優秀的作品，如「子夜」、「春蠶」、「腐蝕」等。但是，在他創作發展的道路上，也並不是很平坦的，相反的，是經過波折、摸索和奮鬥的。在他四十年的文學活動中，這突出地表現在大革命失敗以後到左聯成立前夕的創作中，這是他創作上的苦悶、追求的時期，也是他走向社會主義現實主義道路以前的摸索時期。對於這時期的創作，向來意見是比較多的，從作者自己來講，缺點也是比較嚴重的。因此，正確估價茅盾在這一時期的創作，是具有重要意義的。我們既反對抹殺和貶低它的成績，也反

〔註1〕見「懷茅盾」和「從牯嶺到東京」。

對不從具體分析出發給予過高的不符實際情況的估價。在分析這時期的創作時，我們必須從這樣的基本觀點出發，即茅盾在這時候雖然苦悶過，消沉過；但是他的思想是在發展的，他始終在追求、摸索，力求擺脫自己的小資產階級思想情緒，尋求一條正確的道路。從《蝕》到《虹》，正標示著這一發展的趨向。

《蝕》三部曲

寫作經過、創作基調和藝術特色

　　《蝕》是茅盾的第一部作品。它的產生不是偶然的，而是作者參加大革命鬥爭後，感受到革命陣營內部的種種矛盾，受到反動政府的迫害，在孤寂的環境中，痛苦的回憶下，感到有話要說，有情要抒的時候，才提起筆來寫的。他說過：「我是真實地去生活，經驗了動亂中國的最複雜的人生的一幕，終於感得了幻滅的悲哀，人生的矛盾，在消沉的心情下，孤寂的生活中，而尚受生活執著的支配，想要以我的生命力的餘燼從別方面在這迷亂灰色的人生內發一星微光。於是我就開始創作了。」〔註2〕我們知道，大革命時期，國民黨和共產黨雖然維持著統一戰線的局面，但是內部矛盾鬥爭是非常激烈的。表面上看，革命陣營內部的人都是贊成反帝反封建的，都是要革命的，但是實質上卻不然。當時，在統一戰線內部真正的革命者是共產黨人和國民黨中的左派，以蔣介石為首的國民黨反動派實際上已經背叛了孫中山先生的三大政策，時刻醞釀著種種反革命陰謀，企圖叛變革命。因此，當時革命陣營內存在著種種複雜的矛盾，混進各色各樣的人物。參加當時鬥爭的一些小資產階級青年，在這革命大變動的時代裡，也感受到矛盾和苦悶。《蝕》三部曲就是從這當中產生出來的。一九二六年春，茅盾來到當時革命中心的廣州時，就感到「那時的廣州是一大洪爐、一大漩渦── 一大矛盾」。〔註3〕一九二七年初到當時革命中心的武漢時，又感到「這時的武漢又是一大漩渦、一大矛盾」。〔註4〕當時，他接觸到許多小資產階級知識青年，尤其是一些剛跨出閨房和學校的女性青年。她們對於革命的幻想、狂熱，對於革命的懷疑和幻滅，都引起了他的注意。他眼見「許多人出乖露醜」，眼見許多『時代女性』

〔註2〕見「從牯嶺到東京」。
〔註3〕「幾句舊話」。
〔註4〕「幾句舊話」。

發狂頹廢，悲觀消沉；同時也看到「自己生活上、思想中也有很大的矛盾」。〔註5〕因此，逐漸就產生了寫小說的念頭。

　　「四・一二」大屠殺和「七・一五」汪精衛集團叛變後，茅盾離開漢口到了牯嶺。在牯嶺養病時期，又接觸到一些小資產階級的女性，聽到她們在大時代中的幻滅故事，這些生活的矛盾和悲劇，加深了他對過去的回憶，使他寫小說的信念更加增強。一九二七年八月底，他回到了上海。當時，妻子生病，他的行動又不自由，因此，就在陪伴妻子養病的同時，他開始寫《蝕》的第一部「幻滅」。寫好了「幻滅」的前半部時，他的妻子病好了，於是他就獨自一人關閉在三層樓上，在充滿追憶的情緒下，繼續寫「幻滅」及其後的兩篇——「動搖」和「追求」。從一九二七年九月中旬到十月底，共化了四個多星期寫完「幻滅」；十一月初到十二月初又完成「動搖」；一九二八年四月到六月寫完最後一部「追求」。這三部連續性的中篇，是在充滿追憶和情緒起伏的情況下寫成的。前後十個月，他沒出過自家的大門，那時來訪的客人也很少，除了家裡四五個親人外，幾乎與外界隔絕。〔註6〕《蝕》三部曲就是在這種情況下寫成，它包含了許多大革命時代的歷史現實和一些社會陰影，包含了作者的愛和憎，包含了許多革命同志的血和淚。在這部著作中，作者側重揭露了大革命時代的陰暗面，暴露革命陣營中的矛盾鬥爭，它給我們留下了部分小資產階級知識青年在大革命時代所走過的腳跡，塑造了各種類型的小資產階級形象。應該說，從第一篇創作起，茅盾就走上現實主義的創作道路。但是，我們也不能忘記這樣的事實，《蝕》是作者經歷了大革命時代動蕩起伏的浪潮，受到革命逆流的衝擊而感到幻滅的悲哀時寫的。在革命轉入低潮時期，他看不到出路，看不到希望；而只看到社會的黑暗和醜惡，人生的幻滅。因此，貫穿全部作品的基調是悲觀、消極、憤激的，充滿了強烈的憤恨與不滿，彌漫了幻滅的悲哀和沉痛的呼籲。特別是在「追求」中，悲觀灰色的情調更加濃厚。因為寫作「追求」時，正是他精神上最苦悶的時候。當時，他會見了幾個舊友，從他們口中知道了一些革命同志犧牲的消息，思想情緒忽而高昂灼熱，忽而消沉冰冷，這種情緒都強烈地表現在「追求」中。正如作者自己所承認的，這部作品充滿了幽怨纏綿和激昂奮發的調子，「『追求』就是這麼一件狂亂的混合物，我的波浪似的起伏的情緒在筆調中

〔註5〕「寫在『蝕』的新版的後面」，見「茅盾文集」第一卷。
〔註6〕見「從牯嶺到東京」。

顯現出來，從第一頁以至最末頁」。〔註7〕這種悲觀、憤激的情調，貫穿了茅盾這時期的大部分作品，如短篇集「野薔薇」，散文「賣豆腐的哨子」、「霧」、「叩門」、「嚴霜下的夢」等。這些作品都是寫於大革命失敗後，和一九二八年東渡日本避難的初期，因此，悲觀灰色的情調很濃厚。直到一九二九年寫《虹》的時候，才開始轉變。

「幻滅」、「動搖」、「追求」是三個連續性的中篇，同時它們又是各自獨立、互不連貫的三個中篇小說。茅盾曾談到當時的寫作構思，說當時有兩個主意：一是寫一個二十餘萬言的長篇；一是寫成三個七萬言左右的中篇。後來他採用後一個辦法，原因是開始試作，不敢過於自信自己的創作能力。〔註8〕但是，起先他還想把三篇的人物統一起來，開始寫「動搖」時，這企圖就失敗了。因此，三篇的主要人物各不相同，只有幾個次要人物連續在兩部小說中出現過，如李克、史俊、王詩陶、趙赤珠、龍飛等。如果起先能把人物統一起來，我相信在塑造人物形象和反映現實的深度方面，都必定會豐富和深刻得多。不過，這三個中篇也不是絕無聯繫的，這表現在兩個方面：一，小資產階級青年在革命浪潮中所經歷的各個階段的精神面貌，是完整的和相互聯繫著的；二，從時間上看，它包括了大革命前期，大革命中期，大革命後期各個階段，反映的現實是連貫的。

總的說來，「幻滅」、「動搖」的結構是比較集中的，尤其是「動搖」。「幻滅」以女主角靜女士的追求和幻滅為基本線索來展開主題；而「動搖」則以胡國光的破壞活動和方羅蘭的動搖軟弱為中心來展開小縣城複雜的鬥爭形勢。如果說「幻滅」和「動搖」是主要線索和次要線索的穿插發展，那麼可以說，「追求」是多線的平行的發展，它沒有一個統一的、有機的情節作基礎，貫穿全篇的只有一個統一的題旨——最後追求的幻滅。因此，比起「幻滅」和「動搖」，「追求」的結構顯得比較鬆散。

同時，這時期的一些短篇，如「創造」、「自殺」、「陀螺」、「一個女性」、「色盲」等，都還是不夠成熟的。總的說來，比較缺乏必要的剪裁，結構較鬆散，語言也不夠洗煉，比起後來的 "「春蠶」、「林家鋪子」等，要大為遜色。就是作者比較重視的短篇「陀螺」，〔註9〕雖然在剪裁和佈局方面有些進

〔註7〕見「從牯嶺到東京」。
〔註8〕見「從牯嶺到東京」。
〔註9〕見「我的回顧」。

步，但總的說來還是比較幼稚的。同樣的，在《蝕》三部曲中也有類似的缺點。這些都是茅盾早期藝術創造中難免的現象。在這時期的創作中，也還有一個不好的傾向，就是在描寫小資產階級的狂熱，暴露他們戀愛上的苦悶，以及描寫兩性關係時，往往有不適當的、甚至是赤裸裸的描寫，突出的是表現在「詩和散文」以及「追求」的一些描寫中。這種描寫容易在讀者中引起不好的副作用。在後來的一些作品中，間或也還有這種傾向。

《蝕》三部曲也有其藝術特色。在現代文學史上，茅盾是第一個用連續性的三部曲來反映某一時代的歷史現實的作家。在《蝕》三部曲中，作者已經開始顯露出自己的藝術才能和獨特的風格。首先引起我們注意的是：他善於選擇富有時代意義的重大社會現象作為自己創作的題材，亦即有宏偉的藝術構思的氣魄，選用的題材常富有時代性和社會性，與當時的革命鬥爭密切相關。這個特點在三部曲中已開始流露出來，後來在「子夜」中得到更鮮明的表現。因此，我們說茅盾是一個富有時代性的作家。

其次，茅盾善於作細膩的心理描寫。在這時期的創作中，無論是《蝕》、「野薔薇」或是《虹》，它的主要人物幾乎全部都是小資產階級青年。由於茅盾在過去的生活中，對小資產階級青年的生活和心理狀態相當熟悉，因此他善於表現他們的苦悶、徬徨的矛盾心理。他善於通過人物的獨白、環境的襯托，和敘述人的語言，細膩入微地表達出人物內心世界的活動。這個特點，也貫穿在他以後的全部創作中，到了「子夜」、「腐蝕」中得到更為突出的表現。通過周圍景物的描寫，表現人物的心理和動作的例子，像寫「追求」中方太太避難到尼庵裡時的矛盾心理，作者描寫一隻懸在半空中的蜘蛛的掙扎情形；描寫「幻滅」中抱素探聽到慧的歷史後一路悵惘的情景，作者寫路邊一隻癩蝦蟆看著他；寫到胡國光兒子胡炳與他母親吵架時，作者又描寫一隻花貓的動態，側面表現吵架的情形。顯然，這一些都不是為寫景而寫景，而是為塑造形象服務的。

在這時期中，茅盾也寫了許多小資產階級女性，其中，他特別善於描寫像章秋柳、慧、孫舞陽這類勇敢潑辣、充滿憎恨和復仇色彩的女性。她們飽嘗了人生的酸苦，強烈地感到社會對她們的壓力，對於這個虛偽黑暗的社會極端憎恨。然而她們並不積極去反抗，而是抱著消極的復仇心理繼續和自己所憎惡的人群、社會廝混下去，過著自暴自棄的個人主義的生活。這類女性，在茅盾以後的作品中也常常出現，如《虹》中的梅女士、「腐蝕」中的趙惠明，

當然，她們和《蝕》三部曲中的章秋柳等並不完全相同。

我們說茅盾在自己的處女作中已經開始顯露出藝術才能，《蝕》是以具有一定藝術水準的作品出現在「五四」以後的大革命時代的。但是，它也有粗糙和不夠的地方，如結構不夠緊湊集中，情節的缺乏剪裁。在駕馭語言方面，也不很熟練，常常用過多的敘述人的議論來代替對人物本身的生動描寫，對話也較平淡，人物語言不夠生動逼眞，因此藝術感染力也受到影響。如果與後來的「子夜」、「春蠶」比較，這個缺點就更明顯。吳蓀甫、老通寶的語言生動逼眞，而方羅蘭、靜女士的語言就比較一般化，比較平淡。這一切，都是初期創作難免的現象。從這裡，我們也可以看出一個藝術家的成長，是要經過一段摸索和鍛煉的過程的。

《蝕》的現實意義

當《蝕》三部曲以茅盾的筆名在「小說月報」上連續發表以後，引起了許多讀者的注意，震動了當時的文壇。據當時一些評論文章的記載，〔註 10〕「幻滅」、「動搖」、「追求」成為當時風行一時的讀物，連中學生上課時也抱著四本「小說月報」偷偷地看其中連載的「追求」。為什麼這部作品會受到這麼大的歡迎呢？我認為有兩個主要原因。第一，它及時而迅速地反映了大革命時代的現實，反映了部分小資產階級青年的生活和精神面貌，表現了他們在大變革時代的嚮往光明和幻滅徬徨的矛盾心理，也就是說，作者寫出他們的苦悶與不滿。同時，它也揭露了革命陣營中一些醜惡的現象，在一些記憶猶新、餘痛尙在的知識青年中，自然會引起很大的共鳴；第二，「五四」以後到大革命時代，小說界的成就還只是短篇小說。《蝕》三部曲是第一個連續性的巨著，是「沙漠中稀有的、寶貴的綠洲」。〔註 11〕因此，必然引起人們的注意。

但是，當時對《蝕》的意見不是沒有分歧的。〔註 12〕有人肯定它是時代的忠實描寫，認為「這三部曲自有它永久的價值，在中國文學史上也佔有特

〔註 10〕辛夷：「『追求』中的章秋柳」，見「文學週報」八卷九號。
〔註 11〕復三：「茅盾的三部曲」，見「文學週報」三四九期。
〔註 12〕在伏志英編的「茅盾評傳」中，批評者的意見就分為兩派。一派十分推崇《蝕》三部曲，如復三的「茅盾的三部曲」，張眠月的「『幻滅』的時代描寫」等。另一派雖然指出《蝕》的缺點，但卻過分誇大它的缺點，貶低它的價值，甚至把它和無產階級文學對立起來。這主要是太陽社和創造社的批評。

殊的位置」。〔註13〕但另一些人則指責它只不過是小資產階級意識的表現，這種意識是消極的、頹廢的，他們誇大《蝕》的缺點，甚至錯誤地把它和無產階級文學對立起來。這突出地表現在一九二八至一九二九年創造社和太陽社的批評中，如他們說：「『幻滅』本身的作用對於無產階級是為資產階級麻痺了的小資產階級底革命分子，對於小資產階級分明指示一條投向資產階級的出路，所以對於革命潮流是有反對作用的。」〔註14〕又說：「茅盾所表現的傾向當然是消極的投降大資產階級的人物的傾向」。〔註15〕顯然，這種批評是很不妥當的，是一種庸俗機械論的批評。當然，我們說《蝕》的基調是悲觀的，對當時的革命形勢估計是有錯誤的，而作者沒有給予有力的批判，這是它的嚴重缺點。但是，我們不能因此就否定了它的價值。《蝕》是作者以大革命時代的生活經驗作基礎寫成的，它仍然忠實地表現了大革命時代局部的歷史現實，描寫了小資產階級青年的精神面貌，表現他們在革命鬥爭中的弱點。因此，它仍然具有一定的教育作用的。從文學史上看，到今天為止，能全面地反映大革命時代歷史現實的作品還是很少的，《蝕》是比較完整、比較重要的一部。同時，從作者的創作發展道路上看，《蝕》中的一些積極因素，如題材的社會性、時代性，嚴肅的寫作態度，對黑暗勢力的憎恨等，都是成為獲得像「子夜」、「春蠶」、「腐蝕」等重要成就的作品的起點。所以，我們必須全面地估計這部處女作的價值，通過它可以瞭解茅盾初期創作的特點。

對於創造社和太陽社的批評，茅盾也曾寫過文章回答他們，如「從牯嶺到東京」、「讀『倪煥之』」等。其實在這兩篇文章中，他也並不否認無產階級文學必須提倡，他也承認提倡革命文藝的「主張是無可非議的」。因此，太陽社等說他反對革命文藝，「投降大資產階級」的話是不對的，不符實際情況的。當時，茅盾和魯迅對於革命文藝的宣導者的一些批評，倒是很值得注意的。如茅盾批評一些革命文藝作品，公式化、概念化的傾向嚴重，語言歐化等，因此連一些誠意贊成革命文藝的人看了也搖頭。一九二七年以後太陽社和創造社提倡「革命文學」，對馬列主義文藝理論的幾個原則的闡釋和宣傳，是有一定的歷史功績的。但是，由於他們的理論中存在著教條主義和庸俗機械論的錯誤，因此在創作實踐上公式化、概念化的毛病比較嚴重。魯

〔註13〕復三：「茅盾的三部曲」，見「文學週報」三四九期。
〔註14〕克興：「評茅盾君底『從牯嶺到東京』」，見「茅盾評傳」。
〔註15〕錢杏邨：「從東京到武漢」，見「茅盾評傳」。

迅和茅盾當時對他們的批評是對的。不過，在這兩篇論文中，茅盾也暴露了
自己的小資產階級的觀點，他過分地強調寫小資產階級的生活。這也正是他
在這時期創作中所沒有解決的問題。因此，創造社和太陽社對他的批評，也
促使他警覺了自己的問題。

　　《蝕》取材於「五四」以後到大革命失敗這段期間內小資產階級青年的
生活，它反映了大革命時代部分小資產階級青年在革命浪潮中的精神面貌。
用作者的話，即表現當代青年在革命浪潮中所經歷的三個時期：「一，革命前
夕的亢昂興奮和革命既到面前時的幻滅；二，革命鬥爭劇烈時的動搖；三，
幻滅動搖後不甘寂寞尚思作最後之追求。」〔註 16〕「五四」以後，許多青年
被時代潮流沖醒，他們滿懷改革現狀的希望，追求著光明幸福。當廣州國民
政府成立，並準備出師北伐的消息傳來後，他們中許多人，滿腔熱情地奔向
廣州，投身到革命的洪流裡。但是，我們知道，自從孫中山先生逝世後，以
蔣介石為首的國民黨右派更加積極地排斥和製造迫害共產黨的陰謀，「四·一
二」大屠殺是這個陰謀的頂點。當時，革命陣營中存在著種種的矛盾，混進
各色各樣的投機分子，統一戰線內部的矛盾鬥爭非常激烈。面臨著複雜的革
命現實，如果沒有堅定的信仰，沒有正確的認識就很容易走入迷途。而當時
許多參加革命鬥爭的小資產階級青年卻缺乏這種認識，他們之中有許多人還
是出身於地主階級的小姐、少爺，沒經受過複雜艱苦的革命鍛煉。他們嚮往
「民主自由」，追求「個性解放」，想從革命中來滿足自己個人主義的欲望。
在他們的腦海中，革命是光明、神聖而美麗的，他們帶著這種幻想，憑一時
的衝動投入了革命鬥爭。然而事實並不如他們想像的那麼美，革命是艱苦的、
殘酷的鬥爭，免不了有矛盾的。魯迅先生就說過：「革命是痛苦的，其中也必
然混有污穢和血，決不如詩人所想像的那般有趣，那般完美……所以對於革
命抱著浪漫諦克的幻想的人，一和革命接近，一到革命進行，便容易失望。」
〔註 17〕他們一碰到革命逆流的打擊，就消沉下來了。正如作者所描寫的，在
「革命未到的時候，是多少渴望，將到的時候，是如何興奮，彷彿明天就是
黃金世界，可是明天來了，並且過去了，後天也過去了，大後天也過去了，
一切理想中的幸福都成了廢票，而新的痛苦卻一點一點加上來了。」〔註 18〕

〔註16〕見「從牯嶺到東京」。
〔註17〕魯迅：「對於左翼作家聯盟的意見」，見「二心集」。
〔註18〕見「從牯嶺到東京」。

因此，他們消極、徬徨、苦悶，充滿了幻滅的悲哀，染上了時代的憂鬱病。雖然他們企圖追求新的理想，不願與黑暗勢力同流合污；但是，在殘酷的現實面前，他們失敗了。由於對當時革命前途失去信心，迷失了方向，他們不能從幻滅和悲哀中振作起來，繼續前進；相反的，有許多人卻走上自暴自棄或獨善其身的道路。這是大革命失敗後小資產階級青年的一種普遍心理，或許可以稱之爲時代病吧！

《蝕》三部曲描寫的正是一群這樣的小資產階級青年，雖然他們各自的特點不同，但總的特點：動搖、苦悶、幻滅卻是相同的。他們有正義感，嚮往光明，但是看不清前途，跌落在悲觀苦悶的迷網裡。雖然他們力圖掙扎，但是由於本身階級弱點的限制，看不清正確的方向，因此即連那最後的憧憬，不論是曹志方等的熱情洋溢的組織一個社的計劃，或是那王仲昭的微小的個人幸福，都一樣破滅了。這群人生道路上的迷途者，他們要走向太陽，但是在複雜錯綜的十字街口，迷失了方向，沒有力量去繼續尋找，而停下來，停在十字街口徬徨歎息。全書只有一個正面人物，短小精明的李克，他冷靜果斷，有原則性，是一個眞正的革命者，一個大革命時代的共產黨員的形象。爲了避免出版時的麻煩，作者沒有明白地寫出來。〔註19〕另一個人物——勇敢魯莽的曹志方，在大革命失敗以後的黑暗社會裡，他生活不下去，最後也幹革命去了。也是爲了出版的關係，作者用當「強盜」來作爲暗示。

「幻滅」所描寫的是大革命以前和大革命初期的現實。它通過靜女士在愛情和革命上的追求和幻滅，表現了小資產階級走向革命和在革命中的幻滅過程。靜女士是一個小資產階級女性，母親自幼對她嬌生慣養，養成了她驕傲而脆弱的性格。她生活在大變動的時代，受革命潮流的影響而走出了繡房，熱心參加當時的學生運動，但很快就厭倦了。她企圖脫離激烈的社會鬥爭，安心「讀點書」。然而在革命風暴的時代裡，安心讀書只是一種夢想。卑鄙的暗探抱素就利用她這一點，使她離開進步同學，並失身於這個暗探。受到這一打擊之後，她失望了，幻滅了，同學們都參加激烈的革命鬥爭去了，她卻躲到醫院裡去。但是，正如作者所說的，她在「理智上是向光明的，要『革命』的」，因此，在李克等進步同學的幫助下，她也到武漢去了，參加當時的大革命鬥爭，「滿心想在『社會服務』上得到應得的安慰」。但是，她畢竟是

〔註19〕茅盾自己說過：「因爲出版上的緣故，『動搖』中不能更明顯地寫明那幾個人是共產黨員，但是可以推敲出來。」

個未經改造的小姐，對革命並沒有真正的認識，只憑一時的衝動投入鬥爭。因此，經不起小小的波折，熱情消退了，短短的二個月中換了三次工作。最後，在革命鬥爭中仍然感到幻滅的悲哀，依舊走上強烈地追求個人幸福的道路。但是，這種幸福也是短暫的，它很快就消失了。

靜女士的道路，清楚的告訴我們，小資產階級青年，如果不擺脫個人主義的束縛，不徹底改造自己，那麼他即使是參加了革命，至多只不過成為革命的客人或同情者而已。「幻滅」反映了大革命時代的一種普遍的現象，有不少像靜女士這樣的青年，他們由於種種動機而投入革命，然而卻沒有真正懂得革命，不能徹底改變自己的小資產階級的立場，最後免不了要陷入個人主義幻滅的悲哀裡。茅盾也曾經說過：「小資產階級出身的女學生或女性知識分子頗以為不進革命黨便枉讀了幾句書，並且對於革命又抱著異常濃烈的幻想，是這幻想使她走進了革命，雖不過在邊緣上張望，也有在生活的另一方面碰了釘子，於是憤然要革命了。」〔註20〕這段話正說明了如靜女士一類的青年，在革命鬥爭中終必走向幻滅的原因。

「動搖」所展開的是大革命時代革命與反革命鬥爭最激烈時期的現實。小說的背景是一九二七年春夏之交，「武漢政府」蛻變前夕，發生於湖北地區某縣城的矛盾和鬥爭。當時武漢汪精衛集團還沒有公開叛變，表面上還是一個革命的政府，國共也還維持著統一戰線的局面。但是，反革命勢力已經開始向革命發動進攻，革命與反革命鬥爭十分激烈，形勢異常緊張，這是一方面。另一方面，當時湖北的農民運動有很大的發展。一九二七年三月第一次全省農民代表大會以後，農民在農村中和地主惡霸展開激烈的階級鬥爭。農民協會成立了，變成農民的革命政權，他們建立了農民自衛軍，保衛自己的革命政權。同時，城市裡的工人運動也發展起來了，他們也建立了自己的工會。「動搖」就是在這樣複雜的鬥爭形勢下，展開的。它通過湖北地區某縣城的矛盾鬥爭，反映出當時統一戰線中國民黨上層領導分子的動搖，揭露封建勢力和反革命勢力對革命的猖狂進攻。小說中革命與反革命的鬥爭始終非常激烈，以胡國光為代表的土豪劣紳等地方封建勢力，竭力想鑽進革命陣營內部，進行破壞活動。他把自己打扮成一個急進的革命者，騙取了群眾的信任，利用革命內部領導的動搖軟弱，竊取了國民黨縣黨部的重要職務。另一方面，覺醒了的工農群眾，開始組織起來，捍衛自己的權利，他們迫切要求徹底改

〔註20〕見「幾句舊話」。

變封建秩序，打倒長期壓在他們頭上的地主、資本家。在激烈的階級鬥爭中，他們顯示出自己的力量。但是，當時的國民黨上層領導分子，他們口頭上高喊革命，實質上並不想徹底推翻封建制度，滿足工農群眾的革命要求。加上當時覺醒了的工農群眾沒能得到正確的引導，〔註21〕因此，他們不能迅速地推翻封建勢力，建立起自己的政權。革命與反革命的搏鬥，始終充滿這座小城，從店員風潮、近郊農民示威大會、解放婢妾運勁，以至於流氓打婦女會，鬥爭局勢異常緊張。但是，處在這種形勢下的領導核心，統一戰線的國民黨縣黨部的領導機構，在革命的工農群眾與反革命勢力鬥爭非常激烈的時候，顯得軟弱無力，驚慌失措。他們既不敢支持工農群眾的鬥爭，也不敢徹底鎮壓反革命勢力的暴亂，左右搖擺，最後終於葬送了工農革命的成果。雖然李克後來竭力想挽回這種危局，並且採取了一些堅決的措施，清除了壞分子胡國光，但是局勢已經無法挽救了。

「動搖」所描寫的還是國共合作的時期，當時「武漢政府」還沒有公開叛變革命，表面上還維持著統一戰線的局面。但是，當時的共產黨組織是不公開的，像李克這類的共產黨員，作者還不能公開寫明。而「動搖」的主角，在革命陣營中負主要責任的方羅蘭，是當時國民黨的上層領導人物的代表，「武漢革命政府」中汪精衛派的典型。〔註22〕他們平時自命為「左」派，但一旦工農群眾發動起來，和封建勢力進行英勇鬥爭的時候，他們卻害怕，不敢去支持他們，反而右轉彎走了。方羅蘭就是這樣的人物，當農民自衛軍、店員工人起來爭取自己的權利，他被嚇退了，動搖不定，最後終於讓反革命勢力進攻過來了。

「動搖」所反映的正是大革命後期「武漢政府」中的兩條路線的鬥爭，一條是共產黨的路線，一條就是方羅蘭式的汪精衛集團的路線。

據作者說，「動搖」是以當時湖北某縣的政治形勢和當時一些不能披露的新聞訪稿為基礎寫的。當時，作者正在革命陣營中擔任新聞工作。在《蝕》三部曲中，這是寫得最好的一部，比起「幻滅」和「追求」，它顯得更加集中

〔註21〕茅盾自己說：「當時群眾團體是有黨員在領導的，可是，『動搖』中的那個黨員都沒有鬥爭經驗，領導得很糟，也是因為出版上的緣故，『動搖』中不能更明顯地寫明那幾個人是共產黨員，但是可以推敲出來的。」

〔註22〕茅盾自己說：「方羅蘭是當時國民黨『左』派的典型，也可以說是當時的汪精衛派的縮影，他們平時自命『左』派，但當工農真正起來的時候，他們就害怕了，右轉彎走了。」

和更富有現實意義。特別是對於大革命時期國民黨領導者的叛變革命，和對
工農群眾革命運動的描寫，今天看來還是很有意義的。

　　《蝕》的最後一部——「追求」，描寫的是大革命失敗後一群小資產階級
知識青年的徬徨、苦悶的心理，他們遠離了革命鬥爭，過著悲觀灰色的生活。
在《蝕》三部曲中，這是悲觀色彩最濃厚的一部。前面已經提到，這時正是
作者思想上最苦悶的時候。在寫「動搖」之後和寫「追求」之前，其間茅盾
曾寫過一篇散文「嚴霜下的夢」。文章描寫作者在嚴霜下一個夜晚，做了三個
夢，第一個夢夢見許多親切的革命同志，男的女的，穿便衣的，穿軍衣的；
聽見悲壯的歌聲，激昂的軍樂，沉痛的演說……第二個夢夢見血，男子頸間
的血，女子乳房的血，「血，血，天開了窟窿似的在下血」……第三個夢夢見
雪白的臂膊，美麗的姑娘，忽然變成焦黑髮臭的斷腿，聽到她們歇斯底里的
呼喊，聽見飽足獸欲的灰色東西的狂笑……這三個夢，是作者對過去生活的
慘痛回憶。他看到革命同志被殘酷殺害，充滿了悲哀和憤怒，喊出「什麼時
候天才亮呀」的疑問。這篇散文是寫在「追求」之前的，調子很悲觀、憤激。
它所寫的第二、第三個夢，正是「動搖」的後半部所描寫的。

　　「追求」的調子是悲觀、頹廢的，充滿幽怨纏綿和激昂憤慨的情緒。它
描寫大革命失敗後，一群被國民黨蔣介石的白色恐怖嚇退的小資產階級青年
的徬徨掙扎。他們在革命失敗後，悲觀失望、苦悶徬徨，既不願與黑暗勢力
同流合污，但又不能堅持鬥爭下去。在這黑暗的年代裡，他們過著苟且、頹
廢的生活。章秋柳有一段話很能表達他們苦悶的心情，她說：

　　　　我們不是超人，我們有熱火似的感情，我們又不能在這火與血
　　的包圍中，在這魑魅魍魎大活動的環境中，定下心來讀書……我們
　　既不配作大人老爺，我們又不會做土匪強盜，在這大變動時代，我
　　們等於零……我們終天無聊納悶，到這裡同學會來混過半天，到那
　　邊跳舞場去消磨一個黃昏。在極端苦悶的時候，我們大笑大叫，我
　　們擁抱，我們親嘴，我們含著眼淚，浪漫頹廢，但是我們何嘗甘心
　　這樣浪費了我們一生，我們還要前進。

他們鼓起勇氣，追求最後的憧憬，然而即連這些小小的憧憬，在殘酷的現實
面前也一一破滅了。狂放不羈的章秋柳，最後變成頹唐的個人主義者；把最
後理想寄託在教育事業上面的張曼青，在現實面前，理想也成了泡影；而像
黑影子一樣的懷疑主義者史循最後則狂樂過度而死；連那被視為最踏實的半

步主義者王仲昭，追求的憧憬剛到手的一刹那間也竟改變了面目。甚至於信仰比較堅定的趙赤珠等，爲了支持自己的丈夫繼續革命，不得不採用人生最悲慘的手段——賣淫。〔註 23〕多麼黑暗的時代！多麼灰色的人群啊！在統一戰線分裂後的國民黨新軍閥統治的時代，許多小資產階級青年，他們失去了希望，失去了自我安慰的能力，殘酷而冰冷的現實把他們的憧憬一一擊毀了。像是被關在黑暗而閉塞的鐵屋裡，他們看不到亮光，只看到黑暗的陰影；他們渴望衝破這悶人的鐵屋，但又不知道該怎樣衝出去。這正是大革命失敗後部分小資產階級青年的苦悶心理，也是大革命失敗後所產生的「時代病」。這種苦悶的成分，正如張曼青所說的，是「幻滅的悲哀，向善的焦灼，和頹廢的衝動」。後來在短篇「色盲」中，作者曾經把這類青年的苦悶稱爲精神上的色盲。他通過主角林白霜說道：「我明明知道這世間，尖銳地對立著一些鮮明的色彩，我能夠很沒有錯誤地指出誰是紅的，誰是黃的，誰是白的。但是，就整個世間來看時，我就只看見一片灰黑，我自己也不知道是什麼原故會有這樣的病態，我只能稱爲自己精神上的色盲。」

《蝕》給予讀者的感覺是沉痛的，無論是從靜女士、章秋柳，或者張曼青、趙赤珠等的悲劇來看，這都是大革命時代的歷史教訓。它足以引起我們的深思，幫助我們瞭解毛主席所反覆闡述的眞理：小資產階級知識青年要參加革命鬥爭，必須徹底克服自己所帶來的小資產階級的空想、軟弱和動搖等弱點，進行深刻的自我改造，實行與廣大工農群眾相結合，否則，必將一事無成，走上徬徨幻滅的道路。

除了以上分析的基本主題外，《蝕》還反映了大革命時代許多歷史事實和生活側面。如當時武漢革命鬥爭的熱烈景象；工農群眾革命運動的蓬勃發展；武漢革命政府一些政治工作和機關工作的混亂，成員複雜的情形；革命勢力與反革命勢力的激烈鬥爭等。特別是「動搖」中，作者生動地刻劃了土豪劣紳胡國光的形象，通過他反映了大革命時期封建勢力與革命力量的搏鬥，這種人物在當時是有一定的意義的。

〔註 23〕茅盾自己說：「應該說，王詩陶他們爲了堅持革命，不得不暫時出賣自己，因爲那時，做職業革命家的人仍須自己解決生活問題，王詩陶他們爲了支持自己的丈夫做革命活動，自己不得不作犧牲。這是根據那時的眞事，雖然人物是虛構的。」

苦悶的象徵

　　「我猛然推開幛子，遙望屋後的天空，我看見了些什麼呢？我
只看見滿天白茫茫的愁霧」

──賣豆腐的哨子

　　茅盾的創作開始於大革命失敗以後，他把自己對過去生活的回憶和複雜的情感交織在《蝕》三部曲中。這部作品，一方面表現了大革命時代青年的生活和鬥爭，表現出國民黨新軍閥叛變革命以後所帶來的黑暗時代，透露出作者對革命同志的懷念，對黑暗勢力的仇恨；另一方面，也強烈地表現出作者的悲觀苦悶的心情，表現出一種消極、頹廢的傾向。這使得《蝕》三部曲的現實意義帶有很大的局限性。由於作者用小資產階級的觀點、立場去認識大革命時代的現實，對革命統一戰線內部複雜的矛盾和鬥爭，只看到陰暗的一面，看不到希望和出路，因此苦悶消沉。在革命暫時處於低潮時期，忽視了革命鬥爭光明的一面，片面地強調了悲觀失望的情緒。強調了現實中消極的方面，忽視了積極的方面，結果就使得《蝕》不能全面地、正確地反映當時的現實，對革命前途作出了悲觀的、甚至錯誤的估計，產生了一些消極的作用。這種傾向使得茅盾初期的作品蒙上一層灰色、苦悶的色彩，其中以「追求」為最突出。為什麼會產生這種情緒呢？大革命失敗後，茅盾暫時離開了革命鬥爭，陷入精神上極端苦悶的時期，他憎恨黑暗社會，但又看不出光明的前途；他用自己的筆去暴露黑暗社會，但又不能擺脫悲觀苦悶的情緒。他說：「我有點幻滅，我悲觀，我消沉，我很老實的表現在三篇小說裡。」〔註24〕在一些散文如「霧」、「賣豆腐的哨子」、「叩門」中，也充滿悲觀的情調。如在「霧」中他這樣寫道：「我詛咒這抹煞一切的霧！……霧，霧呀！只使你苦悶，使你頹唐闌珊，像陷在爛泥淖中，滿心想掙扎，可是無從著力呢！」在「賣豆腐的哨子」中，他寫道：「我猛然推開幛子，遙望屋後的天空，我看見了些什麼呢？我只看見滿天白茫茫的愁霧。」這些散文是他一九二八年到日本後不久寫的，明顯地流露出作者的苦悶傍徨的心情。我們知道，一部作品的成功與否並不決定於題材，問題是在於作家如何認識、分析和處理這些題材。《蝕》的嚴重缺點並不在於它寫的是小資產階級，而在於它片面地誇大和強調他們的悲觀情緒，而

〔註24〕見「從牯嶺到東京」。

且沒有給予有力的批判。同時，對於大革命失敗後的形勢，估計也是不全面甚至於有錯誤的。關於這一些，茅盾曾作過很懇切而中肯的自我批評，他說：「一九二五至二七年間，我所接觸的各方面的生活中，難道竟沒有肯定的正面人物的典型麼？當然不是的。然而寫作當時的我的悲觀失望情緒使我忽略了他們的存在及其必然的發展。」〔註25〕

同樣的，在短篇集「野薔薇」中（包括「創造」、「自殺」、「詩與散文」、「一個女性」、「曇」等五篇。另外還有沒有收進去的「泥濘」、「陀螺」、「色盲」，也是這時的作品），也還沒有完全擺脫掉悲觀的情緒。儘管作者也認識到在「這混沌的社會裡也有些大勇者，真正的革命者」，但接著他又說：「但更多的是這些不很勇敢，不很徹悟的人物，在我看來，寫一個無可疵議的人物給大家做榜樣，自然很好，但如寫一些『平凡』者的悲劇或暗淡的結局，使大家猛省，也不是無意義的。」〔註26〕因此，這些短篇寫的都是在黑暗社會裡受壓迫的小資產階級青年的悲劇。他們都是嚮往光明，本身又受封建禮教和舊勢力的壓迫，在漆黑而閉塞的社會裡，企圖以個人的力量來反抗，結果失敗了。當然，這些小悲劇都有一定的現實意義，它揭露封建禮教和不合理社會的罪惡，控訴了黑暗、腐朽的制度，如「自殺」與「一個女性」。但是，作者並沒有能給他們指出一條道路，在這些作品中，我們只感到漆黑社會的沉重壓力，只聽到個人絕望的呼號和抗議。這裡，作者雖然暴露了社會的黑暗，但僅僅是暴露，而缺乏有力的批判。從創作方法上看，這個短篇集也帶有較明顯的自然主義傾向。在描寫黑暗、表現小資產階級的苦悶、徬徨和過多的細節描寫等方面，作者都表現出客觀描寫的傾向，任其悲觀消極的思想自由泛濫，因此，讀完這些作品以後，我們最後的感覺仍舊是空虛，「自殺」中的環小姐，只有以自殺來反抗這個黑暗的社會，「宣布那一些騙人的解放、自由、光明的罪惡」；「曇」中的張女士也只有以逃走來反抗封建包辦婚姻。「一個女性」是寫得比較好的一篇，它揭露了舊社會的不平等和人與人之間的勢利、冷酷的等級關係，但是女主角瓊華，最後也只感到人生的空虛和苦悶。顯然，這種憂鬱苦悶的情調是和作者的思想情緒密切相關的，在一定程度上，它也是作者自己的思想的反映。無產階級作家的任務並不單單在於揭露黑暗，更重要的是要給人以啟示，幫助人們在黑暗中找到一條出

〔註25〕見「茅盾選集自序」。
〔註26〕見「寫在『野薔薇』的前面」。

路，堅定地鬥爭和生活下去。在《蝕》和「野薔薇」中，作者還沒達到這一點，他的觀點還是小資產階級的。「一個作家的思想情緒對於他從生活經驗中選取怎樣的題材和人物常常是有決定性的：這一個道理，最初我還不承認，待到憬然猛省而深悔昨日之非，那已是『追求』發表一年多以後了。」〔註27〕從作者切身體驗的這段話，可以看出一個作家的世界觀對他的創作是起決定作用的。

《虹》

> 「我們要有甦醒的精神，堅定的勇敢的看定了現實，大踏步往前走……『追求』中的悲觀苦悶是被海風吹得乾乾淨淨了，現在是北歐的勇敢的運命女神做我精神上的前導。」

——「從牯嶺到東京」

從《蝕》到《虹》，這是一個重要的轉變。前面我們已經提到，不斷追求進步，不斷摸索前進，尋求一條新道路，這是茅盾這時期創作的基本方面，忽視了這點就會做出不正確的評價。事實也是如此，我們知道，茅盾早在「五四」以後就積極參加社會活動，親身參加過五卅運動和大革命鬥爭。他受過無產階級思想的洗禮，受過革命鬥爭的鍛煉，因此，他和一般的資產階級作家和小資產階級作家有很大的不同。大革命失敗後雖一度悲觀消極，但這並沒有長期支配他的思想。在《蝕》發表以後，他就企圖改變自己的思想情緒。他說：「我決計改換一下環境，把我的精神甦醒過來，我已經這麼做了，我希望以後能夠振作，不再頹唐，我相信我是一定能的。」〔註28〕（重點是筆者加的）同時，在創作上，他也開始追求一條新的道路，要「堅定的、勇敢的看定了現實，大踏步往前走」。事實也證明，作者並沒有永遠沉沒在《蝕》的苦悶中。一九二八年他東渡日本，在新環境中，漸漸治好了大革命時代的創傷，擺脫了悲觀苦悶的情緒，開始寫出新的作品，這就是《虹》。在《虹》以前的短篇「色盲」（寫於一九二九年三月）中，作者就表明了自己對未來的確信，他通過主角林白霜，說出這麼一段話：「地底下的蘗火現在是愈活愈烈，不遠的將來就要爆發，就要燒盡了地面的卑污齷齪，就要煎乾了那陷人的黑浪罷！這是歷史的必然，看不見這個必然的人，終究要成為落伍者。掙扎著

〔註27〕見「茅盾選集自序」。
〔註28〕見「從牯嶺到東京」。

向逆流游泳的人，畢竟要化作灰燼！時代前進的輪子是只有愈轉愈快地直赴終極，是決不會半途停止的。」這段話表明了作者對革命前途又充滿了信心。一九二九年四月到六月，他終於寫出《虹》這一未完成的長篇。這部作品具有重要的意義，它是茅盾創作發展道路上的一個新的起點，是作者從小資產階級立場轉向無產階級立場的過渡階段的作品。

《虹》只寫了三分之一，本來作者企圖以「五四」到「五卅」這一歷史時期作背景，反映出當時廣闊的社會生活，可惜後來剛寫到「五卅」爆發就因病停筆了。如果說《蝕》是表現了大革命時代小資產階級青年在革命鬥爭中的追求、動搖、幻滅的過程；那麼，《虹》所反映的則是從「五四」到「五卅」這一歷史時期小資產階級青年的覺醒、反抗和最終走向革命的過程。它通過主角梅女士所經歷的複雜曲折的道路，展示了「五四」時代一般青年在時代潮流中所經歷的歷史道路。在女主角梅行素身上，可以看到和靜女士、章秋柳等有顯然不同的新精神，雖然她的精神面貌和經歷，有許多地方是和靜女士、章秋柳等相似的，她也受到封建禮教的壓迫，也憎恨和反抗這個黑暗的社會，渴望過另一種新的生活。但最後她卻走上和章秋柳等不同的道路，這正是《蝕》和《虹》的一個很大的不同點。

梅女士是一個被「五四」思潮喚醒的女青年。她本來是個幼稚無知的女學生，一個受慣父親寵愛的小姐。當「五四」運動的思潮影響到落後閉塞的成都時，她正被婚姻問題苦惱著：父親要把她嫁給小商人柳遇春，可是她愛的卻是表哥韋玉。起先，對這個矛盾，她只能得出「一個古老的『答案』：薄命」。但是隨著「五四」思潮的影響，她接觸到一些新雜誌，托爾斯泰、易卜生、社會主義、人道主義、無政府主義……各色各樣的新名詞、新學說強烈地吸引住她。她開始接受了「民主自由」和「個性解放」的思想，追求合理的憧憬，追求生活的權利。這些帶有濃厚的個人主義色彩的思想武裝了她，使她勇敢地去反抗不合理的封建婚姻。但是，由於她愛的韋玉是一個軟弱的不抵抗主義者，他不僅沒有力量幫助她突破束縛，反而勸她妥協。而時代教給梅的，只是打倒一切不合理的制度，衝出去，尋求一條新的光明幸福的道路，至於這條道路在哪裡，誰也沒告訴她。因此，她突破了家庭的樊籠以後，企圖以「現在主義」來取得自我安慰，她帶著一股盲目的反抗力量，走進社會，企圖尋求一種新的合理的生活。但是，當她一跨進社會的大門時，就受到冷嘲熱諷和排擠誹謗，在這軍閥勢力控制下的黑暗閉塞的四川社會裡，她

找不到自由，找不到幸福。黑暗腐朽的社會把她造成極端的個人主義者，她
只相信自己，懷著報復、玩弄的思想來反抗周圍的一切。「梅女士竟成熟了冷
酷憎恨的人生觀。這好像是一架雲梯，將她高高地架在空中，鄙視一切，唾
棄一切，憎恨一切」。依靠著自己的美麗和機智，她在軍閥政客的人群裡廝混，
成為惠師長客廳裡的上賓。雖然她模糊地意識到周圍的一切是可憎，但是她
卻不瞭解為什麼是可憎的。她反抗，只是為了感情上和他們敵對，並沒有什
麼確定的目標。這種個人主義的鬥爭方法把她愈帶愈遠，使她離開了人民，
離開了群眾，陷入更加苦悶空虛的境地。因此，當她逃出了惠師長的魔掌，
離開了狹窄閉塞的四川，來到革命鬥爭中心的上海時，就感到十分迷惑。過
去她接觸的全是黑暗勢力，而現在在充滿理想的革命者面前，她朦朧地感到
有另一光明的世界。可是，對於這世界，她毫無認識，顯得非常幼稚無知，
過去所學到的新名詞也毫無用處了。在新的環境中，她開始意識到自己的空
虛和軟弱。但是，梅女士是嚮往光明的，她以自己切身的體驗來憎恨這些黑
暗的軍閥統治勢力，所以在梁剛夫等的幫助下，她慢慢地接近了革命鬥爭，
並且參加了婦女會的工作。起先，由於她過慣了浪漫的極端自我中心的個人
主義生活，還沒擺脫個人主義思想的影響，因此熱情不能持久，一經挫折就
消沉下來了。後來，在梁剛夫的幫助下，她開始閱讀了馬克思主義書籍。這
些書在她面前展開了一個新的宇宙，像中學時代讀「新」字排行的書報一樣，
她又浸沉在這個新的世界裡。從此，她漸漸擺脫個人主義立場，走到革命的
隊伍中來。最後，在偉大的「五卅」反帝愛國運動中，她和許多革命同志一
起，高舉反帝反封建的旗幟，走上灑滿烈士鮮血的南京路。她驕傲地對女友
徐綺君說：「時代的壯劇就要在這東方的巴黎開演，我們應該上場，負起歷史
的使命來。」到這時候，少奶奶的梅已經變了，她拋棄了小資產階級的個人
得失，投身到火熱的群眾鬥爭中去，開始走上了革命鬥爭的道路。

　　梅女士複雜曲折的道路，概括了「五四」時代一般青年所經歷的道路，
表現了她們被時代思潮喚醒後的興奮而又徬徨的心情，以及她們從個人主義
狹小的圈子裡開始走上廣闊的社會鬥爭途徑的複雜曲折的自我改造過程。周
揚同志在「文藝戰線上的一場大辯論」中所說的一段話，很能幫助我們瞭解
這一歷史時期知識青年參加革命的思想動態，他說：「回顧一下我們這些人走
過來的道路。我們中間的許多人出身於沒落的封建地主或其他剝削階級的家
庭，就教養和世界觀來說，基本上都是資產階級知識分子。『五四』新文化運

動給我們帶來了科學和民主，也帶來了社會主義的新思潮。那時我們急迫地吸取一切從外國來的新知識，一時分不清無政府主義和社會主義、個人主義和集體主義的界線，尼采、克魯泡特金和馬克思在當時幾乎是同樣吸引我們的，到後來我們才認識了馬克思列寧主義是解放人類的唯一真理和武器……回想當年，個人主義曾經和『個性解放』、『人格獨立』等等的概念相聯繫，在我們反對封建壓迫、爭取自由的鬥爭中給予過我們鼓舞的力量。」這段話雖然是指今天的作家而講的，但它仍然能幫助我們正確瞭解「五四」時期一般革命青年的思想動態，幫助我們讀《虹》這部作品。《蝕》和《虹》中的小資產階級青年都經歷了這個時代，他們的許多精神特點有些是相似的，如受封建制度的壓迫，渴望民主和自由，追求「個性解放」等；但是他們自身還存在著濃厚的個人主義思想，因此在革命鬥爭中容易搖擺不定。結果有的在黑暗勢力的沉重壓抑下，陷入悲觀苦悶的迷網裡，最後走到消極頹廢的道路上去，「追求」中描寫的正是這一類小資產階級青年。而《虹》中的梅女士走的則是另一條道路。在沒有接觸到梁剛夫等以前，她從家庭的樊籠走上社會，支配著她的思想意識和行動的是個人主義思想，她憎恨虛偽黑暗的社會，憑個人鬥爭和玩世態度來反抗這個社會。這種思想如果發展下去，也會走上消極頹廢的道路。但是，在時代鬥爭的洪流裡，她覺醒了，最後走上鬥爭的道路。不過，這還僅僅是開始。

從梅女士的身上，我們可以看出作者的思想開始轉變了。《虹》已經沒有《蝕》的悲觀消極的色彩，沒有「追求」的那種灰色的氣氛。展開在靜女士、章秋柳、張曼青等面前的是灰茫茫的一片，看不到前途，看不到希望；而現在展開在梅女士面前的，則是轟轟烈烈的五卅運動鬥爭的場面，是通向未來的革命鬥爭道路。作者把自己對革命的希望和確信，灌輸在這個人物身上。同樣的，在革命者梁剛夫的身上，也體現出作者的革命樂觀主義精神。雖然這個人物還帶有濃厚的小資產階級的氣息，但他卻體現出永遠向前的革命力量。同時，《虹》所反映出來的從「五四」到「五卅」這一歷史時期的現實，也是很有現實意義的。如被軍閥勢力控制下的四川社會的黑暗閉塞，作者有很細緻的描寫，如揭露了所謂新教育的虛偽性，揭露了提倡新思潮的軍閥政客們的偽善面目。他們在高唱尊重女權，「男女社交公開」的藉口下，進行侮辱女性的卑鄙勾當，正如梅所說的：「一切罪惡可以推在舊禮教身上，同時一切罪惡又在打破舊禮教的旗幟下照舊進行。」這正是「五四」初期半封建半

殖民地中國社會的特點，一切新的口號提出來了，但舊勢力依然統治著一切，中國社會面貌並沒有改變。在這種情況下，青年要自由，要民主，只有參加革命鬥爭，單靠「五四」初期的喊喊口號是不行了。《虹》在一定程度上，反映了這個歷史現實。

當然，《虹》並不是沒有缺點的。首先一個缺陷，就是它沒有寫完，而且後半部寫得不如前半部細膩、深刻，多少有些草草結束的痕跡。同時，梅女士在革命鬥爭中的轉變，也寫得不夠有力，遠沒有前半部的生動。在這部作品裡，我們仍然可以看出一個問題：就是作者寫舊社會的、反面的人物比較生動，而對正面的革命者形象的描寫則顯得不夠有力，如對梁剛夫的描寫。這個問題，一直到後來還存在著。總的說來，《虹》在茅盾創作發展道路上，是一部有重要意義的作品。作者在這裡描寫了一個有虹一樣光彩的人物，她象徵了光明，表現了作者對革命未來重又充滿了信心。

茅盾另有一篇散文——「沙灘上的腳跡」（收在「速寫與隨筆」中），可以幫助我們瞭解他在寫《蝕》和《虹》這時期中的思想動態。文章寫一個他，獨自一人在黃昏的沙灘上彳亍，尋找通向光明的道路。但是，他發現了沙灘上有許多魔鬼的腳印，看見魔鬼在黃昏的沙灘上狂舞，用鬼火來騙取那些追求光明的人。因此，他灰心了，停下來了，想等到天亮再走。經過一番鬥爭，不久他又在閃電光下，在「重重疊疊的獸跡和冒充人類的什麼妖怪的足印下，發現了被埋藏的真的人的腳印，而這些腳跡向著同一的方向，愈去愈密」。於是「他覺得愈加有把握了，等天亮再走的念頭打消得精光，靠著心火的照明，在縱橫雜亂的腳跡中，他小心地辨認著真的人的足印，堅定地向前」。這裡的「他」，正是作者自己的縮影。這是一篇象徵性的散文，主角在黑暗的沙灘上的徬徨苦悶，以至找到真人的腳跡，正表現了作者在大革命失敗後到寫作《虹》時的思想變化，表現了作者對革命的未來重又充滿了信心。

總結以上的分析，我們可以得出這樣的結論：茅盾在大革命失敗後到左聯成立前夕的創作，基本上是屬於批判現實主義的作品。他以自己所經歷的動盪變革時代的生活經驗和感受為基礎，來反映從「五四」到大革命時期的社會現實，表現了一般的小資產階級青年在大革命時代的精神面貌和思想動態。在這時期的作品中，人物都是小資產階級青年，他們經歷了「五四」、「五卅」以至大革命時期的社會鬥爭，生活在大變革的時代裡，感受到時代的歡樂和悲哀。在這裡，作者主要的作用是暴露，暴露小資產階級青年在革命鬥

爭中的矛盾，暴露現實中的黑暗，暴露當時統一戰線內部的矛盾，暴露封建禮教的罪惡……他說過：「真的有效的工作是要使人們透視過現實的醜惡，而自己去認識人類偉大的將來，從而發生信賴。不要傷感於既往，也不要空誇著未來，應該凝視於現實，分析現實，揭露現實。」〔註29〕（重點筆者所加）作者把自己的筆尖主要指向現實中的陰暗面，揭露現實中的矛盾和醜惡。這在一定程度上，對當時的黑暗社會，起過批判的作用。所以，這些作品今天還有一定的教育意義，它可以幫助我們認識過去黑暗社會的罪惡。

但是，另一方面，由於作者在大革命失敗後，精神上悲觀消極，用小資產階級的觀點去認識當時現實中的矛盾。只看到陰暗的一面，沒看到光明的一面；只看到國民黨蔣介石的叛變和黑暗統治，看不到黨所領導的革命鬥爭的深入發展。因此，在他的作品中，就片面地誇大了悲觀苦悶的情緒，對革命前途作出消極的、甚至是錯誤的估計。同時，在暴露黑暗，描寫生活的方面，也帶有自然主義的傾向。這樣一來，就使得他這時期中的作品蒙上一層灰色的色彩，產生一些消極的作用。這個缺點使得《蝕》和「野薔薇」的現實意義帶有很大的局限性。對於這一點，作者自己後來也認識到了。從茅盾的創作發展道路看，我們有理由說，這是他的苦悶、摸索的時期。

但是，在這時期的創作中，我們還要注意到一點，即茅盾的思想也是在發展的。他一方面悲觀苦悶，一方面也感到矛盾，感到自己不能這樣下去。因為，無論從思想上或者文學傾向上講，他都是進步的，接近革命，接近無產階級事業的。在早期的革命活動和文學活動中，他就已經建立了這個基礎。所以，在日本住了兩年之後，他逐漸克服了自己的消極情緒，並且寫出了未完成的長篇《虹》。儘管這篇作品還存在缺點，但究竟是可喜的，它表現了作者的新精神，成為他創作轉變上的起點。

從藝術技巧上講，這時期的作品還不是很成熟的，它還帶有創作初期的一些缺點。但是，在短短兩年多的創作實踐中，作者也顯露出自己的藝術才能，開始表現出自己獨特的風格，為後來的創作成就打下基礎。

一九三○年春，茅盾終於又回到祖國，參加到反帝反封建、反對官僚資本主義的鬥爭行列裡來。他一方面和魯迅先生，積極參加左聯的工作，提倡無產階級革命文藝運動；另一方面，在創作上，開始向社會主義現實主義的方向邁進，在創作發展道路上，開始了新的時期。

〔註29〕見「寫在『野薔薇』的前面」。

五　轉變期中的創作——從「三人行」到「路」（一九三〇至一九三一年）

　　在茅盾創作的發展道路上，「子夜」是一部具有里程碑意義的作品。從《蝕》、《虹》到「子夜」，這是一個重要的發展，是作者從批判現實主義轉向社會主義現實主義道路的一個過程。期間，無論在世界觀和創作方法方面，都有很大的變化。但是，從《蝕》、《虹》到「子夜」，並不是一躍而就的，而是經過一段時期的摸索、嘗試的。「三人行」、「路」和幾個歷史短篇就是這轉變期中的產物。這是茅盾創作發展道路上的一個重要過程，因此我們把它獨立地加以討論。這個時期可以稱爲左聯初期。

　　一九三〇年春，茅盾從日本回到「血肉鬥爭的大都會上海來了」，這時候，他的思想已經有了很大的改變，擺脫了大革命時代的悲觀情緒。回上海後，他就積極參加左翼作家聯盟的成立活動，在黨的領導下，他和魯迅先生積極參加左聯的領導工作，提倡無產階級革命文藝。同時，在創作上，也開始嘗試走一條正確的道路。當時，他「想改換題材和描寫方法的意志」〔註1〕很堅強，可是由於疾病的影響，不能寫作。那時的生活就是在交易所裡看人家發狂地賭博，看人家奔走拉股子，辦工廠，這些後來成爲寫「子夜」的素材。在養病期間，慢慢地他也開始寫短篇，每天幾百字，這就是「豹子頭林沖」、「大澤鄉」、「石碣」等三個短篇。到一九三一年春，身體好了些，於是又寫了「三人行」、「路」和「子夜」的前半。

　　「三人行」、「路」和「豹子頭林沖」等短篇的基本特點是什麼呢？總的

_____

〔註 1〕見「我的回顧」。

說來，它們表現了一個新的傾向，即作者企圖用無產階級的思想，以革命的立場來反映當時的現實和處理一些歷史題材。但是，由於在創作方法上不是從生活出發，不是以深入生活作基礎，而是從既定的概念和抽象的思想出發，因此，作品就缺乏眞實性，人物概念化傾向比較嚴重，缺乏動人的藝術感染力。這特別突出地表現在「三人行」的寫作上。

「三人行」是一個中篇小說，它是作者在認識了過去的錯誤以後，想要補救這錯誤而有意識寫成的。它描寫三個青年學生在國民黨蔣介石黑暗統治時代的生活與思想鬥爭，他們是「中國式的吉呵德」的許、虛無主義者的惠和重實際最後走向「革命」的雲。他們是三個好朋友，然而由於思想的不同，最後走上不同的道路。作者主觀的企圖是想用許、惠來陪襯正面人物雲，批判小資產階級的虛無主義和脫離群眾的個人主義冒險思想。如許想以個人的力量去贖回婢女秋菊的自由，想以刺殺放印子錢的陸麻子來救自己的學生王招弟，結果反而喪失了自己的生命。作者通過柯的口，批判了這種想用刺殺幾個壞人來改革社會的錯誤舉動，指出：「憑你一個人的英雄舉動，就會叫王招弟的老子從此不受壓迫麼？就算你和陸麻子拚了命，陸麻子還有兒子孫子，還有無數的比陸麻子更狠更大的惡霸，他們仍舊要喝窮人的血。」同時，惠的對一切都冷笑置之，認爲「一切都應當改造，但誰也不能被委託去執行」的虛無主義觀點，作者也通過雲的口給予了批判，他說：「你在那些可憐的人兒面前顯得多麼徹底，多麼高超，你叫他們忘記了你是躺在糞堆裡，並且忘記了他們自己也是躺在糞堆裡了。」但是，這些批判是不是有力呢？不，不是有力的。由於作者對學校生活缺乏實際觀察和體驗，沒有生活基礎，因此，故事情節常缺乏眞實性，人物概念化。在作品裡，有的只是抽象的思想爭論和不合實際的離奇舉動，如秋菊的死，許的俠義舉動，雲父親的賣地，馨的沒落等，這一切都缺少眞實的生活氣息，缺乏豐富的生活實感。在作品中，實際上只成爲作者思想的注解，所以惠、許、雲等不能成爲有血有肉的人物。加上當時的「構思過程也不是胸有成竹，一氣呵成，而是零星補綴」，所以這部作品必然要失敗的。作者的主觀意圖並沒有實現，不僅對許和惠沒能達到批判的效果，而且正面人物雲的形象也是模糊的、缺乏生氣的。所以瞿秋白同志說：「孔夫子說：『三人行，必有我師焉』，而結果是『三人行，而無我師焉』。」〔註2〕

〔註2〕 「談談『三人行』」，見「瞿秋白文集」第一卷三三九頁。

　　同樣的，在中篇小說「路」中，我們也發現這樣的毛病。不過，必須指出，「路」比起「三人行」是要好得多了，它還有一定的現實意義。

　　「路」描寫的是大革命失敗後，國民黨反動統治時代，武昌某大學青年學生反對壓迫、要求民主、自由的鬥爭。它通過窮大學生火薪傳的形象，提出了舊社會中青年的出路問題，並作了解答。在國民黨反動統治時代，青年學生受生活的壓迫，受失業的威脅，在政治上沒有民主自由的權利，隨時都有被捕入獄的危險。在這樣的黑暗時代裡，「路」在哪裡呢？作品中的主角火薪傳就為這問題苦惱著。在畢業前夕他受到失業的威脅，同時，又因寫了首「汀泗橋懷古」而受總務長荊的一頓臭罵，被視為搗亂分子。因此，他感到孤獨、苦悶，走投無「路」。他既不願意走女朋友蓉給他安排下的道路——到她的父親大資本家廠裡去工作；也沒有勇氣走輪渡頭那個強壯的高個子的「路」——當「土匪」去。但是，隨著學生運動的開展，在現實的教育下，特別是革命者雷的影響下，他終於走上鬥爭的道路，成為學生運動的領導者之一。他公開宣稱：「在這惡濁的社會中，罪人就是好人，監獄就是青年的學校。」在給雙親的信中，他說：「時代給我走的，是一條狹路，不是前進，便是被人踏死，給人墊在腳下做他爬上去的梯子，我不肯，只有前進，前進還有活路。」

　　「路」表明了作者對國民黨反動統治的憎恨與不滿，它指出青年學生在這樣黑暗的社會裡，要生存就得起來鬥爭，這是唯一的道路。這種思想是進步的、革命的，對當時青年學生有一定的教育作用。但是，和「三人行」一樣，它也仍然存在著重大的缺點。由於作者對學生的生活和鬥爭缺乏深入的觀察和體驗，因此不僅在描寫學校生活的時候有簡單化的傾向，顯得有些粗糙；而且人物形象如火薪傳、杜若等的性格也過分誇大，不夠真實，有點歇斯底裡，革命者雷的形象也寫得有點神秘。同時，薪所走的路到底是怎樣的路；也不很明確。

　　但是，我們也必須充分認識到，作者在轉變期中儘管還沒有優秀的作品出現，可是他的思想已經發生了很大的改變。他開始運用馬克思主義科學的社會觀點，來認識、分析和反映當時的現實，這些都成為後來寫「子夜」等作品的思想基礎。在當時，這種努力是很可貴的，因此，瞿秋白同志說：「茅盾在現在的一般作家之中，不能夠不說是傑出的，因為他的思想水平線和科

學知識的豐富，超出許多自以爲『寫實主義文學家』之上。」〔註3〕

在「路」、「大澤鄉」、「豹子頭林沖」、「石碣」等作品中，我們可以看出作者對未來的確信、對革命者的讚揚，對國民黨新軍閥統治的憎恨與揭露，以及對歷史上農民起義的領袖和英雄的歌頌。這種精神在大革命時代並沒有得到表現。在「寫在『野薔薇』的前面」一文中，作者雖然承認在混濁的社會裡也有「大勇者」存在，但是他描寫的仍然是「一些『平凡』者的悲劇」，在這些作品中，我們看不到正面人物的形象。但是，從《虹》以後一直到這時期的創作，作者開始把筆尖轉向描寫那些混濁社會裡的「大勇者」。比如「路」中描寫一個坐過監牢的革命者雷，他情願過著艱苦危險的生活，肩負著重大的歷史任務。他批評薪他們在反對總務長荊的時候脫離群眾，指出「你們只是反對個人，並沒有從根本──」，這沒講完的話即暗示了國民黨的反動統治。「路」還揭露了國民黨在漢口大量屠殺共產黨員、逮捕青年學生的罪惡舉動，隱約寄寓著對那些不畏犧牲，爲革命鬥爭到底的「大勇者」的歌頌。在「大澤鄉」等篇中，作者對歷史上陳勝、吳廣所領導的九百「閭左貧民」的起義，以及「水滸」中林沖的反抗精神，都給予熱烈的讚揚。在「大澤鄉」、「豹子頭林沖」和「石碣」等歷史短篇中，表現出一個基本特點，即作者用階級鬥爭的觀點來認識和描寫農民的鬥爭。如「大澤鄉」中，陳勝、吳廣帶領九百「閭左貧民」反抗軍官的統治，作者突出他們階級的不同。同時，他還借這場古代農民反抗秦始皇統治的鬥爭，影射當時國民黨統治下農民革命鬥爭的蓬勃發展。他寫道：「地下火爆發了，從營帳到營帳，響應著『賤奴』們掙斷鐵練的巨聲。從鄉村到鄉村，從郡縣到郡縣，秦始皇的全統治區域都感受到這大澤鄉的地下火爆發的劇震。即今便是被壓迫的貧農要翻身！」在描寫農家出身的林沖的反抗意志時，作著細緻地描寫他內心的思想鬥爭。他鄙視「三代將門之後」的楊志一心想效忠朝廷的邪想，他說：「什麼朝廷，還不是一夥比豺狼還凶的混帳東西，還不是一夥吮呷老百姓血液的魔鬼！」不過，這些短篇寫得並不好，帶有明顯的理論分析的痕跡，人物也是不夠生動的。

總之，茅盾從日本回國後，就積極想以無產階級的立場去觀察和反映現實（當時左聯也曾向作家們提出這樣的號召），由於沒有深入生活，結果流於公式化概念化的毛病。這就是他在左聯初期（一九三〇至一九三一年），也可

〔註3〕「談談『三人行』」，見「瞿秋白文集」第一卷三四一頁。

以說是轉變期中創作的基本情況。後來茅盾回憶到這時期的寫作時，曾經說過這麼一段話：「徒有革命的立場而缺乏鬥爭的生活，不能有成功的作品。這個道理，在『三人行』的失敗教訓中，我算是初步的體會到了。」〔註4〕

〔註4〕見「茅盾選集自序」。

六　新的階段──向社會主義現實主義道路邁進的時期（一九三二至一九三七年）

　　從一九三二年至一九三七年期間，是茅盾創作最活躍的時期，也可以說是他創作上的黃金時期，許多優秀的作品，如「子夜」、「春蠶」、「林家鋪子」等就是這個時候寫的。一九三〇年春，茅盾從日本東京回國後，就積極參加黨所領導的以左聯爲旗職的革命文藝運動，開始了創作上的新時期。無論從世界觀或者創作方法上看，他這時期的創作和大革命時代相比，都有顯著的不同，作者已經開始自覺地運用馬克思主義科學的社會觀點和階級觀點，去分析、解剖三十年代中國社會的現實，開始朝社會主義現實主義的方向邁進。左聯時期的創作，又可以分爲前期和後期。前期（一九三〇至一九三一年），是他開始轉變的時期，我們已在前一章裡談過了。後期（一九三二至一九三七年），是他創作上完全成熟並且開始大量寫作的時期。在茅盾四十年的文學道路上，這是非常重要的時期，「子夜」的發表是這時期的重要標誌。它不僅奠定了茅盾在無產階級文學戰線上的重要地位，而且顯示了左聯時期革命文學的業績。「子夜」成爲茅盾創作發展道路上的里程碑，從《蝕》、「野薔薇」，《虹》到「三人行」、「路」，以至這時期的「子夜」、「春蠶」等，我們可以很清楚地看出這個發展線索。作者已經開始由小資產階級的立場轉向無產階級的立場，由批判的現實主義轉到社會主義現實主義的道路上來，開始了創作上的新階段。

　　在這時期的作品中，作者所描寫的是第二次國內革命戰爭時期，尤其是三十年代初期中國半封建半殖民地社會的錯綜複雜的社會現實。

　　這時期，正如毛澤東同志所指出的：「是一方面反革命的『圍剿』，又一

方面革命深入的時期。這時有兩種反革命的『圍剿』：軍事『圍剿』和文化『圍剿』。也有兩種革命深入：農村革命深入和文化革命深入。」〔註1〕

大革命失敗後，蔣介石殘酷地摧殘革命力量，企圖消滅共產黨，代替北洋軍閥繼續對中國人民實行血腥的統治，使中國革命暫時進入低潮時期。「但是，中國共產黨和中國人民並沒有被嚇倒，被征服，被殺絕。他們從地下爬起來，揩乾淨身上的血跡，掩埋好同伴的屍首，他們又繼續戰鬥了。他們高舉起革命的大旗，舉行了武裝的抵抗，在中國的廣大區域內，組織了人民的政府，實行了土地制度的改革，創造了人民的軍隊——中國紅軍，保存了和發展了中國人民的革命力量。」〔註2〕一九二七年八月一日，中國共產黨領導了南昌起義，創造了一支完全由共產黨領導的革命軍隊。同年十月，毛澤東同志率領了秋收起義部隊，舉行了著名的井岡山進軍，建立了第一個革命根據地。中國革命在毛澤東同志的正確領導下，開始深入農村，建立大大小小的革命根據地，實行土地革命，開展游擊戰爭，工農革命運動又迅速地發展起來，中國革命又逐漸由低潮走向高潮。

工農革命鬥爭的勝利發展，革命根據地的不斷擴大，這一切都給予革命作家以巨大的鼓舞，促進文化革命的深入發展。當時，經過了一九二八年以來，馬克思列寧主義科學理論和蘇聯文藝理論的介紹，以及那次大規模的關於革命文學的討論後，許多革命作家（包括魯迅和茅盾）思想上有了進一步的明確。他們都感到必須團結起來，集中自己的力量來對付共同的敵人。一九二九年冬，以魯迅為首的一些革命作家，在上海開始著手醞釀左聯的成立工作。一九三〇年三月二日，正式成立了中國左翼作家聯盟。茅盾於一九三〇年春回上海後，立即積極參加左聯的成立活動。當時，左聯是在黨領導下的革命作家的統一戰線的組織，茅盾和魯迅先生一起，在黨的直接領導下，積極參加左聯的領導工作。從它成立起，就積極開展無產階級文藝運動，與文藝戰線上各種資產階級的反動流派、國民黨走狗、文犬進行激烈的鬥爭。他們在綱領中明確宣布：「我們的藝術是反封建階級的，反資產階級的，又反對『失掉社會地位』的小資產階級的傾向。我們不能不援助而且從事無產階級藝術的產生。」這一切對茅盾這時期的創作，都有很大的影響。

工農革命和文化革命的深入發展，給蔣介石帶來了極度的恐慌。一九三

〔註1〕毛澤東：「新民主主義論」。
〔註2〕毛澤東：「論聯合政府」。

○年冬，在結束了一九二七年八月以來長期的狗咬狗的軍閥混戰之後，國民黨蔣介石開始調集大量的兵力，向革命根據地展開了空前殘酷的圍攻，企圖消滅革命的力量。但是，中國工農紅軍，在毛澤東同志的天才的戰略思想指導下，給進犯者以迎頭痛擊，徹底打垮蔣介石軍隊的四次圍攻，在反圍攻鬥爭中壯大了自己的力量。

在向革命根據地進行殘酷的軍事「圍剿」的同時，國民黨蔣介石對文化戰線上的革命力量和進步力量也展開圍攻，對革命文藝施加極為殘暴的迫害。左聯成立後，他們立即對它施加壓力。他們派遣了形形色色的走狗文人，向革命文藝戰線進攻，但是都遭到魯迅、瞿秋白、茅盾等左聯革命作家的有力還擊。走狗文人戰勝不了革命文藝，他們就用暗殺、囚禁、迫害，對革命作家和進步人士展開瘋狂的壓迫。正如魯迅先生所說的：「屬於統治階級的所謂『文藝家』，早已腐爛到連所謂『為藝術而藝術』以至『頹廢』的作品也不能生產，現在來抵制左翼文藝的，只有誣蔑、壓迫、囚禁和殺戮；來和左翼作家對立的，也只有流氓、偵探、走狗、劊子手了。」〔註3〕

他們不惜用最野蠻、最卑劣的法西斯恐怖手段，來殺害革命作家。一九三○年，中國左翼戲劇家聯盟的會員宗暉被殺於南京。一九三一年二月，中國左翼作家聯盟的青年作家、共產黨員柔石、胡也頻、白莽（殷夫）、李偉森、馮鏗等五人在上海龍華被秘密槍殺。一九三三年六月十八日，國民黨藍衣社的特務白日行兇，公然在馬路上把民權保障同盟的副會長、學者楊杏佛殺害了。不久，另一共產黨員作家洪靈菲被害於北平，詩人潘漠華被殺於天津。當時，魯迅和茅盾，處境也非常危險。就在楊杏佛入殮的那天，六月二十日，上海的一家外文報紙記載道：「法西斯暴力團的橫行——襲擊共產黨，逮捕左翼作家……這種暴力團的尖刀不但向著共產黨員，而且向著反蔣派的政敵……為了達到這個目的，派往以上海為中心的滬寧、滬杭甬沿線去的偵察隊、鐵血團、團警班（法西斯的政治警察），總計十組，……法西斯暴力團的兇焰上昇，演出許多流血的慘案，使得中國人方面，抱著極端恐怖情緒。現在上了暴力團黑色名單的人……左聯重鎮的魯迅，身邊危險，茅盾也遭法西斯下了逮捕令，這是確實的消息。」〔註4〕吉洪諾夫在第二次全蘇作家代表大會上報告時也說過：「中國代表在第一次全蘇作家代表大會上發言時

〔註3〕魯迅：「黑暗中國的文藝界的現狀」，見「二心集」。
〔註4〕轉引陳伯達：「人民公敵蔣介石」。

說，中國偉大作家魯迅由於可以理解的理由不能前來參加大會，而另一位傑出的作家茅盾，也和許多其他的作家一樣，當時正處於極端秘密的地下生活當中。」〔註5〕國民黨蔣介石不僅對革命作家進行法西斯暗殺手段，而且下令禁止進步圖書雜誌的發行。一九三四年二月十九日，上海各地就有一百四十九種文藝書籍被國民黨中央黨部禁止出售，其中包括魯迅、郭沫若、茅盾以至於巴金的作品。一九三四年七月，又成立所謂「圖書雜誌審查委員會」，限制進步書刊的出版。

　　但是，國民黨反動派的法西斯恐怖統治，扼殺不了革命文藝的發展。相反的，它卻在這殘酷的迫害下鬥爭和壯大起來了。以魯迅為首的左翼革命文藝，在黨的領導下，給敵人以致命的回擊，使反動派的文化「圍剿」也遭到可恥的失敗。正如周揚同志所說的：「無產階級的文藝觀和資產階級反動派的文藝觀歷來是互相鬥爭的；社會主義文學就是在這種鬥爭中成長起來的……二十多年來，我國無產階級文學運動，曾經一面抗擊反動統治者的血腥的迫害，一面同各種各樣反動階級的文學代理人進行尖銳的鬥爭。我們粉碎了封建買辦文學和法西斯文學，我們駁倒了新月派、第三種人等資產階級文學派別的讕言。當時，正如魯迅所說，無產階級文學運動成為了中國唯一的文學運動。沒有任何一個反動的文學派別、文學團體能夠和它相抗衡。」（「文藝戰線上的一場大辯論」）在國民黨白色恐怖的年代裡，茅盾和魯迅，在黨的領導與支持下，堅持了鬥爭，他們在為左翼革命文藝的鬥爭中，建立起深厚的友誼。魯迅很重視茅盾的成就，從他由東京回上海後，魯迅先生就很尊重和愛護他。據許廣平的回憶說：

　　　　××先生（係指茅盾）從東洋回來了，添一枝生力軍，多麼可喜呢！那時候，壓迫並不稍寬，××先生當即被注意了。先生（指魯迅）和他以前在某文學團體裡（係指文學研究會）本有友情，這回手挽手地做民族解放運動工作，在艱難環境之下，是極可珍視的。有時遇到國外友人，詢及中國知識界的前驅，先生必舉××先生以告，總不肯自專自是，且時常掛念××先生的身體太弱，還不及他自己。〔註6〕

　　事實上，早在「五四」文學革命時期，他們就已建立了友情。在茅盾主

〔註5〕見「蘇聯人民的文學」上卷。
〔註6〕見許廣平：「欣慰的紀念」。

編「小說月報」的時期，魯迅先生就經常爲它撰稿，如發表在一九二一至一九二二年「小說月報」上的有魯迅的小說「端午節」、「社戲」，翻譯作品「工人綏惠略夫」、「戰爭中的威爾珂」、「世界的火災」等。一九三四年，在國民黨反動派加緊對革命文化進行迫害的情況下，茅盾又協助魯迅先生創辦了「譯文」雜誌，介紹蘇聯及其他國家的革命的和進步的文學。一九三五年年底，在紅軍突破了蔣介石第五次「圍剿」，勝利抵達陝北革命根據地，完成了震撼世界的二萬五千里長征後，這個勝利的消息對魯迅和茅盾鼓舞很大，當時，他們聯名打了個電報給毛澤東同志和朱總司令，熱烈祝賀長征的勝利。在電文中，他們滿懷信心地說：「中國和人類的未來，都寄託在你們的身上。」一九三六年十月十九日魯迅先生逝世了。在魯迅先生逝世後，茅盾繼承了他的革命精神，在黨的領導和影響之下始終不懈地堅持著鬥爭。在以後十幾年中，他用自己的筆，有力地揭露了國民黨蔣介石反共反人民投降日帝的賣國陰謀，與國民黨反動派進行堅決的鬥爭。他強調要學習魯迅：「不但要從他的遺著中學習文學創作的方法；尤其重要的，是學習它的鬥爭精神。……也惟有學習他這種偉大的鬥爭精神，我們才能跟著他的腳步從鬥爭中創造新中國。」〔註7〕

　　一九二九年至一九三二年資本主義世界爆發了破壞力空前巨大的世界性經濟總危機，重新瓜分世界和爭奪國外市場，成爲各個帝國主義國家的迫不及待的問題。經濟危機也給日本統治者帶來嚴重的打擊，爲了擺脫自身的危機，它企圖把歐美帝國主義列強的勢力從中國趕出去，使中國變成它獨佔的殖民地。一九三一年，日本帝國主義利用國民黨蔣介石忙於進行反革命內戰，內部力量空虛的時候，發動了「九‧一八」事變。由於蔣介石執行了可恥的投降政策，在短短三個月內，日帝佔領了我東北全境。一九三二年一月二十八日，日帝又發動了對上海的進攻，遭到上海軍民的英勇抵抗。蔣介石不但不積極支持抗戰，反而從中破壞，五月五日和日帝簽訂了賣國的上海停戰協定。「九‧一八」事變發生後，中國共產黨發表了宣言，號召全國人民一致抗日。茅盾也回應這個號召，積極從事抗日救亡的宣傳工作，揭露國民黨蔣介石的不抵抗主義的投降實質。「一‧二八」上海抗戰發生後，魯迅、茅盾等四十三人聯合發表了「上海文化界告世界書」，反對日帝的侵略。在這期間，茅盾也寫了一些富有戰鬥性的雜文，揭露國民黨的投降政策，後來

〔註7〕見茅盾：「學習魯迅的精神」。

收在「茅盾散文集」裡。上海抗戰爆發後，他一度回到他的故鄉，浙江省桐鄉縣屬的一個小市鎮——青鎮。在故鄉，他看到了中國江南富庶農村、市鎮，在帝國主義經濟侵入後的破產、蕭條的景象。後來，這些東西成為他寫「春蠶」、「林家鋪子」等的素材。

一九三五年，日寇向華北發動了新的進攻。中國共產黨發表了「八一宣言」，號召全國人民，不論政見、利害的不同，只要願意抗日的，都應該團結起來，一致抗日，挽救民族的危機。紅軍主力完成了長征抵達陝北根據地後，黨中央又於一九三五年十一月十三日發表宣言，指出日帝要變中國為它的殖民地和蔣介石出賣中國的危險，號召全國人民團結起來抗日反蔣。為了適應新的形勢，在文藝戰線上貫徹黨的抗日民族統一戰線的政策，團結一切願意抗日的作家，一九三六年春天，中國左翼作家聯盟自動宣佈解散，並清算了過去工作中的宗派主義和關門主義的錯誤。一九三六年十月初，文藝界實現了空前的大團結，發表了「文藝界同人為團結禦侮與言論自由宣言」，茅盾也在這宣言上簽了名。一九三七年「七七」事變以後，中國軍隊在全國人民抗日高潮的影響下奮起抗戰。八月十三日，日寇又攻擊上海，上海守軍奮起抗戰。從此，全國抗日戰爭開始了。一九三七年十一月，上海淪陷了，當時，茅盾「帶著顆沉重的心」離開上海，開始了抗日戰爭時期的生活與創作。

從以上的敘述，可以說明一點：即在國民黨反動派的血腥統治和日本帝國主義的侵略下，茅盾始終在黨的領導下，與魯迅先生一起堅持鬥爭，積極宣導左翼革命文藝運動，從事抗日救亡宣傳工作，在國民黨反動派的殘酷壓迫下，始終堅持革命文藝的陣地。同時，他不僅積極參加文藝界的鬥爭；而且，在白色恐怖的黑暗年代裡，辛勤地從事寫作，用文藝作為武器，揭露國民黨反動統治的黑暗與醜惡，集中地描繪了三十年代半封建半殖民地的複雜錯綜的社會現實。

題材的擴大

在這時期中，茅盾寫出許多優秀的作品，如「子夜」，「春蠶」、「秋收」、「殘冬」（合稱農村三部曲），「林家鋪子」等，這些作品是這時期的代表作。其他還有許多短篇和散文，後來收在短篇集「春蠶」、「泡沫」、「茅盾短篇小說集」等書中，散文集有「速寫與隨筆」、「茅盾散文集」、「話匣子」等。此外，還有一個中篇「多角關係」。一九三六年秋，他還主編過報告文學集「中

國的一日」。

我們知道，作家的世界觀對於他在生活中選取怎樣的題材，是起著積極的作用的。這時期茅盾創作的一個很顯著的特點，是題材擴大了，反映的社會面更廣闊了。從大革命時期的《蝕》、「野薔薇」、《虹》，到左聯初期的「三人行」、「路」，描寫的都是小資產階級的生活，作品的主角絕大部分是小資產階級知識青年。可以說，在一九二七至一九三一這五年中，作者的注意力是集中在這方面的，他很少描寫到其他階層的生活。這是什麼原因呢？當然，在這段期間內，他所接觸的人物、生活，大部分是小資產階級青年，他瞭解他們的生活與思想，瞭解他們在時代鬥爭中的苦悶與矛盾，因此，必然要以他們作為主要的描寫對象。但是，這僅僅是一方面的原因，更重要的原因，應該從作者的世界觀去尋找。其實，當時除了接觸到小資產階級的生活外，作者也經常接觸到革命者，也搞過工人運動，但是由於他站在小資產階級的立場看當時的現實，因此忽視了這些方面。左聯初期，茅盾剛從日本回國，對當時的社會現實還沒有來得及作深入的觀察和瞭解，因此，雖然作者的思想已有了轉變，但他還只能寫與大革命時期同一類型的題材。到了這一時期，隨著作者思想的轉變，他的眼光就擴大到社會上各個階層中間去，選取最能表現社會面貌，反映現實生活中最根本問題的題材。

一九三〇至一九三二年，茅盾曾有意識地對三十年代初期錯綜複雜的社會生活，作了深入的觀察和分析。特別是對當時受帝國主義經濟侵略和國民黨殘酷壓榨下的都市、農村和市鎮的破產和蕭條景象，以及工人運動的高漲，階級矛盾的尖銳化等，作了較深入的觀察和分析。

一九三〇年春茅盾從日本回上海後，正是蔣介石、馮玉祥、閻錫山等軍閥南北大戰正酣的時候，同時也是上海等各大都市工人運動高漲的時候。另一方面，一九三〇年春世界經濟危機也波及上海，中國民族資本家受到經濟危機的威脅。帝國主義的經濟侵略，軍閥的混戰，農村經濟的破產，國民黨新軍閥的黑暗統治：這一切都又直接間接地加速這一危機的產生。資本家為了擺脫自身的危機，更加緊對工人階級的壓榨與剝削，他們用增加工作時間、減低工資、大批開除工人等手段，殘酷地掠奪工人，因此引起工人的反抗，從反面促進了工人運動的高漲。當時，茅盾正患眼病，而且神經衰弱，一時不能看書。就在這時候，他一面休養，一面東跑西跑，看人家拉股子，看人家發狂地賭博，看人家辦廠子，開始有意識地對這個近代金融和工業中心的大

都市——上海，作深入的觀察。他自己也說過：

> 　　我在上海的社會關係，本來是很複雜的。朋友中間有實際工作
> 的革命黨，也有自由主義者，同鄉故舊中間，有企業家，有公務員，
> 有商人，有銀行家。那時我既有閒，便和他們常常來往。從他們那
> 裡，我聽了很多。向來對社會現象，僅看到一個輪廓的我，現在看
> 的更清楚一點了。當時我便打算用這些材料寫一本小說。後來眼病
> 好一點，也能看書了。看了當時一些中國社會性質的論文，把我觀
> 察得的材料和他們的理論一對照，更增加了我寫小說的興趣。
>
> 　　當時在上海的實際工作者，正為了大規模的革命運動而很忙，
> 在各條戰線上展開了激烈的鬥爭。我那時沒有參加實際工作，但是
> 一九二七以前我有過實際工作的經驗，雖然一九三○年不是一九二
> 七年了，然而對於他們所提出的問題以及他們工作的困難情形，大
> 部分我還能瞭解。〔註8〕

　　「子夜」就是經過這樣細緻、深入的觀察和分析以後才寫出來的，因此，它反映出三十年代初期中國都市社會複雜錯綜的經濟危機和階級矛盾。在這部作品裡面，它涉及的面很廣，描寫了都市社會各階層人物的生活。這裡：有都市資產階級社會的鉤心鬥角和相互傾軋；有民族工商業的經濟危機和帝國主義的侵略；有交易所裡做金融投機的人們的殘酷的搏鬥和垂死的掙扎；有工人群眾的罷工鬥爭和農民的暴動……各個階層的生活都寫到。人物也更加廣泛了，有工業資本家、銀行家、投機家、帝國主義掮客、逃亡地主、交際花、妓女，也有工人、農民、革命者以至工賊等。對民族資產階級的描寫，「子夜」是相當成功的，在現代文學中，這類題材的作品還不是很多的，因此，它顯得更加可貴。

　　一九三二年「一‧二八」上海抗戰後，茅盾一度回到自己的故鄉，浙江桐鄉縣的一個相當熱鬧的市鎮——青鎮。這個市鎮位於浙江，鄰近江蘇，人口將近五萬，是江南的一個富裕的魚米之鄉，繁華不下於一個中等縣城。抗戰前歷次的兵災很少影響到這個市鎮，它成為外地逃荒難民的避難所，因此人口一天天增加起來了（「林家鋪子」裡也描寫到，「一‧二八」事變後，從上海等地來了許多避難的人，他們使得林先生有了大放「一元貨」的機會）。茅盾回到久別的故鄉，沿途看到江南農村的破產、蕭條的景象，市鎮的景況

〔註8〕見茅盾：「『子夜』是怎樣寫成的」。

也大不如從前，「現在，這老鎮頗形衰落了，農村經濟破產的黑暗沉重地壓在這個鎮的市塵。」〔註9〕他在故鄉，對農村、市鎮的情況留心觀察研究，也接觸了一些鄉下的親戚、市鎮上的小商人等，這個具有典型性的江南農村和市鎮，在經濟危機和日本帝國主義侵略的影響下，日趨破產、貧困的景象，引起他很大的注意。後來，這次旅行觀察、分析、搜集所得的材料，就成為寫作「春蠶」、「林家鋪子」的基礎。收在「茅盾散文集」裡的「故鄉雜記」一文，就詳細地記述了這次旅行的情況，例如，文中所寫的小康的自耕農「丫姑老爺」，和已有三十年歷史的雜貨店老闆，就是「春蠶」和「林家鋪子」中的老通寶、林先生的原型。

除了描寫都市、農村、市鎮的生活外，茅盾也注意到底層社會小人物的生活境遇，在這時期的一些短篇小說中，有許多就是取材於下層社會的小職員以至馬路上的小癟三的生活的。

以上的敘述，說明了當作者的世界觀發生變化，開始由小資產階級的立場轉向無產階級的革命立場的時候，作家的眼光就擴大了，題材也擴大了。這時期的創作，不再單單局限於寫小資產階級，寫青年學生的生活了，也不再沉湎於苦悶和幻滅之中了。相反的，作者把自己的注意力集中到對在經濟危機和帝國主義侵略威脅下的三十年代初期半封建半殖民地中國都市、農村、市鎮等各個方面生活的觀察和描繪上，反映現實的面更加廣闊了。這裡，有資產階級的生活，有農村的貧雇農的生活；有市鎮小商人的生活，也有都市工人的生活；以至下層社會小人物的生活等。人物也不再局限在靜女士、章秋柳、方羅蘭、梅女士、火薪傳等這一類型的人物身上了，在作者的筆下，開始出現三十年代初期各個社會階層的形形色色的人物，如吳蓀甫、趙伯韜、老通寶、林先生、多多頭、大鼻子等，他們生活在同一時代裡，過著不同的生活，有的受別人壓迫，有的壓迫別人。由於作者是經過深入的觀察、分析和概括的，因此寫得很真實、生動。

題材的擴大意味著作家和社會的關係更加密切了，意味著作家對祖國的命運、對人民的疾苦的深切關懷。當然，作品價值的高低、成功與否，並不決定於題材，而主要的是決定於作家如何處理這些題材，用什麼立場、什麼觀點去分析和概括它。也就是說，決定於形象化的過程中，作家的世界觀所起的作用。但是，也不能否認，作家的世界觀對於他選取什麼題材，是起著

〔註9〕茅盾：「故鄉雜記」，見「茅盾散文集」。

積極作用的。茅盾在這時期中所選擇的題材，就比大革命時代更廣泛，更富有社會意義。他所選擇的社會現象，能概括出第二次國內革命戰爭時期，尤其是三十年代初期國統區社會的基本特徵。這種傾向，同樣也表現在散文中。在大革命時期，作者的一些散文，描寫的時常是一些身邊小事，抒發一些個人的悲哀與苦悶。而到了這時期，特別是「一・二八」上海抗戰以後，他的散文都是描寫一些社會的貧困，人民的疾苦。尤其引起我們注意的是，他寫了許多富有戰鬥性的雜文，和魯迅的雜文一樣，它像一把利刃，針對著時局，專門揭露國民黨反動派投降日帝的罪惡活動。

三十年代的畫家

在「子夜」、農村三部曲（「春蠶」、「秋收」、「殘冬」）、「林家鋪子」和其他一些短篇、雜文中，作者把我們引到「九・一八」事變前後的時代裡去了，引到吳蓀甫、老通寶、林先生生活的時代裡去了。這是一個矛盾重重的時代，一個充滿破產與蕭條，壓迫與反抗的時代。帝國主義和國民黨反動派的統治與迫害，使中國社會經濟陷於貧困和破產的地位，廣大人民受著飢餓與死亡的威脅。

第一次國內革命戰爭失敗後，中國共產黨在毛澤東同志的正確領導下，深入農村革命，建立革命根據地，使中國革命由低潮又逐漸走向高潮。但是，國民黨蔣介石篡奪了工農革命的勝利果實以後，一方面殘酷地屠殺革命力量；一方面在帝國主義的支持下，又開始了長時期的軍閥混戰，從一九二七年八月到一九三〇年，前後爆發了七、八次的軍閥混戰。「子夜」就是在一九三〇年四月爆發的以美帝和日帝為靠山的蔣、馮、閻之間軍閥混戰的背景上展開的。軍閥的長時期混戰，使中國農村經濟遭到很大的破壞，促使農村破產；同時，也使得趙伯韜之流的人物，能乘機大做其金融投機生意，軍閥混戰成為他們發財的好機會。另一方面，一九二九至一九三二年資本主義世界爆發的空前巨大的經濟危機，也影響到中國市場。帝國主義者，特別是日本帝國主義為了擺脫自身的危機，加緊對東方最大市場的中國進行掠奪與侵略。一九三一年九月十八日，日本帝國主義就利用蔣介石反動政府進行反革命內戰，國內危機日益嚴重的時候，發動了「九・一八」事變，開始對中國進行武裝侵略。一九三二年又發動了「一・二八」事變。對於日寇的侵略，國民黨蔣介石一開始就走妥協投降的道路。「一・二八」事變後，上海軍民奮起抗

戰，蔣介石卻於五月五日和日寇簽訂了賣國的上海停戰協定。由於經濟危機的威脅，軍閥的混戰，日本帝國主義的侵略以及蔣介石的反動統治，整個中國社會的經濟受到極大的破壞，都市民族工商業四面楚歌，危機重重，企業紛紛倒閉。爲了擺脫自身的危機，資本家又用盡各種殘酷的手段，加緊對工人的剝削，因此也引起工人的激烈反抗，罷工運動在黨的領導下蓬勃開展起來了。同時，農村經濟的破產，也加劇了都市工商業和市鎮小商人的危機；反過來，都市工商業的危機也加劇了農村和市鎮的破產。換句話說，民族資本家吳蓀甫和市鎮小商人林先生，以及農村的自耕農老通寶的命運是相互關連的。吳蓀甫的絲廠倒閉了，老通寶的蠶「寶寶」再白、再胖，「蠶花」再好，繭子終歸還是賣不出去；千百萬個老通寶破產了，購買力降低了，靠廣大農民維持生活的林先生，店鋪也得關門了。這正是三十年代初期（「九‧一八」前後）中國社會的基本情況，它在茅盾的筆下再現了。他抓住了時代的最基本的特徵，經濟蕭條和人民的反抗，描繪出三十年代初期中國社會廣闊的生活圖畫。他描寫了都市和農材經濟的蕭條、破產的景象，描寫了社會下層小人物的悲慘生活，市鎮小商人的悲劇，同時，暴露了國民黨的黑暗統治，揭露了「九‧一八」事變以後國民黨所謂「長期抵抗」政策的投降實質。由於作者世界觀的轉變，開始用馬克思主義科學的社會觀點和階級觀點去分析、概括和反映這些現實，因此，它相當深刻而成功地反映出三十年代初期錯綜複雜的社會現實，勾出了一幅完整而真實的時代圖畫。如果我們把「子夜」、農村三部曲、「林家鋪子」，和他的其他一些短篇、雜文聯繫起來看，就可以清楚地看到當時社會各個方面的面貌。

三十年代初期都市、農村和市鎮的生活圖畫

　　「子夜」描寫的是一九三○年都市資產階級社會的生活。這部長篇小說所涉及的面是很廣泛的，矛盾也是極端複雜的。它反映了三十年代初期半封建半殖民地都市社會的錯綜複雜的社會關係和階級關係，特別是軟弱的民族資產階級在帝國主義的經濟侵略和內戰的破壞下，力圖奮鬥、掙扎，走上獨立發展道路而終於破產的歷史命運。子夜，即夜半子時，正當十一點到一點的深夜，這書名正暗示著小說所寫的故事是發生在黎明前最黑暗的年代裡。

　　「子夜」的規模是宏偉的，它集中地描寫了三十年代初期都市社會的許多主要矛盾，給予生動的、形象化的表現，如民族資產階級與帝國主義的矛盾，民族資產階級與買辦資產階級的矛盾，民族資產階級與民族資產階級之

間的矛盾，民族資產階級與工人階級的矛盾等等。通過這些描寫，作者表現出資產階級的兩面性，它受帝國主義、買辦資產階級的壓迫，另一方面，它又壓迫別的比它小的資本家，大魚吃小魚，並且十分殘酷的剝削工人，鎮壓工人的反抗。半封建半殖民地中國社會的資產階級正具有這些特點。在這部長篇巨著中，作者給我們描繪了一幅都市民族工商業凋零和破產的景像，小說所提出來的中心問題就是民族資產階級的命運和出路問題。在這個近代金融和輕工業中心的上海社會裡，不僅是「紅頭火柴」周仲偉、綢廠老闆陳君宜和絲廠老闆朱吟秋之類的中等資本家，受到經濟危機的威脅，陷於破產的境地，而且連吳蓀甫這樣有野心、有手段、有魄力的大資本家，最後也免不了破產的命運。他企圖擺脫帝國主義和買辦資產階級的壓迫，走上獨立發展的道路。但是，當他剛邁開第一步時，就受到了重重的包圍，它的最強大的敵人帝國主義和買辦資產階級擋住了它的去路，這位「國際財神爺」（瞿秋白語）扼住了它的咽喉，一切通向資本主義的道路都被堵塞住了。儘管吳蓀甫的手段靈巧，但是在半封建半殖民地的中國社會裡，他的命運和周仲偉、朱吟秋，甚至於「林家鋪子」裡的小商人林先生一樣，最終的出路只有一條：投降或者是破產。這是半殖民地中國社會民族資產階級必然的歷史命運，「子夜」通過吳蓀甫這個人物生動而具體地說明了這一真理。除了描寫民族工商業的破產，市場的蕭條，金融投機事業的畸形發展，資產階級內部的傾向以外，「子夜」還相當著力地描寫資本家對廣大工人的殘酷剝削，工人罷工運動的蓬勃開展等，這一切正是三十年代初期中國都市社會的基本特徵。

在中篇「多角關係」中，描寫的也是「九‧一八」事變以後都市工商業的蕭條、破產的景像，不過，它是從側面描寫的。作者通過工廠老闆唐子嘉，在大年關前夜回家躲債所引起的種種複雜的債務關係，反映了當時工商業的危機和廣大工農群眾的貧困化。不過，這個中篇寫得不很好。在一些散文中，如「『現代化』的話」、「大減價」、「上海的大年夜」、「證券交易所」等，都是描寫上海工業的日益殖民地化，和在經濟危機威脅下，上海工商業的冷落、蕭條的景象，這些文章也可以幫助我們瞭解「子夜」所描寫的三十年代初的都市社會。

如果說「子夜」描寫的是三十年代初期都市社會的生活，「春蠶」、「秋收」、「殘冬」等農村三部曲描寫的則是三十年代初期農村社會的生活。它們的背景是相似的，只不過「子夜」寫的是都市，農村三部曲寫的是農村。這

三個短篇，尤其是「春蠶」，寫得相當成功，它和「林家鋪子」一起成為茅
盾短篇創作的代表，成為「五四」以來優秀的短篇小說的典範作品。它通過
一個典型的農家——老通寶和他的兒孫們——由小康趨於破產、由自耕農下
降為貧雇農的過程，描繪了一幅「九·一八」事變前後中國農村經濟的破產
和貧困的圖畫，這是一幅現實主義的圖畫。

　　小說的背景是一個江南的農村，這是一個典型的半封建半殖民地的農
村。一方面，農民還過著封建迷信的生活，在春蠶的季節裡人們還要按舊習
慣敬奉蠶花娘娘，祈求她的保佑；老通寶還深信放在牆腳下的大蒜頭要是長
不出茂盛的芽來，蠶花一定不好；他認定荷花是白虎星，會沖剋自己的「寶
寶」的；他相信「真命天子」會再世的，多多頭他們去搶米囤是「造反」，
要「滿門抄斬」的……顯然，這是一個封建迷信還相當嚴重的農村，舊封建
道德觀念和舊的封建勢力還相當有力地影響著農民的生活。這裡還有黃道士
之類的迂腐的人物，有張發財之類的地主土豪，為了怕他祖墳上的松柏被人
「偷」去，全村的人要提心吊膽地為他看管。但是，另一方面，這也是一個
半殖民地的農村，資本主義的勢力已經侵入到這個閉塞的村落裡來了。在平
靜的小河上，一條柴油引擎的小輪船很威嚴地開進來了，農村的四周圍，到
處布滿了繭廠，「『五步一崗』似的比露天毛坑還要多」。鎮上也來了許多洋
布、洋紗、洋油之類的貨色，從此，田裡生出來的東西一天天不值錢了，而
鎮上的東西卻一天天貴起來。

　　在這個半封建半殖民地的農村裡，老通寶的一家也起了巨大的變化。都
市的經濟危機，日本鬼子的侵略，也影響到老通寶的生活。這個純樸而勤勞
的農民，一心想靠自己的雙手，掙個像樣的生活，做個安分守己的「順民」。
他把一切期望都寄託在蠶「寶寶」身上，指望能得到個好收成。但是，正如
老通寶所說的，「世界變了！」好容易盼到一個好年成，雪白發光的「硬古古」
的上好繭子，卻竟會沒人要，往常像走馬燈似的「收繭人」，卻替換來了債主
和催糧的差役，「五步一崗」似的比露天毛坑還要多的繭廠，大門卻「關得緊
洞洞」的；連自家做出來的絲，拿到鎮上去也賣不掉，當鋪也不收。上海絲
廠的倒閉，直接威脅著這個以養蠶為主要副業的江南農村，老通寶做夢也沒
想到，因為春蠶熟，竟「白賠上十五擔葉的桑地和三十塊錢的債」。這個在半
封建半殖民地社會裡熬過了大半生的老實農民，只覺得世界真變了，但不知
道為什麼會變？春蠶季節裡的慘痛教訓，並沒有使他覺悟過來，他又把希望

寄託在秋收上。但是，秋收後老通寶的幻想又破滅了，「稻還沒有收割，鎮上的米價就跌了」，而討債的人卻川流不息地往村裡跑。「春蠶的慘痛經驗作成了老通寶一場大病，現在這秋收的慘痛經驗便送了他一條命。」老通寶死後，他的一家子也變了樣，田地賣光了，三間破屋也不是自己的了，還加了一大堆債。最後，這個老通寶想一心死守住的「家」，拆散了，四大娘當人家的女傭去，阿四也由自耕農淪爲雇農。作者通過老通寶一家由小康趨於破產的過程，暴露了在帝國主義的經濟侵略和國民黨反動統治下廣大農村的貧困和破產的景象，這正是三十年代初期農村經濟破產下的普遍現象。老通寶的命運是千百萬農民悲慘命運的縮影。在這三篇作品裡，作者不僅揭露了資本主義勢力侵入農村後對農民的掠奪與壓榨，揭露了在國民黨反動統治下，農民受「地主、債主、正稅、雜捐」的層層剝削，反映了農村的貧困、凋零的景象；同時，也表現了農民群眾的覺醒與反抗，這在新一代的青年農民多多頭身上強烈地表現出來。他不相信命運，不相信老通寶所虔誠信奉的那一套舊觀念，沒有封建迷信。因此，當飢餓威脅著廣大農民的時候，他勇敢地帶領群眾去搶米囤，和土豪富商進行鬥爭。最後，在「殘冬」裡，他和陸福慶、李老虎等，走上反抗的道路，這是千百萬農民在水深火熱之中覺醒後必然要走的道路。農村三部曲所描寫的這幅三十年代初期農村經濟破產、凋零，農民的覺醒、反抗的圖畫，是具有深刻的現實意義的。在這時期中，有關農村破產和貧困化，資本主義經濟勢力侵入農村等情況，茅盾也在許多散文中描寫到，如「鄉村雜景」、「故鄉雜記」、「陌生人」、「『現代化』的話」、「田家樂」等。在前一節中我們已經提到，農村三部曲是茅盾一九三二年回故鄉時，實際接觸到農村經濟破產的情況後寫成的。「故鄉雜記」中所寫的有許多是他創作的原始材料，對我們理解這三篇小說有很大的幫助，文中的「丫姑老爺」實際上是老通寶的原型。爲了幫助我們瞭解當時農村的實際情況，幫助我們瞭解作者是如何去提煉和創造老通寶這個人物的，下面我們引一段原文：

> 把蠶絲看成第二生命的我們家鄉的農民做夢也沒有想到他們這第二生命已經進了鬼門關！他們不知道上海銀錢業都對著受抵的大批陳絲陳繭繞眉頭，是說「受累不堪」！他們更不知道此次上海的戰爭更使那些擱淺了的中國絲廠無從通融款項來開車或收買新繭！他們尤其不知道日本絲在紐約拋售，每包合關平銀五百兩都不到，而據說中國絲成本少算亦在一千兩左右呵！

　　這一切，他們辛苦飼蠶，把蠶看作比兒子還寶貝的鄉下人是不會知道的，他們只知道祖宗以來他們一年的生活費靠著上半年的絲繭和下半年田裡的收成；他們只見鎮上人穿著亮晃晃的什麼「中山織」、「明華葛」，他們卻不知道這些何嘗是用他們辛苦飼養的蠶絲，反而是用了外國人的人造絲或者是比中國絲廉價的日本絲呀！

　　遍佈於我的故鄉四周圍，彷彿五步一崗，十步一哨的那些繭廠，此刻雖然是借駐了兵，沒有準備開秤收繭的樣子，可是將要永遠這樣冷關著，不問鄉下人賣繭子的夢是做得多麼好！

　　但是我看得這些苦著臉坐在沿街石階上的鄉下人還空托了十足的希望在一個月後的「頭蠶」。他們眼前是吃盡當完，差不多吃了早粥就沒有夜飯，——如果隔年還省下得二三個南瓜，也就算作一頓，是這樣的掙扎著，然而他們餓裡夢裡決不會忘記怎樣轉彎設法，求「中」求「保」，借這麼一二十塊錢來作為一個月後的「蠶本」的，他們看著那將近「收蟻」的黑霉霉的「蠶種」，看著桑園裡那「桑拳」上一撮一叢綠油油的嫩葉，他們覺得這些就是大洋錢，小角子，銅板，他們會從心窩裡漾上一絲笑意來。

　　我們家有一位常來的「丫姑老爺」，——那女人從前是我的祖母身邊的丫頭，我想來應該尊他為「丫姑老爺」庶幾合式，就是懷著此種希望的。他算是鄉下人中間境況較好的了，他是一個向來小康的自耕農，有六七畝稻田和靠念擔的「葉」。他的祖父手裡，據說還要「好」，帳簿有一疊。他本人又是非常勤儉，不喝酒，不吸煙，連小茶館也不上。他使用他的田地不讓那田地有半個月的空閒。我們家那「丫小姐」，也委實精明能幹，粗細都來得。憑這麼一對兒，照理該可以興家立業的了；然而不然，近年來也拖了債了。可不算多，大大小小百十來塊罷？他希望在今年的「頭蠶」裡可以還清這百十來塊的債。他向我的嬸娘「掇轉」二三十元，預備乘這時桑葉還不貴，添買幾擔葉（我們那裡稱這樣的「期貨葉」為「賒葉」，不過我不大明白是否這個「賒」字）。我覺得他這「希望」是築在沙灘上的，我勸他還不如待價而沽他自己的念來擔葉，不要自己養蠶。……（下面是一長段的對話）

　　我們的談話就此斷了。我給這位「丫姑老爺」算一算，覺得他

的自耕農地位未必能夠再保持兩三年。……後來我聽說他的蠶也不好，也加以繭價太賤，他只好自己繅絲了，但是把絲去賣，那就簡直沒有人要；他拿到當鋪裡，也不要，結果他算是拿絲進去換出了去年當在那裡的米，他賠了利息，可是這掉換的標準是一車絲換出六斗米，照市價還不到六塊錢！

　　東南富饒之區的鄉下人生命線的蠶絲，現在是整個兒斷了！（見「茅盾散文集」）

　　「林家鋪子」和「春蠶」是同年完成的，寫的都是三十年代初期的現實，只是「林家鋪子」寫的是市鎮小商人的悲劇。這篇小說的背景也是在富裕的江浙一帶，主要是根據作者的故鄉——青鎮——的情況寫成的，這一點我們已經在前面談過了。

　　小說通過林先生的小店鋪倒閉的經過，反映了「九・一八」事變前後市鎮商業的蕭條、破產的景像，暴露了國民黨反動統治在民族危機的時候，利用所謂「抗戰」作幌子，加緊對人民進行敲榨和勒索的情形。林家鋪子為什麼會倒閉呢？這是小說的中心問題。顯然，並不是因為林先生沒有才幹、不善於經營的緣故，相反的，林先生是一個謹慎小心的人，善於巴結顧客，精打細算，在市場蕭條經濟困難的時候，他能想盡辦法，用「大放盤」、「一元貨」的辦法，招來一大批顧客，在同業生意清淡的時候，他的店鋪居然門庭若市。那麼，使林家鋪子倒閉的主要原因是什麼呢？要回答這問題，我們可以看看「子夜」，看看農村三部曲，把林先生的悲劇和吳蓀甫的悲劇，老通寶的悲劇聯繫起來看，這些都是三十年代初期整個中國社會在民族危機與經濟危機的威脅下，在國民黨的反動統治下必然的悲劇。都市經濟的破產，農村經濟的破產，也促成小市鎮工商業的破產，在帝國主義的侵略和國民黨統治下，他們的命運是聯結在一起的。從小說描寫的故事來看，使得林先生惶惶不安，最後不能不宣告破產的原因是：國民黨「黨老爺」的敲詐，錢莊的壓迫，農民購買力的降低，同業的中傷，卜局長的威脅等等。但是，最直接的原因還是國民黨的壓迫。小說突出地揭露了國民黨反動統治，利用抗戰名義大肆進行敲榨剝削的罪行。「九・一八」事變後，他們不僅不積極抗日，反而用「抗戰」作幌子，到處徵收所謂「國難捐」，像林先生這樣的小商人，經不起黑麻子之流的國民黨黨棍的勒索與恫嚇，最後終於破產出走。另一方面，市鎮的小商業和農村經濟關係是非常密切的，他們銷售的主要對象是農民，

農民一破產，他們的貨也就賣不出去了。在「故鄉雜記」中，茅盾也詳細地描寫到「九‧一八」事變後市鎮商業蕭條冷落的景象，指出「農民是他們的衣食父母。他們盼望農民有錢就像他們盼望自己一樣」，「雖然他們身受軍閥的剝削，錢莊老闆的壓迫，可是他們惟一的希望就是把身受剝削都如數轉嫁到農民身上」。但是，正如「春蠶」、「秋收」、「殘冬」所描寫的，農民過的是貧困和飢餓的生活，千百萬個老通寶的破產，必然要加速林先生的破產。

底層社會小人物的悲慘生活

從「子夜」、「農村三部曲」、「林家鋪子」中，我們可以清楚地看到一幅多麼廣闊的時代圖畫：三十年代初都市、農村、市鎮的現實生活。在茅盾的另一些短篇中，我們又可以發現另一幅現實生活的圖畫，這就是關於下層社會小人物悲慘生活的描寫，如「第一個半天的工作」、「擬浪花」、「當鋪前」、「大鼻子的故事」、「水藻行」等。這些短篇都是描寫「九‧一八」事變以後，在國民黨的反動統治和經濟危機威脅下，在飢餓與貧困線上掙扎的下層社會小人物的悲劇。如「第一個半天的工作」，寫一般公司小職員的生活。黃女士是某大公司的抄寫員，作者通過她在第一個半天的工作，暴露了在黑暗的社會裡，謀生的艱苦與辛酸。在這個惡濁的社會裡，為了保住飯碗，她們必須學會打扮、賣俏，學會調情與逢迎，可是，她們每個月的收入卻是多麼的微小，家裡還有一大堆小孩在等著飯吃呢！為了生活，她們要去做違背自己良心的事。她們不僅要依靠自己的能力，而且要依靠自己的肉體，去賣俏，去調情，這是多麼辛酸呀！「擬浪花」描寫窮車夫阿二的生活。他幻想要買塊布，可是當他辛辛苦苦，用血汗掙來了錢時，布已經漲價了。在國民黨反動統治時代，物價飛漲，窮人的生活根本沒有保障。然而，阿二的主人，如吳先生、吳太太之流的有錢人，卻乘機囤積居奇，做起投機生意來了。「當鋪前」通過貧苦農民王阿大大清早上當鋪的描寫，暴露了農村的破產，農民生活的貧困化。在「故鄉雜記」中的第三節「半個月的印象」中，也有關於作者家鄉當鋪的情況的描寫，茅盾就是根據這些觀察所得的材料寫成短篇「當鋪前」。它描寫了在經濟危機和農村破產的情況下，連當鋪也關門了，只有一家還半開著。這種專門吮吸農民血汗的殘酷高利貸剝削，在這時候也成了貧苦農民最後的一線希望。他們為了換一二塊錢，為了生存下去，忍受著極端殘酷的高利貸剝削，把「身上剛剝下來的棉衣，或者預備秋天嫁女兒的幾丈土布，再不然，──那是絕無僅有的了，去年直到今年賣來賣去總是太虧本因

而留下來的車絲」(「故鄉雜記」)，都全部拿去當了。即使是這樣，他們也不一定能換到錢，上當鋪的人太多了，而且當鋪裡也不一定要他們的東西。在這裡，我們可以看到大清早擠在當鋪前的一長列貧苦的窮人，他們擠著，擠著，有人竟暈倒了；這些在飢餓與死亡線上掙扎的人們，正是下層社會窮苦人悲慘命運的縮影。

短篇「大鼻子的故事」，描寫上海馬路上小癟三的生活。這個題材是比較特別的。當作者的眼光注視到社會底層這些過著豬犬不如的生活的窮孩子時，是懷著十分深切的同情的。這類無辜的孩子，失去了父母的愛，失去了童年的歡樂，日本鬼子炸毀了貧民窟，炸毀了他的家。從此，他流浪在街頭，有時，「跟在大肚子的紳士和水蛇腰長旗袍高跟鞋的太太們的背後，用發抖的聲音低喚著『老爺，太太，發好心呀』」；有時，「爬在水泥的大垃圾箱旁邊，和野狗們一同，掏摸那水泥箱裡的發黴的『寶貝』」。他們雖然只有小小的年紀，但生活逼使他們染上了欺騙、盜竊的壞習慣。然而，這些難道是孩子的過錯，不！他們的心靈是純潔的。作者通過大鼻子最後參加反帝遊行的故事，十分生動地說明了這個問題。當他看到巡捕打遊行的學生時，「他腦筋裡立刻排出一個公式來：『他自己常常被巡捕打，現在那學生和那女子也被打；他自己是好人，所以那二個也是好人；好人要幫好人』」，於是，他拾起了被打落在地上的旗子，還給遊行的學生。並且，他立刻改變了念頭，把女學生掉下的錢袋，不是塞到自己口袋裡，而是送回原處，跟著大家一起高喊：「打倒日本帝國主義」。這篇小說是寫得相當好的。顯然，作者注意到這個問題並不是偶然的，這類孩子在當時的上海已有三四十萬之多，實際上已經是一個嚴重的社會問題了。

在這些短篇中，作者描寫了在飢餓與死亡線上掙扎的窮苦人，他們都是一些下層社會的小人物，如公司小職員、窮車夫、小癟三等。他們在「九·一八」事變後的黑暗社會裡，受生活的煎熬，受飢餓的威脅，生活毫無保障。作者通過他們，暴露了國民黨反動統治的罪惡，它給人民帶來了貧困與災難。作者在描寫這些窮苦人的生活時，表現了深厚的人道主義精神。

暴露與諷刺——戰鬥的雜文

這時期，除了長篇和短篇的創作，茅盾還寫了一些富有戰鬥性的雜文，它也是針對三十年代初期中國政治社會的情況而寫的。「一·二八」上海抗戰後，他時常在「自由談」上發表短小精悍的雜文。正如作者所說的：「特殊的

時代常常會產生特殊的文體」。〔註10〕這些雜文的基本特點是揭露與諷刺。它是針對「九・一八」事變後的時局寫的，作者集中地對國民黨反動派背叛祖國、背叛人民的投降路線——以所謂「長期抵抗」為幌子的——進行了無情的揭露與辛辣的諷刺。這類雜文如「九・一八週年」、「血戰後一週年」、「歡迎古物」、「玉腿酥胸以外」，「驚人的發展」、「緊抓住現在」、「阿Q相」、「漢奸」、「第二天」等，全部收在「茅盾散文集」裡。作為一個關心時代、關心祖國命運的革命作家和愛國者，茅盾對於國民黨的不抵抗政策和背叛人民的活動給予無情的揭露，許多雜文都是暴露國民黨的所謂「長期抵抗」政策的實質的。如「漢奸」一文，作者指出「『九・一八』以後，咱們中華民國的特產品是漢奸，所出產漢奸最多的，首推官商兩界」。他從熱河老百姓被誣為漢奸談起，指出所謂漢奸者，實際上是那些大人先生們，「做漢奸賣國原來是大人先生們的專利品」。接著他揭露了國民黨蔣介石的所謂「長期抵抗」實質上是投降賣國，所謂漢奸是他們隨便亂加的，因為，在他們看來，「不肯協助國軍抗日的，固然是漢奸，硬要幫著抗日的，也是漢奸，因為或抗，或不抗，或只抗一月，或希望能抗一月，都是『長期抵抗』政策之巧妙的運用，有敢不服從者，自然是漢奸無疑。」在「阿Q相」中，他把這種自欺欺人的「長期抵抗」政策，比之為阿Q的精神勝利法，他說：「特別在『九・一八』國難以後，『阿Q相』的『精神勝利』和『不抵抗』總算發揮得淋漓盡致了。」「血戰後一週年」一文，更明白地揭穿了所謂「長期抵抗」的西洋鏡，指出「所謂『長期抵抗』事實上乃是長期不抵抗」。

　　「一・二八」上海抗戰爆發後，蔣介石越來越暴露出他的反共反人民出賣祖國的真面目，當我們民族面臨著亡國的危險時，他不僅拒絕了中國共產黨的停止內戰、共同抗日的倡議，反而高唱所謂「攘外必先安內」的反動老調，積極發動反共反人民的內戰；而對日帝則步步退讓，奉行著可恥的投降政策。一九三二年日寇進攻上海時，上海軍民奮起抗戰，蔣介石從中破壞，這使十九路軍撤離上海，他卻與汪精衛同謀，於五月五日和日寇簽訂了賣國的上海停戰協定（陳伯達同志的「人民公敵蔣介石」一書有詳細的論述）。當帝國主義的侵略勢力還沒影響到他們四大家族的經濟利益時，他一心想做偏安夢。「九・一八」事變後，東北大片國土喪失了，廣大中國人民淪為亡國奴。他們渴望早日驅逐日寇，渴望著抗日軍隊的北上；可是，蔣介石反動派卻無

〔註10〕見「茅盾散文集自序」。

聲無息，在「歡迎古物」一文中，茅盾非常辛辣地諷刺了國民黨的這種賣國行為。它從國民黨大人先生們搬運天津的古物說起，揭穿了他們背叛人民的可恥行為。看去，似乎這些老爺們很重視祖國的文化遺產，實際上，正如作者所說的：「如果為了不值錢的老百姓而丟失了值錢的古物，豈不被洋大人所欺，而且要騰笑國際」。因此，儘管日寇在匆匆忙忙地增兵熱河邊境，我們的大人先生卻還在不慌不忙地載運幾千箱古物。「我們用火車運古物，他們用火車運兵！平津的老百姓眼見古物車南下，卻不見兵車北上，而又聽得日軍步步逼進，他們那被棄無辜的眼淚只好往肚子裡吞。」

茅盾的雜文是富有戰鬥性的，它是藝術性的政論文章。「一·二八」以後，國聯曾派所謂調查團來華瞭解，最後發表了所謂「李頓報告書」，當時許多人被這騙局迷住了。在「驚人發展」中，茅盾揭穿了帝國主義者的這個假面具。他指出，所謂「李頓報告書」只不過是帝國主義者企圖侵略中國，實行所謂「共管」的陰謀而已，「在獨吞的局面下，東北非我所有，但在共管的形式下，東北亦未必為我所實有。主人公的我們在日內瓦『驚人發展』以後依然是被掠奪而已」。然而，一些學者先生們卻大為讚揚其「公正」，殊不知自己已經成為「第三種人」了。他說：「等著罷！日內瓦在眼前這『驚人發展』以後，還有一次更驚人的發展呢！那時候，李頓調查團功德圓滿，全中國都成了共管下的太平世界，那時候，國難當真結束，而『長期抵抗』的意想不到的效力於是乎顯著！」

像魯迅先生的雜文一樣，茅盾用這種短小的利刃進行戰鬥，在當時起過積極的戰鬥作用。在祖國面臨著亡國的危機時，他大聲疾呼，揭露國民黨蔣介石背叛人民的陰謀活動，集中地抨擊了他們的所謂「長期抵抗」政策，在廣大群眾中撕開國民黨反動派的假面具。這個主題，在以後抗日戰爭時期中，也成為他經常注意的中心問題之一，許多創作，如「腐蝕」、「第一階段的故事」等，都是揭露國民黨反共反人民背叛祖國的罪行的。在這場鬥爭中，茅盾充分表現出一個革命作家的堅定立場，疾惡如仇，愛憎分明，富有愛國主義的精神。

從以上的簡單分析中，我們可以看出，茅盾在左聯後期的創作活動中，用自己的長篇、短篇、散文和雜文，集中地反映了三十年代初期廣闊的社會生活圖畫，這是一幅非常深刻的現實主義的時代圖畫。三十年代初期，確實

是我們中國歷史上最黑暗的時期，正是「子夜」的時刻。一方面，國民黨反動派進行了連年的軍閥混戰，廣大的農村受戰禍破壞，人民流離失所。軍閥混戰結束後，國民黨蔣介石又發動了空前殘酷的軍事「圍剿」和文化「圍剿」，企圖消滅人民的革命力量，消滅中國共產黨。白色恐怖彌漫三十年代祖國的上空，人民的生命和安全受著嚴重的威脅。另一方面，世界經濟危機也波及中國的市場，帝國主義勾結國民黨反動政府，和官僚買辦資產階級，加緊對中國的掠奪，中國的民族資產階級也受到破產的威脅，廣大的都市、市鎮、農村都處於蕭條、破產的狀態，工人、農民受到更加殘酷的剝削，幾重的壓迫都一起加到他們身上。不僅如此，「九・一八」事變後，日寇又開始了野蠻的侵略戰爭，我們祖國面臨著嚴重的民族危機。因此，我們說，這是一個矛盾重重的時代，一個苦難的時代。但是，在這「子夜」的黑暗時刻裡，也不是沒有希望，沒有光明的，以光榮的中國共產黨為首的人民革命力量，打垮了蔣介石的幾次「圍剿」，開始走向抗日的戰場，肩負起保衛我們祖國的任務，廣大的農村和都市，工農的革命運動也蓬勃發展起來了。

作為一個左翼革命文藝戰線上的革命作家，一個愛國者，茅盾對這時期祖國的命運、人民的疾苦表現了深切的關懷，對於三十年代錯綜複雜的社會現實，他開始用馬克思主義科學的社會觀點和階級觀點，去分析、瞭解和反映這時代的現實。因此，他能深刻、集中而又生動地描繪出一幅三十年代初期的生活圖畫。由於當時他還生活在國統區，受著國民黨的迫害，生活環境和當時的條件，都不可能使他正面地描寫革命鬥爭。所以，在這時的作品中，他主要是抓住三十年代初期社會生活的基本特徵，經濟的蕭條、破產，人民生活的貧困化。表面上看，他並沒有直接描寫帝國主義和國民黨反動派；實際上，在破產與貧困後面，正是帝國主義的侵略和國民黨的黑暗統治。

我們說，茅盾是三十年代的畫家，因為他深刻、集中地反映了這時期的廣闊的社會生活。這幅圖畫是淒涼的、悲慘的；同時也是反抗的，蘊藏著希望的。在這裡活動著的人物，有吳蓀甫、周仲偉、杜竹齋、朱吟秋和林先生之類的人物，也有老通寶、阿四、荷花、阿二和黃道士之類的人物；有趙伯韜、唐雲山、張財發、黑麻子和屠維岳之類的人物，也有多多頭、李老虎、何秀妹、張阿新、朱桂英之類的人物。作者相當成功地塑造了許多三十年代初期的典型形象。

「子夜」──創作發展道路上的里程碑

「子夜」是茅盾的代表作，也是他的最成功、最優秀的作品。從整個創作過程看，時間也是最長的，從構思到寫成前後共有二年多，作者對這部作品是費過一番苦心的。在寫作之前，寫過詳細的大綱和人物表，中間經過詳細的觀察、分析和搜集材料的過程，關於這一些，我們已經在前面談過了。這部作品的寫作經過大致是這樣：一九三○年春作者從日本回國後，參加左翼作家聯盟的成立，同時，因神經衰弱、胃病、目疾同時發作，有較長一段時間不能工作。因此，在一九三○年夏秋之交，他廣泛地接觸了上海社會的複雜現實，並開始搜集材料，「有了大規模地描寫中國社會現象的企圖」。一九三一年十月，乃整理所得材料，開始寫作，「其間因病，因事，因上海戰事，因天熱，作而復輟者，綜計亦有八個月之多」，至一九三二年十二月五日始完成。

在茅盾的創作發展道路上，「子夜」是一部非常重要的作品，它是作者繼《蝕》之後的又一長篇巨著，是作者創作發展道路上的里程碑。

「子夜」的出現震動了一九三三年的文壇，引起文藝界的普遍重視。當時瞿秋白同志就預言道：「一九三三年在將來的文學史上，沒有疑問的要記錄『子夜』的出版」，（註11）無論在藝術成就或是思想觀點上，「子夜」都標誌著作者的創作已經進入一個新的時期，它和大革命時代，以及左聯初期的創作都有重大的區別。從《蝕》到「子夜」，這是一個巨大的發展，作者已經開始由小資產階級的立場轉向無產階級的立場，由批判現實主義轉到社會主義現實主義的道路上來。如果說，寫《蝕》的時候，作者還是一個革命的小資產階級作家；那麼，在「子夜」的時候，他已經成為無產階級文藝戰線上的重要革命作家了。從《蝕》、「野薔薇」、《虹》、「三人行」、「路」，到「子夜」、「春蠶」，我們可以清楚地看到這個發展的線索。

「子夜」的出現不是偶然的，它是作者經歷了一段時期的摸索、追求，經過波折和奮鬥才得來的。在大革命時代，他經歷了創作上的苦悶、摸索時期，從東京回上海後又經過一段時期的摸索和嘗試，最後才寫出這部具有里程碑意義的偉大的作品來。不僅如此，在現代文學發展史上，「子夜」也具有很重要的意義，它是左聯成立後無產階級革命文學的第一聲響炮，是第二次

〔註11〕瞿秋白：「『子夜』與國貨年」，見「瞿秋白文集」卷一。

國內革命戰爭時期現代文學的最重要收穫之一。這不僅是因為它歷史地、眞實地反映了三十年代初期廣闊的社會現實，形象化地表現了當時深刻的社會矛盾和階級矛盾，成功地塑造出三十年代的民族資產階級典型。更重要的是作家的世界觀改變了，他開始用馬克思主義科學的觀點去認識現實，反映現實，愛憎鮮明，因此，對於三十年代的中國社會，以及對當時的民族資產階級的基本認識和描寫，是符合歷史眞實的。在這一點上，「子夜」和《蝕》有很大的區別。我們說，「子夜」和《蝕》是茅盾在兩個不同時期的兩部代表作，一個是大革命時期，一個是左聯時期。在這兩個時期中，作者的世界觀發生了很大的變化。大革命時期，由於蔣介石的叛變革命，革命鬥爭受到挫折，他一度悲觀消極，小資產階級的思想占上風，因此，對當時的革命形勢作出了消極的估計，在創作中產生悲觀消極的情調。但是，經過作者的努力，尤其是左聯成立後，在黨的領導下，方向明確了，而且左聯明確地提出無產階級革命文學的口號，這些對茅盾的創作都有很大的影響。我們知道，從早期的文學活動開始，茅盾就緊密地團結在黨的周圍，和革命鬥爭有密切的關係，儘管他一度消沉過，但他畢竟是一個相信黨、團結在黨周圍的革命作家。第二次國內革命戰爭時期，在毛澤東同志領導下的中國工農紅軍，和革命根據地的迅速發展，使中國革命又逐漸由低潮走向高潮，這些對茅盾的創作也有很大的鼓舞，使他對革命的未來又充滿信心。所以，他能夠在國民黨白色恐怖的黑暗年代裡，寫出「子夜」這樣的革命文學的巨著來。這說明，《蝕》和「子夜」的思想基礎是不同的。

　　「子夜」已經完全擺脫了大革命時代悲觀苦悶的情緒，作者在自己的創作中，對未來充滿了革命樂觀主義的精神。儘管由於環境的關係，便他不能不在某些方面採用暗示和側寫的方法，〔註12〕但是我們仍然可以看出它的鮮明傾向。「子夜」涉及三十年代初期社會生活的各個方面，規模相當宏偉。作者曾經這樣來敍述自己寫作「子夜」的動機，他說：「一九三〇年春……正是中國革命轉向新的階段，中國社會性質論戰進行得激烈的時候，我那時打算用小說的形式寫出以下的三方面：一、民族工業在帝國主義經濟侵略的壓迫下，在世界經濟恐慌的影響下，在農村破產的環境下，為要自保，便用更加殘酷的手段加緊對工人階級的剝削；二、因此引起了工人階級的經濟的政治的鬥爭；三、當時的南北大戰、農村經濟破產以及農民暴動又加深了民族

〔註12〕見茅盾：「『子夜』是怎樣寫成的」。

工業的恐慌。這三者是互為因果的，我打算從這裡下手，給以形象的表現。」〔註13〕正如作者所說的，它描寫了三個方面的人物：即民族資產階級，買辦資產階級，革命者和工人群眾。這部小說提出來的中心問題是民族資產階級的命運和出路問題，他針對托派的關於中國要經過資本主義發展階段的謬論，用文學形象來給予有力的駁斥，他說：「這樣一部小說，當然提出了許多問題，但我所要回答的，只是一個問題，即回答了托派：中國並沒有走向資本主義發展的道路，中國在帝國主義的壓迫下，是更加殖民地化了。」小說的中心形象是民族資產階級，作者相當成功地塑造了幾個民族資產階級的人物典型，並對他們的歷史命運和最終的結局作了真實的描繪。

在「子夜」所描寫的大大小小的七十多個人物中，吳蓀甫是最突出、最生動，也是寫得最成功的一個。吳蓀甫是「子夜」的中心人物，是全書一切事件和人物的聯結點和矛盾鬥爭的中心。他是三十年代初半封建半殖民地中國社會的民族資產階級的典型，在他身上反映了軟弱的中國民族資產階級，企圖擺脫帝國主義和買辦資產階級的壓迫，幻想走上獨立發展的資本主義道路而終於破產的歷史悲劇。民族資產階級的雙重性（受帝國主義、買辦資產階級的壓迫，同時又壓迫工人、壓迫同業中的小企業），以及它在精神上的動搖、空虛、軟弱的階級特性，在吳蓀甫身上得到相當完整的表現。作者並不是抽象的、孤立的來描寫這些特點，而是通過三十年代初（一九三〇年）半封建半殖民地的典型大都會——上海的複雜階級關係和人與人之間的關係來表現的，通過這典型的環境，作者成功地描繪了吳蓀甫這一人物形象。

吳蓀甫是一個野心勃勃的民族工業資本家，他憑藉著自己遊歷歐美資本主義國家的經驗和剛毅果決的辦企業的魄力，幻想要擺脫帝國主義和買辦資產階級的壓迫，走上獨立發展的資本主義道路。據作者說，他所以要以吳蓀甫這個絲廠老板作為民族資產階級的代表，一方面是受實際材料的束縛，作者對絲廠情況比較熟悉；另一方面，是絲廠可以聯繫都市與農村，這是與他原先想寫農村與都市「交響曲」的龐大計劃有關的。不過，以輕工業和金融業為中心的上海，受經濟危機的威脅和帝國主義的壓迫最明顯最嚴重的還是絲織業，作者以繅絲業中的資本家作為民族資產階級的代表，更加便於表現中國民族資產階級受帝國主義的壓迫和破產的命運的，而且，也更能表現資本家與工人的尖銳矛盾，因為，在紡織工業中，資產階級與工人階級的矛盾

〔註13〕見茅盾：「『子夜』是怎樣寫成的」。

表現得最尖銳。吳蓀甫一方面在民族絲織業中佔據重要的地盤；一方面又把
一隻手伸到農村去，在自己的家鄉雙橋鎮，建立了電廠、錢莊、米坊和當鋪，
殘酷地剝削農民。他有很大的野心，從自己的階級利益出發，他反對帝國主
義的經濟侵略，特別是對日本絲在國際市場上的蠻橫勢力感到頭痛，他渴望
排除這種勢力，因爲中國繅絲業的前途和他的命運是緊密地聯繫在一起的。
因此，他希望有一個爲自己服務的政府，他反對不斷的軍閥內戰（但當他進
入公債市場後，他又希望戰爭能遲一點結束），希望能實現民主政治，認爲「只
要國家像個國家，政府像個政府，中國工業一定有希望的」。（但是，吳蓀甫
所希望的政府並不存在，相反的，「出產稅、銷場稅、通過稅」等重重疊疊的
捐稅卻壓在他的頭上。）也正因爲這樣，後來他和整天鼓吹要「實現民主政
治，眞心開發中國工業」的汪派政客唐雲山成了「莫逆之交」。爲了實現自己
的野心，他和唐雲山以及另外兩個資本家孫吉人和王和甫組織了益中信託公
司，企圖擴大勢力，擺脫帝國主義和買辦資產階級的壓迫，建立起自己的資
本主義王國。他們制定了一個龐大的計劃，這個計劃分兩部分。對內的計劃
包括建立紡織業、長途汽車、礦山、應用化學工業等，還準備併呑一些小企
業，這實際上是要建立一個托辣斯的組織。對外的計劃，他們說得正大堂皇，
把自己的事業和孫中山先生在「建國方略」中所提出的「東方大港」、「四大
幹線」的計劃拉扯在一起，利用它作招牌。公司成立後，他們立即呑併了八
個小工廠，陳君宜的綢廠和朱吟秋的絲廠也轉移到他們手中。就這樣，吳蓀
甫開始沉醉於自己的資本主義王國的美夢裡，他們幻想將來有一天：「高大的
煙囱如林，在吐著黑煙，輪船在乘風破浪，汽車在駛進原野」。「他們的燈泡、
熱水瓶、陽傘、肥皂、橡膠套鞋，走遍了全中國的窮鄉僻壤！他們將使那些
新從日本移植到上海來的同部門的小工廠受到一個致命傷。」

　　但是，吳蓀甫的美夢並沒實現，因爲，他生活的時代正是殖民地化日益
加深的半封建半殖民地中國社會，經濟危機和帝國主義侵略，加深了民族工
商業的危機，它的最強大的敵人帝國主義和買辦資產階級擋住了它的去路，
一切通向資本主義的道路都被堵塞住了。當吳蓀甫的企業幻想剛剛開始的時
候，他就遇上了勁敵趙伯韜，這位依靠美國金融資本爲後臺老闆的「金融界
巨頭」、「公債魔王」，用盡一切狡猾的手段，一心要把他的企業呑併掉。這一
場激烈的鬥爭，貫穿了全部小說的始終，成爲全書矛盾鬥爭的中心事件。趙
伯韜，這個帝國主義的掮客，靠著帝國主義的支持，盡力摧殘民族工業，通

過他，帝國主義者達到了控制中國經濟的目的。他說：「中國人辦工業，沒有外國幫助，都是虎頭蛇尾……吳蓀甫會打算，就可惜有我趙伯韜要和他故意開玩笑，等他爬到半路就扯著他的腿！」他還威脅道：「嚇……三個月後再看罷！也許三個月不到！」在這場搏鬥中，儘管吳蓀甫手段靈活，硬拼到底，最後還是失敗了。在半封建半殖民地社會裡，他到處碰壁。由於帝國主義的侵略和長時期的軍閥混戰，加劇了農村經濟的破產，引起農民的反抗，這就直接動搖了他在雙橋鎮建立起來的理想王國。同時，經濟危機的威脅，農村經濟的破產，農民購買力的降低，這些更加深了生產萎縮和產品積壓的危機，加深了資本家與工人階級的矛盾，引起了工人的罷工鬥爭，吳蓀甫就是這樣夾在「三條火線」之中最後宣告破產的。

吳蓀甫的悲劇性的根源在於他的資本主義王國的幻想和本階級不可避免的歷史命運的矛盾。資產階級對於利潤貪婪追求的本性，使得他渴望發展資本主義勢力，擺脫帝國主義的束縛，但是，半殖民地半封建社會的性質又決定他必然要失敗。三十年代的中國民族資產階級是一個軟弱的階級，半殖民地的環境使得它發育不全，它只有在帝國主義和買辦資產階級的羽翼下依存著、掙扎著。擺在資產階級面前的只有兩條路：破產或者是投降。吳蓀甫這一形象的典型意義就在於它真實地、歷史地揭露了這一歷史真實。作者在吳蓀甫身上，不僅表現了民族資產階級的階級弱點——動搖性、軟弱性、妥協性，而且也揭露了他在政治上的反動性。他和工農群眾完全處於對立的地位，憎恨工農革命，憎恨共產黨，口口聲聲罵「共匪」、「農匪」。為了轉嫁自己的危機，彌補自己在投機市場上的損失，他不惜用盡一切手段，加緊對工人進行殘酷的剝削。當工人群眾起來鬥爭時，他又收買了忠實的走狗，狡獪毒辣的工賊屠維岳，利用黃色工會，在工人中挑撥離間，散佈毒素，企圖把工人的罷工鬥爭平息下去。但是，當這目的不可能時，他最後就依靠警棒和流氓打手，想把工人鬥爭鎮壓下去。毛主席在分析三十年代的中國民族資產階級時曾經說過：「中產階級即所謂民族資產階級。其政治主張為實現民族資產階級一階級統治的國家。有一個自稱戴季陶『真實信徒』的，在北京『晨報』上發表議論說：『舉起你的左手打倒帝國主義，舉起你的右手打倒共產黨』。這兩句話，畫出了這個階級的矛盾惶遽狀態。」〔註14〕這段話也可以幫助我們瞭解吳蓀甫這個人物形象。「子夜」的成功地方，也就在於它歷史地、真實

〔註14〕毛澤東：「中國社會各階級的分析」。

地描繪出這個人物的雙重性，表現了民族資產階級的不可避免的歷史命運，從而，用藝術形象，用文學這一鬥爭武器，有力地駁斥了托派的謬論。同時，對於買辦資產階級的典型，趙伯韜這一人物的描寫也是相當成功的。這一切，都是「子夜」的不可磨滅的功績。

「子夜」是在一九三〇年廣闊的社會背景上展開的，它除了集中地表現民族資產階級的生活和命運外，還表現了一九三〇年錯綜複雜的社會矛盾，揭露了都市生活的內幕。這裡，有三十年代都市工商業的蕭條、破產的景象，有資產階級內部的矛盾和傾軋，資產階級社會的糜爛、沒落的生活，和人與人之間虛偽、冷酷的金錢關係；有工人階級與資產階級的矛盾鬥爭，黨所領導的工人群眾與黃色工會的鬥爭等，同時，作者還描寫出當時上海金融投機市場的畸形發展，軍閥的混戰成為交易所賭棍們的命運主宰，「在那裡，買賣不是真實的買賣，供求不是真實的供求，純然是錢財的賭博。投機、造謠、欺騙、暗算、誘惑、耍流氓、冒險、殘酷……總之，一切的目的，都是為自己發財，不惜多少萬人破家蕩產。在『冒險家樂園』的上海，在這個殖民地化的國際買辦市場上，這類交易所冒險家的手段，就發揮了盡致。」（陳伯達：「人民公敵蔣介石」）趙伯韜是交易所裡的魔鬼，買辦的典型，但比起蔣介石，他卻不過是一個小人物。「子夜」對這個醜惡社會的揭露是淋漓盡致的。

對於工人群眾的罷工鬥爭，和革命工作者的描寫，作者也是費了相當大的力量的。他成功地描寫了資本家對工人的殘酷剝削，表現了工人群眾高漲的革命熱情，他們與資本家，以及被資本家的走狗所控制的黃色工會展開艱苦的鬥爭，在這場鬥爭中，出現了許多像張阿新、何秀妹、朱桂英、陳月娥等優秀的人物。通過這些優秀的三十年代的工人階級的形象，「子夜」對當時的讀者，是有一定的鼓舞和教育作用的。同時，作者生動地描寫了資本家對工人運動的殘酷鎮壓，塑造了屠維岳這樣一個工賊的形象。他狡猾、毒辣，用盡一切手段企圖破壞工人群眾的團結，破壞罷工運動。但是作者對這人物的描寫，有些過分誇張他的果敢機智，還沒有把資本家走狗的猙獰面目完全寫出來。同時，對工人群眾的描寫，也不很深刻，還不能把工人階級的形象生動地描繪出來，這是由於作者對工人群眾的生活和鬥爭缺乏深入的觀察和體驗，描寫時「借憑『第二手』的材料──即身與其事者乃至於第三者的口述」，所以比起對民族資產階級的描寫，這部分顯得比較薄弱，還不能寫得有血有肉。作者在「茅盾選集自序」中自己也講過：「『子夜』的寫作過程給我

一個深刻的教訓：由於我們生長在舊社會中，故憑觀察亦就可以描寫舊社會的人物，但要描寫鬥爭中的工人群眾則首先你必須在他們中間生活過，否則，不論你的『第二手』材料如何多而且好，你還是不能寫得有血有肉的。」

在「子夜」中，作者還企圖批判當時立三路線的錯誤。一九三〇年六月「左」傾路線第二次統治了黨的領導機關，在革命力量向前發展的形勢下，特別是一九三〇年五月蔣、閻、馮軍閥戰爭爆發後的有利於革命的形勢下，他們錯誤地否認了毛澤東同志在長時期中用主要力量創造農村根據地，以農村包圍城市，以根據地的發展來推動全國革命高潮的思想，極端錯誤地號召全國各中心城市發動武裝起義，結果使黨和革命力量遭受極大的損失，尤其是當時上海的黨組織，受到的損失更加嚴重。「子夜」中所描寫的罷工運動正是發生在這個時候，當時，作者企圖表現立三路線在上海黨組織和工人罷工鬥爭中所造成的嚴重損失，他企圖通過罷工運動的領導者克佐甫、蔡真等「左」傾路線領導下的幹部，表現盲動主義、冒險主義給革命工作帶來的危害。他們不瞭解當時的歷史條件，不深入群眾，在敵人佔優勢、廣大工人群眾還沒普遍發動起來的時候，一味蠻幹，盲目發動總罷工，結果給革命工作帶來極大的損失。但是，作者並沒有把這些「左」傾路線領導下的黨員正確地表現出來，對克佐甫、蔡真等的描寫還是浮於表面的，也有些過分誇大和不適當的描寫，如寫到瑪金等討論如何領導罷工鬥爭的嚴肅場面時，卻插進了對蔡真、蘇倫的色情狂的描寫，破壞了鬥爭的嚴肅性。在表現當時黨組織的盲動和混亂時，也寫得很表面和粗糙，並沒有把這些盲動主義者寫得入木三分。同時，作者雖然也寫了瑪金這一正面的共產黨員形象，她反對當時的「左」傾盲動主義的做法，反對盲目發動總罷工。但是，這人物也有些顯得蒼白無力。這一切，必然使得作者所企圖批判當時城市革命工作領導機構的目的不可能很好實現。關於這一些，作者自己已有懇切的自我批評。以上幾點，是「子夜」較大的缺點，應該把它指出來。但是，從總的方面看，「子夜」仍不愧爲一部傑出的革命文學巨著。

「子夜」的結構是相當緊湊和嚴密的，全書故事從發生、發展到結束，只包括了一九三〇年五月到七月將及兩個月的時間，可是作品的人物眾多，情節複雜，矛盾錯綜，而作者卻能處理得有條有理，在這方面，表現了他的卓越的藝術才能。由於他運用了馬克思列寧主義的觀點去認識和反映現實，因

此，對於當時紛紜複雜的社會矛盾和階級矛盾表現得相當深刻，所以瞿秋白
同志說：「應用眞正的社會科學，在文藝上表現中國社會關係和階級關係，在
『子夜』不能夠不說是很大的成績。」〔註15〕在處理人物形象和細節的描寫
上，「子夜」的傾向和愛憎也是鮮明的。我們不能忘記，「子夜」是寫於第二
次國內革命戰爭時期最黑暗的年代裡，當時正是國民黨反動派對共產黨和由
左聯領導的革命文學，展開瘋狂的軍事「圍剿」和文化「圍剿」、白色恐怖彌
漫全國各個角落的時候，「子夜」以它革命的立場和鮮明的傾向出現在這黑暗
中國的文壇上，決不是一件容易的事。「子夜」的價值也就在這裡，它顯示了
無產階級革命文學的特色。這種鮮明的傾向在一些細節描寫上也表現出來
了，比如寫到曾家駒拿了一張又髒又皺的國民黨黨證在吳府顯耀時，作者通
過杜學詩的口罵道：「見鬼！中國都是被你們這班人弄糟的。」這罵得多麼痛
快啊！又如通過當了一個月「革命縣長」後，又花了一萬八千元買了個「稅
局長」肥缺的李壯飛，作者暴露了國民黨官場的腐敗和政治的黑暗。這類的
例子在「子夜」中可以找到很多。

　　總之，我們認爲「子夜」在茅盾創作發展道路上，是一部里程碑的巨著。
它是作者由革命小資產階級的立場轉向無產階級革命立場，由批判現實主義
轉向社會主義現實主義道路的第一部具有巨大影響的著作，它標誌著作者思
想的轉變，也標誌著作者在藝術上的光輝成就。「子夜」是茅盾在思想上和藝
術上成熟時期的代表作，在作者創作發展道路上，它劃下了一道鮮明的界線，
在這以前的代表作是《蝕》三部曲，在這以後就是「子夜」，它們恰好代表了
作者在兩個不同時期的創作特點。在我國社會主義現實主義文學發展道路
上，「子夜」是屬於先驅的著作之列，在國民黨反動統治的壓迫下，它起了開
闢道路的作用。儘管這部作品還存在不少缺點，但它的成就和貢獻是基本的、
主要的。二十幾年來，它先後印行了二十幾版，在國內擁有廣大的讀者，在
國際上，也有好幾種釋本，譯成許多國家的文字，已經成爲一部具有國際聲
譽的名著了。

　　我們把「子夜」看作「在延安文藝座談會上的講話」發表以前，社會主
義現實主義文學在國民黨反動派摧殘與壓迫下發展與奮鬥的先驅、開路者，
它的主要標誌是作者用馬克思列寧主義的世界觀去認識、分析和概括三十年
代的社會現實，並且歷史地、眞實地、形象化地表現了出來。由於它是寫於

〔註15〕瞿秋白：「『子夜』與國貨年」，見「瞿秋白文集」卷一，四三八頁。

國統區的黑暗社會裡，寫於社會主義現實主義的理論和創作都還沒有達到成熟階段的時期，加上作者在進行創作時存在著的一些缺點，如對工人群眾和革命者缺乏深入的瞭解和觀察，所以它不可能是完全成熟的社會主義現實主義的作品。在這裡，作者對未來的理想還是比較模糊的、朦朧的，儘管他已經描寫到工農群眾的革命鬥爭。在當時民主革命的歷史階段上，它還不可能明確的表現社會主義的理想，它只能以反帝、反封建、反對官僚資產階級這一民主革命時期的根本任務，作為自己作品的美學理想的基礎。但是，作者已經向這方向邁進了可貴的第一步，因此，我們認為，在我國社會主義現實主義文學的發展史上，它仍然不愧為一部前驅的著作。

對這時期茅盾的創作做了一個簡略的分析以後，我們認為，左聯時期是茅盾創作發展道路上的重要時期，也是他在創作上成熟的時期。「子夜」的發表，正標誌著作者的創作進入一個新的階段——向社會主義現實主義道路邁進的階段。

這時期創作的最根本的特徵是作者的世界觀改變了，這不僅表現在題材擴大，反映的社會面更加廣闊，更重要的是作者開始用馬克思列寧主義的世界觀來認識和處理這些題材。在這時期的創作中，我們可以明顯地看出一個重要的特點：就是作者對於三十年代半封建半殖民地中國社會錯綜複雜的現實，是以馬克思主義的社會觀點——階級觀去分析、解剖，概括和反映的，是以豐富的社會科學知識和生活經驗作基礎的，因此，在他的作品中，具有嚴峻的現實主義精神，對三十年代廣闊的社會生活面貌，作了相當深刻的反映。這樣一個轉變，一方面是由於黨的革命事業對茅盾的鼓舞和左聯的影響；另一方面，也是由於他自己能自覺地進行自我改造，幾年來，他努力地鑽研社會科學，學習馬克思列寧主義，訓練自己的觀察和分析社會現實的能力，他說過：「一個做小說的人不但須有廣博的生活經驗，亦必須有一個訓練過的頭腦能夠分析那複雜的社會現實；尤其是我們這轉變中的社會，非得認真研究過社會科學的人每每不能把它分析得正確。」〔註16〕正是由於作者掌握了這一武器，因此對於三十年代社會現實的解剖是相當深刻的，比如對民族資產階級、買辦資產階級，對農村經濟的破產和農民的貧困，對國民黨反動政權的暴露，都是非常真實有力的。所以瞿秋白同志批評茅盾的「三人行」時就說過：茅盾在現在的一般作家之中，不能不說是傑出的，因為他的

〔註16〕見「我的回顧」。

思想的水平線和科學知識的豐富，超出於許多自以為『寫實主義文學家』之上。」當然，這並不是說，在茅盾的作品中，是以社會科學的分析來代替生動的生活內容本身的描寫的。應該承認，在轉變期中（左聯初期）曾經存在過這種傾向，但很快就被克服了。「子夜」、「春蠶」、「林家鋪子」等作品的藝術水平，超過以前任何時期的創作，成為現代文學中優秀的範例，在思想性與藝術性方面達到高度的統一。

同時，在這時期的創作中，充滿革命樂觀主義的精神，充滿對革命未來的確信和希望，充滿對人民反抗鬥爭的歌頌，這和大革命時期的悲觀情調相比，截然不同。比如「子夜」中對工人群眾罷工鬥爭的描寫，充滿熱情的歌頌，描寫農民的反抗鬥爭也充滿熱情，如寫多多頭帶領群眾搶米囤和最後的出走；雜文中對國民黨反動政權的暴露與諷刺等；這些都明顯地表現出作者的愛情，表現出他對革命力量、對群眾的覺醒和反抗是歌頌的，而對國民黨黑暗統治則給予辛辣的諷刺和無情的揭露。

表現在文藝觀點上，他反對一切脫離現實鬥爭的文藝，主張文學要反映時代鬥爭，反映勞動者的生活，表現他們所受的剝削。在「都市文學」一文中，他反對畸形發展的都市文學，指出「消費和享樂是我們的都市文學的主要色調。大多數的人物是有閑階級的消費者，闊少爺，大學生，以至流浪的知識分子；大多數人物活動的場所是咖啡店，電影院，公園；跳舞場的爵士音樂代替了工場中機械的喧鬧，霞飛路上的彳亍代替了碼頭上的忙碌。」他主張都市文學應該表現勞動者的生活，要有「勞動者在生產關係中被剝削到只剩一張皮的描寫」，要有「站在機器旁邊流汗的勞動者」的描寫。在「我們這文壇」一文中，他說：「我們唾棄那些不能夠反映社會的『身邊瑣事』的描寫；我們唾棄那些『戀愛與革命』的結構；『宣傳大綱加臉譜』的公式；我們唾棄那些向壁虛造的『革命英雄』的羅曼司；我們也唾棄那些印板式的『新偶像主義』——對於群眾行動的盲目而無批評的贊頌與崇拜；我們唾棄一切只有『意識』的空殼而沒有生活實感的詩歌、戲曲、小說。」並且提出將來真正壯麗的文藝將是「批判」的、「創造」的、「歷史」的、「大眾」的，一切進步的作家只有「攀住了飛快的時代輪子向前」，否則，將被時代的輪子所碾碎、所拋棄。這種觀點，和大革命時期的「從牯嶺到東京」、「讀『倪煥之』」、「寫在『野薔薇』的前面」等幾篇文章所闡述的觀點，已經有極大的不同。那時候，作者的觀點基本上還是革命的小資產階級的觀點。

　　總之，我們認為，在茅盾的創作發展道路上，左聯時期是一個新的階段，作者創作的基本方向是社會主義現實主義的，他的許多作品在我國社會主義現實主義文學發展上擔負著開闢道路的歷史任務，在這時期的活動中，茅盾也成為我國社會主義現實主義文學發展史上的先驅者之一。

七　爲祖國而戰──抗戰時期的生活與創作（一九三七至一九四五年）

　　從一九三七年「七七」事變到一九四五年八月十四日抗戰勝利，是茅盾創作活動的第四個時期。在這苦難的八年中，我們祖國面臨著生死存亡的關頭，帝國主義侵略者在我們的土地上進行了滅絕人性的法西斯侵略戰爭，他們大規模的屠殺、姦淫、擄掠、蹂躪我們的人民，侵佔我們的土地，在這苦難的時代裡，仇恨的烈火燃燒著每一個愛國同胞的心，全國人民奮起迎擊侵略者，投入到轟轟烈烈的全民抗戰中去。一切愛國的作家、詩人、文學藝術工作者，也毫不例外地投入這場戰鬥。茅盾也以一個堅定的革命作家、愛國主義的戰士的身份，投身到這場鬥爭中。

　　我們知道，從抗日戰爭一開始，就存在著兩條根本不同的路線：一條是以國民黨蔣介石集團爲代表的大地主大資產階級的投降路線，一條是以中國共產黨爲代表的全民抗戰的路線。抗戰爆發後，由於全國人民的壓力，也由於日寇的侵略行動嚴重地打擊了英美帝國主義在中國的利益和以四大家族爲代表的大地主大資產階級的利益，蔣介石才被迫起來抗戰，接受中國共產黨聯合抗戰的倡議，形成了全國抗日民族統一戰線。因此，在武漢陷落前的抗戰初期，曾經一度出現了生氣蓬勃的新氣象。配合著全國人民的抗日衛國戰爭，文藝工作也出現了蓬勃的新局面，許多作家都走出亭子間，走向街頭，走向戰場，組織了各種服務團、演劇隊、宣傳隊，參加到火熱的鬥爭中去。爲了廣泛地團結文藝界一切抗日力量，一九三八年三月二十七日，在武漢正式成立了「中華全國文藝界抗敵協會」，茅盾被選爲理事。他們在「發起旨趣」

中表示，要「像前線將士用他們的槍一樣，用我們的筆，來發動民眾，捍衛祖國，粉碎寇敵，爭取勝利。民族的命運，也將是文藝的命運」。當時，在黨的領導下，文協做了不少工作，它號召作家「入伍」、「下鄉」，組織「作家戰地訪問團」，派遣代表到前線慰勞抗日戰士。但是，自從一九三八年十月武漢失守後，隨著日帝的誘降，汪精衛集團的公開叛國，國民黨蔣介石由「應戰」變而爲「觀戰」，由消極抗戰變爲積極反共反人民，企圖出賣祖國，與日帝妥協，因此，抗戰初期的一點蓬勃氣象又迅速消失了，代之而起的是法西斯統治的恐怖氣氛。一九三九年，蔣介石集團秘密頒佈了「防止異黨活動辦法」和「共產問題處置辦法」等反動的議案，並於一九三九至一九四三年之間，發動了三次的反共高潮，企圖消滅共產黨和抗日根據地，以便與汪僞合流，投向日帝的懷抱。同時，他們在國統區內實行法西斯特務統治，屠殺愛國的青年，迫害進步的文藝家，抗戰文藝運動受到嚴重的摧殘。在這白色恐怖的統治下，文藝工作者受到政治的和經濟的壓迫，有些人表現了消沉情緒。但總的說來，絕大多數人並沒有失去對抗日戰爭勝利的信心，中國共產黨領導下的解放區和敵後堅持抗戰的軍民大眾的偉大力量，始終成爲鼓舞國統區一切進步文藝工作者的勝利信心的基本力量。一九四二年，毛主席的「在延安文藝座談會上的講話」發表了，它標誌著我國的無產階級文學進入一個新的歷史時期，正如周揚同志所說的：「無產階級的文藝路線曾經經歷了它的幼稚的階段，犯過教條主義、宗派主義及其他各種錯誤，到一九四二年毛澤東同志『在延安文藝座談會上的講話』發表後，才奠定了堅固的理論基礎，並且在實踐中完全證明了這條路線的正確」（「文藝戰線上的一場大辯論」）。當時，國統區的文藝工作者，由於環境關係，沒能普遍而深入地學習毛主席的講話，但是它給進步的文藝工作者指出明確的方向。在這一時期中，他們堅持了無產階級革命文藝的路線，與國民黨反動派展開激烈的鬥爭，並且與文藝戰線上各種資產階級反動的文藝思想，如梁實秋之流的文藝與「抗戰無關」論，以反動文人陳銓爲代表的公然鼓吹法西斯的「戰國策」派的「民族文學」論，以及國民黨反動派的所謂「文藝政策」等，進行堅決的鬥爭，給予無情的抨擊。茅盾是當時國統區的重要革命作家之一，由於國民黨的迫害，生活的壓迫，在苦難的八年中，他輾轉於香港和國統區之間，堅持與國民黨賣國政權展開尖銳的鬥爭。當時，革命的、愛國的文學工作者都受到限制和迫害，言論、集會、結社沒有自由，書籍、雜誌、報紙的檢查、扣留和禁止，也一天

天加緊起來了。茅盾就說過：「作家們把自己的作品拿出來的時候，早就料到
讀者是不會滿意的。爲什麼？因爲他知道：被許可反映到他作品中的現實不
過是讀者所耳聞目擊者百分之一二，至於在現實的總體中恐怕至多千分之一
二；而這百分之一二或千分之一二尚受抽筋拔骨之厄，作者幾乎沒有勇氣承
認是自己的產品。〔註1〕但是，在這種情況下，茅盾並沒有放棄戰鬥，他極力
主張揭露國統區的黑暗世界，予以暴露和諷刺，他認爲「批評家號召了作家
寫新的光明，緊接著必須號召作家們同時也寫新的黑暗」，因爲消滅黑暗勢
力，「是爭取最後勝利之首先第一的要件。目前的文藝工作必須完成這一政治
任務。」〔註2〕在他這時期的長篇小說、短篇小說、散文和雜文中，有許多都
是暴露國民黨反共反人民投降日帝的叛國陰謀的，同時，他也描繪了國統區
後方的黑暗世界，人民生活的貧困化等。這一切，正是我們民族的最重大的
主題之一，當時，除了共同的敵入之外，還必須與國民黨反動派的投降路線
展開鬥爭，因此，暴露與諷刺，也是國統區革命作家的重大任務之一。茅盾
的「腐蝕」、「清明前後」等，就是在這樣的情況下產生的。從茅盾的創作發
展道路看，他在這時期繼承和發揚了左聯時期革命文學的精神，在祖國、人
民面臨著深重的災難，國內統治者進行著反共反人民出賣祖國的陰謀活動
時，他用文學作爲鬥爭的武器，抓住當時政治生活和現實生活中的重大事件
和題材，給予揭露和批判；同時，對於人民的英勇抗敵精神，和對黨所領導
的敵後堅持游擊鬥爭的英雄人民，則給予熱情的歌頌。他在這時期的創作中，
表現了一個革命作家的堅定立場，對於國民黨黑暗統治的揭露，比起左聯時
期，更加直接，更加鮮明。

　　總的說來，抗戰時期，是我們祖國多災多難的時期，茅盾和祖國、人民
一起經歷了這個苦難的時代，在日本帝國主義和國民黨反動派的壓迫下堅持
鬥爭，用自己的筆桿，爲祖國而戰。

顛沛流離的生活與創作

　　一九三七年七月七日，日寇發動了「蘆溝橋事變」，八月十三日，又進攻
了上海，上海軍民奮起抗戰，經過了八十幾天的奮戰，上海還是淪陷了。上
海戰爭結束以後，茅盾「帶著一顆沉重的心」，由上海轉香港到了長沙，然後

〔註 1〕茅盾：「雜談文藝現象」，見「青年文藝」新一卷二期。
〔註 2〕茅盾：「論加強批評工作」，見「抗戰文藝」二卷一期。

又到武漢。那時出版家打算辦文藝刊物，要請他主持，因武漢排印不便，想把刊物放在廣州編輯印刷，所以他又到了廣州。這一刊物便是「文藝陣地」。那時候，「立報」正在香港籌備復刊，又邀請茅盾去編副刊「言林」。後來，他就住在香港，一方面為「立報」編副列，一方面也到廣州為生活書店主編「文藝陣地」。「第一階段的故事」是應讀者的需要，用通俗的形式寫成，在「言林」上連載的，邊寫邊發表，前後有八個月之久。起先，作者想題名為「何去何從」，因為，一九三七年抗戰爆發後，我們整個國家民族，以及每一個中國人，面前都擺著許多不同的道路，「何去何從」成為一個重要的問題。但是，當時因為怕題名太明顯惹起麻煩，所以改為「你往哪裡跑」。到了一九四五年在重慶印單行本時，才改名為「第一階段的故事」。

一九三八年年底，他又應杜重遠的邀請，離開香港赴新疆學院教書。當時，他擔任了新疆學院的文學院院長，並主持當地的文化協會，在迪化（即烏魯木齊）前後住了一年多。一九四〇年五月，離開新疆，其間曾到延安魯迅藝術學院講過學，十月離開延安。後來他寫了散文集「見聞雜記」，描寫這次新疆之行沿途的所見所聞，反映了西北大後方人民生活的貧困和一些戰時後方的景象。一九四〇年十月離開延安後，他到了重慶，不久，即發生「皖南事變」，國民黨背信棄義地襲擊我新四軍部隊，製造了反共反人民的陰謀。「皖南事變」後，茅盾即於一九四一年春離開了國民黨反動統治的臨時首都——重慶，又第二次到了香港。同年夏天，他便以「皖南事變」前後國民黨法西斯特務統治的罪惡為題材，寫出了著名的作品「腐蝕」。這部作品也是邊寫邊發表的，在香港鄒韜奮主編的「大眾生活」上連載，在讀者中產生很大的影響。

一九四一年年底，日本不宣而戰，襲擊了珍珠港美國海軍根據地，進攻了太平洋上的美英殖民地，於是，太平洋戰爭爆發了。不久，香港就淪陷了。當時，茅盾和另一些進步的文化人，越過日寇封鎖線，離開香港，在黨所領導的東江游擊隊的幫助下，經歷重重的困難，最後回到桂林。關於這段經歷，他在「脫險雜記」中有詳細的描寫。關於香港的這段生活他後來寫有特寫「生活之一頁」、「劫後拾遺」等。一九四二年秋冬之交由香港回到桂林後，他又寫了長篇「霜葉紅似二月花」，還有幾篇雜文。後來他在重慶住了較長的時期，抗戰勝利，他經廣州、香港回到了上海。

在這時期內，茅盾雖然過著顛沛流離的生活，奔波於抗戰大後方的西南、

西北和香港之間，受著日寇和國民黨反動派的壓迫，坐活相當艱苦，但是，他始終沒有放棄文學這一武器，相反的，他緊抓住當時現實生活中的主要矛盾和鬥爭，用筆桿進行戰鬥。在這時期中，他寫了許多作品，長篇小說有「第一階段的故事」、「腐蝕」、「霜葉紅似二月花」，短篇集有「委屈」，劇本有「清明前後」。此外，還有許多散文集，如「見聞雜記」、「炮火的洗禮」、「時間的記錄」等，特寫有「生活之一頁」、「劫後拾遺」等。另外還有一個未完成的長篇「鍛煉」（企圖概括整個抗戰時期生活的巨著），在香港「文匯報」上連載，尚未寫完，即因故中斷。

　　在這時期的創作中，除了「霜葉紅似二月花」是寫辛亥革命後到「五四」前夕的社會生活外，其他的作品都是取材於當時現實生活，反映抗戰時期的生活與鬥爭的。散文集「炮火的洗禮」描寫的是抗戰初期的景象。「時間的記錄」是一九四三至一九四五年間寫的散文集，描寫的也是抗戰時期的景象，當時正是國民黨統治最黑暗的時期，因此，文字上比較曲折隱晦，但思想內容仍是鮮明的。他在「後記」中說：「在此時期，應當寫的實在太多，而被准許寫的又少得可憐，無可寫而又不得不寫，待要閉目歌頌罷，良心不許，擱筆裝死罷，良心又不安，於是凡能幸見於刊物者，大抵半通不通，似可懂又若不可懂……我寫這後記，用意不在藉此喊冤，我的用意只在申明這一些小文章本身倒真是這「大時代」的諷刺。沉默是偉大的諷刺，但『無物』也可以成為諷刺，這些小文章倘還有意義的話，則最大的意義或亦即在於此。命名曰『時間的記錄』者，無非說，從一九四三至一九四五年，這震撼世界的人民的世紀中，古老中國的大後方，一個在『良心上有所不許』以及『良心上又有所不安』的作家所能記錄者。」「生活之一頁」，是茅盾由香港歸國後寫的，描寫的是香港陷落的情形。「劫後拾遺」也是描寫日寇攻陷香港前前後後的情形的。除此之外，「見聞雜記」是寫一九四〇年多到一九四一年春西北大後方人民的生活和一些戰時景象；「腐蝕」、「清明前後」、「第一階段的故事」等，則直接描寫當時國統區的黑暗世界，揭露國民黨法西斯反動政權的罪惡。在這些作品中，作者以鮮明的政治立場，無情地暴露國民黨反共反人民、叛賣祖國的陰謀，他抓住當時現實生活中最重大的事件，反映出與祖國人民的命運密切相關的重大主題；同時，他對黨所領導的敵後人民的抗敵鬥爭，對抗戰初期全國軍民高漲的愛國熱情，則給予熱情的歌頌。在祖國多災多難時期，充分表現出一個革命作家和愛國者的堅定立場。但是，由於作者經常生

活在不安定的環境中，過著飄遊不定的生活，當時的時間和條件都不允許他有充分的可能來醞釀和修潤自己的作品，許多東西都是匆忙寫出，在報刊上邊寫邊發表的，因此，有許多長篇都沒寫完，而且在作品的質量方面也受到影響。本來茅盾一直想寫大規模地反映抗戰生活的小說，也因為這些關係，始終沒有實現，就是寫成的一些東西，也正如作者自己所說的，常常是「虎頭蛇尾」的。不過，這並不等於說，這個時期沒有產生優秀的作品。「腐蝕」就是繼「子夜」之後的又一傑出的作品，它是抗戰時期國統區革命文學的重要收穫之一，是作者在這時期的代表作。其他如散文「白楊禮讚」、劇本「清明前後」等，也曾經發生很大的影響。

無情的暴露——從「腐蝕」到「清明前後」

八年抗戰，對全國人民是一個嚴重的考驗，當時不僅要抵抗帝國主義侵略者，而且要對蔣介石賣國政權展開鬥爭。那時蔣介石雖然被迫抗戰，但並沒有放棄消滅共產黨的陰謀，他時時刻刻準備和日帝妥協。特別是一九三八年十月武漢失守後，這陰謀越來越露骨，蔣介石實行了法西斯的特務統治，大量的屠殺愛國青年和進步的人士。面對著這個黑暗的世界，茅盾用自己的筆和反動勢力展開激烈的鬥爭。在這時期創作中的一個重要的主題，就是暴露與鞭撻國民黨反動統治的罪惡，揭穿他們的反共反人民和投降日帝的陰謀。從「腐蝕」開始到「清明前後」，這個主題始終貫徹在他的創作活動中。我們只要拿「腐蝕」、「清明前後」和「見聞雜記」來分析一下，就可以清楚地看到一幅國統區黑暗世界的圖畫。

「腐蝕」是這時期的代表作。寫於一九四一年夏天，在香港鄒韜奮主編的「大眾生活」上連載。這是本日記體的小說。它以國民黨發動的第二次反共高潮（「皖南事變」）為背景，暴露了抗戰大後方國民黨特務統治的血腥罪惡，揭穿了國民黨反動派反共反人民、勾結漢奸的賣國陰謀。像一把利刃，作者剖開了這個充滿「太平景象」和「高唱救國抗日」的臨時首都重慶的醜惡面目，揭露了國民黨法西斯統治的核心部分——特務機關的血腥罪行。

「腐蝕」是一篇充滿血淚的控訴書。它以活生生的形象——日記主人公趙惠明，一個失足的女特務從懊悔到走向自新途中的經過，控訴了國民黨法西斯統治對青年的精神和肉體的摧殘與殺害，撕開了國民黨特務機關的血淋淋的醜惡面目。作者在前言中寫道：「嗚呼！塵海茫茫，狐鬼滿路，青年男女

為環境所迫，既未能不淫不屈，遂招致莫大的精神痛苦，然大都默然飲恨，
無可伸訴。我現在斗膽披露這一束不知誰氏的日記，無非想藉此告訴關心青
年幸福的社會人士，今天青年在生活的壓迫與知識的飢荒以外，還有如此這
般的難言之痛。」我們知道，藝術的力量在於用生動的形象來反映現實，給
讀著以極大的感染，引起讀者在精神上的反應──愛或憎，同情或憤怒，從
而達到教育的效果。「腐蝕」的主人公趙惠明是一個失足的女特務，但是她最
後又走上自新的道路。作者對這人物的複雜的精神世界深刻而細膩的描寫，
深深地打動了讀者的心，引起我們對國民黨法西斯特務統治的仇恨，對被迫
害和被腐蝕的青年的同情。趙惠明本來是官僚家庭出身的嬌女，中學時代曾
經追求過光明正義，參加過學生運動和前線的救亡工作，但是後來被騙了，
失足於特務群中。作者把她作為一個被腐蝕者來描寫，通過日記這一特殊的
體裁，十分細膩深刻地解剖了她的內心的矛盾。一方面她做過壞事，雙手沾
滿了革命者的鮮血；另一方面，她厭惡這個世界，渴望擺脫這個黑暗的環境。
她的靈魂還沒有完全發臭，她有頭腦，能回憶，有感情，有愛，有恨，因此
她留戀過去，想念自己遺棄掉的兒子，想念自己的愛人小昭。有時候，她會
突然升起一種念頭，希望馬上有一顆炸彈掉下來，把自己化作一道煙；有時
她也想做個好人，跳出這人間地獄。但是，這種自發的厭惡與反抗是出於個
人主義的，並沒有明確的思想基礎。促使趙惠明走上自新道路的，是她的愛
人革命者小昭的出現和被害，這對她是一個沉重的打擊。現實的教育使她更
清楚地看到國民黨特務機關的罪惡，所以，最後當她遇到和自己從前一樣走
到懸崖邊沿的女學生N時，敢於不惜犧牲自己，冒險把她救了出來，這是她
走上自新道路的一個決定性的轉變。作者通過這個特殊的人物，一個被國民
黨特務拉下泥坑的不自覺的幫兇，一個受創傷的失足女特務，更深刻、更有
力地揭露國民黨特務機關的內幕，控訴了法西斯特務政治對青年精神上的摧
殘與毒害。對於當時一些走上迷途的青年，無疑是一個當頭棒喝，這本書給
他們指出一條自新的道路。

　　「腐蝕」是在「皖南事變」的歷史背景上展開的，這時正是國民黨反
共活動最猖狂的時候，為了掃除投降道路上的障礙，他們不惜用一切手段
來殺害共產黨員和進步的愛國青年，在國統區內實行恐怖的法西斯特務統
治。「腐蝕」把這個醜惡的世界赤裸裸地剝開來了，它在我們面前展開一幅
充滿血腥味的人間地獄的圖畫。這兒是狐鼠鬼魅的天下，不是人的世界。

正如日記主人公所寫的，要想在這兒生活下去，「需要陰險，需要卑鄙——一句話，愈不像人，愈有辦法」，「在這個地方，人人笑裡藏刀，攛人上屋拔了梯子，做就圈套誘你自己往裡鑽——全套的法門，還不是當作功課來討論。」釘梢、查看信件、拷打、威嚇、美人計，成為他們迫害進步青年的家常便飯，甚至在特務機關內部也實行連環監視。「皖南事變」前後，在「寧可枉殺三千，不讓一人漏網」的訓令下，其猖獗的程度更無以復加。N一個班三十幾個同學，一下子只剩了十幾個，某大員的訓話，三十幾分鐘就宣佈了五十多名「奸黨」。「蘇北事件」和「皖南事變」發生的前夕，這群糞坑裡的「金頭蒼蠅」更加活躍，他們到處互通消息：「消滅『異黨』的武力，這次已經下了決心，而且軍事部署，十分周密，勝利一定有把握」「剿共軍事，已都布置好了，很大規模，不久就有事實證明」。在這裡，作者揭穿了這一政治陰謀的反動實質，撕開國民黨蔣介石的反共反人民的猙獰面目。「皖南事變」是國民黨反動派反共投降大陰謀的第一步，他們企圖在全國範圍內破壞共產黨的組織，消滅人民革命的力量，然後與汪偽合流，投向日帝的懷抱，宣佈加入德、意、日三國的反共同盟。「皖南事變」發生後，黨中央立即揭露了這一大陰謀。在「腐蝕」中，我們也可以看到，汪偽特務可以自由出入於國統區之間，進行投降破壞活動，他們實際上是一丘之貉，汪記特務和蔣記特務只不過是一家店鋪的兩塊招牌而已。「皖南事變」前，我們也可以從汪偽特務舜英口中聽到這樣的話：「方針是已經確定了，不過大人大馬，總不好打自己的嘴巴，防失人心，總還有幾個過門」，這是多麼赤裸裸的自白呀！它既暴露了「皖南事變」的實質，同時也說明了蔣介石反動政權和汪偽的血肉關係。事實上，一九四一年起，國民黨蔣介石就喪心病狂地大量指使他的部隊投降偽軍和日寇，然後打起反共的旗幟協同敵軍進攻我解放區，蔣介石還把這通敵賣國的陰謀，下流無恥地名之為「曲線救國」。「腐蝕」中也揭露了這汪蔣合流的陰謀，像何參議、陳胖子、周經理等國民黨的要人，紀念會上「咬牙切齒，義憤填胸的高唱愛國」，背地裡卻同松生、舜英等汪偽特務，大談其「分久必合」的賣國機密，他們還厚顏無恥地舉杯共祝：「快則半年，分久必合，咱們又可以泛舟秦淮，痛飲一番了。」

「腐蝕」是具有尖銳的政治意義的，它像一把鋒利的匕首，剖開了國民黨法西斯統治的心臟——特務機關——的醜惡面目，把它公之於光天化日之

下。在「皖南事變」剛剛發生不久，抗日戰爭還在繼續進行之中，「腐蝕」的發表是具有重大的政治意義的。它不僅控訴了國民黨特務統治對愛國青年的摧殘與迫害，而且無情地揭露了國民黨反共賣國的陰謀，在廣大讀者中間，剖開了「皖南事變」的真面目。在這裡，作者不僅是一個卓越的藝術家，而且也是一個堅定的革命作家和愛國主義戰士。他迅速地抓住了當時政治生活中最尖銳、最重要的題材，表現了抗戰時期我們民族的最嚴重的主題。在我國現代文學史上，如果要尋找揭露抗戰時期國民黨反共反人民的罪惡活動的作品，「腐蝕」是最重要的作品之一。

我們說，一個關心祖國命運、關心人民疾苦的作家，他的筆是不可能離開現實生活中的重大主題的。和「腐蝕」一樣，劇本「清明前後」也是暴露國統區黑暗世界的，它揭露了以四大家族為代表的官僚資本統治下霧重慶的卑鄙、黑暗，和人民生活的貧困。這個劇本寫於一九四五年抗戰勝利前夜，它以當時轟動重慶的黃金案為題材，直接暴露了國民黨反動統治的罪惡。作者在後記中寫道：「『清明』前的某一天，把一天之內報上的新聞排列一看，不禁既悲且憤！這是個什麼世紀，而我們還在做著怎樣的夢呵！我們應該以能為中國人自傲，因為血戰八年的敵後軍民是我們的同胞，而在敵後解放區挺著筆桿苦幹的，也正是我們的同業；除了英勇的蘇聯人民，老實說：我以為這次在戰爭中的其他民族都還沒有像我們似的經得起這樣慘酷的考驗呢，我們怎能不引以自傲？然而，一看到那些專搶桌子底下的骨頭，舐刀口上的鮮血的人們也是我的同胞，也有我的同業，我恨得牙癢癢地，我要聲明他們不是中國人，他們比公開的漢奸還要可惡。但是，非但這樣的聲明曾無發表之可能，甚至在所謂盟邦眼中，這班人還正是中國人的代表，還正是往來的對象！那時，我這麼想：如果隻手終不能掩盡天下人耳目，如果百年以後人類並不比現在退化，那麼，即使焚盡了一切說真話的書刊，但教此一日的報紙尚傳留得一份，也就足夠描畫出時代是怎樣的時代，而在戰爭中的我們這個中國又是怎樣一個世界了！我不相信有史以來，有過第二個地方充滿了這樣的矛盾，無恥，卑鄙與罪惡；我們字典上還沒有足量的詛咒的字彙可以供我們使用。」

劇本「清明前後」就是揭露這「無恥，卑鄙與罪惡」的世界的。它有三條線索：一是民族資本家林永清在國民黨官僚資本的壓迫下奮鬥、掙扎而終於覺醒的過程；一是小職員李維勤買黃金受害的悲劇；一是黃夢英救喬張的

活動。劇本的基本線索是民族資本家在官僚資本壓迫下的命運和出路問題。作者通過這三個方面，反映抗戰勝利前後國統區政治的腐敗與黑暗。以四大家族爲代表的官僚資產階級，在抗戰時期得到迅速的膨脹，他們利用抗日的招牌，大量掠奪與搜刮全國人民的財富，在金融、商業、農業、工業等方面實行壟斷，許多民族工業都受到嚴重的破壞。林永清是一個有愛國思想的工業資本家，抗戰爆發後，他爲了支持抗戰，克服了重重的困難把工廠遷到大後方。但是，他不僅得不到國民黨政府的支持，相反的，在官僚資本的壓迫下，在國民黨的「統制」、「管制」、「官價」、「限價」等腳鐐手銬的束縛下，面臨著破產的威脅。爲了擺脫重重的困難，堅持把工廠辦下去，他掉到金淡庵之流的黃金圈套中去。在這裡，作者表現了林永清在兩條道路之間的鬥爭：一是拒絕金淡庵之流的誘惑，把工廠堅持辦到底；一是屈服於誘惑之下。最後，林永清認識到不改變黑暗的政治社會，民族工業的發展是不可能的，因此，他堅決走上民主鬥爭的道路。同時，作者還通過小職員李維勤買黃金的悲劇，暴露了官僚買辦統治下霧重慶的卑鄙、黑暗與無恥。「乘抗戰風雲而騰達」的金淡庵和無恥的流氓政客余爲民之流，乘國難時投機倒把，營私舞弊，當陰謀暴露後，他們不惜用毒辣的手段來陷害小職員李維勤，把他當作替死鬼。而這群大老鼠，卻因爲能走後門，有權勢，反而落得乾乾淨淨。作者通過這個小悲劇，通過唐文君的發瘋，有力地控訴了這個黑暗的社會。「清明前後」給我們描繪了一幅國民黨戰時首都霧重慶的暗淡、凄慘的圖畫，在這個世界裡，吃得開，兜得轉的是金淡庵、嚴幹丞、余爲民和方科長之流的社會害蟲，所謂上層社會的人物；而愛國的民族工業卻得不到發展，底層社會的人民過著極端悲慘的生活，如小職員的悲劇、難民的呻吟等。在抗戰勝利前後，這個劇本是具有很大的現實主義，它和「腐蝕」一樣抨擊了國民黨的反動統治。因此，當「清明前後」上演時，國民黨反動派就通過反動的宣傳機器——僞中央廣播電臺，說該劇有毒素，企圖欺騙觀眾，爲自己的罪惡辯護，後來並禁止演出。從這裡也正說明了，「清明前後」是具有強烈的政治意義的。所以何其芳同志稱之爲「力作」，認爲「這個戲有著尖銳而又豐富的現實意義」。〔註 3〕但是，由於作者寫慣了小說，第一次寫劇本，難免有一些缺點，在舞臺形象的塑造上顯得比較粗糙，有些小說化的傾向。

「見聞雜記」是作者赴新疆教書時，來回沿途所見所聞的記錄，共收十

〔註 3〕何其芳：「『清明前後』的現實意義」，見「關於現實主義」。

八篇散文。它反映了一九四〇年多至一九四一年春，抗戰大後方的西北人民的生活習慣，風土人情，尤其是戰時物價飛漲，人民生活日益貧困的情形。他在後記中說：「戰爭對於人民生活的影響，那時始急劇地表面化，而驚駭告語，皇皇然若不可終日者，則以生活費用之跳躍地上漲。」作者在這些散文中，著重描寫國統區大後方人民的貧困、悲慘的生活情景。如「拉拉車」一文，寫由寶雞到廣元一帶的苦力，作者充滿同情地描寫他們被生活所迫，從事沉重的體力勞動的情形：「上坡時彎腰屈背，腦袋幾乎碰到地面，那種死力掙扎的情形，真覺得凄慘。然而和農村裡的他們的兄弟們相較，據說他們還是幸運兒呢！」這是一幅多麼凄慘的生的掙扎的圖畫啊！

在國統區的大後方，如寶雞、成都、蘭州、貴陽以至首府所在地的霧重慶等都市裡，要不是時時拉警報，我們幾乎聞不出一絲兒抗戰的氣息來。在國難未消的時候，這些都市卻充滿了虛假的繁榮，一片「太平景象」，暴發戶，發國難財的投機商，走私販子，賣笑妓女等等，充塞了這些都市。如「『戰時景氣』的寵兒──寶雞」一文，描寫成爲交通樞紐的寶雞，變成投機家、商人和暴發戶的樂園，而農民卻受到殘酷的壓榨，「他們已經成爲『人渣』，但他們卻成就了新市區的豪華奢侈，他們給寶雞贏來了『繁榮』」。在「霧重慶拾零」一文中，作者揭露了這個戰時首都的所謂「太平景象」的真面目，這裡，官僚、投機商、暴發戶，這些國難的幸運兒成爲霧重慶的活躍人物、闊佬；而公務員、小職員和體力勞動者的生活卻毫無保障。物價飛速上漲，鈔票貶值，廣大人民過著飢寒交迫的生活，有的甚至於餓死。「在霧重慶的全盛期，國府路公館住宅區的一個公共防空洞中，確有一個餓殍擱在那裡三天。」這就是國民黨統治區的所謂太平景象，其實是一幅廣大群眾貧困和飢餓的圖畫。

從以上的敘述，我們可以說，作者在這時期的創作中，是面對國統區的黑暗現實，無情地揭露和鞭撻國民黨反動政權的罪惡，他把自己的創作主題和當時的政治鬥爭密切結合起來，表現出一個革命作家的鮮明立場。

熱情的歌頌

茅盾在抗戰時期創作活動的另一重要主題，是對英勇抗戰的中國人民的熱烈歌頌，對黨所領導的在敵後堅持游擊鬥爭的廣大人民群眾的熱烈讚揚。早在「九・一八」事變以後，他就注意到這個主題了，如短篇「右第二章」、

「手的故事」等。「右第二章」描寫「一‧二八」上海抗戰的情形，小說塑造了阿祥這一英勇抗敵的上海工人的形象，作者對他們不惜犧牲、英勇抗敵的崇高愛國熱情予以熱烈的歌頌，同時，它也揭露了國民黨可恥的投降政策給人民帶來的災難。像阿祥、春生這樣優秀的工人階級的兒女，在祖國遭受日寇蹂躪的時候，他們挺身而起，積極參加上海軍民的抗敵鬥爭。但是，國民黨蔣介石對人民的抗戰不但不支持，反而從中破壞，阿祥恨東洋鬼，一心要把鬼子趕走，但是他卻得不到這份愛國的自由，他不是死在敵人的刺力下，反面死在國民黨手中。五月五日，蔣介石與日寇簽訂了賣國的上海停戰協定，上海依然是一片藜華，到處花花綠綠，好像什麼事情也沒有發生過似的。在這個時候，只有阿祥的老婆發瘋了，她到處喊道：「還我的阿祥來！」阿祥的死是對國民黨投降政策的一個嚴重抗議。「第一階段的故事」是直接取材於抗戰初期「八‧一三」上海戰爭的，在這部作品裡，作者表現了上海軍民英勇抗戰的精神和高漲的愛國情緒，表現了上海各階層對抗戰所採取的不同態度。在這場抗擊敵寇侵略的偉大鬥爭中，英勇的上海軍民堅守上海八十多天，嚴重地打擊了日寇囂張的氣焰。上海軍民八十多天的血戰，出現了許多可歌可泣的事蹟，同時也出現了許多可鄙可憎的漢奸、特務、發國難財的投機商。在這裡，有愛國的民族資本家何耀先、進步的青年仲文、何家慶，還有許多無名的抗戰英雄，同時也有投機倒把的反動資本家潘梅之流，托派分子朱懷義等。作者寫難民收容所，寫青年們的時事討論會，同時也寫上海人民募捐、支持前線等活動。小說著重歌頌上海軍民英勇抗敵的愛國精神，想以「上海戰爭那時『民氣』的振興」來鼓舞人民的鬥爭情緒，同時也揭露國民黨阻礙上海抗戰的陰謀活動。故事的結尾，上海戰事結束了，作者寫仲文等愛國的進步青年，選擇了正確的道路——到陝北去。這象徵了當時知識青年中間的覺悟分子已經認識到只有中國共產黨的道路才是正確的。事實上，抗日戰爭爆發後，許多青年逐漸認清了國民黨反動政權的投降面目後，就堅決地走向抗日的聖地——延安去，作者正反映了這一歷史事實。「第一階段的故事」是有一定的教育意義的，它忠實地記錄了抗戰時期上海人民的生活與鬥爭。但應該指出，這部作品是寫得較失敗的，它對於當時上海抗戰的描寫還是比較表面的，人物形象也不夠鮮明，對戰時生活也還是一些浮光掠影的描寫，這一點作者自己也承認的。嚴格說來，它比較近似於通訊報告文學。

在這時期的散文中，茅盾以嚴峻的現實主義筆法，暴露國統區的黑暗世

界，同時，也以熱烈的激情歌頌敵後游擊區堅持抗戰的英雄人民，歌頌解放區人民自由愉快的生活與勞動。由於作者還是生活在國統區內，受到國民黨反動統治的迫害，他不可能直接描寫那些黨所領導下的人民的抗敵鬥爭，描寫那些正面的英雄形象，因此，有些文章比較曲折隱晦，常常從側面來表現。不過，在這些文字中，我們仍然可以體會到作者的情感，聽到他的歌頌與讚美的聲音。下面我們就以「白楊禮讚」和「風景談」為例來談談。這兩篇散文都是一九三九年作者在大西北生活的時期，和一九四〇年往延安講學回來以後寫的。「白楊禮讚」是大家熟悉的一篇優秀散文。作者借傲然挺立在西北大平原上的白楊樹的形象，用高昂的音調，讚美了在黨所領導下的北方敵後堅持抗戰的英雄人民，歌頌他們堅強不屈的鬥爭精神，歌頌他們的樸質、嚴肅和力爭上游的精神。抗戰時期，特別是抗戰後期，國民黨蔣介石公開地走上反共反人民的道路，他們一心想消滅黨所領導的真正堅持抗戰的人民革命力量，以便與日帝妥協。拯救我們民族命運的重任落在共產黨肩上，在祖國面臨著深重災難的時刻，只有黨所領導的敵後革命根據地的廣大人民群眾，用自己的鮮血，英勇地在與敵人作艱苦的鬥爭。作者所歌頌的正是這樣一些人民。他借「宛然象徵了今天在華北平原縱橫決盪，用血寫出新中國歷史的那種精神」的白楊樹，高聲地唱道：「我讚美白楊樹，就因為它不但象徵了北方的農民，尤其象徵了今天我們民族解放鬥爭所不可缺的樸實，堅強，力求上進的精神。」從思想內容或者藝術技巧上說，都應該說這是一篇優美的散文。

在另一篇散文「風景談」中，作者同樣用尊敬與熱情的筆調，歌頌了解放區人民在黨的領導下的愉快幸福的生活。這篇散文是作者從延安回來以後寫的，由於環境的關係，寫得比較晦澀些，不過我們仍然可以看出作者對於解放區人民的生活、勞動和充滿朝氣的精神，所給予熱烈的歌頌與讚美。表面上看，這篇文章好像在寫風景，實際上是在寫主宰風景的人，也就是作者所說的：「自然是偉大的，然而人類更偉大。」下面我們抄兩段來看看：

　　　夕陽在山，乾坼的黃土正吐出它在一天內所吸牧的熱，河水湯湯急流，似乎能把淺淺河床中的鵝卵石都沖走了似的。這時候，沿河的山坳裡有一隊人，從「生產」歸來，興奮的談話中，至少有七八種不同的方音。忽然間，他們又用同一的音調，唱起雄壯的歌曲來了，他們的爽朗的笑聲，落到水上，使得河水也像在笑，看他們

的手，這是慣拿調色板的，那是昨天還拉著提琴的弓子伴奏著「生
產曲」的，這是經常不離木刻刀的，那又是洋洋灑灑下筆如有神的，
但現在，一律都被鋤鍬的木柄磨起了老繭了，他們在山坡下，被另
一群人所迎住。這裡正燃起熊熊的野火，多少曾調朱弄粉的手兒，
已經將金黃的小米飯，翠綠的油菜準備齊全。這時候，太陽已經下
山，卻將它的餘輝幻成了滿天的彩霞，河水喧嘩得更響了，跌在石
上的便噴出了雪白泡沫，人們把著黃土的腳伸在水裡，任他沖刷，
或者淘起水來，洗一個臉。在背山面水這樣一個所在，靜穆的自然
和爛漫著生命力的人，就織成了美妙的圖畫。

　　這段描寫的是解放區革命青年的生活與勞動，他們當中有美術家、音樂
家、雕塑家，也有文學家；有男的，也有女的，為了同一的目的，他們都聚
集到抗日的聖地——延安來，過著愉快幸福的生活，勞動鍛煉開始改變他們
的思想面貌。作者對於他們充滿革命朝氣的精神，寄予無限的敬意。接著，
他又描寫了富有象徵意義的解放區清晨的景色：

　　……我披衣出去，打算看一看，空氣非常清冽，朝霞籠住了左
面的山，我看見山峰上的小號兵了。霞光射住他，只覺得他的額角
異常發光。然而，使我驚歡叫出聲來的，是離他不遠有一位荷槍的
戰士，面向東方，嚴肅地站在那裡，猶如雕像一般。晨風吹著喇叭
上的穗子，只這是動的；戰士那把尖的刺刀閃著寒光，在粉紅的霞
色中，只這是剛性的。我看得呆了，我彷彿看見了民族的精神化身
而為他們兩個。

　　從這段意味深長的文字中，我們可以看出，作者對於黨所領導的抗日鬥
爭事業，是寄予無限的尊敬的。後來，茅盾在解放前出版的「茅盾文集」後
記中曾經說過：「祝福這些純潔而勇敢的祖國兒女，我相信他們不久就可以完
成歷史付給他們的使命，而他們的英姿也將在文藝上有更完整而偉大的表
現。」

　　從一九三七至一九四五的八年抗戰中，茅盾的筆尖沒有離開當時最主要
的矛盾和鬥爭，在祖國多災多難的時刻裡，他把自己的創作主題和祖國人民
的命運結合在一起。由於他長期生活在國統區內，目睹國民黨反共反人民叛
賣祖國的陰謀，深切地感到民族危機之嚴重，因此，在這時期的創作中，他
的筆主要是指向國民黨反動政權的。我們知道，抗戰時期，不僅存在著中國

人民與日本帝國主義的矛盾，而且也存在著廣大人民群眾與國民黨賣國政權
的矛盾。當時，國統區革命的和進步的文藝工作者，「在政治的、經濟的、文
化的三重壓迫下，和日本帝國主義、美國帝國主義、國民黨反動派鬥爭，固
守著自己的崗位，對於抗日民族解放戰爭，對於反動統治下的民主運動，對
於人民解放戰爭，都起了積極的推動或配合作用」。〔註4〕他們在困難的環境
中堅持鬥爭，起過相當大的作用。但是，當時國統區的文藝界也產生一些不
良的傾向，如不能反映社會生活中的最主要的鬥爭，而去描寫一些次要的、
表面的社會現象，有的專寫都市生活的小鏡頭，抗戰加戀愛的新式傳奇，甚
至於出現一些感傷的、頹廢的傾向。實質上，這些傾向都是經不起國民黨白
色恐怖的摧殘與壓迫的退縮表現。和這種傾向相反，茅盾這時期的創作，具
有鮮明的革命立場和強烈的現實意義，他抓往時代鬥爭中最主要的事件，抓
住現實生活中最主要的矛盾，給予迅速的反映。他把文學當作鬥爭的武器，
無情地揭露國民黨統治的罪惡，同時也歌頌黨和人民的抗戰。這種揭露與批
判，和左聯時期的一些作品相比，要更加直接和鮮明，就像短劍一樣，和國
民黨反動派直接鬥爭。在面臨著投降和分裂的危機下，他相當集中地抨擊了
國統區的黑暗現實，把國民黨反共反人民的猙獰面目，剝落於光天化日之下，
在當時曾起過相當大的積極作用。他的一些作品，不僅在海外和國統區內流
行，而且穿過了國民黨的封鎖線，在解放區獲得了廣大的讀者，周揚同志在
第一屆全國文代大會上就講過：「郭沫若的『屈原』、茅盾的『清明前後』、『腐
蝕』，以及國統區許多優秀的有思想的作品，都在解放區獲得了廣大的讀者，
對他們起了教育的作用。」〔註5〕

在這時期的創作活動中，作為一個堅定的革命作家，一個愛國主義戰
士，茅盾的貢獻是相當大的。從「子夜」到「腐蝕」、「清明前後」，我們可
以看出，作者的世界觀，作者對國民黨反動統治的態度，是越來越明確和堅
定了。

〔註4〕茅盾：「在反動派壓迫下鬥爭和發展的革命文藝」。
〔註5〕周揚：「新的人民的文藝」。

八 爲和平民主和建設社會主義文化而鬥爭──抗戰勝利和新中國成立後的活動（一九四六年─）

　　一九四五年八月十四日，日本宣佈無條件投降，全國人民歡欣鼓舞地迎接這一偉大的勝利，期望著從此能過和平民主的生活。但是，在美帝國主義的積極支持與協助下，國民黨反動派立即加緊進行反革命內戰的準備，全國人民又面臨著一個新的危機。美帝國主義代替了日本帝國主義的位置，中國人民並沒有擺脫殖民地的地位。這時，中國共產黨爲了避免內戰，實現全國人民渴望和平的要求，提出了和平民主團結統一的方針，積極領導人民爲爭取國內和平民主而鬥爭。但是，國民黨蔣介石卻違背了全國人民的願望，在美帝國主義的支持下，一九四六年七月發動了全國規模的反革命戰爭。

　　在這段時期中，茅盾主要是從事於和平民主的鬥爭，他揭露了美帝國主義奴役中國人民的陰謀，指出這是新的更嚴重的危險。在「魯迅是怎樣教導我們的」一文中，他寫道：

　　　　假使魯迅活到今天，看見八年抗戰之後，人民依然得不到勝利的果實，日本帝國主義雖然暫時失敗了，可是中國淪爲殖民地的危險卻比從前更甚，過去日本帝國主義抱著稱霸世界的迷夢，故要先來征服中國，現在的稱霸世界的迷夢者卻用「友好」的面具，「援助」的方式來達到它那把中國變成「菲律賓第二」的目的；過去日本帝國主義者把中國看成它的帝國的「生命線」，而現在的取日本而代之的征服世界者卻把中國包括在它的保護世界安全的「戰略基地」之

內：從前日本貨傾銷不足又繼之以武裝走私，而現在中國民族工業
也被外貨的傾銷和走私打擊得氣息奄奄——這一切的一切，如果魯
迅還活著看到了，他會覺得意外麼？……現在，正是強盜混在人叢
中大喊捉賊，好話說盡，壞事做盡，抓住了被打者的手卻還自稱是
調停，明明要把我們淪為附庸，卻還滿嘴的援助我們獨立，「民主」
者「民」之「主」，諾言即是食言，——這樣昏天黑地的時代，所以
魯迅遺教中的這一點（指「誅心之論」——筆者注）尤其重要。

我們引這一長段的話，主要是說明在抗戰勝利以後，茅盾對時局的基本
態度。他回應黨的號召，積極為實現國內和平民主而鬥爭，但對祖國人民新
的兇惡的敵人——美帝國主義，則給予無情的揭露。

抗戰勝利後，茅盾回到了上海，他應蘇聯對外文化協會的邀請，於一九
四六年赴蘇作友誼訪問。

我們前面已經談過，早在一九二○年，茅盾就積極介紹蘇聯的情況，駁
斥那些企圖誹謗和誣蔑這個世界上第一個無產階級掌握政權的國家的陰
謀，熱烈讚揚蘇聯人民的新成就。所以說，他和蘇聯人民的友誼，是早就建
立起來了。從蘇聯訪問回國後，他寫了「蘇聯見聞錄」、「雜談蘇聯」等書，
全面系統地介紹了蘇聯人民的生活與鬥爭，讚揚他們在建設社會主義事業中
的偉大成就。在這些著作中，他揭穿當時反蘇宣傳的謊言，指出只有蘇聯才
是我們真正的朋友。他說：「三十年來，每當中國人民艱苦奮鬥以求自由解
放的時候，首先給予偉大的同情與援助的就是蘇聯。中蘇兩大民族的堅固的
友誼，是從蘇聯建國的那一天就開始了的。去年以來，國際的戰爭販子仇蘇
反蘇，叫囂日烈，而利用中國人民做『貓腳爪』的陰謀，也日益明顯。中國
人民知道誰是友，誰是敵，陰謀構煽者終必自食其果。」〔註1〕回國後不久，
由於國民黨發動反革命內戰，一些進步作家受到迫害，茅盾又到了香港。在
香港的時候，他參加過「小說月刊」的編輯工作。到了一九四九年北京解放，
人民解放軍基本上打垮了蔣介石的反動統治，全國人民面臨著一個新的時
代，當時，中國共產黨派人到香港邀請民主人士回國籌備政協，茅盾就離開
香港到了解放區。

一九四九年七月，在北京召開了第一屆全國文代大會，會上茅盾當選為
全國文聯副主席和全國文協主席（第二屆文代會時改名「作家協會」）。中華

〔註1〕茅盾：「蘇聯見聞錄序」。

人民共和國成立後，他又擔任了中央文化部部長的職務，同時還擔任「譯文」雜誌的主編。一九五六年年底，曾代表中國作家出席亞洲作家代表大會。一九五八年十月，又率領中國作家代表團，出席在蘇聯塔什干召開的亞非作家會議。在會上，他作了「為民族獨立和人類進步事業而鬥爭的中國文學」的報告。解放九年來，他積極參加社會活動，參加保衛世界和平的鬥爭。在這段時期中，他把自己主要的精力都貢獻給我國社會主義文化事業的繁榮和發展上，大部分時間都從事於文化事業和文學藝術事業的領導工作。雖然這時期中，他沒有再寫出什麼作品來，但是他還能在工作之餘，關心文學發展的情況，注意對青年文學愛好者的培養工作，時常發表一些理論文字和批評文字，如近年來寫的「夜讀偶記──關於社會主義現實主義及其他」、「談最近的短篇小說」等。同時，他積極參加文藝界對資產階級文藝思想的批判與鬥爭，參加對胡風反革命集團，對丁玲、馮雪峰反黨集團的鬥爭。

由於茅盾擔負了國家文化行政機關的領導工作，任務比較繁忙，因此從一九四五年「清明前後」發表以來，始終沒再寫過什麼作品。但是，他對於深入生活，回老本行，仍然念念不忘。他說過：

　　　　數十年來，漂浮在生活的表層，沒有深入群眾，這是耿耿於心時時疚痏的事。年來常見文藝界同人竟訂每年寫作計劃，我訂什麼呢？我想：我首先應當下決心訂一個生活計劃：……從頭向群眾學習，徹底改造自己，……自然，也不敢說這樣做了以後一定能寫出差強人意的東西來。但既然這是正確的道路，就應當這樣走。

我們多麼期望這位文壇上的老前輩，能寫出幾部反映今天新時代生活的作品來，為我們的文藝園圃增添幾朵鮮花。

九　結束語

　　茅盾從一九一六年開始文學活動到今天，經歷了整個新民主主義革命時代和向社會主義、共產主義過渡的歷史時期。而他的創作活動主要是在新民主主義革命時期完成的。在漫長的四十年內，他和革命鬥爭有著密切的關係，他曾經苦悶過，路也不是一帆風順的，但是，絕大部分時間，特別是左聯時期以後，他始終站在革命文學鬥爭的前列，把文學作為鬥爭的武器，在國民黨反動統治下堅持不懈地進行鬥爭。當我們把茅盾四十年的文學道路作一番分析之後，至少可以看出以下的幾點：

　　首先，我們注意到茅盾與整個新民主主義革命鬥爭的密切關係。一個真正的人民作家，他必定十分關心自己時代的鬥爭，關心人民和祖國的命運，並且站到當代進步潮流的一邊，和人民一起進行戰鬥。從「五四」運動到中華人民共和國的成立，中國人民在中國共產黨的領導下進行了轟轟烈烈的新民主主義革命，經歷了艱苦複雜的鬥爭。在這場革命鬥爭中，革命的文藝戰線也是重要的一翼，而茅盾就是這戰線上的重要的革命作家之一。他四十年來的文學活動，是和這一偉大的革命鬥爭密切聯繫著的。在漫長的四十年中，他一共寫六部長篇、三個中篇、五十多個短篇，一個劇本，近十部的散文集，還有許多翻譯作品和文藝批評、文藝理論與學術研究方面的論著。在這些作品中，他的主題是和時代的鬥爭緊密地結合在一起的，從《蝕》三部曲到「清明前後」，他反映了整個新民主主義革命的各個重要時期的社會現實。如「霜葉紅似二月花」寫辛亥革命以後到「五四」前夕的社會變化；《虹》寫五四運動到「五卅」時期的革命浪潮；《蝕》三部曲寫大革命時代的生活與鬥爭；「子夜」、農村三部曲、「林家鋪子」等描寫第二次國內革命戰爭時

期錯綜複雜的社會矛盾，以及三十年代中國都市、農村、市鎮的面貌；「第一階段的故事」、「白楊禮讚」等寫「九・一八」事變後人民群眾高昂的抗敵情緒，和黨領導下的敵後解放區人民英勇抗戰的精神；「腐蝕」、「清明前後」暴露抗戰期間國民黨反動派反共反人民叛賣祖國的陰謀，描寫國統區後方的黑暗世界和慘無人道的法西斯統治，以及抗戰勝利前夕霧重慶的黑暗歲月等等。所有這一切，都和時代的鬥爭息息相關，構成了一幅現代中國社會的現實主義圖畫，茅盾是這個時代的畫家，卓越的藝術巨匠。在他的筆下，出現了異常廣泛的形形色色的人物形象，如「五四」前夕的封建紳糧大戶和地方富商；五四運動到大革命時代的小資產階級青年；第二次國內革命戰爭時期的民族工業資本家、金融資本家、買辦資產階級、政客、交易所經紀人，市鎮小商人、農民、工人、革命者，以至於公司小職員、街頭小癟三等下層社會小人物等；抗戰時期國統區的漢奸、特務、流氓政客，民族資本家、革命者，青年學生以及公司小職員等。這些人物，有許多已經成為我們文學中的典型形象了，如吳蓀甫、趙伯韜、老通寶、林先生等。我們說，茅盾先生是五四運動以來傑出的革命作家，這不僅是因為他反映了廣闊的社會生活，題材廣泛，人物眾多，更重要的是他的世界觀是進步的、革命的，他和整個革命鬥爭有著緊密的關係，因此，他才能寫出有血有肉，具有豐富的思想內容的作品來。在這些作品中，他反映了各個時期最主要的社會矛盾和社會鬥爭，他的注意力經常集中在最富有時代性和巨大的社會意義的事件上，而不是去描寫瑣碎的身邊小事和個人的悲歡，這個特點在茅盾的創作中是十分顯著的。也正因為如此，他的藝術構思也很宏偉，氣魄浩大，常常能寫大規模反映時代生活的作品，在這方面，有許多同時代的作家是不及他的。茅盾說過：「偉大的作家，不但是一個藝術家，而且同時是思想家──在現在，並且同時一定是不倦的戰士。他的作品，不但反映了現實，而且一貫著他那時代的人生問題和思想問題，他提出了解答。」〔註 1〕茅盾自己的創作，就是遵循著這條道路的，他力求反映時代的真實面貌，把自己的創作和人民的革命鬥爭結合起來。在四十年的文學活動中，也不僅是一個卓越的革命作家，而且也是一個不倦的戰士。在國民黨黑暗統治的年代裡，他始終團結在黨的周圍，堅持不懈地與反動勢力進行鬥爭，同時又用自己的辛勤勞動，用自己的優秀作品，來為革命鬥爭服務。所以周揚同志在中國文學藝術工作者第二

〔註 1〕見「創作的準備」。

次代表大會上的報告中說：「我們傑出的作家郭沫若和茅盾，都是三十幾年來新文藝運動戰線上的老戰士。他們對革命文藝的創造是作了很多貢獻的。」我們完全有理由說，茅盾四十年的文學道路與整個新民主主義革命是密切相關，他是屬於新民主主義革命時代的最優秀的革命作家之列的。

其次，我們說，茅盾所走過來的道路也不是一帆風順的，相反的，是經過摸索和鬥爭的。在他的創作發展道路上，也是經過不斷的努力，最後才獲得輝煌的成就的。商務印書館時期，他是一個年輕的文藝批評家，文壇的革新者，他積極參加黨所領導的社會鬥爭，並且用進步的觀點，來從事文學活動和革新「小說月報」。隨著革命鬥爭的發展，他參加到大革命鬥爭的浪潮中去，積極從事革命宣傳工作。但是，由於蔣介石叛變革命，篡奪了工農的革命果實，使中國革命暫時轉入低潮時期。蔣介石叛變革命後，大量屠殺革命青年和共產黨員，實行白色恐怖統治，面臨著這一黑暗社會，目睹著革命同志的被害，加以自身又受國民黨蔣介石的迫害，和革命斷了聯繫，因此，茅盾一度陷入了精神上的悲觀苦悶時期。經歷了這一場革命突變之後，加以親眼看到國共合作時期統一戰線內部的矛盾鬥爭和其中的黑暗現象，他一時看不清革命的前途，只看到漆黑的一片。所以，在這時期的創作中，他一方面集中地描寫黑暗現實，揭露黑暗的社會，但另一方面，就流露出比較濃厚的小資產階級情感，流露出悲觀失望的情緒，使得《蝕》和「野薔薇」等的現實意義帶有較大的局限性。雖然，他這一時期的創作是屬於批判現實主義的，他對黑暗社會，對國民黨新軍閥的統治是憎恨的，但是這種批判現實主義是帶有消極的因素的，它不能使讀者振作起來，去推翻這個黑暗社會。不過，這種悲觀的情緒並沒有長期纏住他，隨著黨和毛澤東同志領導下的中國革命的深入發展，他對中國革命未來又充滿了信心。一九三○年春他從日本東京回到上海後，就積極參加左翼作家聯盟的成立活動，在黨的領導下，積極從事左翼革命文藝運動。但是，在左聯初期，由於沒有很好的深入實際生活，因此曾經產生概念化的傾向，這明顯地表現在「三人行」的創作上。但是，這個過程並不長久。從左聯成立以後，茅盾的創作就有了顯著的變化，他開始用科學的社會觀點來觀察、分析和反映社會現實，力求歷史地、真實地表現時代的面貌。一九三三年「子夜」的發表，是他創作發展道路上的里程碑，作者開始由小資產階級的立場轉向無產階級的立場，由批判現實主義轉到社會主義現實主義的道路上來。左聯時期的創作活動，奠定了他在革命文藝運

動中的重要地位，對革命的文學作出了相當大的貢獻。他在這時期，在社會主義現實主義文學發展歷史上，起過開闢道路的歷史作用，成為我國社會主義現實主義文學創作的先驅者之一。在第二次國內革命戰爭時期國統區的創作界，他為左翼革命文學作出了重要的貢獻。抗日戰爭爆發以後，我們祖國和人民開始進入一個苦難重重的時代，作為一個革命的作家，一個愛國主義戰士，茅盾用自己的筆進行戰鬥。在八年抗戰時期中，他一方面過著顛沛流離的生活，輾轉於國統區與香港之間，一方面繼續堅持寫作，並且參加文藝界抗日民族統一戰線的領導工作。在祖國面臨著帝國主義的侵略，面臨著投降和分裂的危機時，他並沒逃到象牙塔裡去，相反的，他把文學作為政治鬥爭的武器，無情地揭露和鞭撻國民黨反動政權的罪惡，把它的反共反人民的猙獰面目暴露在廣大讀者面前，同時，對於堅持抗戰的英雄人民，則給予熱烈的歌頌。在這時期的創作中，他繼承和發揚了左聯時期革命文學的優秀傳統，對國民黨反動政權的暴露，要更加直接和鮮明，立場要更加堅定。抗戰勝利後和人民解放戰爭時期，他揭露美帝國主義奴役中國的陰謀，積極參加爭取和平民主的鬥爭。直到新中國成立後的社會主義時代，他又把自己的精力貢獻給祖國的社會主義文化事業。回顧作者所走過的這四十年的道路，我們可以清楚地看出，一個作家的成長道路不會是很平坦，必然是有摸索和鬥爭，只有當他緊密地站在時代潮流的先進的一邊，站在人民革命的一邊，他才能夠獲得輝煌的成就，他的作品才有生命力，才經得起時間的考驗。

再其次，我們從茅盾四十年的文學道路中，也可以明白地看到黨的領導和作家自我改造精神的重要性。三十幾年來，黨領導人民進行的革命鬥爭，是一切進步作家獲得對未來的信心的基本力量，他們從這革命鬥爭中汲取了力量，看清了方向，反過來，又用自己的筆直接或間接地為革命事業服務。歷史的事實證明，一切能獲得偉大成就的作家，不管是詩人、小說家或是戲劇家，他們都是和人民的鬥爭緊密地聯繫在一起，站在時代進步潮流的一邊的。「五四」以來現代文學的歷史也證明了這一點，真正能成為卓越的藝術家，為人民所熱愛的，像魯迅、郭沫若、茅盾、巴金、曹禺等，他們都是在不同程度上和不同時期內團結在黨的周圍，站在革命鬥爭的一邊或者對革命是同情或支持的。正因為如此，他們的藝術才有生命力，才能獲得廣大讀者的喜愛，在讀者當中起教育和影響的作用。

在四十年的文學活動中，茅盾和黨的關係是很密切的，他始終很關心人

民革命鬥爭的發展，並且力求把自己的創作和革命鬥爭結合起來。在早期的活動中，他直接參加革命鬥爭，受過革命的鍛煉，對黨的事業有清楚的認識。左聯時期，他對黨的領導很尊重，並且能積極擁護各種革命的主張，在自己的創作中，力求用正確的觀點來反映時代的眞實面貌。同時，更值得我們學習的是，茅盾具有自覺地進行自我改造的精神，這突出地表現在他對社會科學、對馬克思列寧主義的學習和鑽研上。一九三〇年春從東京回上海後，他就開始認眞地學習社會科學的知識，學習馬克思列寧主義；鍛煉自己的觀察和分析社會現象的能力。在許多地方，他都反覆地強調指出，一個作家必須懂得社會發展的規律，瞭解社會科學的知識，只有這樣才能正確地去思索，去描寫和反映現實。例如，在談到短篇小說的創作時，他說：「在撗的方面，如果對於社會生活的各環節茫然無知，在縱的方面，如果對於社會發展的方向看不清楚，那麼，你就很少可能在繁複的社會現象中恰好地選取了最有代表性、典型性的，即具有深刻的思想性的一事一物，作爲短篇小說的題材。對於全面茫無所知，就不可能深入一角：這是我在短篇小說的寫作方面所得到的一點經驗教訓。」〔註2〕又說：「沒有社會科學的基礎，你就不知道怎樣去思索；然而對於社會科學倘只一知半解，你就永遠只能機械地——死板板地去思索。」〔註3〕這種虛心學習，追求進步的精神，始終貫徹在他的創作過程中，也正是因爲有這種精神，所以才使得他的作品能具有豐富的現實主義精神，在藝術上也達到精湛的境地。他自己就說過：「每逢翻讀自家的著作，自己看出了毛病來的時候，我一方面萬分慚愧，而同時另一方面卻長出勇氣來，因爲居今日而知昨日之非，便是我的自我批評的工夫有了進展。……我永遠自己不滿足，我永遠『追求』著，我未嘗誇大，可是我也不肯妄自菲薄！是這樣的心情，使我年復一年，創作不倦。」〔註4〕顯然，這種虛心學習、自我改造、自我批評的精神是很可貴的，如果要說一個偉大的藝術家有什麼成功的秘訣的話，這恐怕就是最重要的一條。

最後，我們還必須指出，茅盾的創作態度一貫是很嚴肅認眞的。這首先表現在對文學的主張上，他始終認爲文學是有積極的社會作用的，主張文學要反映時代的鬥爭，反映人民的疾苦，文學是鬥爭的武器，因此，他堅決反

〔註2〕見「茅盾選集自序」。
〔註3〕「思想與經驗」，見「話匣子」。
〔註4〕見「我的回顧」。

對那些所謂「超現實」的、無病呻吟的、爲藝術而藝術的傾向。這種態度在他早期的文學活動中就已經明確地表示出來了。在「文學家可爲而不可爲」一文中，他指出有兩種文學家，一稱是自命風雅的人，覺得政治齷齪，於是寄情山林，笑傲風月，以爲「清高」。和這種人相反，另一種文學家，「他們知道你不管政治，政治卻要管你；他們知道在萬般商品化的社會裡，文學也有商品化的危險，面且已經逐漸商品化了；他們知道文學不是個人得意時作消遣失意時發牢騷的玩意兒，文學是表現時代，解釋時代，而且推動時代的武器；他們要做文藝家，正因爲關心著政治的腐敗，社會的混亂，以及文學商品化的危險。」（重點是筆者加的）作者自己正是持後一種態度的。由於他把文學看作鬥爭的武器，認爲文學有推動時代前進的責任，因此，在他選取題材和進行創作的過程中，就力求能表現時代鬥爭中的重大主題，反映現實生活中的重要矛盾和重要鬥爭，並且表明了作者自己的態度，他說過：「一位作家的『世界觀、人生觀』應當而且必須表白在他的作品中，一位作家應當而且必須用他的作品來批評社會，來憎恨那應當憎恨的，擁護那應當擁護的，讚頌那值得讚頌的。」〔註5〕這一種對待藝術創作的認眞嚴肅的態度，以及忠於生活的精神，也是值得我們學習的。這一種態度還表現在創作上虛心學習、追求進步的精神上，他說過：「我所能自信的，只有兩點：一，是未嘗敢『粗製濫造』；二，未嘗爲要創作而創作——換言之，未嘗敢忘記了文學的社會意義。」〔註6〕由於作者四十年來堅持著這種態度，所以他的作品的藝術水平和思想水平得到迅速的提高，從《蝕》、《虹》、「三人行」、「子夜」、「腐蝕」等一連串的作品中，我們也可以看到這種發展的過程。

在談到茅盾的創作成就時，我們還要簡單談談茅盾在古典文學和外國文學方面的修養。每一個有成就的大作家，他們都是善於汲取自己祖國過去的優秀傳統，同時也汲取其他國家進步文學的精華的，魯迅、茅盾、郭沫若等在古典文學和外國文學方面都有很好的修養，這不是偶然的現象！茅盾對中國舊文學也有過研究，花過一定工夫，他注釋過「楚辭」、「莊子」、「墨子」等書，也寫過古代中國神話方面的研究論著。同時，我們也知道，他翻譯過許多外國文學作品，特別是一些弱小民族的進步文學，在早期文學活動時期，他在翻譯工作方面有過很大的貢獻，解放後，他還擔任「譯文」雜誌的主編。

〔註 5〕見「創作的準備」。
〔註 6〕見「我的回顧」。

這些方面的修養，對他的創作也起過很大的作用。

茅盾在我國現代文學中，貢獻是多方面的，四十年來，他辛勤的勞動，為我們的文藝園圃增添了許多美麗的花朵，它們並且取得了國際榮譽。到目前為止，他還是我國最有聲望的小說家和文藝運動的領導者之一；他的作品不僅在國內流傳，而且被譯成許多國家的文字。回顧一個前輩作家所走過的道路，給了我們不少教訓，也給了我們不少啓發和鼓舞。今天，我們要為社會主義文學事業的繁榮而奮鬥，前輩老作家的寶貴經驗是值得我們好好研究吸收的。在祖國日新月異地飛躍前進的時代裡，我們也希望老作家們能老當益壯，多多創作一些反映新時代的作品，繁榮我們這百花盛開的文藝大花園。

1957.5.1 初稿

1958.12.1 定稿

後　記

這本書是我一年前的畢業論文，從初稿完成到最後定稿，其間經過了三次的修改。在寫作的過程中，我力求全面地勾劃出茅盾四十年來的文學發展道路，並給予正確的、歷史的評價。我自己是這樣去努力的，但由於水平限制，所以雖經多次的修改，最後總是不能滿意。同時，因為這篇論文的中心論題是談茅盾的創作發展道路，因此不可能對每篇作品都做全面、細緻的分析，研究也很不深入。對於茅盾創作的藝術特點，也限於水平和時間關係，所以未能做系統的研究。

本書的書名，是一九五七年我寫完論文初稿時擬定的，從茅盾發表第一篇文章算起，到當時恰好四十年。現在仍然保留原來的書名，不再改動。

這裡，我應該感謝前輩們對我的鼓舞和幫助。在開始寫這篇論文時，指導我畢業論文的王氣中先生，曾熱心地幫助我搜集材料，經常給予鼓勵和幫助。我還應該特別感謝茅盾同志和以群同志對我的親切關懷和幫助。在寫作論文的過程中，我碰到許多疑難的問題。每當我寫信向茅盾同志請教的時候，他總是很及時、確切，而且毫無保留地解答了我的問題。論文寫完後，他又答應我的要求，仔細地審閱論文初稿，提出許多寶貴的意見，糾正了一些錯誤，並對幾十年前的事實作了重要的說明（有些已收入注中）。這一切，在寫作的當時，對我有莫大的鼓舞和啓發，對我理解作者在當時的創作有極大的幫助。論文寄到上海文藝出版社後，又得到以群同志親切的關懷和幫助，他提出許多很寶貴的意見，鼓勵我修改。稿子修改後，又幫我訂正，並答應我的要求，寫了一篇序。上海文藝出版社有關的編輯同志，以及南大的一些老師和同學，也對我有很大鼓舞和幫助。這裡，謹向他們表示衷心的感謝。

作為一本初次的試作，一定有許多缺點和錯誤。現在呈獻於讀者面前，希望得到批評和指正。

葉子銘

1958.12.17 於南京大學中文系

論茅盾四十年的文學道路

（1978年10月修訂版）

葉子銘　著

提　要

本書據上海文藝出版社 1978 年 10 月修訂版重印。

序

　　第一次讀到葉子銘同志這部論著的原稿，是一九五七年秋天的事情。那時就覺得作者的態度是嚴肅認眞的，他閱讀了茅盾同志的大部分著作，參考了不少有關茅盾文學活動的資料；並且請茅盾同志自己訂正了許多事實細節。他用自己的觀點來對茅盾四十年的創作道路作了比較全面的分析和探討。像這樣的著作能出自一個大學剛畢業的青年之手，確是值得注目的。

　　作者聽取了出版社編輯部和我個人的意見之後，在一九五八年一年內，又作了兩次修改和補充，從六萬字發展爲十萬字的著作。改定稿比起初稿來，有了很大的豐富和提高，特別是對茅盾主要作品的分析方面，有了較大的進展。作者這種虛心聽取意見，不斷地進行深入鑽研的精神，也是值得讚揚的。

　　自然，以目前的改定稿來看，也還不是無可指謫的，但到現在爲止，這還是第一部比較全面地研究和分析茅盾的創作道路的著作，因此，也特別值得我們重視和歡迎。這部論著的特點是：結合各個歷史時期的革命鬥爭的特點和茅盾在這些鬥爭中的地位，來評論茅盾的文學活動和文學創作；同時又結合茅盾的社會活動和思想發展，來評論他各個時期作品的成就和缺點；這樣，使讀者能夠比較清楚地看到：在「五四」以來四十年間的中國革命運動中，作爲文學戰士的茅盾站在什麼地位，參與了什麼鬥爭，而這些革命鬥爭又怎樣促成了他思想上的演變和發展，並以某種形式反映在他的作品之中。它幫助今日的讀者——特別是青年不是孤立地來瞭解茅盾的個別作品，而是從中國革命的發展過程和茅盾自己的思想發展過程中，來瞭解茅盾的作品和評價茅盾作品的得失。儘管，著者的具體的論斷還不乏可以討論的地方，但它對於今日的讀者瞭解茅盾的作品和認識茅盾的創作，能給予很大的幫助，

這是無可懷疑的。而且，由於著者的辛勤努力，還給「五四」以來的重要作家之一──茅盾的研究工作，提供了一個較好的初基，這對於今後有關現代中國文學史的研究和討論，也一定會有相當幫助。

事實上，茅盾四十年的創作道路，不僅表明了他個人的文學創作的發展線索，而且也局部地記錄了現代中國的革命運動，並反映了革命的知識分子在中國革命進程中的思想演變和發展。如果從這方面來看，那麼，研究茅盾的創作道路的意義就更加重大了。我以為：茅盾的道路不僅是知識分子走向革命文學的道路，而且也是知識分子走向革命的道路。因此，從茅盾的經歷中，不僅足以幫助我們瞭解過去知識分子走向革命的曲折過程，而且也可以幫助我們認識今天的知識分子怎樣才能走上革命的大路。

茅盾的道路並不是一帆風順的，如他自己所說：「路不平坦，我們這一輩人本來誰也不會走過平坦的路，不過，摸索而碰壁，跌倒了又爬起，迂迴而再進，這卻各人有各人不同的經驗；我也有我的，可只是平凡的一種。」也許，正因為它是屬於「平凡的一種」，對於一般知識分子就更有值得借鑒或吸取教訓之處。據我個人的體會，在茅盾同志的經驗中，有幾點是特別值得我們深思的：

第一，茅盾創作的最初動因是由於他在一九二五至一九二七年的期間，「和當時革命運動的領導核心有相當多的接觸」，這個「革命運動的領導核心」就是黨；這也就是說：茅盾創作生涯的發端是來自黨，是黨引導他開發了創作的源泉，給了他創作的動力，並促使他走上革命文學創作的道路。而當他寫《蝕》三部曲時，他的思想情緒所以是「悲觀失望」的，也就是因為暫時離開了黨的緣故。一九三〇年後，他所以能夠擺脫「悲觀失望」的情緒而著手《子夜》的創作，也正是因為他又重新接近了「當時革命運動的領導核心」──黨。

第二，茅盾創作的重大特點之一，是能夠在作品中反映廣闊的社會生活和階級鬥爭，描繪各階層的多種多樣的人物，這在「五四」以來的作家之中是比較少有的。這個特點並非偶然形成，而是一九二五至一九二七年的期間，他的工作崗位使他「經常能和基層組織與群眾發生關係」，給他奠定了最初的基礎。假如他的作品中也有失敗的部分，那麼，細細推究起來，大概對群眾生活「既缺乏體驗，也缺乏觀察」，或是「僅憑第二手的材料」，恐怕是最主要的原因。

　　第三，茅盾是一個重視作家的思想情緒對於創作的影響的作家，他較早地認識：「一個作家的思想情緒對於他從生活經驗中選取怎樣的題材和人物常常是有決定性的」這個道理，因此，他常常勇於認識自己的錯誤，並努力「補救」自己的錯誤，「補救」之道，也就是他自己常說的：「從頭向群眾學習，徹底改造自己」。他深深懂得了作家的思想、觀點對於創作的決定性作用，如他自己所說：「表現在我們筆下的，只是現實的一局部，然而沒有先理解全面，那你對於這一局部也不會真正認識得透徹。」茅盾作品的成功之處大都得力於認識得比較透徹，而某些敗筆的根源也正在於「沒有先理解全面」。

　　這些，都是可以從茅盾的生活道路和創作道路中體會出來的。我以為：關於這些問題的細心體會，不僅對我們評價前代的作家可以有很大的幫助，即對於今天的文學工作者應該走怎樣的道路，也可以有不少的啟發。本書的作者根據茅盾的生活經歷和創作經歷，在這些重大的問題上作了較全面、較細緻的分析和評論。這是非常值得我們重視和歡迎的。〔註〕

以群

1959,6,8

　〔註〕　引號中的話摘自茅盾所作《我的回顧》和《〈茅盾選集〉自序》。

目
次

一　茅盾的生平和文學活動分期

　　茅盾是「五四」新文學運動的積極參加者和倡導者，我國現代革命文藝
戰線上的一名傑出的老戰士。他生活的時代，正當十九世紀末葉以來我國半
殖民地半封建社會處於激烈的革命性變革的偉大時代；從辛亥革命、五四運
動到中華人民共和國成立以後，其間經歷了舊民主主義革命、新民主主義革
命和社會主義革命與社會主義建設三個歷史時期。茅盾的童年和少年時期，
是在資產階級改良派和革命民主派領導的舊民主主義革命時期的最後十幾年
中度過的。他的文學活動，開始於五四運動前後，而他的創作活動和絕大部
分作品，則基本上是在無產階級領導的新民主主義革命時期完成的。在這個
時期裡，中國共產黨領導中國人民進行的反帝反封建反對官僚資本主義的偉
大鬥爭，對茅盾一生的思想發展和創作道路，產生了具有決定意義的重大影
響。

　　從五四運動前後，特別是一九二一年中國共產黨誕生以來，我國的現代
革命文藝運動，就是在無產階級思想的指導和中國共產黨的領導和影響下，
經過艱苦曲折的鬥爭，不斷發展和壯大起來的。毛主席說：「在『五四』以後，
中國產生了完全嶄新的文化生力軍，這就是中國共產黨人所領導的共產主義
的文化思想，即共產主義的宇宙觀和社會革命論。……由於中國政治生力軍
即中國無產階級和中國共產黨登上了中國的政治舞臺，這個文化生力軍，就
以新的裝束和新的武器，聯合一切可能的同盟軍，擺開了自己的陣勢，向著
帝國主義文化和封建文化展開了英勇的進攻。這支生力軍在社會科學領域和
文學藝術領域中，不論在哲學方面，在經濟學方面，在政治學方面，在軍事
學方面，在歷史學方面，在文學方面，在藝術方面（又不論是戲劇，是電影，

是音樂，是雕刻，是繪畫）都有了極大的發展。二十年來，這個文化新軍的鋒芒所向，從思想到形式（文字等），無不起了極大的革命。其聲勢之浩大，威力之猛烈，簡直是所向無敵的。其動員之廣大，超過中國任何歷史時代。而魯迅，就是這個文化新軍的最偉大和最英勇的旗手。」〔註1〕我們敬愛的周恩來總理在第一次全國文學藝術工作者代表大會上的政治報告中也說過：「從五四運動以後，我們的新文藝大軍在跟敵人作戰上，曾經取得很多的勝利。我們打敗過封建文藝，二十年來我們又打敗過國民黨反動派的法西斯文藝和為帝國主義服務的漢奸文藝。在毛主席的新民主主義的文藝方向下，我們建立了廣泛的文藝戰線。在解放區，許多文藝工作者進入了部隊，進入了農村，最近又進入了工廠，深入到工農兵的群眾中去為他們服務，在這方面我們已看到初步的成績。在以前的國民黨統治區，革命的文藝工作者堅持著自己的崗位，在敵人的壓迫之下絕不屈服，保持著從五四以來的革命的文藝傳統」。正如毛主席和周總理所肯定的，「五四」以來我國的現代革命文學，在馬克思主義思想和中國共產黨的領導、影響下，與封建的舊文學、帝國主義的買辦文學、國民黨反動派的法西斯文學，以及形形色色的資產階級反動文學展開了英勇的鬥爭，在文藝思想鬥爭和文學創作等方面，都取得了重大的成績，對中國人民推翻三座大山的偉大革命鬥爭，起了積極的配合和推動作用。在這場鬥爭中，出現了一大批革命的、進步的作家，出現了許多無產階級的文藝戰士，他們通過各自不同的發展道路，團結到黨的周圍，形成了一支文藝生力軍。魯迅就是這支文藝生力軍的「最偉大和最英勇的旗手」，茅盾也是這支文藝生力軍中的傑出的革命作家，「五四」以來現代革命文藝戰線上的一名老戰士。他從一九一六年開始文學活動到今天，已經有四十年了。四十年來，在「五四」新文化運動的影響和推動下，他開始積極參加反帝反封建的新文學運動，特別是中國共產黨成立以後，他在黨的領導下，積極地從事革命鬥爭和倡導新文學運動。以後，在中國革命深入發展的過程中，儘管他曾一度消沉過、苦悶過、摸索過，在思想上和創作上經歷了一段曲折的道路，但是，隨著黨所領導的中國革命的深入和文化革命的深入，他又重新團結到黨的周圍，積極投身到以魯迅為旗手的三十年代左翼無產階級革命文藝運動中去，積極參加文藝戰線上的抗日反蔣鬥爭，寫出了像《子夜》、《春蠶》、《林家鋪子》、《腐蝕》、《清明前後》等一系列優秀的文學作品，對中國革命和中國現

〔註1〕《新民主主義論》，《毛澤東選集》第二卷第六五七～六五八頁。

代文學的發展，起了積極的進步作用。解放以後，在黨的領導下，在毛主席
的無產階級革命文藝路線的指引下，他參加社會主義文學藝術事業的領導工
作，從事中外文化交流和文藝評論活動，繼續爲繁榮發展我國的社會主義文
學藝術事業貢獻力量。

　　在具體地評述茅盾的思想發展和文學活動之前，我們先把他的生平和文
學活動的分期，作一個簡要的介紹。

　　茅盾原名沈德鴻，字雁冰，一八九六年七月四日（農曆丙申五月廿五日）
生於浙江省桐鄉縣烏鎮。茅盾是他的筆名，一九二七年九月發表第一篇小說
《幻滅》時開始使用。在他從事文學活動的過程中，由於所處的環境是舊中
國的黑暗社會，所以經常用各種筆名發表文章。在解放以前，他使用過的筆
名達九十多個，其中比較重要的有郎損、玄珠、沈餘、方璧、Ｍ・Ｄ、微明、
止敬、蒲牢、朱璟、丙申、石萌、施華洛、逃墨館主、東方未明、明甫等。

　　茅盾的童年時代，是在烏鎮度過的。他的父親沈永錫，字伯蕃，是個「維
新派」，從岳父——烏鎮的名醫陳我如學醫，後在烏鎮行醫。資產階級改良派
所發動的變法維新運動，對他產生過很大的影響。他喜歡自然科學，酷愛數
學，具有資產階級科學、民主的思想。茅盾的母親陳氏，受丈夫的影響，也
喜歡「新學」，特別愛好文學。因此，茅盾的童年時代，就受到比較開明的家
庭教育和資產階級科學、民主思想的薰陶。一九〇三年茅盾八歲時，被送進烏
鎮新辦的一所教「新學」的小學裡讀書。十歲時父親去世，此後就在母親的
教育、影響下生活。一九一一年春至一九一三年，茅盾先後在浙江湖州的省
立第三中學、嘉興的省立第二中學和杭州的安定中學讀書。一九一一年孫中
山先生領導的辛亥革命，對茅盾中學時代的生活曾經產生過很大的影響。他
閱讀新報刊，參加剪辮子風潮，嚮往民主自由，反抗封建的舊教育，開始受
到反封建的資產階級民主主義思想的影響。一九一三年中學畢業後，在母親
的支持和鼓勵下，茅盾考進北京大學預科第一類。一九一六年暑假北大預科
畢業後，因家庭經濟困難，經親戚介紹，於同年秋天進上海商務印書館編譯
所工作，開始「叩文學的門」。

　　從一九一六年秋，到一九二六年元旦離開商務印書館到廣州參加大革命
鬥爭，其間十年，是茅盾早期文學活動的時期。早在五四運動以前，由於職
業的關係和個人的愛好，他開始從事文學活動。從一九一七年到一九一九年
五四運動前夕，他開始在商務印書館出版的《學生雜誌》上，發表了一些翻

譯作品和介紹托爾斯泰、蕭伯納等外國作家作品的文章，並爲商務編寫出版了十來本童話和寓言故事的小冊子。五四運動後，特別是中國共產黨誕生以後，茅盾在「五四」新文化運動的影響下，積極參加和倡導新文學運動；同時在黨的領導下，開始從事革命活動。一九二○年，他參加《小說月報》的革新工作，使這個刊物從登載用文言文寫的舊文學刊物，開始變爲登載部分白話文的半新半舊的文學刊物。一九二一年一月，他同鄭振鐸、葉聖陶等發起成立文學研究會，並於一九二一至一九二二年主編《小說月報》，對這個刊物進行了全盤革新，使它成爲提倡新文學、反對封建舊文學的一個重要陣地。在文學研究會時期，他發表了許多文藝評論和翻譯介紹外國文學的文章，宣傳進步的文學主張，提倡新文學運動，與封建復古派和鴛鴦蝴蝶派所鼓吹的封建舊文學展開激烈的鬥爭。一九二三年，他曾在黨創辦的上海大學擔任教學工作，並且積極參加革命活動。一九二五年「五卅」反帝愛國運動爆發，茅盾也走上街頭，參加鬥爭，並在《公理日報》上發表揭露帝國主義血腥罪行的文章。實際的革命鬥爭，促使茅盾的文藝思想開始發生重大的變化。就在五卅運動前後，他在《文學週報》上陸續地發表了《論無產階級藝術》一文，開始運用馬克思主義的階級觀點，對文藝的階級性和無產階級藝術的性質、特點以及內容與形式等問題，作了相當全面的論述。隨著國共兩黨的革命統一戰線的建立和大革命高潮的到來，茅盾於一九二六年元旦，離開上海到廣州，參加大革命鬥爭，擔任革命宣傳工作。一九二六年，以蔣介石爲代表的國民黨右派陰謀策劃了「中山艦事件」，事變後一星期，茅盾離廣州回上海。一九二六年十月，在中國共產黨的領導下，以葉挺獨立團爲主力的北伐軍攻克武漢。同年年底，茅盾又從上海到了武漢，在漢口擔任中國共產黨主辦的《民國日報》總編輯，從事革命宣傳工作。其間，曾在《民國日報》上發表過不少短評和社論，還曾到武漢中央軍事政治學校兼過課。

　　一九二七年四月十二日，蔣介石公開背叛孫中山先生的三大政策，篡奪大革命的勝利果實，對上海的工人階級和共產黨人進行血腥的屠殺；緊接著，七月十五日，汪精衛右派集團也公開叛變革命，致使第一次國內革命戰爭遭受失敗。「七‧一五」事變後，茅盾離開武漢，到牯嶺住了一段時間，八月底回到上海家中。當時，他受到國民黨反動政府的通緝，在國民黨白色恐怖的統治下，陷入思想上極端悲觀苦悶的境地。出於對國民黨反動統治的不滿，加以爲生活所迫，他以「五四」到大革命前後的生活和鬥爭爲題材，開始了

小說創作。從一九二七年九月到一九二八年六月，他先後完成了《幻滅》、《動搖》、《追求》三個連續性的中篇（後總名爲《蝕》）。一九二八年七月間，茅盾離開上海到日本，先住在東京，後遷居京都高原町。到日本初期，又寫了一些短篇小說和散文（後大多收入短篇集《野薔薇》和散文集《速寫與隨筆》中）。《蝕》三部曲同赴日初期的一些作品，表現了作者當時的悲觀消沉的情緒和對中國革命前途的悲觀估計，這使得這些作品的現實意義帶有較大的局限性。東渡日本以後，作者力圖改變自己的思想情緒，表示「我希望以後能夠振作，不再頹唐；我相信我是一定能的」。〔註2〕一九二九年四月至六月，作者在日本寫的未完成的長篇小說《虹》，就反映出這一思想轉變的趨勢。

　　隨著中國共產黨所領導的革命鬥爭的深入發展，茅盾逐漸擺脫了悲觀消極的情緒，於一九三〇年四月間回到了上海。回上海後沒幾天，就由馮乃超同志的聯繫，茅盾正式參加了左翼作家聯盟。一九三〇年底或一九三一年初，他曾一度擔任過左聯的執行書記。此後，他又積極地投身到以魯迅爲旗手的左翼無產階級革命文藝運動中去。回國初期，他力圖改變早期創作中的悲觀情調和「自己所鑄成的既定的模型」，「探求著更合於時代節奏的新的表現方法」，〔註3〕努力想從「自己所造成的殼子裡鑽出來」。〔註4〕從一九三〇年春開始，作者利用養病機會，「訪親問友」，經常與上海的「同鄉故舊」中的企業家、銀行家、商人、公務員，以及朋友中從事實際革命工作的革命者往來，從他們那裡瞭解到許多關於上海民族工商業的處境以及上海工人運動的材料。同時，他還常常跑上海證券交易所看人家發狂地賭博，有時也到上海的絲廠參觀，對金融、工業中心的上海社會作實地的觀察。對照一九三〇年關於中國社會性質問題的論戰，作者開始產生了「大規模地描寫中國社會現象的企圖」。〔註5〕這就是後來寫的長篇小說《子夜》。在寫《子夜》之前，一九三〇年春至一九三一年十月以前，作者除了開始醞釀、構思《子夜》外，先後寫了《石碣》、《豹子頭林冲》、《大澤鄉》等三個歷史題材的短篇，和《路》、《三人行》等兩個中篇小說。在這些作品中，作者力圖以無產階級的思想去處理一些歷史題材和反映當時的現實，但由於缺乏生活體驗，概念化的傾向較突

〔註2〕《從牯嶺到東京》，見《小說月報》十九卷十號。
〔註3〕《〈宿莽〉弁言》，見短篇小說集《宿莽》，大江書鋪一九三一年版。
〔註4〕《茅盾文集》第七卷《後記》。
〔註5〕《〈子夜〉後記》，見《茅盾文集》第三卷。

出。一九三二年「一・二八」事變後，茅盾一度回到故鄉烏鎮，接觸到三十年代初期半殖民地半封建的江南市鎮、農村經濟蕭條的情況，觀察和搜集了一些材料。因此，在寫《子夜》的過程當中，茅盾於一九三二年六月和十一月間，以他回鄉所觀察、瞭解的材料爲基礎，分別寫出著名的短篇小說《林家鋪子》和《春蠶》。從一九三一年十月至一九三二年十二月五日（其間因病、因戰事中斷八個月），他又完成了長篇小說《子夜》。在《子夜》和《林家鋪子》、《春蠶》等作品中，作者努力用馬克思主義的階級觀點去認識和反映三十年代初期舊中國都市、市鎮、農村的社會現實，成功地塑造了吳蓀甫、林老闆、老通寶等生動的人物典型。這些作品的發表，是黨領導下的三十年代左翼革命文藝運動的重要收穫，它奠定了茅盾在我國現代革命文學史上的地位，標誌著作者的思想和創作的重大轉折，開始了一個新的發展時期。在這前後，茅盾還寫了許多短篇和散文，後來大多收入短篇集《春蠶》、《泡沫》、《煙雲集》、《茅盾短篇小說集》，和《茅盾散文集》、《話匣子》、《速寫與隨筆》、《故鄉雜記》、《印象・感想・回憶》等書中。此外，還寫了一個中篇小說《多角關係》。在這個時期裡，他還積極從事外國文學的翻譯介紹和我國古典文學作品的選注等工作，先後編譯出版了《世界文學名著講話》、蘇聯丹欽科的《文憑》、鐵霍諾夫的《戰爭》和左拉的《百貨商店》等，選注過《淮南子》、《楚辭選讀》等。在左聯時期，面對著國民黨的反革命文化「圍剿」和法西斯的恐怖統治，他和魯迅一起，在黨的領導和影響下堅持鬥爭，曾參與對國民黨反動派的法西斯「民族主義文藝運動」和資產階級反動文藝思想的鬥爭，寫了一些富有戰鬥性的文藝論文和雜文。一九三五年底，在毛主席的領導下，中國工農紅軍勝利地完成了震撼世界的二萬五千里長征，當時茅盾同魯迅一起，經史沫特萊的幫助，聯名打電報給毛主席和朱總司令，祝賀紅軍的勝利。電文中說：「在你們的身上，寄託著人類和中國的將來」。一九三五年，日本帝國主義對華北發起新的進攻，在中華民族面臨著生死存亡的關頭，爲了貫徹黨的抗日民族統一戰線的政策，左翼革命文藝陣營內部，經歷了一段曲折的過程，清算了過去工作中的關門主義和宗派主義的錯誤，於一九三六年十月初發表了《文藝界同人爲團結禦侮與言論自由宣言》。茅盾也在這個宣言上簽名，並積極參加黨領導下的文藝界抗日統一戰線的工作。一九三六年間，他主編了由上海文學社發起、組織的報告文學集《中國的一日》。

　　一九三七年七月七日蘆溝橋事變以後，緊接著，八月十三日，日本侵略

者發動對上海的進攻。在「八‧一三」以後上海軍民堅持八十多天的英勇抗戰期間，茅盾主編了《吶喊》週刊（後改名《烽火》週刊，這是由《文學》月刊社、《中流》半月刊社、《文季》月刊社、《譯文》月刊社聯合舉辦的），並寫了一些反映「八‧一三」後上海軍民英勇抗戰與戰時上海生活的散文、特寫，後收入散文集《炮火的洗禮》中。上海淪陷後，茅盾「帶著一顆沉重的心」，離開上海經香港到了長沙。一九三八年二月間由長沙到漢口，為黨領導下的生活書店籌備《文藝陣地》的創刊工作。同年二月下旬離開漢口到廣州。不久就住到香港，一方面在香港為薩空了主編的《立報》編副刊《言林》，一方面到廣州為生活書店主編《文藝陣地》。以「八‧一三」上海抗戰為題材的長篇小說《第一階段的故事》，就是這個時候在《立報》副刊《言林》上連載的。一九三八年三月二十七日，黨領導下的「中華全國文藝界抗敵協會」在武漢成立，茅盾被選為理事。一九三八年十二月二十日，茅盾應杜重遠的邀請，離開香港經海防到蘭州，第二年三月間從蘭州經哈密到迪化（今烏魯木齊）。在新疆一年多的時間裡，他在杜重遠任院長的新疆學院任教，還擔任「新疆各族文協聯合會」主席，以及「新疆中蘇文化協會」會長等職。當時，新疆的督辦盛世才的反動面目已開始暴露，因此，一九四○年四月十七日茅盾的母親在上海病故後，他就借機請假，於同年六月間離開新疆。歸途中，在西安遇到朱德同志，所以茅盾一家又搭朱德同志的車隊到了革命聖地延安參觀學習，其間住在延安的魯迅藝術學院，並曾在魯藝講過課。一九四○年底，茅盾把兩個孩子留在延安學習，自己又到了重慶。散文集《見聞雜記》，描寫新疆之行的沿途所見所聞，其中包括歌頌黨領導下敵後軍民的英勇鬥爭精神的優秀散文──《白楊禮讚》和《風景談》。一九四一年初「皖南事變」後不久，茅盾離開重慶再度到了香港。同年夏天，以「皖南事變」前後國民黨特務統治的罪惡為題材，寫了著名的日記體小說《腐蝕》，在鄒韜奮主編的《大眾生活》上連載。一九四一年底，太平洋戰爭爆發以後，茅盾和一些進步的文化人，離開香港，在黨所領導的東江游擊隊的幫助下，脫離險境到了桂林。關於這段生活，他後來寫有特寫《生活之一頁》、《劫後拾遺》和《脫險雜記》。一九四二年秋冬之交，在桂林寫了長篇小說《霜葉紅似二月花》。一九四三年，他從桂林到重慶，直到抗戰勝利才離開。這段時間寫的散文，後來編成散文集《時間的記錄》。此外，還寫了小說《走上崗位》，發表於一九四三年九月的《文藝先鋒》第三卷第三期。一九四五年中秋，茅盾在抗戰勝利聲中寫完

了劇本《清明前後》，揭露當時國民黨統治下的霧重慶的黑暗現實。抗戰勝利後，約於一九四五年冬，茅盾經廣州到香港，於一九四六年二、三月間回到上海。回上海後，他曾參加編輯「中外文藝聯絡社」的刊物《文聯》半月刊，同時也寫了一些雜文、文藝評論，翻譯了卡達耶夫的《團的兒子》等作品。一九四六年十二月五日，他應蘇聯對外文化協會的邀請，赴蘇訪問。一九四七年四月初從蘇聯回國後，寫了《蘇聯見聞錄》、《雜談蘇聯》等書，介紹蘇聯人民在斯大林的領導下建設社會主義的成就。後來，由於國民黨反動派發動反革命內戰，向我解放區猖狂進攻；許多革命的、進步的作家也受到迫害，茅盾又離開上海到香港，繼續堅持革命文藝活動。在這斯間，他參加《小說》月刊的編輯工作，寫了一些文藝論文、雜文和隨筆。一九四八年下半年，開始寫反映抗戰時期生活的長篇小說《鍛煉》，只寫了二十五章（共十多萬字）這部未完成的長篇曾在香港的《文匯報》上連載。

一九四八年下半年，隨著遼瀋、淮海、平津三大戰役的勝利進行，國民黨反動派土崩瓦解，蔣家王朝搖搖欲墜。就在全國即將解放的勝利前夕—— 一九四八年底，黨中央布置在香港的民主人士秘密離開香港，茅盾就在這時候從香港到大連（那時已解放），又從大連到瀋陽小住。一九四九年一月三十一日北京和平解放後，黨中央派專車邀請所有在瀋陽的民主人士到北京籌備政協會議，茅盾於二月中旬同車離瀋陽到了北京。一九四九年七月，在北京召開第一屆全國文學藝術工作者代表大會，會上茅盾當選為全國文聯副主席和全國文協（第二屆文代會時改名「中國作家協會」）主席。中華人民共和國成立後，在黨中央的領導下，他參加了國家領導機關和全國政協的領導工作，曾擔任過中央文化部部長、歷屆人大代表和全國政協副主席等職務。同時，作為「五四」以來我國現代革命文藝戰線上的一名老戰士，茅盾在毛主席的無產階級革命文藝路線的指引下，繼續以滿腔的熱情，為繁榮發展我國的社會主義文藝事業貢獻力量。新中國成立後，他曾主編過《人民文學》和《譯文》等刊物，並先後多次代表中國作家出席各種國際會議，為發展中外文化交流事業而努力。此外，他在黨的領導下，積極參加解放以來歷次的政治運動和文藝界歷次的重大的思想鬥爭，寫了許多文藝評論文章，努力宣傳黨的文藝方針、政策，評介建國以來的一些優秀的作品，這些文章後來大多收入《鼓吹集》和《鼓吹續集》中。此外，還寫有《夜讀偶記》、《關於歷史和歷史劇》等文藝論著。

　　以上是關於茅盾的生平簡述。下面，我想著重就茅盾在新民主主義革命時期的文學活動和思想、創作的發展歷程，作進一步的具體分析。為了既突出這一重點，又適當兼顧到茅盾一生的思想發展和文學活動的情況，下面分為幾個時期來論述。一、步入文學領域以前（一八九六至一九一六年）。主要敘述茅盾的童少年時期的生活和所受的思想影響。二、早期的文學活動（一九一六至一九二六年）。主要論述茅盾參加和倡導「五四」新文學運動的情況，以及他從「五四」到第一次國內革命戰爭時期的活動與思想發展，重點介紹茅盾早期的文學主張和翻譯介紹外國文學的情況。三、從《蝕》到《虹》——苦悶、追求、摸索的時期（一九二七至一九二九年）。主要分析茅盾在大革命失敗後的早期創作，重點論述《蝕》三部曲、《虹》以及其他短篇創作的成敗得失。四、轉變期中的創作——《路》、《三人行》（一九三○至一九三一年）。這時期的創作，也屬於茅盾初期創作的範圍，由於它同前期的《蝕》和後期的《子夜》相比，具有顯著的特點，實際上是從《蝕》到《子夜》之間的過渡階段，所以我們單獨地加以論述。五、創作上的發展時期——《子夜》和左聯時期的其他創作（一九三二至一九三七年）。這是茅盾思想和創作發展道路上的一個重大轉折時期，也是他創作上獲得重要成就的發展時期，因此，將作為全書的重點作一些具體的分析評論。六、為祖國而戰——抗戰時期的生活與創作（一九三七至一九四五年）。主要介紹茅盾在抗戰時期的生活與創作概況，重點分析小說《腐蝕》和劇本《清明前後》，以及《白楊禮讚》等其他散文創作。七、抗戰勝利後和中華人民共和國成立後的活動（一九四六年—）。這一段主要概述茅盾抗戰勝利後以及解放以來的活動簡況，便於讀者瞭解茅盾後期的文學活動的一般情況，並非本書重點。八、結束語。想就茅盾一生的思想和創作發展道路的分析中，作一些粗淺的概括，總結若干經驗體會，作為發展我們今天的社會主義文藝創作的借鑒。下面，就按照上述的問題，分別地加以論述。

二 步入文學領域以前——童年和少年時期（一八九六至一九一六年）

一八九六年（光緒二十二年）農曆丙申五月廿五日，即公元一八九六年七月四日，茅盾生於浙江省桐鄉縣屬的一個小鎮——烏鎮的一家姓沈的家庭裡。〔註1〕他是這個家庭的長子。

茅盾的童年和少年時期，正當我國舊民主主義革命的最後十幾年，資產階級改良派發動的變法維新運動，和孫中山先生領導的推翻清朝封建帝制的資產階級民主革命，對他童、少年時代的思想，曾經發生很大的影響。一八九六年八月，就在茅盾出生後不久，梁啓超主編的《時務報》（旬刊）在上海創刊，「一時風靡海內，數月之間銷行至萬餘份。」（梁啓超：《清議報第一百冊祝辭》）一八九七年，嚴復參加創辦的《國聞報》在天津出版，先後譯載了赫胥黎的《天演論》等西方資產階級的社會學說。他們宣傳資產階級的科學、文化，鼓吹變法維新，在當時產生相當大的影響。但是，資產階級改良派領導的變法維新運動很快就失敗了，康有爲、梁啓超等後來也墮落成保皇派。這時候，偉大的民主革命的先行者孫中山先生領導的資產階級民主革命已經開始。繼興中會之後，一九○五年成立了同盟會，提出了推翻清朝專制政權，建立民主國家的綱領。從一九○五至一九一一年，他們曾領導了多次的革命起義。一九一一年辛亥革命成功，終於推翻了清朝的反動統治，結束了幾千年

〔註1〕茅盾同志一九七八年一月十七日來信說：「我是公元一八九六年七月四日生的（農曆丙申五月廿五日，但因舊時計時與今不同，故合算成公曆，有作七月五日者。）」又說：「故鄉，在清末爲青鎮（本來是烏青兩鎮，隔河爲界），屬桐鄉縣。解放後兩鎮合併，名烏鎮，仍屬桐鄉縣。」

來的封建帝制。但是，由於廣大群眾沒有真正發動起來，革命是不徹底的，所以皇帝雖然趕走了，但政權又落到以袁世凱為代表的反動軍閥的手裡。中國社會的半殖民地半封建的性質並沒有改變，雖然辮子剪掉了，地主老爺們依然存在。但是，資產階級民主革命也帶來一些新的東西，「科學」、「民主」的思想開始傳播，新的科學技術、社會學說開始吸引了一部分進步的知識分子。正如毛主席所說的：「那時的所謂學校、新學、西學，基本上都是資產階級代表們所需要的自然科學和資產階級的社會政治學說（說基本上，是說那中間還夾雜了許多中國的封建餘毒在內）。在當時，這種所謂新學的思想，有同中國封建思想作鬥爭的革命作用，是替舊時期的中國資產階級民主革命服務的。」〔註2〕

茅盾既然生活在這樣一個時代裡，自然不可能不直接或間接地受到影響。當時，資產階級改良主義和民主主義的思想，就通過家庭和學校，對童少年時期的茅盾產生了一定的影響。

茅盾童年時期所受的家庭教育，和當時一般的封建士大夫家庭有很大的不同。他父親沈永錫是個「維新派」，當時的所謂新學對他有很大的影響。他喜歡自然科學，接受資產階級科學、民主的思想，因此對子女也注意用新學來教育。他平時非常喜歡新的科學技術，酷愛數學，曾自修到微積分。據茅盾的回憶，他的這種愛好甚至達到這麼一種程度，當他臥病在床的時候，「還常常託人去買了新出的算學書來，要母親翻開了豎著給他讀。」〔註3〕由於父親非常重視「新學」，所以茅盾小時候在家裡就讀了一些當時人稱為「洋書」的新書籍，如澄衷學堂的《字課圖說》，和從《正蒙必讀》裡抄下來的《天文歌略》、《地理歌略》。八歲時，鎮上新辦了一所小學校，課程有修身、國文、算術等。茅盾就是這個學校的第一班學生。當時，進這種新學堂的人並不多，茅盾的父親希望自己的兒子將來能懂「新學」，所以把茅盾送去了。那個小學，當時分為兩班，茅盾分在甲班裡。讀的是文明書局出版的修身教科書，還有《禮記》、《古文觀止》等。甲班的先生算術好，大家都說他「新學」有根基，因為那時小學裡的課程，能使一位教員表示他懂「新學」的，也只有算術這一門。一九○五年茅盾十歲時，他父親就去世了。在逝世以前，他因臥病三年，自知不起，就叫茅盾把他的書籍和數學草稿拿出來整理。在這些書籍中，有

〔註2〕 《新民主主義論》，《毛澤東選集》第二卷第六五七頁。
〔註3〕 茅盾：《我的小學時代》，見《風雨談》第二期。

幾十本梁啓超主編的《新民叢報》，還有《浙江潮》，幾套《格致彙編》（當時上海出版的期刊性的介紹西洋聲光化電等自然科學知識的書），還有一本譚嗣同的《仁學》。他吩咐特別包起來，說：「不久你也許能看了。」特別是那本《仁學》，他叮囑將來不可不讀，似乎很敬重這位「晚清思想界的彗星」、資產階級變法維新運動中激進的民主主義者。在他臨死以前，還在遺囑裡諄囑，要茅盾將來去學科學技術，讀「實科」；並且預言，十年內中國將大亂，爲列強所瓜分。所以他認爲，不學「西藝」，恐無以糊口。但是，茅盾在學生時代，並不喜歡數學，而是喜歡讀小說書。茅盾的父親萬萬沒想到，自己的兒子後來沒照他的意思去做一個工程師，卻反而成爲當代的名作家。不過，童年時期的這種教育，對茅盾還是有很大影響的。「新學」的教育，使他受到資產階級科學、民主思想的薰陶，削弱了封建思想的影響，童年時期的思想得到比較健康的發展。

父親故世後，教育子女的責任就落在茅盾的母親身上。她姓陳，是一個性格堅強而有遠見的女子。她是烏鎮名醫陳我如的獨生女。陳我如名馳杭、嘉、湖三府，家境比較富裕，所以茅盾的母親從小時候起，陳我如就請人教她學習古典文學。茅盾的父親在訂婚以後，也到丈人家學醫。結婚後，茅盾的母親受丈夫的影響，也改學當時所謂經邦濟世之學。先學中國史、地，後來還學世界史、地。所以，茅盾上小學時，學校裡沒有歷史、地理課，茅盾的母親就在家裡教他學歷史、地理。她在丈夫去世以後，仍然堅持以有限的一點積蓄，讓茅盾和他弟弟沈澤民繼續求學，希望他們能實現丈夫的遺志。童少年時代的茅盾，雖然曾一度喜歡過化學，但對數學卻不感興趣。他真正的興趣，是看小說書。小時候他曾從屋後堆雜物的平屋裡，找出一箱不知屬於哪一位叔曾祖的舊小說，都是印刷極壞的木板書，其中有《西遊記》。這些東西在當時被視爲「閒書」，是不許孩子們看的。但是，茅盾的父親知道後，並沒禁止，他說：「看看閒書也可『把文理看通』」。因此，反而叫他母親把一部石印的《後西遊記》拿給他看。這部《後西遊記》是沒有插圖的，爲了文理通順，他讓孩子看閒書，但不給有插圖的，怕他只揀有插圖的地方看，不看正文。茅盾的母親也是很喜歡看小說的，她就爲茅盾講過《西遊記》的故事。因此，茅盾從小時候起，就讀過《西遊記》、《三國演義》、《七俠五義》之類的小說書。這些書籍，使他從小就愛好文學。而茅盾的弟弟沈澤民，雖然進南京河海工程學校學習土木工程，但後來也曾搞過文學，翻譯了一些文

學作品。以後從蘇聯學習回國後，才專門從事黨所領導的革命工作。他於一九三一年底在豫鄂皖蘇區不幸病故。

茅盾在家鄉讀完中學後，沈老太太用自己勤儉積蓄起來的一點錢，把他和他的弟弟沈澤民，都送到外地去讀大學。在當時那種閉塞的社會裡，這種舉動是破天荒的。因為，在一般人看來，中學畢業已經很不錯了，可以工作，也可以賺錢，用不著再上什麼大學了，因此它曾被人認為是不可理解的荒謬舉動。同時，她的倔強性格和為人，對茅盾也是有影響的。所以，茅盾後來經常提到他的母親，他說過：「在二十五歲以前我過的就是那樣的在母親『訓政』下的平穩日子，以後，朋友的影響最大。」〔註4〕從以上的敘述，說明了童年時期的家庭教育，對茅盾早年的思想，有過積極的影響。

孫中山先生所領導的辛亥革命，對茅盾中學時代的生活和思想，也曾經產生過一定的影響。

茅盾的中學時代，都是在浙江度過的。一共進了三所中學——浙西三府的三所中學校：湖州的浙江省立第三中學、嘉興的省立第二中學和杭州的安定中學。當時的中學，基本上還是實行封建主義的教育。茅盾在回憶自己中學時代的生活時說過：「我的中學生時代是灰色的、平凡的」，老師們所宣揚的照樣是「書不讀秦漢以下；駢文是文章之正宗；詩要學建安七子；寫信擬六朝人的小札；舉止要風流瀟灑；氣度要清華疏曠……」〔註5〕當時看不到什麼新雜誌，學生的知識領域非常狹窄，讀的盡是些《周官考工記》、《阮元車制考》、《顏氏家訓》之類的古書。他們只是在大考「抱佛腳」時，才知道歐洲有幾個國家，和中國訂立哪些條約？還知道有個拿破侖。總之，空氣十分閉塞。

一九一一年的辛亥革命，是茅盾學生時代的一聲響雷，它振盪了學校裡的落後、閉塞的空氣，活躍了青年學生的思想。茅盾後來回憶辛亥革命時的情景，曾說過：「當那一聲焦雷打到了我們面前時，童稚之心也曾歡喜而鼓舞，也曾睜大了驚異的眼睛。」〔註6〕辛亥年暑假後，茅盾從湖州的浙江省立第三中學，轉到嘉興的省立第二中學，進三年級。當時，辛亥革命的浪潮也波及浙西的幾所中學校，各校開始盛行剪辮子的風潮，它成為下半年革命高潮到

〔註4〕茅盾：《我的小傳》，見《文學月報》創刊號。
〔註5〕茅盾：《我的中學生時代及其後》，見《印象·感想·回憶》。
〔註6〕《回憶之類》，見《時間的記錄》。

來的前奏。那時，茅盾和他的同學們，對於國家大事，雖然所知甚少，「但是對於辮子的感情卻不好」，「知道這是『做奴隸的標幟』。」〔註7〕在他所在的三年級，剪辮子的學生最多。「武昌起義」的消息傳來後，同學們都異常興奮。他們學校剛好在滬杭鐵路的中段，同學們自動組織起來，每天派人跑到車站去，從旅客手裡買回上海的報紙。當時，他們「毫無猶豫地相信革命一定會馬上成功」，幾乎是達到了迷信的程度。後來茅盾自己有一段回憶，他說道：「爲什麼我們會那樣盲目深信？我們並不是依據了什麼理論，更不是根據什麼精密研究過的革命勢力與反革命勢力的對比；我們所以如此深信，乃是因爲我們目擊、身受滿清政府政治的腐敗，民眾生活的痛苦，使我們深信這樣貪汙腐化專橫的政府，一定不能抵抗順應民眾要求的革命軍。」〔註8〕那時，茅盾所在的嘉興第二中學裡，也有一些革命黨，如校長方青箱就是同盟會的會員，教幾何的老師計仰先也是同盟會會員。辛亥革命爆發後，計仰先曾帶領學生軍（其中有二中的高年級學生）攻打杭州巡撫衙門。〔註9〕這一場革命，宣告了大清帝國倒臺，「辮子」完蛋，這對青年學生是一個極大的震動，對中學時代的茅盾，也產生了深刻的影響，使他開始具有反封建的資產階級民主主義思想的萌芽。

但是，辛亥革命以後，學校並沒有多大改變，社會上也是如此。茅盾的家鄉光復時，紳商們出錢把旗人武官「護送出境」了事，不流半滴血的結束了革命，一切又和從前沒有多大的區別。學校重新開學後，校長方青箱升任光復後的嘉興軍政分府主席，校長換了人，新來的學監，宣佈要整頓校風，學校的民主空氣就大不如前了。於是同學們報以搗亂；結果被開除出校。茅盾也因參與「搗亂」，並曾把一隻死老鼠裝在紅封套裡送給了學校的舍監，還在上面題了幾句《莊子》裡的話來加以嘲諷，結果也被除了名。離開了嘉興府中學之後，他又進入杭州的安定中學，並在那裡畢了業。

一九一三年，茅盾離開了故鄉，考進北京大學預科第一類。這一類將來是進文法商科的。預科三年畢業後，由於家庭經濟困難，他母親不主張再繼

〔註7〕 茅盾：《回憶是辛酸的罷，然而只有激起我們的奮發之心》，見《時間的記錄》。
〔註8〕 茅盾：《回憶是辛酸的罷，然而只有激起我們的奮發之心》，見《時間的記錄》。
〔註9〕 茅盾同志一九七八年二月二日來信說：「二中的校長方青箱是同盟會中人，教員中有數人（如教幾何的計仰先）也是同盟會中人。辛亥革命時，計仰先帶學生軍（其中有二中的高年級學生）進攻杭州巡撫衙門。方青箱作爲光復後的嘉興軍政分府主席，二中校長換了人。校中民主空氣沒有了。」

續讀書，茅盾於一九一六年陰曆七、八月間，經親戚的介紹，進了上海商務印書館編譯所。從此，由於職業的關係，加上平時的修養與愛好，使他很快地就和文學接近起來，開始「叩文學的門」。〔註10〕

〔註10〕 本章主要根據如下的材料：

茅盾：《我的小傳》、《我的小學時代》、《回憶辛亥》、《談我的研究》、《我的中學生時代及其後》、《回憶是辛酸的罷，然而只有激起我們的奮發之心》、《回憶之類》等。

孔另境：《懷茅盾》、《一位作家的母親——記沈老太太》，見《庸園集》。

三　早期的文學活動
（一九一六至一九二六年）

　　從一九一六年進商務印書館編譯所，到一九二六年春離開商務印書館往廣州參加大革命鬥爭，其間十年，是茅盾早期文學活動的時期。這一時期，他在「五四」新文化運動的影響下，積極參加新文學運動，致力於新文學的編輯和翻譯介紹工作，從事文學理論批評活動，同時也積極參加社會運動和革命鬥爭，成爲「五四」時期我國新文學運動的重要倡導者之一。

　　五四運動以前，茅盾就開始用雁冰的名字，在商務印書館出版的《學生雜誌》上發表文章。從一九一七年到一九一九年五四運動爆發以前，共寫了近十篇文章，大部分都是翻譯、介紹方面的東西。不過，當時的影響還不大。作爲新文學運動的積極倡導者、參加者和文學研究會主要的文藝評論家，茅盾主要的文學活動，還是在五四運動以後。

　　五四運動以後，新文學在理論上和實踐上擊敗了封建復古文學，開始進入建設新文學的時期。當時，「五四」文化革命受到十月革命的巨大影響，尤其是中國共產黨成立後，工人運動蓬勃地開展起來，文化革命運動也隨著革命鬥爭蓬勃發展起來，在無產階級思想的指導下，積極參加了反帝反封建的鬥爭。但是，隨著革命鬥爭的深入，以胡適爲代表的資產階級右翼從統一戰線中分裂出去。他們散佈各種超越現實、反對革命的謬論，企圖把青年引導到脫離人民群眾、脫離社會鬥爭的道路上去。當時，以共產主義思想的先驅者李大釗同志爲首的「五四」文化革命戰線的左翼，曾經和他們展開激烈的鬥爭。這是一場無產階級思想與資產階級思想的鬥爭。這場鬥爭，反映在文學上，有革命的文藝觀點與形形色色的超現實主義觀點的鬥爭。當時，茅盾

是以年輕的文藝批評家和翻譯家參加這場鬥爭的。他一方面積極從事文藝批評和翻譯介紹活動，反對封建復古文學，反對所謂超現實的資產階級藝術，提倡文學要反映時代，反映人民疾苦的現實主義主張；另一方面，他以極大的熱情，參加了當時黨所領導的社會運動和革命鬥爭。這兩個方面是密切不可分的。正因為他積極參加社會運動，關心國家的命運，人民的疾苦，所以在從事文學活動時，他就能把這種進步的社會觀點貫徹到自己的文學主張中去，要求文學要關心時代、關心人民疾苦，同情「被損害者與被侮辱者」。

　　五四運動是中國由舊民主主義革命進入新民主主義革命的轉捩點，這是一個徹底的不妥協的反帝反封建的革命，它和茅盾少年時代所經歷的辛亥革命有本質的區別。前者是屬於世界資產階級民主革命範疇的，後者是屬於世界無產階級社會主義革命範疇的。辛亥革命雖然推翻了大清帝國，樹起了反封建的旗幟，解放了青年的思想，少年時代的茅盾也受過它的影響；但是，它最後又和封建勢力妥協了，因此不可能引導青年走上正確的鬥爭道路。五四運動則敲起了新時代的鐘聲，揭開了新民主主義革命的序幕。毛主席說：「五四運動時期雖然還沒有中國共產黨，但是已經有了大批的贊成俄國革命的具有初步共產主義思想的知識分子。五四運動，在其開始，是共產主義的知識分子、革命的小資產階級知識分子和資產階級知識分子（他們是當時運動中的右翼）三部分人的統一戰線的革命運動。」〔註1〕「五四」以後，反帝反封建的革命浪潮迅速擴展到全國各地，「五四」以前就已經開始的新文化運動和文學革命，在革命形勢的推動下進入了一個嶄新的時期，吸引了許多愛好文學的進步青年。特別是一九二一年中國共產黨成立以後，中國工人運動開始發展起來，許多革命的小資產階級知識青年都投身到黨所領導的各種運動中去。青年時期的茅盾也沒有例外。五四運動以後，他喜歡閱讀《新青年》雜誌，並受到它很大的影響。一九二〇年他參加了上海馬克思主義小組的活動。一九二一年黨成立以後，他一方面參加發起組織文學研究會，積極從事新文學運動；另一方面，也參加黨所領導的革命活動，和早期的一些共產黨人一起搞過工人運動，積極參加社會鬥爭。他曾經說過：「那時候，我的職業使我接近文學，而我的內心趣味和別的許多朋友——祝福這些朋友的靈魂——則引我接近社會運動。」〔註2〕

〔註1〕《新民主主義論》，《毛澤東選集》第二卷第六六〇頁。
〔註2〕《從牯嶺到東京》。

　　一九二三年，黨創辦了上海大學，作爲培養革命的知識青年的陣地。當時，陳望道是主任委員兼中文系主任，許多早期的共產黨人，如鄧中夏、惲代英等同志也參加教課。從它創辦起，茅盾也去教「小說研究」，爲時約一年。當時「上大」的經濟極端困難，教一小時只發一元薪水，而且常常欠薪，因此有些同志（包括茅盾在內）就義務教課。〔註3〕在這以前，他還一度到上海平民女子學校教過英文，爲時約個把月。這個學校是當時掩護黨的活動的公開機構之一。一九二二年秋，還到革命烈士侯紹裘創辦的松江景賢中學講過課。〔註4〕一九二五年爆發了轟轟烈烈的反帝愛國的五卅運動，茅盾也直接參加了這次運動。當時，他曾在鄭振鐸、葉聖陶等編輯的《公理日報》上發表文章，揭露、抗議帝國主義者的血腥罪行。五卅運動以後，他和其他同志一起，領導了商務印書館的罷工鬥爭，組織工人群眾與資本家進行經濟鬥爭。〔註5〕此後，他更加積極地參加革命鬥爭，接受馬克思列寧主義思想的教育，投身到黨的革命事業中去。在文藝觀點上，也有了顯著的進步，他開始用階級鬥爭的觀點來認識文藝問題，提出文學和文學批評是有階級性的觀點。由於他積極參加社會活動，因此引起軍閥政府注意。當時，中國共產黨同實行孫中山先生的聯俄、聯共、扶助農工的政策的國民黨，已建立了革命統一戰線，廣州國民政府已經成立，國民革命軍預備出師北伐。就在一九二六年元旦，茅盾離開上海經汕頭到廣州，參加國民黨第二次全國代表大會。會後，他先後在廣州、上海、武漢等地從事大革命時期的革命宣傳工作。

　　從「五四」到第一次國內革命戰爭時期，由於茅盾參加了黨所領導的社會運動，受到革命鬥爭的鍛煉，因此，在這時期中，他積極倡導新文學運動，並作出相當大的貢獻。他提出進步的文學主張，宣傳革命民主主義的文藝思想，與文壇上各種反動流派展開鬥爭；同時，他也熱心於翻譯和介紹工作，介紹過俄國和革命勝利後的蘇聯文學，以及東歐等弱小民族的文學。

〔註3〕茅盾同志一九五七年三月二十一日來信說：「在上大教書約一年，從它創辦起。那時我主要時間是在商務印書館編譯所工作，那時也參加社會活動。」「在上海大學教書是來盡義務的，那時上大經濟極端困難，教書一小時只發一元薪水，而且常常欠薪，另有職業的人就應盡義務教書。」

〔註4〕茅盾同志一九七八年二月十九日來信說：「一九二二年到松江景賢中學講演有其事，時間約爲秋天。」

〔註5〕茅盾同志一九七七年十月五日來信說：「商務印書館當時有個罷工委員會，我是其中之一。」

《小說月報》和文學研究會

在談與茅盾早期文學活動有密切關係的《小說月報》和文學研究會之前，我們先談談茅盾和《學生雜誌》的關係。

一九一六年茅盾進了商務印書館編譯所以後，起先是在英文部工作，閱改英文卷子。幾個月後轉到國文部，這時開始翻譯一些外國的作品。一九一七年後，他協助編商務印書館出版的《學生雜誌》，並且寫了許多翻譯、介紹外國文學的文章。他最早的一篇翻譯作品《三百年後孵化之卵》（科學小說），發表於一九一七年《學生雜誌》第四卷第一、二、四期上。可以說，茅盾早期的文學活動，就是從翻譯工作開始的。《學生雜誌》是商務印書館出版的刊物之一，它的主要對象是中學生。在文學研究會成立以前，茅盾於一九一七至一九二○年間，連續在上面發表了二十幾篇文章。特別是一九一八至一九二○年之間，除了第五卷第五期（一九一八年五月）外，每期都有他的文章，有的甚至一期有三篇之多（如第七卷第七期）。這些文章，絕大部分是從外文雜誌上轉譯過來的，有小說、戲劇，也有論文或介紹性的文字。起先都是用文言寫的，約在一九一九年五四運動以後，就改用了白話文。從一九一八年到一九二○年間，他還先後編寫了十多種童話和寓言故事的小冊子，在商務印書館出版。如《千匹絹》、《獅騾訪豬》、《大槐國》、《驢大哥》、《蛙公主》、《書呆子》、《金龜》、《飛行鞋》等。雖然，這些文章和小冊子在當時的影響還不很大，但它卻為作者後來參加文學研究會的活動和《小說月報》的革新工作，打下了一定的基礎。

從茅盾在「五四」前後所寫的二十幾篇文章的基本內容看來，有兩點是值得我們注意的。一是作者對社會、政治的看法；二是作者在翻譯介紹方面的貢獻，以及他的文學觀點。在這兩個方面，都表現出作者的基本思想是革命民主主義的思想，並明顯地受了進化論的影響。

一九一八年一月，茅盾在《學生雜誌》上發表了一篇題為《一九一八年之學生》的論文。這是他的第一篇關於社會人生的重要文章。在文章裡，作者向青年學生提出要革舊創新、隨「文明潮流」前進的思想，他認為世界是進化的、發展的，人們如「猶抱殘守缺，不謀急進」，則必將為時代所拋棄。他說：

> 二十世紀之時代，一文明進化之時代也。全世界之民族，莫不
> 隨文明潮流而急轉。文明潮流，譬猶急湍；而世界民族，譬猶小石

也。處此急流之下之小石，如能隨波逐流以俱進，固無論矣。如或
停留中路而不進，鮮不為飛湍所排抉。故二十世紀之國家，而猶陳
舊腐敗，為文明潮流之障礙，必不能立於世界。二十世紀之人民，
而猶抱殘守缺，不謀急進，是甘於劣敗而虛負此生也。此二十世紀
之所以異於十八、十九世紀，乃吾人所應知。

　　接著他發表了自己對國內時局的看法，認為自歐洲大戰以來，世界局勢
發生很大的變化，而「反觀吾國，則自鼎革以返（指辛亥革命——作者按），
忽焉六載，根本大法，至今未決。海內蝸蛒，刻無寧晷；虛度歲月，暗損利
權。此後其將淪胥而與埃及印度朝鮮等耶？抑尚可自拔而免於亡國之慘耶？
非吾儕所忍言」。「然則謂我國之前途，遂無一線之希望，是讆言也。吾人以
前之歲月雖已擲諸虛牝，而以後之歲月，尚堪大有作為。」因此，他呼籲青
年學生，「其亦翻然覺悟，革心洗腸，投袂以起乎！」緊接著作者向他們提出
了三點意見：一、革新思想。「何謂革新思想？即力排有生以來所薰染於腦海
中之舊習慣、舊思想，而一一革新之，以為吸收新知新學之備。」二、創造
文明。在這裡，作者反對一味摹擬歐美，主張大膽創造。他說：「我國自改革
以來，舉國所事，莫非摹擬西人。然常此摹擬，何以自立？我謂今後之學生
當以摹擬為愧恥，當具自行創造之宏願。蓋二十世紀之世界文明，日進無止
境，徒效他人，即使能近似，已落人後。」三、奮鬥主義。他認為「吾國社
會之心理，素以退讓為美德，守拙為知命，此以防止野心家之爭名攘權，鄙
陋者之營求鑽謀，原無可厚非；而其弊則使中庸之人，皆奄奄無生氣，而梟
雄特拔之人，反足藉以縱橫一世，莫敢誰何」。因此，他要求青年，要「抱定
人定勝天之旨，而以我力為萬能也」。最後，他說：「吾學生鑒於內國之情形，
鑒於世界之趨勢，亟當振臂而起，付父老之望，而滌虛生之恥。」

　　我們之所以這麼詳細地介紹這篇文章的內容，目的在於說明，五四運動
前後，作為一個剛步出學校不久的二十二歲的青年學生茅盾，就受到革命民
主主義思想的薰陶，關心社會國家的前途，關心祖國的命運。這種思想，和
「五四」前夕進步的時代潮流是相一致的。因此，五四運動以後，茅盾積極
地參加黨所領導的革命鬥爭，也是很自然的事。不過，在「五四」前後，茅
盾對於社會、政治的看法，明顯地受著進化論思想的影響，基本上還是資產
階級民主主義的思想。直到後來參加革命工作以後，才逐步接受了馬克思主
義。

在一九一七至一九二○年間，茅盾在《學生雜誌》上所發表的文章，絕大部分是翻譯介紹方面的東西。他翻譯了一些小說、戲劇，如《三百年後孵化之卵》、《求幸福》等，其中也有他和弟弟沈澤民合譯的《兩月中之建築譚》、《理工學生在校記》等。介紹外國文學方面的文章，如《履人傳》、《縫工傳》、《蕭伯納》、《托爾斯泰與今日之俄羅斯》、《近代戲劇家傳》、《文學上的古典主義浪漫主義和寫實主義》等。這些文章，大都是從外文雜誌上轉譯過來的，也有些是經過作者整理的。它們的水平不一定很高，觀點也不完全正確，但作者能如此辛勤地從事翻譯和介紹外國文學的工作，這是很可貴的。當時，他還分不清無產階級思想和資產階級思想，馬克思主義與資產階級學術文化的界限，對文學藝術的看法，基本上是受資產階級民主主義的文藝思想的影響。在這些文章中，特別是《文學上的古典主義浪漫主義和寫實主義》一文中，作者對文學的發展就是持進化的觀點的。關於這一點，我們放在後面談茅盾的文學主張時一起來論述。

五四運動以後，隨著新文化運動的發展，文壇上沉寂的空氣打破了，新的文學刊物和文藝團體如雨後春筍，紛紛出現，新文學如決堤的洪流，呈現出一片絢爛的景象。根據後來的不完全統計：一九二一年中國共產黨成立之後，全國範圍內出現的大小文藝團體約有一百多個，出版的刊物也在三百種以上。在一百多個文藝團體中，影響最大的是文學研究會和創造社。《小說月報》改革後，也成為當時重要的文藝刊物之一。茅盾與文學研究會的成立，和《小說月報》的革新，都有極為密切的關係。

《小說月報》本來是一個舊刊物，由商務印書館出版、發行。它創刊於清末宣統二年（1910），登載的全部是舊詩詞、文言小說等舊文學，那時就是林紓翻譯的一些西洋小說和劇本，也是用文言寫的。隨著「五四」新文化運動的發展，當時商務印書館的資本家，為了適應新形勢，爭取讀者，也開始把已有十年左右歷史的《小說月報》，改請一些主張新文學的人來進行改革。〔註6〕當時，茅盾就擔任了這一工作。

在《小說月報》全面革新之前，已經開始實行過部分改革。當時在商務印書館工作的茅盾，就直接參加這個工作。從《小說月報》十一卷一號起（即一九二○年一月）新闢了《小說新潮》、《編輯餘談》、《說叢》等欄，專載白話小說，新體詩，翻譯作品和論文等。這時候，《小說月報》就由全部登載

〔註6〕徐調孚：《〈小說月報〉話舊》，見《文藝報》一九五六年十五期。

舊文學到一半登舊文學一半登新文學，即由舊刊物變成半新半舊的刊物。這種嘗試性的改革，為時約一年，到一九二一年，才全盤革新。從《小說月報》一九二〇年的部分改革到一九二一年的全盤革新，茅盾都參加工作，而且是刊物革新中的重要人物。他的第一篇重要的文學論文《新舊文學平議之評議》，就是登載在《小說月報》十一卷一號（一九二〇年一月）的《編輯餘談》欄中。

　　《小說月報》在一九二〇年的部分革新中，先後發表了一些新作品，也發表了一些文藝論文。如茅盾寫的《新舊文學平議之評議》、《俄國近代文學雜談》、《我們現在可以提倡表象主義的文學麼？》，謝六逸的《俄國之民眾小說》、《文學上的表象主義是什麼？》、《自然派小說》等。創作方面有白話小說和新體詩，翻譯方面如易卜生的《社會柱石》（周瘦鵑譯），和契訶夫、托爾斯泰、莫泊桑等的短篇小說。今天看來，這些活動是有其歷史作用的，它為《小說月報》一九二一年的全面革新準備了條件，在摧毀舊的封建文學，提倡新文學方面起過積極的作用。從資產階級出版商的角度看，他們是為了爭取讀者、追求更大的利潤（《小說月報》改為新文學刊物之前，銷路不好），所以支持改革。當這種嘗試性的改革受到讀者歡迎時，他們也順著新潮流，把舊內容全部改革成新的內容，然而目的還是為了利潤。但是，從茅盾這些年輕的文藝革新者來說，目的則是為了提倡新文學，反對舊的封建文學。這時期，他們的文藝思想，基本上是民主主義的思想，表現在一些論文和翻譯中，強調文學要反映時代，描寫與同情平民，表現人生等。其中代表性的論文就是茅盾的《新舊文學平議之評議》。在茅盾早期的民主主義思想中，還帶有進化論的色彩，如在這篇文章中，他就提出所謂「進化的文學」。同時，十月革命的勝利，世界上第一個無產階級政權在俄國的出現，對於中國人民反帝反封建的革命鬥爭起了極大的鼓舞和促進作用。當時，雖然對革命勝利後的蘇聯還不很瞭解，但是，人們都很關心俄國勞動人民的勝利。茅盾曾熱心地介紹過十九世紀俄國革命民主主義文學和十月革命後的蘇聯文學，幫助讀者瞭解十月革命前後蘇聯的現實生活。這個問題將在後面詳細論述。

　　在《小說月報》進行部分改革的期間，也可以看出一個傾向，就是主持者在認識文學的發展和演變規律時，帶有較明顯的機械論觀點。如在《小說新潮欄宣言》中，他們認為新思想一日千里地前進著，迫切需要新文藝去鼓吹。為了促進新文藝的發展，他們主張系統地介紹西洋的文學，這本來也是

無可厚非的。但是，他們把這種系統介紹西洋文學發展過程的目的，說成是便於新文學「按次做去」。理由是：「藝術都是根據舊張本而美化的，不探到了舊張本按次做去，冒冒失失『唯新是摹』是立不住腳的。所以中國現在要介紹新派小說，應該先從寫實派自然派介紹起。」〔註7〕由此，《宣言》之後還附了一張茅盾擬訂的介紹寫實派（即現實主義）和自然派（即自然主義）作品的計劃表，〔註8〕列入其中的作家有托爾斯泰、果戈理、左拉、易卜生等。他們認為西洋文學已經由浪漫主義進到寫實主義、表象主義、新浪漫主義，而中國文學還停留在寫實主義以前。因此，他們主張必須從寫實主義、自然主義介紹起，以便照西洋文學發展的模子「按次做去」。顯然，這種看法是不對的。文學藝術的發展，與各個時代政治、經濟和社會生活的發展，是密切聯繫在一起的；不同的民族、不同的社會在不同的歷史時期，有其不同的特點，中國和西歐不可能按一個模子去發展。因此，雖然他們也反對「唯新是摹」，但實際上自己走的也是摹擬的路。在茅盾的《我們現在可以提倡表象主義的文學麼？》一文中也有同樣的傾向。產生這些缺點，也有其客觀原因。這是由於「五四」時期，馬克思主義剛剛傳到中國來，新文學還處在發展初期，許多人對於西方資產階級各種社會學說和文學流派，缺乏分析批判的能力，往往簡單地把它們當作學習摹仿的對象，當作用以反對封建舊文學、提倡新文學的思想武器。

　　一九二一年，商務印書館的資本家，看到新文學已經取得絕對優勢，得到廣大讀者的擁護，因此，就將已有十一年歷史的《小說月報》，實行全面的革新。這次的改革和一九二○年的改革大大不同，不僅在刊物的形式和內容上，和舊《小說月報》根本不同；而且在刊物的組織方面，也有比較完整的計劃。因此，《小說月報》成為當時提倡新文學的大型刊物。當時，改革刊物的基本力量，是文學研究會的會員，由他們來擔任撰稿人，而編輯則只有茅盾一人。《小說月報》彷彿成為文學研究會的機關刊物，影響更加大了。雖然那時編輯只有茅盾一人，《小說月報》還是辦的很出色，它成為當時全國唯一的文藝雜誌。在反對封建文學，反對資產階級遊戲文學，提倡新文學，宣傳民主思想方面，《小說月報》起過一定的歷史作用，受到廣大讀者的歡迎。如

〔註7〕　《小說新潮欄宣言》，見《小說月報》十一卷一號。

〔註8〕　沈雁冰：《答黃君厚生〈讀小說新潮宣言的感想〉》，見《小說月報》十一卷四號。

當時一個讀者說：「《小說月報》如黑暗中一顆明星，引文學者到文學應走的路」。〔註9〕它成爲「五四」以後的一個起著啓蒙作用的文學刊物，青年時期的茅盾，像一個勤勞的園丁，辛勤地灌漑著這朵新文藝園圃裡的鮮花。

　　但是，《小說月報》是資本主義企業發行的刊物，他們辦雜誌的目的是爲了獲取利潤。因此，「它需要『八面玲瓏』、『面面俱到』，最忌的是得罪人，任何一個人；略帶戰鬥性的文字便不能在刊物上發表了。」〔註10〕當時，社會上和商務印書館內部反對新文學的力量還相當大，改革後的《小說月報》受到了頑固派的攻擊，資本家以爲是茅盾編輯不好所致，所以於一九二三年起改請鄭振鐸主編。從此以後，茅盾不再主編《小說月報》，但仍然在商務工作，並且繼續負責《小說月報》上《海外文壇》消息一欄，還時常撰寫批評論文。直到一九三二年「一‧二八」事變後，日寇炸毀商務印書館，《小說月報》才因此停刊。

　　當時，和《小說月報》相呼應的，還有附在上海《時事新報》上的《文學旬刊》，後獨立改名爲《文學週報》，由鄭振鐸主編，都同屬文學研究會的刊物。

　　文學研究會成立於一九二一年一月，是「五四」時期兩大文學團體之一。發起人有茅盾和鄭振鐸、葉聖陶、王統照等十二人，主要活動場所在北京、上海，其他大都市也有分會。在文學研究會的宣言中，提出發起的目的有三：一、聯絡感情；二、增進知識；三、建立著作工會的基礎。他們通過《小說月報》、《文學週報》等刊物，提倡文學要反映人生的現實主義主張，宣稱：「將文藝當作高興時的遊戲或失意時的消遣的時候，現在已經過去了。」茅盾曾說過：「這一句話，不妨說是文學研究會集團名下有關係的人們的共通的基本的態度。這一個態度，在當時是被理解作『文學應該反映社會的現象，表現並討論一些有關人生一般的問題』。」〔註11〕當時，文學研究會的主要代表人物茅盾等人，繼承「五四」文學革命的精神，在他們的文藝批評和翻譯活動中，積極倡導文學要反映人生，關心人民疾苦、同情「被損害者與被侮辱者」的現實主義文學主張，宣傳革命民主主義的思想。他們通過《小說月報》、《文學週報》兩個主要刊物，和文壇上的復古派、頹廢派、唯美主義以及形形色

〔註9〕《通信》，見《小說月報》十三卷五號。

〔註10〕徐調孚：《〈小說月報〉話舊》，見《文藝報》一九五六年十五期。

〔註11〕茅盾：《中國新文學大系》（小說一集）《導言》。

色的資產階級的文學流派展開激烈的鬥爭，在現代文學史上起過一定的進步作用。這是文學研究會的歷史功績。鄭振鐸就說過：「這兩個刊物都是鼓吹著為人生的藝術，標示著寫實主義的文學的；他們反對無病呻吟的舊文學；反對以文學為遊戲的鴛鴦蝴蝶的『海派』文人們。」〔註12〕茅盾是當時文學研究會中最接近革命的人，因此，他的許多理論和主張都是相當進步的。如果說，在大革命以前文學研究會在創作方面的主要作家是葉聖陶和謝冰心，那麼，在文藝批評和翻譯介紹方面的主要作家，就是茅盾和鄭振鐸。

文學研究會是屬於同人性質的團體，它的組織是相當散漫的，各成員的思想也各有不同。在與封建主義文學作鬥爭之初，他們還可以統一起來；但是隨著革命鬥爭的深入發展，文學研究會的一些成員也開始分化了。茅盾等人，在黨的領導和影響下，經過各自不同的曲折道路，投身到中國人民推翻三座大山的偉大的革命洪流中去，堅定地沿著現實主義道路前進，而周作人後來卻走上完全相反的反動道路。

進步的文學主張

從一九一六至一九二六年的十年間，茅盾的文學活動可以概括為兩個方面：一是文藝理論的建設和文藝批評；一是翻譯和介紹俄國及革命後的蘇聯，以及西歐、東歐和北歐的進步文學和作家作品。在這兩方面的活動中，都貫穿了他的進步的文學主張。

茅盾早期的文藝思想，基本上是革命民主主義的文藝思想。但是，從「五四」到第一次國內革命戰爭時期，隨著革命的深入，他的文藝思想和文學主張，也在不斷的發展。我們可以把它分為兩個階段，以一九二五年作為分界線。在一九二五年以前（一九一六至一九二五年），他在文藝評論和翻譯活動中，宣傳的基本上還是革命民主主義的文藝思想。一九二五年五卅運動前後，由於實際革命鬥爭的鍛煉，黨的教育，他開始運用階級觀點來分析文學藝術的基本問題了。下面我們分別加以說明。

我們前面已經談過，從一九一七至一九二○年間，茅盾已經開始在《學生雜誌》上發表翻譯和介紹方面的文章，不過，這時候作者的文學觀點還沒有系統地表現出來。到一九二○年以後，茅盾就經常在《小說月報》、《文學週報》

〔註12〕鄭振鐸：《中國新文學大系文學論爭集》二集《導言》。

和《時事新報》副刊《學燈》、《民國日報》副刊《覺悟》等刊物上，用沈雁冰和冰、郎損、玄珠、玄、馮虛、希眞、玄瑛、沈鴻等筆名，發表許多文藝理論、文藝批評和翻譯介紹方面的文章，闡述自己對文學的見解。從一些主要論文的內容來看，他繼承了「五四」文學革命的精神，反對封建舊文學，反對所謂超現實的資產階級的藝術觀點，提出文學要反映社會，服務於人生，這也就是我們通常所說的「爲人生而藝術」的主張。它具有兩個很顯著的特點：一是強調文學有「激勵人心」和「喚醒民眾」的積極的社會作用。這是針對當時封建主義和資產階級的反動文學流派而提出的，如鴛鴦蝴蝶派、感傷主義、唯美主義、頹廢派等。他們把文學當作個人玩賞的工具，娛樂的工具，用它來發洩他們的沒落情感。第二個特點，是對於「被損害者與被侮辱者」的熱愛與同情。它的基本精神是反對壓迫，反對歧視，提倡民主與平等的思想，帶有濃厚的人道主義色彩。關於後一個特點，不僅表現在文藝批評中，而且非常突出地表現在翻譯活動中，在後面我們還要詳細地談到。

強調文學的積極社會作用，是茅盾早期現實主義文學主張中的基本精神。他繼承「五四」以來文學革命的精神，把文學作爲鬥爭的武器，號召藝術家反映時代疾苦，揭露社會的黑暗。他說：「文學是有激勵人心的積極性的，尤其在我們的時代，我們希望文學能擔當喚醒民眾而給他們力量的重大責任。」〔註13〕他極力反對那些所謂超現實的爲藝術而藝術的錯誤論調，駁斥所謂「藝術獨立」的說法。在題爲《文學與政治社會》的一篇評論中，他以俄國十九世紀文學爲例，論證了文學和政治社會是密切相關的。〔註14〕同時，他堅決反對一切封建復古文學和以《禮拜六》爲代表的鴛鴦蝴蝶派的遊戲文學；並且和「五四」初期文壇上盛行的感傷主義、頹廢派和唯美主義等資產階級的不良傾向展開鬥爭，積極提倡文學要反映社會疾苦、表現人生的現實主義主張。針對當時軍閥混戰、民不聊生的黑暗現實，他認爲在「社會內兵荒屢見、人人感著生活不安」〔註15〕的「亂世」時代，文學應該關心社會問題，反映人民的痛苦，同情於「被損害者與被侮辱者」。文學既不是超現實的，也不是供少數人遊戲娛樂的，而是有「激勵人心」和「喚醒民眾」的積極的社會作用的。

〔註13〕茅盾：《大轉變時期何時到來呢？》，見《中國新文學大系文學論爭集》二集。
〔註14〕見《小說月報》十三卷九號。
〔註15〕《社會背景與創作》，見《小說月報》十二卷七號。

　　「五四」初期，社會上流行過一些無聊的刊物，如《禮拜六》、《紅雜誌》、《星期》、《快樂》、《遊戲世界》等。當時一些文人，專門迎合社會的低級趣味，寫一些吟風弄月和哥哥妹妹之類的無聊文章，在青年中造成極爲惡劣的影響。這類文人當時被稱爲鴛鴦蝴蝶派。文學研究會成立後，就和它展開激烈的鬥爭。文學研究會的《宣言》中，提出反對把文學「當作高興時的遊戲或失意時的消遣」，也是針對鴛鴦蝴蝶派的文學而講的。它們對文學的態度，恰恰處在完全對立的地位上。當時，文學研究會的主要成員茅盾、鄭振鐸等，就通過《小說月報》和《文學週報》等刊物，和它們進行鬥爭。關於鴛鴦蝴蝶派，鄭振鐸曾經說過這麼一段話：「鴛鴦蝴蝶派的大本營是在上海。他們對於文學的態度，完全是抱著遊戲的態度的。那時盛行著的『集錦小說』——即一人寫一段，集合十餘人寫成一篇的小說——便是最好的一個例子。他們對於人生也是抱著這樣的遊戲態度的。他們對於國家大事乃至小小的瑣故，全是以冷嘲的態度出之。他們沒有一點的熱情，沒有一點的同情心。只是迎合著當時社會的一時的下流嗜好，在喋喋的閒談著，在裝小丑，說笑話，在寫著大量的黑幕小說，以及鴛鴦蝴蝶派的小說來維持他們的『花天酒地』的頹廢生活。幾有不知『人間何世』的樣子。」〔註16〕它們和「五四」文學革命的潮流是相違背的，在社會大變革的時代裡，躲在一邊無病呻吟，裝出一副風流名士的態度，實際上，它們對於「五四」文學革命運動的發展是起著阻礙作用的。這種反動的、封建的文藝思想，和文學研究會所宣傳的民主主義的文藝思想是水火不相容的。所以，當《小說月報》剛進行改革的時候，鴛鴦蝴蝶派的文人們就對它進行圍攻。茅盾在《什麼是文學》一文中，〔註17〕尖銳地批判了遊戲文學和所謂風流名士的態度，指出它的惡劣後果，「只造成了一班奇形怪狀的廢物——《儒林外史》裡所諷刺的那一班斗方名士。」並且進一步指出，這些所謂名士，所謂風流才子，實質上「是廢物，是寄生蟲」。在《眞有代表舊文化舊文藝的作品麼？》一文裡，他引用《晨報》副刊上一篇雜感的話說：「這些《禮拜六》以下的出版物所代表的並不是什麼舊文化舊文學，只是現代的惡趣味——污毀一切的玩世與縱欲的人生觀……他們把人生當作遊戲，玩弄，笑謔。」〔註18〕他認爲把這些刊物說成舊文化的代表，

〔註16〕見《中國新文學大系文學論爭集》二集《導言》。
〔註17〕見《中國新文學大系文學論爭集》二集。
〔註18〕《眞有代表舊文化舊文藝的作品麼？》，見《小說月報》十三卷十一號。

至少要使歷史上有相當價值的中國舊文學蒙受奇辱。

這場鬥爭在當時是很有意義的，它給鴛鴦蝴蝶派的遊戲文學以致命的打擊，對清除它在青年中的惡劣影響，起過重要的作用。後來，《禮拜六》之類的刊物，讀者逐漸減少了，最後，它們只得自動停刊。

五四運動以後，隨著革命鬥爭的深入，新文化運動的統一戰線開始分化。當時，面對著馬克思主義思想的廣泛傳播，和工農革命運動日益高漲的形勢，以胡適為代表的資產階級右翼文人公開出來反對，企圖阻止革命的發展。他們高唱「多研究些問題，少談些主義」的論調，並且，於一九二二年創辦了《努力週刊》和《讀書雜志》。接著又出版了《國學季刊》（一九二三年）和《現代評論》（一九二四年）等刊物，公開宣揚為帝國主義和封建主義服務的反動文化，成為「五四」文化革命的叛徒。他們宣揚整理國故，企圖引誘青年脫離社會鬥爭，走到為藝術而藝術的歧路上去。當時，魯迅、郭沫若、茅盾等曾給他們以有力的抨擊，顯示了文學革命戰線的威力。

茅盾在《大轉變時期何時來呢？》一文中，集中地批判了這種脫離現實鬥爭的傾向，號召青年們走出「七寶樓臺」，走出個人狹小的天地，關心周圍現實，關心人民的疾苦，把文學作為鬥爭武器，擔當起「激勵人心」和「喚醒民眾」的重大責任。當時，文壇上的感傷派、唯美主義傾向的產生，他認為有三個原因：一是政治黑暗，民氣消沉，一些從前鼓動青年向前的人也逃到象牙之塔裡去，沉醉在唯美主義的小「天堂」裡了；二，中國名士壞習氣是狂放脫略，以注意政治為卑瑣，把國家興亡大事，等之春花秋月。因此，西洋的唯美派、頹廢派文學一傳入，他們就穿上了「外來主義的洋裝」，在青年思想界活動起來了；三，當時定期刊物上所發表的車載斗量的唯美作家的作品，自己實在也不知道什麼叫做唯美主義，他們並未曾產生值得讚美的偉大作品。他們高唱醉呀，美呀……把反映社會鬥爭的文學目之為「功利主義」，自己卻沉醉在感傷主義的泥坑裡，引導青年脫離人民，脫離鬥爭。這種傾向是和「五四」文學革命的精神相違背的，和當時人民大眾的反帝反封建鬥爭脫離得很遠。因此，茅盾要青年們睜開眼睛看看周圍的現實，希望他們「再不要閉了眼睛冥想他們夢中的七寶樓臺，而忘記了自身實在是住在豬圈裡」，更不要「閉了眼睛忘記自己身上帶著鐐銬，而又肆意譏笑別的努力想脫除鐐銬的人們」。他引用巴比塞的話，認為「和現實人生脫離關係的懸空的文學，現在已經成為死的東西；現代的活文學一定是附著於現實人生的，以促進眼

前的人生爲目的了」。因此，他希望扭轉文壇上的這種壞風氣，「從此以後就是國內文壇的大轉變時期」。但是，這個主張在當時並沒有受到應有的重視。

後來，惲代英同志又提出新文學應該「激發國民的精神，使他們從事於民族獨立和民主革命運動」的主張，反對一切無病呻吟的文學，反對一切洋八股。〔註19〕這種充滿革命精神的進步主張，得到茅盾熱烈的支持。他要青年注意惲代英同志的呼籲，希望他們從「空想的樓閣中跑出來」，看看自己周圍的現實。他說：「如果你覺悟到現在這種政局和社會不是空想的感傷主義的和逃世的思想所能改革的，你大概也不會不把代英君的抗議想一想罷！」〔註20〕他認爲：「如果我們永久落在傷感主義的圈子裡面，那麼，新文學的前途眞可深慮呢！」〔註21〕

這一些主張，都說明了一個問題，即當時茅盾對於文學與人生，文學與社會的關係的看法，是帶有革命民主主義精神的。他不僅肯定了文學與社會的關係，駁斥了一切超現實的主張；而且，把文學當作爲革命鬥爭的武器，積極支持文學要服務於民族獨立和民主革命運動的主張。也就是說，在民主革命階段，他把文學作爲反帝反封建的鬥爭武器，作爲時代與人民的喉舌。這種文藝觀點當然是進步的。但是，必須指出，這種觀點的形成是逐漸的，起先還帶有抽象的、籠統的痕跡。同時，他所提出的「人生」、「社會」、「時代精神」、「被損害者與被侮辱者」，還是側重從民主主義的思想角度出發的，對於文學所要反映的「人生」和「社會」，還沒有明確到是階級的「人生」、階級的「社會」。對於文學的看法，還不能運用階級論的觀點。

拿茅盾最早的文學論文《新舊文學平議之評議》來講，他曾經這樣解釋新文學：「我以爲新文學就是進化的文學。進化的文學有三件要素：一是普遍的性質；二是有表現人生指導人生的能力；三是爲平民的非爲一般特殊階級的人的。唯其是要有普遍性的，所以我們要用語體來做；唯其是注重表現人生指導人生的，所以我們要注意思想，不重格式；唯其是爲平民的，所以我們要有人道主義的精神，光明活潑的氣象。」〔註22〕這篇文章寫於一九二〇年一月，它提出了新文學是爲平民的非爲特殊階級的，新舊文學的區別「在

〔註19〕惲代英：《八股》，見《中國青年週刊》八期。
〔註20〕《雜感》，見《中國新文學大系文學論爭集》二集。
〔註21〕《什麼是文學》，見《中國新文學大系文學論爭集》二集。
〔註22〕見《小說月報》十一卷一號。

性質，不在形式」，這顯然是進步的。但是，把新文學稱爲「進化的文學」，這就多少模糊了新文學的性質。新文學的反帝反封建性質，只有用階級的觀點才能得到正確的解釋。當時，茅盾還不能看到這點。

同年九月，茅盾在《學生雜誌》第七卷九期上發表的《文學上的古典主義浪漫主義和寫實主義》一文中，也存在著同樣的傾向。在這篇文章中，他系統地介紹了西歐文學從古典主義、浪漫主義、寫實主義到新浪漫主義的興衰更替的歷史，分析了它們各自的特點和優劣，最後他得出結論，認爲古典主義、浪漫主義、寫實主義、新浪漫主義這四種東西「是依著順序下來，造成文學進化的」（重點是筆者加的）。在他看來，「束縛個人自由思想是古典文學的特色，而個人自由思想實是人群進化之原素。所以人群不進化也罷，人群若進化，則古典文學自然欲立不住腳」。同樣的，「浪漫主義思想之所以復活，也是本著進化的原理進行」的，「浪漫主義所本有的思想自由，勇於創造的精神，到萬世之後，尚是有價值，永爲文學進化之原素」。在這篇文章中，雖然作者承認文學是發展的，「文學是描寫人生」的；但是對文學的發展，他只能用「進化」這一籠統、抽象的概念來說明。至於文學爲什麼會進化，促使它「進化」的動力是什麼，作者沒有做出解答。這說明當時的茅盾，曾明顯地受過進化論的影響，企圖用它來解釋文學現象。

同時，在一九二〇至一九二二年最早的一些論文中，茅盾曾經反覆強調文學是「溝通人類情感代全人類呼籲的唯一工具」。〔註23〕認爲文學與人生的關係是一代一代得到進一步闡明的，換言之，是逐漸進化的，使得文學「更能表現當代全體人類的生活，更能宣洩當代全體人類的情感，更能聲訴當代全體人類的苦痛與期望，更能代替全人類向不可知的運命作奮抗與呼籲。」〔註24〕這種認爲「文學的背景是全人類的背景，所訴的情感自是全人類共通的情感」〔註25〕的觀點，反映了在「五四」文學革命初期，歐洲資產階級人性論、人道主義的思想，對茅盾也產生過一定的影響。儘管在「五四」初期，這種思想還具有一定的反封建的進步作用，但它不可能正確地闡明文學藝術的本質。這說明當時作者對新文學的性質及其發展方向，認識還是比較模糊的，

〔註23〕 《文學和人的關係及中國古來對於文學者身份的誤認》，見《小說月報》十二卷一號。
〔註24〕 《新文學研究者的責任與努力》，見《中國新文學大系文學論爭集》二集。
〔註25〕 《創作的前途》，見《小說月報》十二卷七號。

還帶有比較濃厚的民主主義的色彩。當然，這種抽象的、理想的爲「全體人類」的「人生」的觀點，並不是茅盾早期文學觀點中的主要部分，隨著革命鬥爭的發展，這種理想的色彩漸漸消失，代之的是面向現實人生、面向社會鬥爭的革命的進步的觀點。到了五卅運動以後，就更進一步發展爲階級論的觀點了。

由於這時期，他還沒有掌握馬克思主義的文藝觀點，因此，在早期的文藝理論批評方面，茅盾還提倡過法國的文藝批評家泰納的藝術社會學和左拉的自然主義，走過一些彎路。

「五四」初期，新文學無論在理論建設，或者是文藝創作方面，都還處於發展初期，文學藝術的許多根本問題沒有得到很好的解決。當時，十月革命勝利後蘇聯的一些馬克思主義文藝理論還沒有系統地介紹過來（這個工作要到一九二八年無產階級文藝運動開展以後，尤其是左聯時期，才做得比較系統），西歐的一些資產階級民主主義的思想和資產階級的文藝理論比較流行。而那時候文壇上卻盛行著形形色色的文學流派和文藝刊物，唯美主義、頹廢主義以及一些脫離現實的遊戲文學，在青年中起了很不良的影響。面對這種情況，迫切需要有正確的文藝理論來指導。當時，茅盾在從事文藝批評的活動中，就企圖運用西歐資本主義國家在十九世紀末到二十世紀初流行一時的理論，如泰納的藝術社會學和左拉的自然主義理論，來解決文壇上的一些問題。因爲，這兩種理論都是肯定文學與社會的關係的，在馬克思主義理論出現以前，它們曾經在西歐擁有很大的勢力，比起那些唯心主義觀念論的理論家們，它們曾起過一定的積極作用，所以，茅盾也比較容易接受它們的影響。

在最早的文學批評活動中（約在一九二一至一九二二年），茅盾一度很推崇泰納〔註 26〕的理論，曾用它作爲文學批評的標準。比如在《文學與人生》一文中，他就完全應用了泰納文藝理論的三要素〔註 27〕來分析文學與人生的關係，認爲它表現在人種、環境、時機和作家人格等四個方面，各國文學的面貌就由這四個方面的情況來決定。根據這個理論，在《被損害民族的文學專號》中，茅盾寫了篇《被損害民族的文學背景的縮圖》，用泰納的理論來解

〔註26〕解放後傅雷翻譯他的《藝術哲學》時，譯作丹納。
〔註27〕泰納在《英國文學史》序文中，提出文學具有三個要素，即種族、環境和時機，認爲這三個要素決定了各國文學的面貌。

釋各民族文學的特性。他說：「在這幅『縮圖』裡，我們要特別注意——因爲他特與該民族文學特質的產生有關——下列幾點：一、屬於何人種（民族遺傳的特性）；二、因被損害而起的特別性；三、所處的特別環境（自然的與社會的影響）。」〔註28〕從這觀點出發，他介紹了波蘭、捷克、烏克蘭、芬蘭等國的人種、國境、特別性和特別環境等。在一九二一至一九二二年期間，茅盾所寫的一些文藝評論文章裡，都程度不同地受到泰納的理論的影響。他自己就說過：「我現在最信仰泰納的純客觀批評法，此法雖有缺點，然而是正當的方法。」〔註29〕泰納的藝術社會學的理論，曾經支配了十九世紀後半期西歐資本主義國家的理論界。它把文學從雲端里拉下平地，肯定了文學是社會的表現，這比起唯心主義的理論家、黑格爾的後裔們，已經算是跨進了一大步。但是，在分析作爲文學的基礎的社會時，泰納卻抽掉了社會的階級內容，單純從心理學和生理學的觀點，去解釋文學與社會的關係，結果走入另一歧途。這種理論像是建築在沙灘上的大廈，要倒塌的，立不住腳的，它不能根本解決文學的本質問題。因此，後來茅盾也就拋棄了這種觀點。

　　另一方面是關於自然主義的提倡問題。一九二二年在《小說月報》十三卷起的通信欄中，曾經展開一場相當熱烈的關於提倡自然主義運動的論爭。當時，茅盾針對文壇上描寫不眞實的缺點，主張倡導一個自然主義的運動來克服這個缺點，指導作家們眞實地去描寫現實。這意見一提出來後，就遭到許多人的反對。有人認爲自然主義專寫人間的黑暗，給人的只是悲哀；有人指出自然主義的純客觀描寫的態度是不對的；也有人指出它含有機械論和宿命論的觀點，提倡它於青年無益。後來茅盾寫了《自然主義與中國現代小說》一文，〔註30〕綜合了自己的和反對派的意見，這篇文章帶有總結性的意義。對於這次論爭，我們應該實事求是地來進行分析，既不能就此認定茅盾是一個自然主義的信徒，也不能忽視這次論爭中所暴露出來的缺點。從茅盾的文章中，可以看出，他所以提倡自然主義，目的是要取其對現實的忠實態度，以之來糾正文壇上的缺點。他從中國的舊章回小說分析起，直到當時的白話小說，指出它們都存在著重大的毛病，即描寫不夠眞實，內容單薄，不能深刻地反映社會問題。所以，他認爲可以提倡自然主義運動，來克服這個缺點。

〔註28〕　《小說月報》十二卷十號。
〔註29〕　《通信》，見《小說月報》十三卷四號。
〔註30〕　見《中國新文學大系文學論爭集》二集。

因為，自然主義是力求客觀地反映規實的，在描寫方法上它採取實地觀察、實地描寫的辦法，茅盾認為這正可以克服描寫不眞實的毛病。當然，這是行不通的。自然主義並不能眞實地、正確地反映現實，這是我們所知道的。左拉的自然主義理論和實驗小說是存在著重大的缺陷的。就以左拉本人來講，他的創作實踐就和他自己的理論發生了矛盾，他並沒有完全按照自己的理論去從事創作，他的一些作品，實際上是具有現實主義的精神的。所以我們認為茅盾當時提倡自然主義是不恰當的，它不可能眞正解決當時文壇上的弊病。而且，這種主張對他後來在大革命初期的創作還曾發生一定的影響，使得《蝕》和《野薔薇》多少帶有些自然主義的傾向。但是，我們也不能就此認定茅盾完全在毫無鑒別地宣傳自然主義理論。這種看法是不符合事實的。就以《自然主義與中國現代小說》一文來說，也並沒有否認自然主義的缺點，作者在文章中，還提出文學要注意社會問題，「同情於被損害者與被侮辱者」的主張。應該承認，無論在早期的文藝批評，或是大革命時期的創作中，他還是一個現實主義者。所以後來茅盾曾經說過：「我愛左拉，我亦愛托爾斯泰；我曾經熱心地——雖然無效地而且很受誤會和反對——鼓吹過左拉的自然主義，可是到我自己來試作小說的時候，我卻更近於托爾斯泰……我的意思只是：雖然人家認定我是自然主義的信徒——現在我許久不談自然主義了，也還有那樣的話——然而實在我未嘗依了自然主義的規律開始我的創作生涯」。〔註31〕

從以上的分析說明，在早期的文學活動中，尤其是在一九一七至一九二二年間，茅盾曾經受到進化論思想的影響，在一些文藝評論中，也提倡過泰納的藝術社會學和左拉的自然主義，企圖利用它們來解決新文學發展初期的一些問題。從作者的世界觀和基本傾向上看，這時期，他還是一個革命民主主義者。但是，也必須指出，茅盾早期的革命民主主義思想，和十九世紀俄國的革命民主主義思想是不完全相同的。因為，「五四」以後，中國的新民主主義革命是在無產階級思想的直接領導下進行的，「五四」以來的文學革命也是在無產階級思想領導下發展起來的，所以茅盾早期的文藝思想，也直接受到這個革命的影響，並隨著革命鬥爭的發展而不斷發展。我們在前面已經談到，茅盾在一九一七至一九二三年期間文藝思想和文學主張的基本特點是：強調文學的積極的社會作用，要求文學要反映社會、反映人生，服務於民族

〔註31〕見《從牯嶺到東京》。

獨立和民主革命運動，同情「被損害者與被侮辱者」。這種觀點隨著革命鬥爭的發展，到了一九二五年五卅運動前後，就得到更進一步的發展。

我們知道，從「五四」到第一次國內革命戰爭時期，茅盾一方面從事新文學運動，一方面積極參加反帝反封建的鬥爭，他經受了「五四」、「五卅」以至於大革命鬥爭的教育和鍛煉，在黨的領導下參加過實際的革命活動，和當時的革命運動的領導核心有過密切的接觸。他自己說過：「一九二五──二七，這期間，我和當時革命運動的領導核心有相當多的接觸，同時我的工作崗位也使我經常能和基層組織與群眾發生關係。」〔註 32〕因此，在五卅運動前後，茅盾的社會觀點和文藝觀點有了很大的發展，他開始運用馬克思主義階級論的觀點來認識文學藝術的基本問題。在一九二五年五月到十月間，他用沈雁冰的名字，斷續地在《文學週報》上發表了一篇題為《論無產階級藝術》的論文。這篇文章共分五節，前四節寫於五卅運動以前，後一節是秋後赴廣州以前寫的。〔註 33〕這篇文章標誌著茅盾的文藝思想已經發展到一個新的階段。他開始運用馬克思主義階級論的觀點，對文學藝術的本質，和當時無產階級藝術的內容、形式和範圍，以及文學遺產的繼承問題，作了相當全面的論述；同時，也分析了蘇聯十月革命勝利後無產階級藝術存在的一些缺點。這篇文章的某些論點雖然不盡妥當，但其基本論點今天看來還是可取的。

首先，他肯定了在階級社會裡，文學和文學批評是有階級性的，是為不同的階級服務的。「在資產階級支配下的社會，其對於文藝的選擇，自然也以資產階級利益為標準；那些不合於資產階級的利益，開放得太早的藝術之花，一定要被資產階級的社會選擇力所制裁，至於萎死。即不萎死，亦僅能生存，決無榮發傳播之可能。」接著，他進一步分析了所謂社會選擇力，指出這不過只是該社會的統治階級所認為穩健（或合理）的思想而已。因此，他駁斥那些高唱「藝術超然獨立」的所謂批評家們，他說：「雖然自來的文藝批評家常常發『藝術超然獨立』的高論，其實何嘗辦到真正的超然獨立？這種高調，不過是間接的防止有什麼利於被支配階級的藝術之發生罷了。我們如果不願意被甜蜜好聽的高調所麻醉，如果不願意被巧妙的遮眼法所迷惑，我們應該

〔註32〕見《〈茅盾選集〉自序》。
〔註33〕茅盾同志一九五七年六月十三日來信說：「我已借到《文學週報》，一看該文，便想起來了；那是陸續寫的。您猜想是我到廣州以後寫的，我從登刊的年月日算來，寫於赴廣州以前。刊出時正值上海發生五卅運動，前四章可能寫於五卅以前，最後一章則是當年秋後赴廣州前所寫。」

承認文藝批評論確是站在一階級的立點上為本階級的利益而立論的。所以無產階級藝術的批評論將自居於擁護無產階級利益的地位而盡其批評的職能，是當然無疑的。」從這一基本認識出發，他相當全面地論述了無產階級藝術的各個方面的問題。

在談到什麼是無產階級藝術的問題時，他認為無產階級藝術對於資產階級——即現有的藝術而言，是一種完全新的藝術。它並非即「描寫無產階級生活的藝術之謂，所以和舊有農民藝術是有極大的分別的」。因此，他指出描寫無產階級生活的作品不一定就是無產階級藝術，無產階級藝術的題材並不只限於勞動者的生活，而是「必將如過去的藝術以全社會及全自然界的現象為吸取題材之泉源」。同時，他也指出，無產階級藝術並非即革命的藝術，「故凡對於資產階級表示極端之憎恨者，未必準是無產階級藝術」。因為，它的目的並不是單純的破壞，而是充滿著創造的。所以他認為無產階級藝術是「以無產階級精神為中心而創造一種適應於新世界（就是無產階級居於統治者地位的世界）的藝術」。最後，他還指出，無產階級藝術並非即對社會主義表同情的文學。因為，這些作品都是一些資產階級知識階層的進步人物寫的。他們的思想不是集體主義，而是個人主義；他們把領袖當牧人，把群眾當羊，這種觀點和無產階級的觀點是相違背的。

最後，在談到無產階級藝術的內容和形式問題時，他認為，「在藝術上的內容與形式一問題，無產階級作家應該承認形式與內容須得諧合；形式與內容是一件東西的兩面，不可分離的。無產階級藝術的完成，有待於內容之充實，亦有待於形式之創造」。在藝術形式的問題上，他特別強調藝術形式、藝術技巧是「過去無數天才心血的結晶」，是無數前輩累積的結果，無產階級仍然把它作為重要的遺產加以繼承，而決不是「硬生生的憑赤心空拳去乾創造」。

就在同一個時期，茅盾還寫了另一篇重要的文藝論文：《文學者的新使命》。〔註34〕在這篇文章中，作者對當時新文學運動的任務和文學者的使命作了進一步的闡述，其中心思想是強調新文學應該為被壓迫民族與階級的革命運動服務。他認為，「文學決不可僅僅是一面鏡子，應該是一個指南針」；換句話說，即既要反映現實人生又要「指示人生到未來的光明大路」。而當前的現實、人生，是「世界上有被壓迫的民族和被壓迫的階級陷於悲慘的境地」，現代人類的需要，就是「被壓迫階級的解放」。因此，「文學者目前的使命就

<hr />

〔註34〕見一九二五年九月十三日《文學週報》第一九〇期。

是要抓住了被壓迫民族與階級的革命運動的精神，用深刻偉大的文學表現出來，使這種精神普遍到民間，深印入被壓迫者的腦筋，因以保持他們自求解放運動的高潮，並且感召起更偉大更熱烈的革命運動來」。不但如此，「文學者更須認明被壓迫的無產階級有怎樣不同的思想方式，怎樣偉大的創造力和組織力，而後確切著名地表現出來，為無產階級文化盡宣傳之力」。在他看來，這樣的文學，方足以如實地表現人生，並指示人生向更美善的將來。

從以上兩篇文章的內容看來，我們說在一九二五至一九二七年期間，茅盾的文藝思想開始發生了重大的轉變。隨著中國革命的深入和文學革命運動的進一步發展，他逐漸擺脫了「五四」初期所受的資產階級文藝思想的影響，開始接受馬克思主義思想，並且力圖運用它來解決革命文藝運動中的一些重大問題。這一轉變，不僅標誌了茅盾早期文藝思想的重要發展，而且在一定程度上，也反映了第一次國內革命戰爭時期，我國革命文學理論的發展動向。但是，這一轉變還缺乏鞏固的基礎，還沒有經受實踐鬥爭的考驗，因此，到大革命失敗以後，他又回到小資產階級民主主義的立場上去了。

翻譯和介紹活動的兩個特點

茅盾早期文學活動的第二個主要方面，是翻譯和介紹外國的進步作家和作品。在這些活動中，也體現了他的革命民主主義的思想。他特別注意被壓迫民族的文學和俄國革命民主主義的文學。對於它們的反壓迫、求解放，反抗傳統習慣，同情於被壓迫與被侮辱者的精神，以及它們的要求民主自由，要求平等的思想，茅盾經常加以介紹和讚揚；並且，他自己也翻譯過一些被壓迫民族的作品。

茅盾是我國翻譯界的老前輩之一，也是「五四」以來翻譯和介紹工作的積極倡導者與實踐者。早在五四運動以前，他就開始了翻譯介紹工作，經常在《學生雜誌》上發表翻譯介紹方面的文章。從五四運動以後，茅盾一貫積極主張，要建設新文學，必須做好翻譯和介紹工作，吸取外國進步文學的經驗；同時，要整理與繼承我國舊文學的優良傳統。他認為，介紹外國文學必須要有明確的目的，「一半果是欲介紹他們的文學藝術來，一半也為的是欲介紹世界的現代思想——而且這應是更注意些的目的。」〔註35〕因此，在翻譯

〔註35〕見《新文學研究者的責任與努力》。

上，他的態度很嚴謹，反對盲目的、無選擇的隨便亂譯，主張每譯一篇作品，應考慮到對本國是否有益。比如，對英國唯美主義作家王爾德的著作，他認為那些「人生裝飾觀」的作品就未必要篇篇介紹。在翻譯時，他很強調要注重原作的精神，不要把灰色的譯成紅色的，頹喪的譯成光明爽朗的，應該保持原作的特點。這些主張，在當時是相當進步的。

在茅盾早期的翻譯活動中，具有兩個很鮮明的特點：一是對於俄國革命民主主義文學和革命後蘇聯文學的重視與讚揚；一是對於東歐、北歐等被壓迫民族文學的同情與推薦。他在主編《小說月報》時，就曾經出過《俄國文學研究專號》和《被損害民族的文學專號》，並且經常在《小說月報》的《海外文壇》上，介紹各國進步作家和進步文學的情況。他自己也寫過不少的介紹文字，如介紹俄國和蘇聯文學的有《近代俄國文學家三十人合傳》、《俄國近代文學雜談》、《最近俄國文壇的各方面》、《俄國戲院的近況》、《勞農俄國詩壇之現狀》、《勞農俄國治下的文藝生活》、《俄國文學與革命》等；介紹被壓迫民族文學概況的有《新猶太文學概觀》、《芬蘭的文學》、《匈牙利文學史略》、《波蘭近代文學泰斗顯克微支》、《腦威寫實主義前驅般生》、《西班牙現代小說家巴落伽》、《丹麥文學一孿》、《十九世紀及其後的匈牙利文學》等。此外，他還寫過許多介紹歐美其他各國文學的文章，如《歐美主要文學雜誌介紹》、《未來派文學之現勢》、《評南斯拉夫民間戀歌四首》、《拜倫百年紀念》、《法國文學對於歐洲文學的影響》、《歐洲大戰與文學》、《最近法蘭西的戰爭文學》等。這些文章，充分表現了作者的反抗壓迫，同情「被損害者與被侮辱者」的精神，充滿濃厚的人道主義精神和民主主義思想。

在茅盾早期的翻譯介紹活動中，對俄國十九世紀的革命民主主義文學特別重視。早在一九一九年四月，他就在《學生雜誌》上發表了一篇《托爾斯泰與今日之俄羅斯》的介紹文章。〔註36〕在這篇文章中，它比較全面地介紹了托爾斯泰的生平、思想及其創作活動，以及他和俄國文學的關係、他在世界文學中的影響和地位等等。一九二〇年初，茅盾又寫了《俄國近代文學雜談》，〔註37〕這篇文章相當扼要而有重點的介紹了十九世紀俄國革命民主主義文學的特色和幾個主要的作家。他認為俄國近代文學的特色是為「平民的呼籲和人道主義的鼓吹」；許多俄國近代文學家都具有「社會思想和社會革命觀

〔註36〕見《學生雜誌》六卷四、五、六期。
〔註37〕見《小說月報》十一卷二、三號。

念」，一些著名的作家，同時也是思想家。他認為這種精神是英法文學家望塵莫及的，比如狄更斯描寫下層社會的生活就不如屠格涅夫和托爾斯泰的真摯。在文章中，他還介紹了幾個俄國作家，如屠格涅夫、托爾斯泰、契訶夫、安德列夫和高爾基等。他很推崇高爾基，說他「最善描寫俄國下等人的生活，悲痛不堪卒讀」。後來在《文學上的古典主義浪漫主義和寫實主義》一文中，他又說：「高爾該（基）的文學，革命性極強極烈，又極動人，自托爾斯泰以來，能夠得俄國青年一致的歡迎的，自然莫過於高爾該了。」特別引起我們注意的是：茅盾對於十月革命後蘇聯文藝發展情況的重視。他充滿信心地相信，新興的無產階級藝術將是一種富有生命力的藝術。對於革命後一些蘇聯作家的活動，茅盾也時常在《小說月報》的《海外文壇》上介紹他們的生平和著作，如高爾基、馬雅可夫斯基、阿·托爾斯泰等。這種精神在他後來的翻譯活動中還繼續保持著。

　　茅盾在翻譯介紹方面的另一個特點，是對於被壓迫被損害的弱小民族文學的同情與推薦。他經常把自己的視線投射到東歐和北歐的一些被壓迫的國家方面去，翻譯他們的作品，介紹他們的文學概況。他認為：「凡被損害的民族的求正義求公道的呼聲是真的正義真的公道，在榨床裡榨過留下來的人性方是真正可寶貴的人性，不帶強者色彩的人性。他們中被損害而向下的靈魂感動我們，因為我們自己亦悲傷我們同是不合理的傳統思想與制度的犧牲者；他們中被損害而仍舊向上的靈魂更感動我們，因為由此我們更確信人性的砂礫裡有精金，更確信前途的黑暗背後就是光明。」〔註38〕他反對壓迫，要求平等，要求正義，為弱小民族抱不平。他認為凡是地球上的民族都是大地的兒子，沒有一個應該特別強橫的；一切民族的精神結晶都應視為全人類的珍寶，在藝術的天地裡，沒有尊卑貴賤之分。雖然這種思想還帶有資產階級人性論、人道主義的色彩，但在當時仍具有一定的進步作用，其目的是為了激起「同是不合理的傳統思想和制度的犧牲者」的中國人民的覺醒。在同是受壓迫的半殖民地半封建的中國，要求作家們反映社會疾苦，注意社會問題，關心被壓迫者，這正是茅盾早期的基本思想。在他經常介紹的作家中，有挪威的般生、哈姆生、鮑具爾（Johan Bojer），匈牙利的裴多菲、拉茲古，波蘭的顯克微支、萊芒式，西班牙的巴洛伽等。另外，如蕭伯納、濟慈、福樓拜爾、拜倫、巴爾扎克、左拉等，他也介紹過。除此之外，他還常常介紹

〔註38〕《〈被損害的民族文學專號〉引言》，見《小說月報》十二卷十號。

某一小國的文學概況，如新猶太、芬蘭、丹麥、匈牙利等。後來，作者曾把這些翻譯介紹的文章，先後編集出版，如《近代文學面面觀》、《現代文學雜論》、《歐洲大戰與文學》、《六個歐洲文學家》等。他翻譯的一些作品，後來輯成《雪人》、《桃園》兩個被壓迫民族的短篇小說集，此外，還翻譯過美國卡本特的《衣、食、住》一書（其中食、住是茅盾譯的）。這些東西有許多是作者從英文雜誌上轉譯過來的，也有他自己寫的，在當時對中國讀者瞭解外國文學、特別是被壓迫民族的文學，曾經起過一些作用。

這個時期，茅盾還編輯、選注過一些中國古典作品，如編入商務出版的「學生國學叢書」的《莊子》、《淮南子》、《楚辭》等作品的選注。他還從事過中外神話、小說、寓言的研究，有些內容在上海大學教書時講過。後來他也把這些研究成果和一些論文，重新整理編寫成專著，於一九二八年後陸續出版，如《中國神話研究 ABC》、《神話雜論》、《北歐神話 ABC》、《小說研究 ABC》、《騎士文學 ABC》和《中國寓言》等。作者對於中外文學遺產的整理、研究工作，對他後來從事文學創作，也有一定的幫助。

此外，茅盾在這一時期內，也寫了幾篇文藝性的散文，其中特別值得重視的是寫於五卅運動爆發期間的三篇散文：《五月三十日的下午》、《暴風雨》、《街角的一幕》（分別見於《文學週報》一九二五年第一七七期、一八〇期、一八二期）。在這三篇散文中，他通過三個不同側面的描繪，概括地反映了五卅運動時期的歷史真實，揭露了帝國主義者的血腥罪行，熱情地歌頌了人民群眾的反帝愛國運動。這是茅盾最早的幾篇優秀的散文。

茅盾早期的文學活動，在他創作發展道路上是具有很重要的意義的。從五四運動前後到第一次國內革命戰爭時期，他在文學方面的活動，不僅對新文學運動的發展，作出了重要的貢獻，而且為他後來從事文學創作打下了深厚的基礎。

他在這時期中所從事的革命活動，不僅鍛煉了他的思想，而且為後來的創作提供了豐富的生活經驗和創作素材。如《蝕》三部曲和《虹》中的許多人物和情節，就是以作者在「五四」到大革命時期的生活經驗為基礎，經過藝術概括而創造出來的。同時，文藝批評和翻譯介紹方面的活動，以及對中國古典文學和外國文學的研究，也提高了他的藝術素養，豐富了他的文學知識，為他後來的創作打下較廣博的基礎，準備了較成熟的條件。所以，我們可以這樣說，早期的文學活動時期，也是茅盾創作的準備時期。

四 從《蝕》到《虹》——苦悶、追求、摸索的時期（一九二七至一九二九年）

　　茅盾的創作活動開始於一九二七年九月，《蝕》是他的第一部處女作。從一九二七年大革命失敗後，到一九二九年左冀作家聯盟成立前夕，是茅盾創作活動的第一個時期，我們稱之爲創作的初期。他這一時期的創作活動，同第一次國內革命戰爭時期急劇發展的革命形勢，有密切的關係。

　　我們知道，第一次國內革命戰爭時期，是以國共兩黨的合作開始，並以蔣介石爲代表的國民黨右派叛變革命而告終的。毛主席說：「一九二一年，中國共產黨成立。孫中山在絕望裡，遇到了十月革命和中國共產黨。孫中山歡迎十月革命，歡迎俄國人對中國人的幫助，歡迎中國共產黨同他合作。」〔註1〕爲了發展反帝反封建的革命鬥爭形勢，中國共產黨於一九二三年六月在廣州召開第三次全國代表大會，確定了與國民黨建立革命統一戰線的方針，並決定共產黨員以個人名義參加國民黨。一九二四年一月，孫中山在廣州召開有共產黨人參加的國民黨第一次全國代表大會，重新解釋三民主義，確定了「聯俄、聯共、扶助農工」的三大政策，國共兩黨的革命統一戰線正式建立。在黨的倡議、支持和共產國際的幫助下，一九二四年五月建立了黃埔軍校，黨先後派了周恩來、葉劍英、蕭楚女等同志到軍校工作。革命統一戰線的建立和工農革命運動的日益高漲，促使大革命高潮的到來。一九二五年七月一日，在廣州成立了國民政府。國民政府成立後，舉行了第二次東征和南征，擊潰了陳炯明的軍隊，鞏固了廣東的革命根據地。形勢迅速地發展著，國民

────────────

〔註1〕《論人民民主專政》，《毛澤東選集》第四卷第一四〇八頁。

革命軍開始準備出師北伐。就在這種革命鬥爭蓬勃發展的形勢下，茅盾於一九二六年春，離開了上海商務印書館，到廣州參加大革命鬥爭。起先，他擔任了國民黨中央執行委員會宣傳部的秘書。那時，在國民黨的第二次全國代表大會上，選舉了汪精衛為國民黨中央宣傳部長，汪因已任國民政府主席，沒有就任，由毛主席任代理部長。當時，革命統一戰線雖然已經建立了，但內部矛盾鬥爭非常激烈，以蔣介石為首的國民黨右派竭力想排除共產黨和國民黨左派的勢力，篡奪革命的領導權。一九二六年三月二十日，蔣介石策劃了「中山艦事件」的陰謀，向共產黨人開刀了。事件發生後，茅盾離開了廣州回到上海。一九二六年十月，在黨的領導下，以葉挺獨立團為主力的北伐軍攻克武漢。同年年底，茅盾又從上海到了武漢，在漢口擔任《民國日報》總編輯。當時，這份報紙實際上是黨辦的，由董必武同志任報社的社長，茅盾的弟弟沈澤民管經濟。這時期，茅盾主要從事宣傳工作，曾在《民國日報》上寫過不少短評和社論。同時，他還曾在武漢中央軍事政治學校兼過課。隨著北伐戰爭的勝利發展，國民黨右派的反革命活動越來越猖狂，但是，當時黨的領導機構內陳獨秀卻執行了一條右傾投降主義的路線，沒有給予反革命活動以有力的打擊，助長了反革命的氣焰。一九二七年四月十二日，蔣介石公開叛變革命，對上海工人和革命者進行血腥的屠殺。蔣介石反動集團叛變革命以後，武漢革命政府四面受到包圍，處境非常危險。一九二七年五月，夏斗寅首先公開叛變，接著，又發生了「馬日事變」。這些暴亂也反映到武漢國民黨上層領導方面來。武漢內部的國民黨右派勢力也開始走向公開叛變革命的道路。當時，黨內以陳獨秀為代表的右傾機會主義者，在革命緊要關頭，不僅不能積極去支持和發動已經蓬勃發展起來的工農群眾的革命運動，依靠工農革命力量打退帝國主義和反革命勢力的進攻；相反的，卻自動解除工農武裝，採取妥協、投降的方針，結果使得反革命活動越加猖狂。一九二七年七月十五日，汪精衛集團公開背叛革命，與蔣介石合流。他們封閉工農組織，屠殺共產黨員和革命者，致使第一次國內革命戰爭遭受失敗。汪精衛集團叛變後，茅盾就離開了漢口，先到牯嶺住了一段時間。後來，形勢急轉直下，以蔣介石為首的國民黨新軍閥實行白色恐怖統治，大批殺害共產黨員和革命青年，使中國革命暫時轉入低潮時期。當時，茅盾也受到蔣介石政府的通緝，一九二七年八月底他回到上海，陷入精神上極端苦悶的時期。就在這充滿矛盾，充滿憤懣，充滿苦悶的情況下，他回憶了過去的生活，於一九二七年九

月起，開始了自己的創作生涯。〔註2〕

　　從一九二七年秋到一九二九年左聯成立前夕，他一共寫了連續性的三個中篇：《幻滅》、《動搖》、《追求》（後總名為《蝕》），未完成的長篇《虹》，短篇集《野薔薇》，還有一些散文，如《賣豆腐的哨子》、《嚴霜下的夢》、《霧》、《紅葉》、《叩門》等（後來大都收在散文集《速寫與隨筆》中）。此外，還有一些神話研究方面的學術著作和《魯迅論》、《讀《倪煥之》》等文藝評論文章。

　　茅盾是我國當代的知名的小說家，在他四十年的文學活動中，曾經作出許多重大的貢獻，寫出許多優秀的作品，如《子夜》、《林家鋪子》、《春蠶》、《腐蝕》等。但是，在他創作發展的道路上，也並不是很平坦的，而是經歷了一個曲折起伏的發展過程的。在他四十年的文學活動中，這突出地表現在大革命失敗以後到左聯成立前夕的創作中，這是他創作上的苦悶、追求的時期，也是他走向無產階級革命文學道路以前的摸索時期。對於這時期的創作，向來意見是比較多的，從作者自己來講，缺點也是比較嚴重的。因此，正確估價茅盾在這一時期的創作，是具有重要意義的。我們既反對抹殺和貶低茅盾在這一時期的成績，也反對不從具體分析出發給予過高的不符實際情況的估價。在分析這時期的創作時，我們必須從這樣的基本觀點出發，即茅盾在這時候雖然苦悶過，消沉過，但是他的思想是在發展的，他始終在追求、摸索，力求擺脫自己在大革命失敗後的小資產階級悲觀主義的思想情緒。所以，一九三○年後，隨著黨所領導的第二次國內革命戰爭的深入發展，他又回到革命隊伍中來，積極參加左翼無產階級革命文藝運動。在這時期的創作中，從《蝕》到《虹》，也標示著這一發展的趨向。

《蝕》三部曲

寫作經過、創作基調和藝術特色

　　《蝕》是茅盾的第一部作品，它的產生不是偶然的。大革命失敗以後，國民黨的白色恐怖籠罩全國。當時，茅盾在上海家中過著隱居生活，在孤寂的環境中，回憶了從「五四」到大革命時期的鬥爭生活，情緒悲觀消沉。加以那時為生活所迫，朋友們勸他寫稿出售，於是他又提起筆來，開始了創作生活。他說過：「我是真實地去生活，經驗了動亂中國的最複雜的人生的一幕，

〔註2〕見茅盾的《幾句舊話》、《我的回顧》和《從牯嶺到東京》。

終於感得了幻滅的悲哀，人生的矛盾，在消沉的心情下，孤寂的生活中，而尚受生活執著的支配，想要以我的生命力的餘燼從別方面在這迷亂灰色的人生內發一星微光，於是我就開始創作了。」〔註3〕我們知道；大革命時期，國民黨和共產黨雖然維持著統一戰線的局面，但是內部的矛盾鬥爭是非常激烈的。表面上看，革命陣營內部的人都是贊成反帝反封建的，都是要革命的，但是實質上卻不然。當時，在統一戰線內部真正的革命者是共產黨人和國民黨中的左派，以蔣介石為首的國民黨右派實際上已經背叛了孫中山先生的三大政策，時刻醞釀著種種反革命陰謀，企圖叛變革命。因此，當時革命陣營內存在著種種複雜的矛盾，混進各色各樣的人物。參加當時鬥爭的一些小資產階級青年，在革命大變動的時代裡，也感受到矛盾和苦悶。《蝕》三部曲就是從這當中產生出來的。一九二六年春，茅盾來到當時革命中心的廣州時，就感到「那時的廣州是一大洪爐、一大漩渦──一大矛盾」。〔註4〕一九二七年初到當時革命中心的武漢時，又感到「這時的武漢又是一大漩渦、一大矛盾」。〔註5〕當時，他接觸到許多小資產階級知識青年，尤其是一些剛跨出閨房和學校的女性青年。她們對於革命的幻想、狂熱，對於革命的懷疑和幻滅，都引起了他的注意。他眼見「許多人出乖露醜」，「眼見許多『時代女性』發狂頹廢，悲觀消沉」；同時也看到「自己生活上、思想中也有很大的矛盾」。因此，逐漸就產生了寫小說的念頭。茅盾的第一篇小說《幻滅》，開初用的筆名就是「矛盾」二字（後來發表時，《小說月報》的編輯葉聖陶，認為矛盾二字顯然是假名，為了避免引起麻煩，就在「矛」字上加上個草頭）。解放後，茅盾在《寫在〈蝕〉的新版的後面》一文中，曾說明了自己當時為什麼會用「矛盾」二字作筆名，它對我們瞭解作者在大革命失敗前後的思想情緒，有一定的幫助。他說：

> 為什麼我取「矛盾」二字為筆名？好像是隨手拈來，然而也不盡然。「五四」以後，我接觸的人和事一天一天多而且複雜，同時也逐漸理解到那時漸成為流行語的「矛盾」一詞的實際；一九二七年上半年我在武漢又經歷了較前更深更廣的生活，不但看到了更多的革命與反革命的矛盾，也看到了革命陣營內部的矛盾，尤其清楚

〔註3〕見《從牯嶺到東京》。
〔註4〕《幾句舊話》。
〔註5〕《幾句舊話》。

地認識到小資產階級知識分子在這大變動時代的矛盾，而且，自然
也不會不看到我自己生活上、思想中也有很大的矛盾。但是，那時
候，我又看到有不少人們思想上實在有矛盾，甚至言行也有矛盾，
卻又總自以為自己沒有矛盾，常常侃侃而談，教訓別人，──我對
這樣的人就不大能夠理解，也有點覺得這也是「掩耳盜鈴」之一種
表現。大概是帶點諷刺別人也嘲笑自己的文人積習罷，於是我取了
「矛盾」二字作為筆名。〔註6〕

　　「四·一二」大屠殺和「七·一五」汪精衛集團叛變後，茅盾離開漢口
到了牯嶺。在牯嶺養病時期，又接觸到一些小資產階級的女性，聽到她們在
大時代中的幻滅故事，這些生活的矛盾和悲劇，加深了他對過去的回憶，使
他寫小說的信念更加增強。一九二七年八月底，他回到了上海。當時，妻子
生病，他的行動又不自由，因此，就在陪伴妻子養病的同時，他開始寫《蝕》
的第一部《幻滅》。寫好了《幻滅》的前半部時，他的妻子病好了，於是他就
獨自一人關閉在三層樓上，在充滿追憶的情緒下，繼續寫《幻滅》及其後的
兩篇──《動搖》和《追求》。從一九二七年九月中旬到十月底，共花了四個
多星期寫完《幻滅》；十一月初到十二月初又完成《動搖》；一九二八年四月
到六月寫完最後一部《追求》。這三部連續性的中篇，是在充滿追憶和情緒起
伏的情況下寫成的。前後十個月，他沒出過自家的大門，那時來訪的客人也
很少，除了家裡四五個親人外，幾乎與外界隔絕。〔註7〕《蝕》三部曲就是在
這種情況下寫成，它包含了許多大革命時代的歷史現實和一些社會陰影，包
含了作者的愛和憎，包含了許多革命同志的血和淚。在這部著作中，作者側
重揭露了大革命時代的陰暗面，暴露革命陣營中的矛盾鬥爭，它給我們留下
了部分小資產階級知識青年在大革命時代所走過的腳跡，塑造了各種類型的
小資產階級知識青年的形象。應該說，從第一篇創作起，茅盾就走上現實主
義的創作道路。但是，我們也不能忘記這樣的事實，《蝕》是作者經歷了大革
命時代動盪起伏的浪潮，受到革命逆流的衝擊而感到幻滅的悲哀時寫的。在
革命轉入低潮時期，他看不到出路，看不到希望，而只看到社會的黑暗和醜
惡，人生的幻滅。因此，貫穿全部作品的基調是悲觀、消極、憤激的，充滿
了強烈的憤恨與不滿，彌漫了幻滅的悲哀和沉痛的呼籲。特別是在《追求》

〔註6〕見《茅盾文集》第一卷第四三二頁。
〔註7〕見《從牯嶺到東京》。

中，悲觀灰色的情調更加濃厚。因為寫作《追求》時，正是他精神上最苦悶的時候。當時，他會見了幾個舊友，從他們口中知道了一些革命同志犧牲的消息，思想情緒忽而高昂灼熱，忽而消沉冰冷，這種情緒都強烈地表現在《追求》中。正如作者自己所承認的，這部作品充滿了幽怨纏綿和悲憤激昂的調子，「《追求》就是這麼一件狂亂的混合物，我的波浪似的起伏的情緒在筆調中顯現出來，從第一頁以至最末頁」。〔註8〕這種悲觀、憤激的情調，貫穿了茅盾這時期的大部分作品，如短篇集《野薔薇》，散文《賣豆腐的哨子》、《霧》、《叩門》、《嚴霜下的夢》等。這些作品都是寫於大革命失敗後，和一九二八年東渡日本避難的初期，因此，悲觀灰色的情調很濃厚。直到一九二九年寫《虹》的時候，才開始轉變。

《幻滅》、《動搖》、《追求》是三個連續性的中篇，同時它們又是各自獨立、互不連貫的三個中篇。茅盾曾談到當時的寫作構思，說當時有兩個主意：一是寫一個二十餘萬言的長篇；一是寫成三個七萬言左右的中篇。後來他採用後一個辦法，原因是開始試作，不敢過於自信自己的創作能力。〔註9〕但是，起先他還想把三篇的人物統一起來，開始寫《動搖》時，這企圖就失敗了。因此，三篇的主要人物各不相同，只有幾個次要人物連續在兩部小說中出現過，如李克、史俊、王詩陶、趙赤珠、龍飛等。如果起先能把人物統一起來，我相信在塑造人物形象和反映現實的深度方面，都必定會豐富和深刻得多。不過，這三個中篇也有一定的聯繫，這表現在兩個方面：一，小資產階級青年在革命浪潮中所經歷的各個階段的精神面貌，是完整的和相互聯繫著的；二，從時間上看，它包括了大革命前期，大革命中期，大革命後期各個階段，反映的現實是連貫的。

總的說來，《幻滅》、《動搖》的結構是比較集中的，尤其是《動搖》。《幻滅》以女主角靜女士的追求和幻滅為基本線索來展開主題；而《動搖》則以胡國光的破壞活動和方羅蘭的動搖妥協為中心來展開小縣城複雜的鬥爭形勢。如果說《幻滅》和《動搖》是主要線索和次要線索的穿插發展，那麼可以說，《追求》是多線的平行的發展，它沒有一個統一的、有機的情節作基礎，貫穿全篇的只有一個統一的題旨——最後追求的幻滅。因此，比起《幻滅》和《動搖》，《追求》的結構顯得比較鬆散。

〔註8〕見《從牯嶺到東京》。
〔註9〕見《從牯嶺到東京》。

　　同時，這時期的一些短篇，如《創造》、《自殺》、《陀螺》、《一個女性》、《色盲》等，都還是不夠成熟的。總的說來，比較缺乏必要的剪裁，結構較鬆散，語言也不夠洗煉，比起後來的《春蠶》、《林家鋪子》等，要大為遜色。就是作者比較重視的短篇《陀螺》，〔註10〕雖然在剪裁和佈局方面有些進步，但總的說來還是沒有突破初期創作的框框和格調。同樣的，在《蝕》三部曲中也有類似的缺點。這些都是茅盾早期藝術創造中難免的現象。在這時期的創作中，也還有一個不好的傾向，就是在描寫小資產階級的狂熱，暴露他們戀愛上的苦悶，以及描寫兩性關係時，往往作了一些自然主義的描寫，突出的是表現在《詩和散文》以及《追求》的一些描寫中。這種描寫容易在讀者中引起不好的副作用。在後來的一些作品中，間或也還有這種傾向。

　　《蝕》三部曲也有其藝術特色。在現代文學史上，茅盾是第一個用連續性的三部曲來反映某一時代的歷史現實的作家。在《蝕》三部曲中，作者已經開始顯露出自己的藝術才能和獨特的風格。首先引起我們注意的是：他善於在廣闊的時代背景上，選擇富有時代意義的重大事件，來反映某一歷史時期的社會現實，即選材常富有時代性和社會性，與當時的革命鬥爭密切相關。這個特點在三部曲中已開始顯露出來，後來在《子夜》中得到更鮮明的表現。

　　其次，茅盾善於作細膩的心理描寫。在這時期的創作中，無論是《蝕》、《野薔薇》，或是《虹》，它的主要人物幾乎全部都是小資產階級青年。由於茅盾在過去的生活中，對小資產階級青年的生活和心理狀態相當熟悉，因此他善於表現他們的苦悶、徬徨的矛盾心理。他善於通過人物的獨白、環境的襯托，和敘述人的語言，細膩入微地表達出人物內心世界的活動。這個特點，也貫穿在他以後的全部創作中，到了《子夜》、《腐蝕》中得到更為突出的表現。通過周圍景物的描寫，表現人物的心理和動作的例子，像寫《動搖》中方太太避難到尼姑庵裡時的矛盾心理，作者描寫一隻懸在半空中的蜘蛛的掙扎情形；描寫《幻滅》中抱素探聽到慧的歷史後一路悵惘的情景，作者寫路邊一隻癩蝦蟆看著他；寫到胡國光兒子胡炳與他母親吵架時，作者又描寫一隻花貓的動態，側面表現吵架的情形。顯然，這一些都不是為寫景而寫景，而是為塑造形象服務的。

　　在這時期中，茅盾也寫了許多小資產階級女性，其中，他特別善於描寫像章秋柳、慧、孫舞陽這類勇敢潑辣、充滿憎恨和復仇色彩的女性。她們飽

〔註10〕見《我的回顧》。

嘗了人生的酸辛，強烈地感到社會對她們的壓力，對於當時半殖民地半封建的黑暗社會極端憎恨。然而她們並不積極去反抗，而是抱著消極的復仇心理繼續和自己所憎惡的人群、社會廝混下去，過著自暴自棄的個人主義的生活。這類女性，在茅盾以後的作品中也常常出現，如《虹》中的梅女士、《腐蝕》中的趙惠明，當然，她們和《蝕》三部曲中的章秋柳等並不完全相同。

茅盾在自己的處女作中，已開始顯露出藝術才能，《蝕》是以具有一定藝術水平的作品出現在「五四」以後的中國文壇的。但是，它也存在一些比較明顯的缺點（當然，主要缺點還在思想內容方面，這點後面還要談到），如結構不夠緊湊集中，情節缺乏剪裁。在駕馭語言方面，也不很熟練，常常用過多的敘述人的議論來代替對人物本身的生動描寫；對話也較平淡，人物語言不夠生動逼真，因此藝術感染力也受到影響。如果與後來的《子夜》、《春蠶》比較，這個缺點就更明顯。吳蓀甫、老通寶的語言生動逼真，而方羅蘭、靜女士的語言就比較一般化，比較平淡。這一切，都是初期創作難免的現象。從這裡，我們也可以看出一個藝術家的成長，是要經過一段摸索和鍛煉的過程的。

《蝕》的現實意義

當《蝕》三部曲以茅盾的筆名在《小說月報》上連續發表以後，引起了許多讀者的注意，震動了當時的文壇。據當時一些評論文章的記載，[註 11]《幻滅》、《動搖》、《追求》成為當時風行一時的讀物，連中學生上課時也抱著四本《小說月報》偷偷地看其中連載的《追求》。為什麼這部作品會受到這麼大的歡迎呢？我認為有兩個主要原因。第一，它及時而迅速地反映了大革命時代的現實，反映了部分小資產階級青年的生活和精神面貌，表現了他們在大變革時代的嚮往光明和幻滅徬徨的矛盾心理，也就是說，作者寫出了他們的苦悶與不滿。同時，它也揭露了大革命時代社會上封建勢力勾結革命陣營內部的右派反動勢力，瘋狂破壞革命的罪惡活動，在一些記憶猶新、餘痛尚在的知識青年中，自然會引起很大的共鳴；第二，「五四」到大革命時代，新文學運動在小說創作方面的成績，主要表現在短篇小說方面，當時，比較有影響的中、長篇小說還很少，《蝕》是第一部用三個連續性中篇構成的大型作品，因此，必然引起人們的注意。

〔註11〕辛夷：《〈追求〉中的章秋柳》，見《文學週報》八卷九號。

　　但是，當時對《蝕》的意見不是沒有分歧的。〔註12〕有人肯定它是時代的忠實描寫，認爲「這三部曲自有它永久的價值，在中國文學史上也佔有特殊的位置」。〔註13〕但另一些人雖然也正確地指出小說表現了作者的小資產階級意識，這種意識是消極的、頹廢的，但他們誇大《蝕》的缺點，甚至錯誤地把它和無產階級文學對立起來。這突出地表現在一九二八至一九二九年創造社和太陽社的批評中。一九二八年創造社、太陽社提倡無產階級革命文學，有其一定的歷史功績。但是，當時他們也曾錯誤地把魯迅和茅盾當作無產階級文學的反對派而加以批判。他們雖然也正確地指出《蝕》所表現出來的小資產階級立場和悲觀情緒，但卻混淆了兩類性質的問題。如，認爲「《幻滅》本身的作用對於無產階級是爲資產階級麻痺了的小資產階級底革命分子，對於小資產階級分明指示一條投向資產階級的出路，所以對於革命潮流是有反對的作用的。」〔註14〕又說：「茅盾先生所表現的傾向當然是消極的投降大資產階級的人物的傾向」。〔註15〕顯然，這種批評是很不妥當的，是不符合作者實際情況的。當然，我們說《蝕》的基調是悲觀的，對當時的革命形勢估計是有錯誤的，而作者沒有給予有力的批判，這是它的嚴重缺點。但是，我們不能因此就全盤否定這部作品。《蝕》是作者以大革命時代的生活經驗作基礎寫成的，它仍然忠實地表現了大革命時代局部的歷史現實，描寫了小資產階級青年的精神面貌，表現他們在革命鬥爭中的弱點。因此，它仍然具有一定的教育作用。從我國現代文學發展的歷史看，當時能迅速地反映大革命時代歷史現實的作品還是很少的，《蝕》是比較完整、比較重要的一部。同時，從作者的創作發展道路上看，《蝕》中的一些積極因素，如題材的社會性、時代性，嚴肅的寫作態度，對黑暗勢力的憎恨等，都是成爲獲得像《子夜》、《春蠶》、《腐蝕》等有重要成就的作品的起點。事實上，後來在國民黨反動派瘋狂進行反革命文化圍剿時，《蝕》三部曲也被國民黨上海市黨部列入一百四十九種禁書的名單之中。〔註16〕怎麼能說這部作品是宣揚了投降大資產階級的

〔註12〕 在伏志英編的《茅盾評傳》中，批評者的意見就分爲兩派。一派十分推崇《蝕》
　　　　三部曲，如復三的《茅盾的三部曲》、張眠月的《〈幻滅〉的時代描寫》等。
　　　　另一派雖然正確地指出了《蝕》的一些缺點，但卻過分誇大它的缺點，甚至
　　　　錯誤地認爲這部作品起了反對革命、反對無產階級文學的作用。
〔註13〕 復三：《茅盾的三部曲》，見《文學週報》三四九期。
〔註14〕 克興：《評茅盾君底〈從牯嶺到東京〉》，見《茅盾評傳》第二二四頁。
〔註15〕 錢杏邨：《從東京到武漢》，見《茅盾評傳》第二六七頁。
〔註16〕 《〈且介亭雜文二集〉後記》，見《魯迅全集》第六卷第三六七頁。

傾向呢？所以，我們必須全面地估計這部處女作，肯定它的積極的現實意義，指出它的嚴重缺點，從中總結經驗教訓，並通過它瞭解茅盾初期創作的特點。

對於創造社和太陽社的批評，茅盾也曾寫過文章回答他們，如《從牯嶺到東京》、《讀〈倪煥之〉》等。其實在這兩篇文章中，他也並不否認無產階級文學必須提倡，他也承認提倡革命文藝的「主張是無可非議的」。因此，太陽社等說他反對革命文藝，「投降大資產階級」的話是不對的，不符實際情況的。當時，茅盾對於革命文藝的倡導者也提出了一些值得重視的意見，如指出一些革命文藝作品公式化、概念化的傾向比較嚴重，語言歐化等。一九二七年底以後太陽社和創造社提倡「革命文學」，對馬列主義文藝理論的幾個原則的闡釋和宣傳，有一定的歷史功績，它對於無產階級革命文學的發展起過積極的作用。但是，由於他們的理論中存在著教條主義的傾向，因此，反映在創作實踐上，公式化、概念化的毛病比較嚴重。茅盾當時的某些批評意見是有對的一面。但在這兩篇論文中，茅盾也暴露了自己的小資產階級的觀點，他比較強調新文藝要更多地為小資產階級讀者著想，因為他們是當時的主要讀者；他也不恰當地強調新文藝要表現小資產階級的生活與痛苦，提出「只要質樸有力的抓住了小資產階級生活的核心的描寫」。〔註17〕這種觀點，同茅盾在一九二五年前後關於無產階級藝術的論述比較起來，是一個明顯的倒退，實際上是作者在大革命失敗後小資產階級悲觀情緒的反映，也是他在這時期創作中所沒有解決的問題。當時創造社和太陽社對他的批評，也促使他警覺了自己的問題。

《蝕》取材於「五四」以後到大革命失敗這段期間內小資產階級青年的生活，它反映了大革命時代部分小資產階級青年在革命浪潮中的精神面貌。用作者的話，即表現當時小資產階級青年在革命浪潮中所經歷的三個時期：「一，革命前夕的亢昂興奮和革命既到面前時的幻滅；二，革命鬥爭劇烈時的動搖；三，幻滅動搖後不甘寂寞尚思作最後之追求。」〔註18〕「五四」以後，許多青年被反帝反封建的革命潮流沖醒，他們滿懷改革現狀的希望，追求著光明幸福的未來。當廣州國民政府成立，並準備出師北伐的消息傳來後，他們中許多人，滿腔熱情地奔向廣州，投身到革命的洪流裡。但是，我們知道，自從孫中山先生逝世後，以蔣介石為首的國民黨右派，更加積極地排斥

〔註17〕見《從牯嶺到東京》，《茅盾評傳》第三六四頁。
〔註18〕見《從牯嶺到東京》，《茅盾評傳》第三四五頁。

和製造迫害共產黨的陰謀，「四·一二」大屠殺是這個陰謀的頂點。當時，革命統一戰線中存在著種種的矛盾，混進各色各樣的投機分子，統一戰線內部圍繞著革命的方向和領導權的問題，兩個階級、兩條道路的鬥爭非常激烈。面臨著複雜的革命現實，如果沒有堅定的信仰，沒有正確的認識就很容易走入迷途。而當時許多參加革命鬥爭的小資產階級青年卻缺乏這種認識，他們之中有許多人還是出身於地主階級的小姐、少爺，沒經受過複雜艱苦的革命鍛鍊。他們響往「民主自由」，追求「個性解放」，想從革命中來滿足自己個人主義的欲望。在他們的腦海中，革命是光明、神聖而美麗的，他們帶著這種幻想，憑一時的衝動投入了革命鬥爭。然而事實並不如他們想像的那麼美，革命是艱苦的、殘酷的階級鬥爭。魯迅先生就說過：「革命是痛苦，其中也必然混有污穢和血，決不是如詩人所想像的那般有趣，那般完美……所以對於革命抱著浪漫諦克的幻想的人，一和革命接近，一到革命進行，便容易失望。」〔註19〕他們一碰到革命逆流的打擊，就消沉下去了。正如作者所描寫的，在「革命未到的時候，是多少渴望；將到的時候是如何的興奮，彷彿明天就是黃金世界，可是明天來了，並且過去了，後天也過去了，……一切理想中的幸福都成了廢票，而新的痛苦卻一點一點加上來了」。〔註20〕因此，他們消極、徬徨、苦悶，充滿了幻滅的悲哀，染上了時代的憂鬱病。雖然他們企圖追求新的理想，不願與黑暗勢力同流合污；但是，在殘酷的現實面前，他們失敗了。由於對當時革命前途失去信心，迷失了方向，他們不能從幻滅和悲哀中振作起來，繼續前進；相反的，有許多人卻走上自暴自棄或獨善其身的道路。這是大革命失敗後一部分小資產階級青年的一種矛盾心理，或許可以稱之為時代病吧！

　　《蝕》三部曲描寫的正是一群這樣的小資產階級青年，雖然他們各自的特點不同，但總的特點：動搖、苦悶、幻滅卻是相同的。他們有正義感，嚮往光明，但是看不清前途，跌落在悲觀苦悶的迷惘裡。雖然他們力圖掙扎，但是小資產階級的狂熱性、軟弱性、動搖性等階級弱點的限制，使他們看不清正確的方向，因此即連那最後的憧憬，不論是曹志方等的熱情洋溢的組織一個社的計劃，或是那王仲昭的微小的個人幸福，都一樣破滅了。這群人生

〔註19〕 魯迅：《對於左翼作家聯盟的意見》，見《魯迅全集》第四卷第一八二～一八三頁。

〔註20〕 見《從牯嶺到東京》。

道路上的迷途者，他們要走向太陽，但是在複雜錯綜的十字街口，迷失了方向，沒有力量去繼續尋找，而停下來，停在十字街口徬徨歎息。全書只有一個正面人物，短小精明的李克，他冷靜果斷，有原則性，是一個真正的革命者，一個大革命時代的共產黨員的形象。為了避免出版時的麻煩，作者沒有明白地寫出來。〔註21〕另一個人物——勇敢魯莽的曹志方，在大革命失敗以後的黑暗社會裡，他生活不下去，最後也幹革命去了。也是為了出版的關係，作者用當「強盜」來作為暗示。

《幻滅》所描寫的是大革命前夕和大革命初期的現實。它通過小資產階級知識青年章靜在愛情和革命上的追求和幻滅，表現了小資產階級走向革命和在革命中的幻滅過程。靜女士是一個小資產階級女性，母親自幼對她嬌生慣養，養成了她驕傲而脆弱的性格。她生活在大變動的時代，受「五四」思潮的影響而走出了閨房，熱心參加當時的學生運動，但很快就厭倦了。她既「討厭鄉村的固陋，呆笨，死一般的寂靜」，又厭惡「喧囂」的、「拜金主義化」的上海，企圖脫離激烈的社會鬥爭，「靜靜兒讀一點書」。然而在革命風暴的時代裡，安心讀書只是一種夢想。卑鄙的暗探抱素就利用她這一點，使她離開進步同學，並失身於這個暗探。受到這一打擊之後，她失望了，幻滅了，同學們都參加激烈的革命鬥爭去了，她卻躲到醫院裡去。但是，正如作者所說的，她在「理智上是向光明的，要『革命』的」，因此，在李克等進步同學的幫助下，她也到武漢去了，參加當時的大革命鬥爭，「滿心想在『社會服務』上得到應得的安慰」。但是，她畢竟是個未經改造的小姐，對革命並沒有真正的認識，只憑一時的衝動投入鬥爭。因此，經不起小小的波折，熱情消退了，短短的兩個月中換了三次工作。最後，在革命鬥爭中仍然感到幻滅的悲哀，依舊走上強烈地追求個人幸福的道路。但是，這種幸福也是短暫的，它很快就消失了。

靜女士的道路，清楚地告訴我們：小資產階級青年，如果不擺脫個人主義的思想，不徹底改造自己的世界觀，那麼他即使是參加了革命，至多只不過成為革命的客人或同情者而已。《幻滅》反映了大革命時代一部分像靜女士這樣的小資產階級青年，他們由於種種動機而投入革命，然而卻沒有真正懂得革命，不能徹底改變自己的小資產階級的立場，因此在複雜激烈的階級鬥

〔註21〕茅盾自己說：「因為出版上的緣故，《動搖》中不能更明顯地寫明那幾個人是共產黨員，但是可以推敲出來。」

爭中，最後免不了要陷入個人主義幻滅的悲哀裡。茅盾也曾經說過：「小資產
階級出身的女學生或女性知識分子頗以為不進革命黨便枉讀了幾句書，並且
她們對於革命又抱著異常濃烈的幻想。是這幻想使她走進了革命，雖則不過
在邊緣上張望。也有在生活的另一方面碰了釘子，於是憤憤然要革命了。」〔註
22〕這段話正說明了如靜女士一類的青年，在革命鬥爭中終必走向幻滅的原因。

《動搖》所展開的是大革命時代革命與反革命勢力激烈鬥爭時期的現
實。小說的背景是一九二七年春夏之交，「武漢政府」裡的汪精衛右派集團叛
變革命的前夕，發生於湖北地區某縣城的鬥爭。當時武漢汪精衛集團還沒有
公開叛變，國共還維持著統一戰線的局面。但是，反革命勢力已經開始向革
命發動進攻，革命與反革命鬥爭十分激烈，形勢異常緊張。另一方面，當時
湖北的農民運動有很大的發展。一九二七年三月第一次全省農民代表大會以
後，在中國共產黨的領導下，覺醒了的廣大農民群眾，在農村中和地主惡霸
展開激烈的階級鬥爭。農民協會成立了，成為農民的革命政權，他們建立了
農民自衛軍，保衛革命的果實。同時，城市裡的工人運動也發展起來了，他
們也建立了自己的工會。《動搖》的故事就是在這樣的背景之下展開的。它通
過湖北地區某縣城的矛盾鬥爭，反映出當時統一戰線中國民黨上層領導分
子，在革命鬥爭的緊要關頭，害怕工農群眾，在封建反動勢力向革命發動猖
狂反撲時，妥協動搖。小說中塑造了胡國光這一大革命時代土豪劣紳的反面
典型。在革命的發展過程中，以胡國光為代表的地方封建勢力，竭力想鑽進
革命陣營內部，進行破壞活動。他把自己打扮成一個急進的革命者，騙取了
群眾的信任，利用革命內部領導的動搖軟弱，竊取了國民黨縣黨部的重要職
務。另一方面，覺醒了的工農群眾，開始組織起來，捍衛自己的權利，他們
迫切要求徹底推翻封建秩序，打倒長期壓在他們頭上的地主、資本家。在激
烈的階級鬥爭中，他們顯示出自己的力量。但是，當時的國民黨右派領導集
團，口頭上高喊革命，實質上並不想徹底推翻封建制度，滿足工農群眾的革
命要求。加上當時覺醒了的工農群眾沒能得到正確的引導，〔註 23〕因此，他
們不能迅速地推翻封建勢力，建立起自己的政權。革命與反革命的搏鬥，始

〔註22〕見《幾句舊話》。
〔註23〕茅盾自己說：「當時群眾團體是有黨員在領導的，可是《動搖》中的那幾個黨
　　　　員都沒有鬥爭經驗，領導得很糟，也是因為出版上的緣故，《動搖》中不能更
　　　　明確地寫明那幾個人是共產黨員，但是可以推敲出來的。」

終充滿這座小城，從店員風潮、近郊農民示威大會、解放婢妾運動，以至於流氓打婦女會，鬥爭局勢異常緊張。但是，處在這種形勢下的領導核心，統一戰線的國民黨縣黨部的領導機構，在革命的工農群眾與反革命勢力鬥爭非常激烈的時候，驚慌失措。他們既不敢支持工農群眾的鬥爭，也不敢徹底鎮壓反革命勢力的暴亂，左右搖擺，最後右轉彎走了。雖然李克後來竭力想挽回這種危局，並且採取了一些堅決的措施，清除了壞分子胡國光，但是局勢已經無法挽救了。

《動搖》所描寫的還是國共合作時期的社會現實。當時的共產黨組織是不公開的，像李克這類的共產黨員，作者還不能公開寫明。而《動搖》的主角，在革命陣營中負主要責任的方羅蘭，是當時國民黨的上層領導人物的代表，「武漢革命政府」中汪精衛派的典型。〔註24〕他們平時自命為「左」派，但一旦工農群眾發動起來，和封建勢力進行英勇鬥爭的時候，他們卻害怕了，不僅不去支持他們，反而右轉彎走了。

《動搖》所反映的正是大革命後期「武漢政府」中的兩條路線的鬥爭，一條是共產黨的路線，一條就是方羅蘭式的國民黨右派集團的路線。只是，在當時國民黨的白色恐怖的統治下，作者沒有充分地展開這一鬥爭，而往往通過側寫、暗示的手法來表現。儘管如此，這部作品後來也被國民黨單獨列入禁書的名單中。〔註25〕

一九二七年初，茅盾在漢口主編《民國日報》時，曾接觸過大量反映當時革命鬥爭中的複雜情況的生動材料。據作者說，《動搖》就是以當時湖北某縣的政治形勢和當時一些不能披露的新聞訪稿為基礎寫的。在《蝕》三部曲中，《動搖》是寫得較好、也少消極情緒的一部作品，比起《幻滅》和《追求》，它的情節結構比較集中，更富有現實意義。特別是對於大革命時期國民黨右派集團的叛變革命，和對工農群眾革命運動的描寫，今天看來還是很有意義的。

《蝕》的最後一部──《追求》，描寫的是大革命失敗後一群小資產階級知識青年的徬徨、苦悶的心理，他們遠離了革命鬥爭，過著悲觀灰色的生活。

〔註24〕 茅盾自己說：「方羅蘭是當時國民黨『左』派的典型，也可以說是當時的汪精衛派的縮影，他們平時自命『左』派，但當工農真正起來的時候，他們就害怕了，右轉彎走了。」

〔註25〕 見《國民黨反動派查禁文藝書目補遺》，《中國現代出版史料》（丙編）。

在《蝕》三部曲中，這是悲觀色彩最濃厚的一部。前面已經提到，這時正是作者思想上最苦悶的時候。在寫《動搖》之後和寫《追求》之前，其間茅盾曾寫過一篇散文《嚴霜下的夢》。文章描寫作者在嚴霜下一個夜晚，做了三個夢，第一個夢夢見許多親切的革命同志，男的女的，穿便衣的，穿軍衣的；聽見悲壯的歌聲，激昂的軍樂，沉痛的演說……第二個夢夢見血，男子頸間的血，女子乳房的血，「血，血，天開了窟窿似的在下血」……第三個夢夢見雪白的臂膊，美麗的姑娘，忽然變成焦黑發臭的斷腿，聽到她們歇斯底里的呼喊，聽見飽足獸欲的灰色東西的狂笑……這三個夢，是作者對過去生活的慘痛回憶。他看到革命同志被殘酷殺害，充滿了悲哀和憤怒，喊出「什麼時候天才亮呀」的疑問。這篇散文是寫在《追求》之前的，調子很悲觀、憤激。它所寫的第二、第三個夢，正是《動搖》的後半部所描寫的。

《追求》的調子是悲觀、頹廢的，充滿幽怨纏綿和激昂憤慨的情緒。它描寫大革命失敗後，一群被國民黨蔣介石的白色恐怖嚇退的小資產階級青年的徬徨掙扎。他們在革命失敗後，悲觀失望、苦悶徬徨，既不願與黑暗勢力同流合污，但又不能堅持鬥爭下去。在這黑暗的年代裡，他們過著苟且、頹廢的生活。章秋柳有一段話很能表達他們苦悶的心情，她說：

> 我們不是超人，我們有熱火似的感情，我們又不能在這火與血的包圍中，在這魍魅魍魎大活動的環境中，定下心來讀書……我們不配做大人老爺，我們又不會做土匪強盜；在這大變動時代，我們等於零……我們終天無聊，納悶。到這裡同學會來混過半天，到那邊跳舞場去消磨一個黃昏，在極頂苦悶的時候，我們大笑大叫，我們擁抱，我們親嘴。我們含著眼淚，浪漫，頹廢。但是我們何嘗甘心這樣浪費了我們的一生！我們還是要向前進。

他們鼓起勇氣，追求最後的憧憬，然而即連這些小小的憧憬，在殘酷的現實面前也一一破滅了。狂放不羈的章秋柳，最後變成頹唐的個人主義者；把最後理想寄託在教育事業上面的張曼青，在現實面前，理想也成了泡影；而像黑影子一樣的懷疑主義者史循最後則狂樂過度而死；連那被視為最踏實的半步主義者王仲昭，追求的憧憬剛到手的一剎那間也竟改變了面目。甚至於信仰比較堅定的趙赤珠等，為了支持自己的丈夫繼續革命，也不得不採用人生最悲慘的手段——賣淫。〔註26〕多麼黑暗的時代！多麼灰色的人群啊！在統

〔註26〕茅盾自己說：「應該說，王詩陶他們為了堅持革命，不得不暫時出賣自己的肉

一戰線分裂後的國民黨新軍閥統治的時代，許多小資產階級青年，他們失去了希望，殘酷而冰冷的現實把他們的僅有的一點憧憬也一一擊毀了。像是被關在黑暗而閉塞的鐵屋裡，他們看不到亮光，只看到黑暗的陰影；他們渴望衝破這悶人的鐵屋，但又不知道該怎樣衝出去。這正是大革命失敗後部分小資產階級青年的苦悶心理，也是大革命失敗後所產生的「時代病」。這種苦悶的成分，正如張曼青所說的，是「幻滅的悲哀，向善的焦灼，和頹廢的衝動」。後來在短篇《色盲》中，作者曾經把這類青年的苦悶稱為精神上的色盲。他通過主角林白霜說道：「我明明知道這世間，尖銳地對立著一些鮮明的色彩。我能夠很沒有錯誤地指出誰是紅的，誰是黃的，誰是白的。但是，就整個世間來看時，我就只看見一片灰黑，我自己也不知道是什麼原故會有這樣的病態，我只能稱為自己精神上的色盲。這裡就伏著我苦悶的根源！」

　　《蝕》給予讀者的感覺是沉痛的，無論是從靜女士、章秋柳，或者張曼青、趙赤珠等的悲劇來看，這都是大革命時代的歷史教訓。它足以引起我們的深思，幫助我們瞭解毛主席所反覆闡述的真理：小資產階級知識青年要參加革命鬥爭，必須克服自身所固有的小資產階級的空想、軟弱和動搖等階級弱點，進行徹底的自我改造，實行與廣大工農群眾相結合，否則，必將一事無成。

　　除了以上分析的基本主題外，《蝕》還反映了大革命時代許多歷史事實和生活側面。如當時武漢革命鬥爭的熱烈景象；工農群眾革命運動的蓬勃發展；武漢革命政府一些政治工作和機關工作的混亂，成員複雜的情形；革命勢力與反革命勢力的激烈鬥爭等。特別是《動搖》中，作者生動地刻劃了土豪劣紳胡國光的形象，通過他反映了大革命時期封建勢力與革命力量的搏鬥。這個人物是寫得相當成功的。

苦悶的象徵

> 　　我猛然推開幛子，遙望屋後的天空，我看見了些什麼呢？我只
> 看見滿天白茫茫的愁霧！
>
> 　　　　　　　　　　　　　　　　　　——《賣豆腐的哨子》

體，因為那時，做職業革命家的人仍須自己解決生活問題，他們為了支持自己的丈夫做革命活動，自己不得不作犧牲。這是根據那時的真事，雖然人物是虛構的。」

　　茅盾的創作開始於大革命失敗以後，他把自己對過去生活的回憶和複雜的情感交織在《蝕》三部曲中。這部作品，一方面表現了大革命時代青年的生活和鬥爭，表現出國民黨新軍閥叛變革命以後所帶來的黑暗時代，透露出作者對革命同志的懷念，對黑暗勢力的仇恨；另一方面，也強烈地表現出作者的悲觀苦悶的心情，表現出一種消極、頹廢的傾向。這使得《蝕》三部曲的現實意義帶有很大的局限性。由於作者用小資產階級的觀點、立場去認識大革命時代的現實，對大革命失敗後中國革命的前途做了悲觀的、錯誤的估計，在革命處於低潮時期，看不到在黨的領導下工農革命運動的深入發展，結果就使得《蝕》不能全面地、正確地反映當時的現實，流露出對革命前途的悲觀失望情緒，產生了一些消極的作用。這種傾向使得茅盾初期的創作蒙上一層灰色、苦悶的色彩，其中以《追求》為最突出。《蝕》所表現出來的悲觀、消極的情調，實際上是當時作者思想情緒的真實反映。大革命失敗後，茅盾暫時離開了革命鬥爭，陷入精神上極端苦悶的時期。他對於國民黨右派集團叛變革命、屠殺共產黨人和革命群眾，充滿憤激與不滿的情緒，但對於中國革命究竟應向何處去又一時找不到答案，看不到光明的前途。他說：「我有點幻滅，我悲觀，我消沉，我都很老實的表現在三篇小說裡。」〔註27〕在一些散文如《霧》、《賣豆腐的哨子》、《叩門》中，也充滿悲觀的情調。如在《霧》中他這樣寫道：「我詛咒這抹煞一切的霧！……霧，霧呀！只使你苦悶，使你頹唐闌珊，像陷在爛泥淖中，滿心想掙扎，可是無從著力呢！」在《賣豆腐的哨子》中，他寫道：「我猛然推開幛子，遙望屋後的天空，我看見了些什麼呢？我只看見滿天白茫茫的愁霧。」這些散文是他一九二八年到日本後不久寫的，明顯地流露出作者的苦悶徬徨的心情。我們知道，一部作品的成功與否主要不決定於題材，而是決定於作家是以什麼世界觀去認識、分析和處理這些題材。《蝕》的嚴重缺點並不在於它寫的是小資產階級，而在於它片面地誇大和強調他們的悲觀情緒，而且沒有給予有力的批判。同時，大革命時代那些堅定的革命者的形象，在作品中也沒有得到應有的表現。

　　事實上，大革命失敗後，許多共產黨人和革命者，在毛主席和周恩來、朱德等同志的領導下，建立了工農武裝，深入農村開展土地革命，把中國革命引入了一個新階段。由於作者當時的小資產階級悲觀情緒，使他不可能看到革命深入發展的形勢。關於這一點，茅盾後來曾作過懇切的自我批評。他

〔註27〕見《從牯嶺到東京》。

說：「當我寫這三部小說的時候，我的思想情緒是悲觀失望的。這是三部小說中沒有出現肯定的正面人物的主要原因之一。……一九二五至二七年間，我所接觸的各方面的生活中，難道竟沒有肯定的正面人物的典型麼？當然不是的。然而寫作當時的我的悲觀失望情緒使我忽略了他們的存在及其必然的發展。」〔註28〕

同樣的，在短篇集《野薔薇》中（包括《創造》、《自殺》、《詩與散文》、《一個女性》、《曇》等五個短篇。另外，還有沒有收進《野薔薇》的《泥濘》、《陀螺》、《色盲》等短篇，也是這時的作品），也還沒有完全擺脫掉悲觀的情緒。儘管作者也認識到在「這混沌的社會裡也有些大勇者，真正的革命者」，但接著他又說：「但更多的是這些不很勇敢，不很徹悟的人物；在我看來，寫一個無可疵議的人物給大家做榜樣，自然很好，但如寫一些『平凡』者的悲劇或暗淡的結局，使大家猛省，也不是無意義的。」〔註29〕因此，這些短篇寫的都是在黑暗社會裡受壓迫的小資產階級青年的悲劇。他們都是嚮往光明，本身又受封建禮教和舊勢力的壓迫，在漆黑而閉塞的社會裡，企圖以個人的力量來反抗，結果失敗了。當然，這些小悲劇都有一定的現實意義，它揭露封建禮教和半殖民地半封建舊中國社會的黑暗現實，控訴了黑暗、腐朽的制度，如《自殺》與《一個女性》。但是，作者並沒有能給他們指出一條道路，在這些作品中，我們只感到漆黑社會的沉重壓力，只聽到個人絕望的呼號和抗議。這裡，作者雖然暴露了社會的黑暗，但僅僅是暴露，而缺乏有力的批判。從創作方法上看，這個短篇集也帶有較明顯的自然主義傾向。在揭露黑暗社會，表現小資產階級的苦悶、徬徨的心理等方面，作者任其悲觀消極的思想自由氾濫，因此，讀完這些作品以後，我們最後的感覺仍舊是空虛。《自殺》中的環小姐，只有以自殺來反抗這個黑暗的社會，「宣佈那一些騙人的解放、自由、光明的罪惡」；《曇》中的張女士也只有以逃走來反抗封建包辦婚姻。《一個女性》是寫得比較好的一篇，它揭露了舊社會人與人之間的勢利、冷酷的等級關係，但是女主角瓊華，最後也只感到人生的空虛和苦悶。顯然，這種悲觀苦悶的情調，是和作者當時的思想情緒密切相關的，在一定程度上，它也是作者自己的思想的反映。無產階級作家的任務並不單單在於揭露黑暗，更重要的是要給人以啟示，幫助人們在黑暗中找到一條出路，堅

〔註28〕見《〈茅盾選集〉自序》。
〔註29〕見《寫在〈野薔薇〉的前面》。

定地鬥爭和生活下去。在《蝕》和《野薔薇》中，作者還沒達到這一點，他的思想基本上還是小資產階級革命民主主義的思想，對於社會現實的認識，帶有比較濃厚的悲觀主義傾向。「一個作家的思想情緒對於他從生活經驗中選取怎樣的題材和人物常常是有決定性的：這一個道理，最初我還不承認，待到憬然猛省而深悔昨日之非，那已是《追求》發表一年多以後了。」〔註 30〕從作者切身體驗的這段話，可以看出一個作家的世界觀對他的創作是起決定作用的。

《虹》

> ……我們要有蘇生的精神，堅定的勇敢的看定了現實，大踏步往前走，然而也不流於魯莽暴躁。我自己是決定要試走這一條路；《追求》中的悲觀苦悶是被海風吹得乾乾淨淨了，現在是北歐的勇敢的運命女神做我精神上的前導。
>
> ——《從牯嶺到東京》

　　從《蝕》到《虹》，這是一個重要的轉變。前面我們已經提到，不斷追求進步，不斷摸索前進，尋求一條新道路，這是茅盾這時期創作的基本方面，忽視了這點就會做出不正確的評價。事實也是如此。我們知道，茅盾早在「五四」以後就積極參加社會活動和黨所領導的革命鬥爭，親身參加過五卅運動和第一次國內革命戰爭時期的革命宣傳工作。他受過無產階級思想的洗禮，受過革命鬥爭的鍛鍊，因此，他和當時一般的資產階級作家和小資產階級作家有一定的區別。大革命失敗後雖一度悲觀消極，但這並沒有長期支配他的思想。在《追求》發表以後，作者就說過：「我很抱歉，我竟做了這樣頹唐的小說，我是越說越不成話了。但是請恕我，我實在排遣不開。」〔註 31〕他企圖改變自己的思想情緒，表示「我決計改換一下環境，把我的精神蘇醒過來。我已經這麼做了，我希望以後能夠振作，不再頹唐，我相信我是一定能的。」〔註 32〕（重點是筆者加的）同時，在創作上，他也開始追求一條新的道路，要「堅定的勇敢的看定了現實，大踏步往前走」。事實也證明，作者並沒有永遠沉沒在《蝕》的苦悶中。一九二八年七月間，他東渡日本，先住東京，後

〔註30〕見《〈茅盾選集〉自序》。
〔註31〕見《從牯嶺到東京》。
〔註32〕見《從牯嶺到東京》。

來遷居京都高原町。〔註 33〕在這期間，他的思想情緒開始發生變化，逐漸擺脫了悲觀苦悶的情緒，開始寫出新的作品，這就是《虹》。在《虹》以前的短篇《色盲》（寫於一九二九年三月）中，作者就表明了自己對未來的確信，他通過主角林白霜，說出這麼一段話：「地底下的孽火現在是愈活愈烈，不遠的將來就要爆發，就要燒盡了地面的卑污齷齪，就要煎乾了那陷人的黑浪罷！這是歷史的必然，看不見這個必然的人，終究要成爲落伍者。掙扎著向逆流游泳的人，畢竟要化作灰燼！時代前進的輪子是只有愈轉愈快地直赴終極，是決不會半途停止的。」這段話表明，在當時黨所領導的深入農村、建立革命根據地的新的鬥爭形勢的鼓舞下，作者對革命前途又恢復了信心。一九二九年四月到六月，他終於寫出《虹》這一未完成的長篇。這部作品具有重要的意義，它是茅盾創作發展道路上的一個新的起點，是作者從小資產階級立場轉向無產階級革命立場的過渡階段的作品。

《虹》只寫了三分之一，本來作者企圖以「五四」到「五卅」這一歷史時期的現實鬥爭作背景，反映出當時廣闊的社會生活，後來剛寫到「五卅」爆發就因病停筆了。〔註 34〕如果說《蝕》是表現了大革命時代小資產階級知識青年在革命鬥爭中的追求、動搖、幻滅的過程；那麼，《虹》所反映的則是從「五四」到「五卅」這一歷史時期小資產階級知識青年的覺醒，反抗和最終走向革命的過程。它通過主角梅女士所經歷的複雜曲折的道路，展示了「五四」時代一般青年在時代潮流中所經歷的歷史道路。在女主角梅行素身上，可以看到和靜女士、章秋柳等有顯然不同的新精神。雖然她的精神面貌和經歷，有許多地方是和靜女士、章秋柳等相似的：她也受到封建禮教的壓迫，也憎恨和反抗這個黑暗的社會，渴望過另一種新的生活；但最後她卻走上和章秋柳等不同的道路，這正是《蝕》和《虹》的一個很大的不同點。

梅女士是一個被「五四」思潮喚醒的女青年。她本來是個幼稚無知的女學生，一個受慣父親寵愛的小姐。當五四運動的思潮影響到落後閉塞的成都時，她正被婚姻問題苦惱著：父親要把她嫁給小商人柳遇春，可是她愛的卻是表哥韋玉。起先，對這個矛盾，她只能得出「一個古老的『答案』：薄命」。但是隨著「五四」思潮的影響，她接觸到一些新雜誌，托爾斯泰、易卜生、

〔註33〕 茅盾同志一九七八年二月十九日來信說：「東渡日本是一九二八年七月間，在日先住東京，後遷京都。」

〔註34〕 茅盾：《我的回顧》。

社會主義、人道主義、無政府主義⋯⋯各色各樣的新名詞、新學說強烈地吸引住她。她開始接受了「民主自由」和「個性解放」的思想，追求合理的憧憬，追求生活的權利。這些帶有濃厚的資產階級個人主義色彩的思想武裝了她，使她勇敢地去反抗不合理的封建婚姻。但是，由於她愛的韋玉是一個軟弱的不抵抗主義者，他不僅沒有力量幫助她突破束縛，反而勸她妥協。而梅是「認定了目標永不回頭的那一類的人」，「她的特性是『往前衝』」。她從「五四」新思潮中所學到的，是打倒一切不合理的制度，衝出去，尋求一條新的光明幸福的道路。至於這條道路在哪裡？她並不很清楚。因此，她突破了家庭的樊籠以後，企圖以「現在主義」來取得自我安慰。她帶著一股盲目的反抗力量，走進社會，企圖尋求一種新的合理的生活。但是，當她一跨進社會的大門時，就受到冷嘲熱諷和排擠誹謗，在這軍閥勢力控制下的黑暗閉塞的四川社會裡，她找不到自由，找不到幸福。黑暗腐朽的社會把她造成極端的個人主義者，她只相信自己，懷著報復、玩弄的思想來反抗周圍的一切。「梅女士竟成熟了冷酷憎恨的人生觀。這好像是一架雲梯，將她高高地架在空中；鄙視一切，唾棄一切，憎恨一切」。依靠著自己的美麗和機智，她在軍閥政客的人群裡廝混，成為惠師長客廳裡的上賓。雖然她模糊地意識到周圍的一切是可憎，但是她卻不瞭解為什麼是可憎的。她反抗，只是為了感情上和他們敵對，並沒有什麼確定的目標。這種個人主義的鬥爭方法把她愈帶愈遠，使她離開了人民，離開了群眾，陷入更加苦悶空虛的境地。因此，當她逃出了惠師長的魔掌，離開了狹窄閉塞的四川，來到革命鬥爭中心的上海時，就感到十分迷惑。過去她接觸的全是黑暗勢力，而現在在充滿理想的革命者面前，她朦朧地感到有另一光明的世界。可是，對於這世界，她毫無認識，顯得非常幼稚無知，過去所學到的新名詞也毫無用處了。在新的環境中，她開始意識到自己的空虛和軟弱。但是，梅女士是嚮往光明的，她以自己切身的體驗來憎恨這些黑暗的軍閥統治勢力，所以在梁剛夫等的幫助下，她慢慢地接近了革命鬥爭，並且參加了婦女會的工作。起先，由於她過慣了浪漫的、以自我為中心的個人主義生活，還沒擺脫個人主義思想的影響，因此熱情不能持久，一經挫折就消沉下來了。後來，在梁剛夫的幫助下，她開始閱讀了馬克思主義書籍。這些書在她面前展開了一個新的宇宙，像中學時代讀「新」字排行的書報一樣，她又浸沉在這個新的世界裡。從此，她漸漸擺脫個人主義立場，走到革命的隊伍中來。最後，在偉大的「五卅」反帝愛國運動中，她

和許多革命同志一起，高舉反帝反封建的旗幟，走上灑滿烈士鮮血的南京路。她驕傲地對女友徐綺君說：「時代的壯劇就要在這東方的巴黎開演，我們應該上場，負起歷史的使命來。」到這時候，少奶奶的梅開始變了，她拋棄了小資產階級的個人得失，投身到火熱的群眾鬥爭中去，踏上了革命鬥爭的道路。

梅女士複雜曲折的道路，概括了從「五四」到第一次國內革命戰爭時期一般青年所經歷的道路，表現了她們被「五四」思潮喚醒後的興奮而又徬徨的心情，以及她們從個人主義狹小的圈子裡，開始走上集體主義的革命鬥爭道路的曲折過程。周揚同志在《文藝戰線上的一場大辯論》中所說的一段話，很能幫助我們瞭解這一歷史時期知識青年參加革命的思想動態。他說：「回顧一下我們這些人走過來的道路，我們中間的許多人出身於沒落的封建地主或其他剝削階級的家庭，就教養和世界觀來說，基本上都是資產階級知識分子。『五四』新文化運動給我們帶來了科學和民主，也帶來了社會主義的新思潮。那時我們急迫地吸取一切從外國來的新知識，一時分不清無政府主義和社會主義、個人主義和集體主義的界線，尼采、克魯泡特金和馬克思在當時幾乎是同樣吸引我們的。到後來我們才認識了馬克思列寧主義是解放人類的唯一真理和武器……回想當年，個人主義曾經和『個性解放』、『人格獨立』等等的概念相聯繫，在我們反對封建壓迫、爭取自由的鬥爭中給予過我們鼓舞的力量。」這段話今天仍然能幫助我們正確瞭解「五四」時期一般革命青年的思想動態，幫助我們讀《虹》這部作品。《蝕》和《虹》中的小資產階級青年都經歷了這個時代，他們的許多精神特點是有些相似的，如受封建制度的壓迫，渴望民主和自由，追求「個性解放」等；但是他們自身還存在著濃厚的個人主義思想，因此在革命鬥爭中容易搖擺不定。結果有的在黑暗勢力的沉重壓抑下，陷入悲觀苦悶的迷惘裡，最後走到消極頹廢的道路上去，《追求》中描寫的正是這一類小資產階級青年。而《虹》中的梅女士走的則是另一條道路。在沒有接觸到梁剛夫等以前，她從家庭的樊籠走上社會，支配著她的思想意識和行動的是個人主義思想。她憎恨虛偽黑暗的社會，憑個人鬥爭和玩世態度來反抗這個社會。這種思想如果發展下去，也會走上消極頹廢的道路。但是，在時代鬥爭的洪流裡，她覺醒了，最後終於走上了革命鬥爭的道路。

從《虹》這部作品中，我們可以看出作者的思想開始轉變了。《虹》已經沒有《蝕》的悲觀消極的色彩，沒有《追求》的那種灰色的氣氛。展開在靜

女士、章秋柳、張曼青等面前的是灰茫茫的一片，看不到前途，看不到希望；而現在展開在梅女士面前的，則是轟轟烈烈的五卅運動鬥爭的場面，是通向未來的革命鬥爭道路。作者把自己對革命的希望和確信，灌輸在這個人物身上。同樣的，在革命者梁剛夫的身上，也體現出作者的革命樂觀主義精神。雖然作者對這個人物，著墨不多，形象還不夠豐滿，還帶有較濃厚的小資產階級的氣息，但他卻體現出蓬勃向前的革命力量。同時，《虹》所反映出來的從「五四」到「五卅」這一歷史時期的現實，也是很有現實意義的。對被軍閥勢力控制下的四川社會的黑暗閉塞，作者有很細緻的描寫，如揭露了所謂新教育的虛偽性，揭露了提倡新思潮的軍閥政客們的偽善面目。他們在高唱尊重女權，「男女社交公開」的藉口下，進行侮辱女性的卑鄙勾當。正如梅所說的：「一切罪惡可以推在舊禮教身上，同時一切罪惡又在打破舊禮教的旗幟下照舊進行。」這正是「五四」初期半殖民地半封建舊中國社會的特點，一切新的口號提出來了，但舊勢力依然統治著一切，中國社會面貌並沒有改變。在這種情況下，青年要自由，要民主，只有參加革命鬥爭。《虹》在一定程度上，反映了這個歷史現實。

當然，《虹》並不是沒有缺點的。首先一個缺陷，它沒有寫完，而且後半部寫得不如前半部細膩、深刻，多少有些草草結束的痕跡。同時，梅女士在革命鬥爭中的轉變，也寫得不夠有力，遠沒有前半部的生動。在這部作品裡，我們仍然可以看出一個問題：就是作者寫舊社會的、反面的人物比較生動，而對正面的革命者形象的描寫則顯得不夠有力，如對梁剛夫的描寫。這個問題，一直到後來還存在著。總的說來，《虹》在茅盾創作發展道路上，是一部有重要意義的作品。作者在這裡描寫了一個有虹一樣光彩的人物，她象徵了光明，表現了作者對革命未來重又充滿了信心。

茅盾另有一篇散文——《沙灘上的腳跡》（收在《速寫與隨筆》中），可以幫助我們瞭解他在寫《蝕》和《虹》這時期中的思想動態。文章寫一個他，獨自一人在黃昏的沙灘上，尋找通向光明的道路。但是，他發現了沙灘上有許多魔鬼的腳印，看見魔鬼在黃昏的沙灘上狂舞，用鬼火來騙取那些追求光明的人。因此，他灰心了，停下來了，想等到天亮再走。經過一番鬥爭，不久他又在閃電光下，在「重重疊疊的獸跡和冒充人類的什麼妖怪的足印下，發見了被埋藏的真的人的足跡，而這些足跡向著同一的方向，愈去愈密」。於是「他覺得愈加有把握了，等天亮再走的念頭打消得精光，靠著心火的照明，

在縱橫雜亂的足跡中，他小心地辨認著真的人的足印，堅定地前進」。這裡的「他」，正是作者自己的縮影。這是一篇象徵性的散文，主角在黑暗的沙灘上的徬徨苦悶，以至找到真人的腳跡，正表現了作者在大革命失敗後到寫作《虹》時的思想變化，表現了作者對革命的前途重又充滿了信心。

總結以上的分析，我們可以得出這樣的結論：茅盾在大革命失敗後到左聯成立前夕的創作，基本上是屬於批判現實主義的作品。他以自己所經歷的動盪變革時代的生活經驗和感受為基礎，來反映從「五四」到大革命時期的社會現實，表現了一般的小資產階級青年在大革命時代的精神面貌和思想動態。在這時期的作品中，人物都是小資產階級青年，他們經歷了「五四」、「五卅」以至大革命時期的社會鬥爭，生活在大變革的時代裡，感受到時代的歡樂和悲哀。在這裡，作者主要的作用是暴露，暴露小資產階級青年在革命鬥爭中的矛盾，暴露現實中的黑暗，暴露當時統一戰線內部的矛盾，暴露封建禮教的罪惡……他說過：「真的有效的工作是要使人們透視過現實的醜惡，而自己去認識人類偉大的將來，從而發生信賴。不要傷感於既往，也不要空誇著未來，應該凝視於現實，分析現實，揭露現實。」〔註35〕（重點筆者所加）作者把自己的筆尖主要指向現實中的陰暗面，揭露現實中的矛盾和醜惡。這在一定程度上，對當時的半殖民地半封建的黑暗社會，特別是大革命前後小資產階級知識青年的軟弱性、動搖性，起過一定的批判的作用。所以，這些作品今天還有一定的教育意義，它可以幫助我們認識過去的黑暗社會。

但是，另一方面，由於作者在大革命失敗後，精神上悲觀消極，用小資產階級的觀點去認識當時現實中的矛盾。只看到社會的陰暗面，沒看到光明的一面；只看到國民黨蔣介石的叛變和黑暗統治，看不到黨所領導的革命鬥爭的深入發展。因此，在他的作品中，就片面地誇大了悲觀苦悶的情緒，對革命前途作出消極的、甚至是錯誤的估計。同時，在暴露黑暗，描寫生活的方面，也帶有自然主義的傾向。這樣一來，就使得他這時期中的作品蒙上一層悲觀的色彩，產生一些消極的作用。這個缺點使得《蝕》和《野薔薇》的現實意義帶有很大的局限性。從茅盾的創作發展道路看，我們有理由說，這是他的苦悶、摸索的時期。

但是，在這時期的創作中，我們還要注意到一點，即茅盾的思想也是在發展的。他一方面悲觀苦悶，一方面也感到自己不能這樣下去。因為，早在

〔註35〕見《寫在〈野薔薇〉的前面》。

「五四」以後，他就積極參加新文學運動，提倡過進步的文學主張，參加過革命的實際工作，無論從思想上或者文學傾向上講，他是要求革命，擁護黨所領導的反帝反封建的革命事業的。所以，經歷了一段悲觀、苦悶的時期之後，在當時深入發展的革命形勢的教育和鼓舞下，他終於逐漸克服了自己的消極情緒，並且寫出了未完成的長篇《虹》。儘管這部作品還存在缺點，但究竟是可喜的，它表現了作者思想轉變的趨勢，也成為他創作轉變上的起點。

從藝術技巧上講，這時期的作品還不是很成熟的，它還帶有創作初期的一些缺點。但是，在短短三年多的創作實踐中，作者也顯露出自己的藝術才能，開始表現出自己獨特的藝術風格，為後來創作上進入一個新的發展時期奠定了基礎。

一九三〇年四月，茅盾終於又回到祖國，參加到反帝反封建、反對官僚資本主義的鬥爭行列裡來。在黨的領導和影響下，他和魯迅先生一起，積極參加左翼無產階級革命文藝運動，開始了思想上和創作上的一個新的發展時期。

五　轉變期中的創作——《路》、《三人行》(一九三○至一九三一年)

在茅盾創作的發展道路上，《子夜》是一部具有里程碑意義的作品。從《蝕》、《虹》到《子夜》，這是一個重要的發展，其間，無論從作者的世界觀或創作方法看，都發生了很大的變化。但是，從《蝕》、《虹》到《子夜》，也不是一躍而就的，中間還經歷了一段努力摸索新的創作道路的曲折過程。從《蝕》、《野薔薇》發表以後，作者就多次對這些作品所表現出來的悲觀情緒和既定的格調表示不滿，努力尋求一條新的道路。他說過：「一個已經發表過若干作品的作家的困難問題也就是怎樣使自己不至於黏滯在自己所鑄成的既定的模型中，他的苦心不得不是繼續地探求著更合於時代節奏的新的表現方法。」〔註1〕解放後，作者又說過：「那時候，我在努力掙扎，想從我自己所造成的殼子裡鑽出來。」〔註2〕《路》、《三人行》和《石碣》、《豹子頭林沖》、《大澤鄉》等三個歷史短篇，就是這轉變期中的產物。這是茅盾創作發展道路上的一個重要過程，因此我們把它獨立地加以討論。

一九三○年四月間，茅盾從日本回到「血肉鬥爭的大都會上海來了」。這時候，他的思想已經有了很大的改變，擺脫了大革命時代的悲觀情緒。回上海後沒幾天，當時上海黨組織派馮乃超同志找他聯繫，茅盾就正式參加了左翼作家聯盟的活動。在黨的領導下，他積極參加以魯迅為首的左翼無產階級革命文藝運動；在創作上，開始嘗試走一條新路，「想改換題材和描寫方法的

〔註1〕　《〈宿莽〉弁言》，見短篇小說集《宿莽》，大江書鋪一九三一年版。
〔註2〕　《茅盾文集》第七卷《後記》，人民文學出版社一九五九年版。

意志」很堅強。關於這個時期的生活和創作情況，作者在《我的回顧》裡有
一段回憶，他說：

> 這是一九三○年春天。而病又跟著來了。這次是更厲害的神經
> 衰弱和胃病。小說再不能做，我的日常課程就變做了看人家在交易
> 所裡發狂地做空頭，看人家奔走拉股子，想辦什麼廠，看人家……
> 然而這樣『無事忙』的我，偶爾清早起來無可消遣（這時候，人家
> 都在第一個夢境裡，我當然不能去看他們），便也動動筆，二百字，
> 三百字，至多五百字。《豹子頭林沖》和《大澤鄉》等三篇就在那樣
> 的養病時期中寫成了。這算是我第一回寫得「短」。……直到一九三
> 一年春天，我的身體方才好些。再開始做小說，又是長篇。那一年
> 就寫了《三人行》、《路》以及《子夜》的一半。

從一九三○年春到一九三一年十月以前，茅盾除了開始醞釀、構思《子夜》
外，先後寫了如下作品：一九三○年下半年寫了歷史題材的短篇《石碣》、《豹
子頭林沖》、《大澤鄉》；一九三一年間寫了中篇小說《路》、《三人行》。

《三人行》、《路》和《豹子頭林沖》等短篇的基本特點是什麼呢？總的
說來，它們表現了一個新的傾向，即作者企圖用無產階級的思想，以革命的
立場來反映當時的現實和處理一些歷史題材。但是，由於在創作方法上不是
從生活出發，不是以深入生活作基礎，因此，人物概念化傾向比較嚴重，缺
乏動人的藝術感染力。這特別突出地表現在《三人行》的寫作上。

《三人行》是一個中篇小說，它是作者在認識了過去的錯誤以後，想要
「補救這過去的錯誤」而有意識寫成的。它描寫三個青年學生在國民黨蔣介
石黑暗統治時代的生活與思想鬥爭，他們是「中國式的吉訶德」的許、虛無
主義者的惠和重實際最後走向「革命」的雲。他們是三個好朋友，然而由於
思想的不同，最後走上不同的道路。作者主觀的企圖是想用許、惠來陪襯正
面人物雲，批判小資產階級的虛無主義和脫離群眾的個人主義冒險思想。如
許想以個人的力量去贖回婢女秋菊的自由，想以刺殺放印子錢的陸麻子來救
自己的學生王招弟，結果反而喪失了自己的生命。作者通過柯的口，批判了
這種想用刺殺幾個壞人來改革社會的錯誤舉動，指出：「憑你一個人的英雄舉
動，就會叫王招弟的老子從此不受壓迫麼？就算你和陸麻子拚了命，陸麻子
還有兒子孫子，還有無數的比陸麻子更狠更大的惡霸，他們仍舊要喝窮人的
血。」同時，惠的對一切都冷笑置之，認為「一切都應當改造，但誰也不能

被委託去執行」的虛無主義觀點，作者也通過雲的口給予了批判。他說：「你在那些可憐的人兒面前顯得多麼徹底，多麼高超，你叫他們忘記了你是躺在糞堆裡，並且忘記了他們自己也是躺在糞堆裡了。」但是，這些批判是不是有力呢？不，不是有力的。由於作者對學校生活缺乏實際觀察和體驗，沒有生活基礎，因此，故事情節常缺乏眞實性，人物概念化。在作品裡，有的只是抽象的思想爭論和不合實際的離奇舉動，如秋菊的死，許的俠義舉動，雲父親的賣地，馨的沒落等，這一切都缺少眞實的生活氣息，缺乏豐富的生活實感。在作品中，實際上只成爲作者思想的注解，所以惠、許、雲等不能成爲有血有肉的人物。茅盾後來也說過：「這一作品的故事不現實，人物概念化，構思過程也不是胸有成竹，一氣呵成，而是零星補綴。這些，都是這部小說的致命傷。」〔註3〕正因爲如此，所以這部作品是必然要失敗的。作者的主觀意圖是想通過兩個否定性的人物許和惠，來陪襯、突出正面人物雲，但其結果，不僅對許和惠沒能達到批判的效果，而且正面人物雲的形象也是模糊的、缺乏生氣的。

　　同樣的，在中篇小說《路》中，也程度不同地存在著類似的缺點。當然，比較起來，《路》的這種缺點沒有《三人行》突出，它在揭露國民黨的黑暗統治，反映青年學生的生活和出路問題方面，還有一定的現實意義。

　　《路》這一中篇，是作者應《教育雜誌》之約而寫的。一九三一年「一·二八」上海抗戰期間，原稿毀於日本帝國主義的炮火而未能發表，一九三二年根據作者保存的底稿，由光華書局出單行本。據茅盾說：「當初因爲《教育雜誌》的主持人希望小說的內容和教育有點關係，所以我就寫了學生生活。本來寫的還是中學生，後來有位朋友以爲應當是大學生，我尊重他的意見，也就略加改動，使由『中』而『大』。」〔註4〕這部小說描寫的是大革命失敗後的國民黨反動統治時代，武昌某大學青年學生反對壓迫，要求民主、自由的鬥爭。它通過窮大學生火薪傳這一人物形象的塑造，提出了舊社會中青年學生的出路問題，並作了解答。在國民黨反動統治時代，青年學生受生活的壓迫，受失業的威脅，在政治上沒有民主自由的權利，隨時都有被捕入獄的危險。在這樣的黑暗時代裡，《路》在哪裡呢？作品中的主角火薪傳就爲這問題苦惱著。在畢業前夕他受到失業的威脅，同時，又因寫了首《汀泗橋懷古》

〔註3〕　《〈茅盾選集〉自序》。
〔註4〕　《〈路〉後記》，見《路》，上海光華書局一九三二年五月版。

而受總務長荊的一頓臭罵，被視為搗亂分子。因此，他感到孤獨、苦悶，走投無「路」。他既不願意走女朋友蓉給他安排下的道路——到她的父親大資本家廠裡去工作；也沒有勇氣走輪渡頭那個強壯的高個子的「路」——當「土匪」去。但是，隨著學生運動的開展，在現實的教育下，特別是革命者雷的影響下，他終於走上鬥爭的道路，成為學生運動的領導者之一。他公開宣稱：「在這惡濁的社會中，罪人就是好人，監獄就是青年的學校。」在給雙親的信中，他說：「時代給我走的，是一條狹路，不是前進，便是被人踏死，給人墊在腳下做他爬上去的梯子，我不肯，只有前進，前進還有活路。」

《路》表明了作者對國民黨反動統治的憎恨與不滿，它指出青年學生在這樣黑暗的社會裡，要生存就得起來鬥爭，這是唯一的道路。這對當時的青年學生有一定的教育作用。但是，和《三人行》一樣，它也仍然存在著重大的缺點。由於作者對學校的生活和鬥爭，缺乏深入的觀察和體驗，因此，在《路》這一作品中，對當時學校生活的描寫浮光掠影，缺少生活實感。一些人物形象，如火薪傳、杜若和革命者雷，都寫得不夠生動，程度不同地存在著概念化的毛病。但是，我們也應該看到，在轉變期中儘管還沒有優秀的作品出現，但作者的思想已經發生了很大的改變。他開始力圖用馬克思主義科學的社會觀點，來認識、分析和反映當時的現實，這些都成為後來寫《子夜》等作品的思想基礎。在當時，作者的這種努力，反映了在黨所領導的工農革命深入發展的形勢鼓舞下，他已擺脫了大革命失敗後的那種悲觀情緒，在思想和創作發展道路上進入了一個新的時期。

在《路》、《三人行》和《豹子頭林沖》、《石碣》等作品中，我們可以看出作者對未來的確信，對革命者的讚揚，對國民黨新軍閥統治的憎恨與揭露，以及對歷史上農民起義的領袖和英雄的歌頌。這同作者在大革命失敗後所寫的《蝕》、《野薔薇》比較起來，應該說是一個重要的轉變。在《寫在(野薔薇)的前面》一文中，作者雖然承認在混濁的社會裡也有「大勇者」存在，但是他描寫的仍然是「一些『平凡』者的悲劇」，在這些作品中，明顯地流露出一種悲觀情緒。但是，從《虹》以後一直到這時期的創作，作者開始把筆尖轉向描寫那些混濁社會裡的「大勇者」。比如《路》中描寫一個坐過監牢的革命者雷，他情願過著艱苦危險的生活，肩負著重大的歷史任務。他批評薪他們在反對總務長荊的時候脫離群眾，指出「你們只是反對個人，並沒有從根本——」，這沒講完的話即暗示了國民黨的反動統治。《路》還揭露了國民黨在

漢口大量屠殺共產黨員、逮捕青年學生的罪惡行徑，隱約寄寓著對那些不畏犧牲，爲革命鬥爭到底的「大勇者」的歌頌。正因爲如此，所以《路》和《三人行》，後來也被國民黨反動派以「普羅文藝」的罪名禁止發行。〔註5〕在《大澤鄉》等篇中，作者對歷史上陳勝、吳廣所領導的九百「閭左貧民」的起義，以及《水滸》中林沖的反抗精神，都給予熱烈的讚揚。在《大澤鄉》、《豹子頭林沖》和《石碣》等歷史短篇中，表現出一個基本特點，即作者力圖用階級鬥爭的觀點來認識和描寫農民的起義。如《大澤鄉》中，陳勝、吳廣帶領九百「閭左貧民」反抗軍官的統治，作者就突出了他們階級的對立。同時，他還借這場古代農民反抗秦始皇統治的鬥爭，影射當時國民黨統治下工農革命鬥爭的蓬勃發展。他寫道：「地下火爆發了，從營帳到營帳，回應著『賤奴』們掙斷鐵鏈的巨聲。從鄉村到鄉村，從郡縣到郡縣，秦始皇的全統治區域都感受到這大澤鄉的地下火爆發的劇震。即今便是被壓迫的貧農要翻身！」在描寫農家出身的林沖的反抗意志時，作者細緻地描寫他內心的思想鬥爭。他鄙視「三代將門之後」的楊志一心想效忠朝廷的邪想，他說：「什麼朝廷，還不是一夥比豺狼還凶的混帳東西，還不是一夥吮咂老百姓血液的魔鬼！」不過，同《三人行》、《路》一樣，這幾個短篇也寫得比較概念化，帶有明顯的理論分析的痕跡，人物也是不夠生動的。

　　總之，茅盾從日本回國後，就積極想以無產階級的立場去觀察和反映現實（當時左聯也曾向作家們提出這樣的號召），由於沒有深入生活，結果流於公式化概念化的毛病。這就是他在左聯初期（一九三○至一九三一年），也可以說是轉變期中創作的基本情況。這期間的創作，仍然屬於作者初期創作的範圍。後來茅盾回憶到這時期的寫作時，曾經說過這麼一段話：「徒有革命的立場而缺乏鬥爭的生活，不能有成功的作品：這個道理，在《三人行》的失敗教訓中，我算是初步的體會到了。」〔註6〕

〔註 5〕見《中國現代出版史料》（丙編）第一五九頁；《中國現代出版史料》（乙編）第一九五頁。
〔註 6〕見《〈茅盾選集〉自序》。

六 創作上的發展時期——《子夜》和左聯時期的其他創作（一九三二至一九三七年）

　　從一九三二至一九三七年期間，是茅盾創作最活躍的時期，也可以說是他創作上的黃金時期。許多優秀的作品，如《子夜》、《春蠶》、《林家鋪子》等，就是這個時期裡寫的。一九三〇年四月，茅盾從日本京都回國後，就積極參加黨所領導的以魯迅為旗手的左翼無產階級革命文藝運動，開始了創作上的新的發展時期。無論從世界觀或者創作方法上看，他這時期的創作和大革命失敗後的初期創作相比，都有顯著的不同，作者開始力圖運用馬克思主義科學的社會觀點和階級觀點，去認識、分析三十年代中國社會的現實，並通過藝術形象給予生動的再現。左聯時期的創作，又可以分為前期和後期。前期（一九三〇至一九三一年），是他開始轉變的時期，我們已在前一章裡談過了。後期（一九三二至一九三七年），是他創作上完全成熟並獲得重要成就的時期。在茅盾四十年的文學道路上，這是非常重要的時期，《子夜》的發表是這時期的重要標誌。它不僅奠定了茅盾在我國現代文學史上的重要地位，而且顯示了在黨的領導下三十年代左翼革命文藝運動的業績。《子夜》成為茅盾創作發展道路上的里程碑。從《蝕》、《野薔薇》、《虹》到《路》、《三人行》，以至這時期的《子夜》、《春蠶》、《林家鋪子》等，我們可以很清楚地看出這個發展線索。作者已經開始由小資產階級的立場轉向無產階級的立場，開始了創作上的新階段。

　　在這時期的作品中，作者所描寫的是第二次國內革命戰爭時期，尤其是

三十年代初期中國半殖民地半封建社會的錯綜複雜的社會現實。

這時期，正如毛澤東同志所指出的：「是一方面反革命的『圍剿』，又一方面革命深入的時期。這時有兩種反革命的『圍剿』：軍事『圍剿』和文化『圍剿』。也有兩種革命深入：農村革命深入和文化革命深入。」〔註1〕

大革命失敗後，以蔣介石爲代表的國民黨反動集團殘酷地摧殘革命力量，企圖消滅共產黨，代替北洋軍閥繼續對中國人民實行血腥的統治，使中國革命暫時進入低潮時期。「但是，中國共產黨和中國人民並沒有被嚇倒，被征服，被殺絕。他們從地下爬起來，揩乾淨身上的血跡，掩埋好同伴的屍首，他們又繼續戰鬥了。他們高舉起革命的大旗，舉行了武裝的抵抗，在中國的廣大區域內，組織了人民的政府，實行了土地制度的改革，創造了人民的軍隊——中國紅軍，保存了和發展了中國人民的革命力量。」〔註2〕一九二七年八月一日，在周恩來、朱德、賀龍、葉挺等同志的領導下發動了南昌起義，創建了一支完全由共產黨領導的革命軍隊。同年十月，毛澤東同志率領了秋收起義部隊，舉行了著名的井岡山進軍，建立了第一個革命根據地。中國革命在毛澤東同志的正確領導下，開始深入農村，建立大大小小的革命根據地，實行土地革命，開展游擊戰爭，工農革命運動又迅速地發展起來，中國革命又逐漸由低潮走向高潮。

工農革命鬥爭的勝利發展，革命根據地的不斷擴大，這一切都給予革命作家以巨大的鼓舞，促進文化革命的深入發展。當時，經過了一九二八年以來，馬克思列寧主義科學理論和蘇聯文藝理論的介紹，以及關於革命文學的論爭以後，許多革命作家（包括魯迅和茅盾）思想上有了進一步的明確。他們都感到必須團結起來，集中自己的力量來對付共同的敵人。一九二九年冬，在黨的領導和支持下，以魯迅爲首的一些革命作家，在上海開始著手醞釀左聯的成立工作。一九三〇年三月二日，正式成立了中國左翼作家聯盟。茅盾於一九三〇年四月回上海沒幾天，就經由馮乃超同志的聯繫，參加了左聯。大約在一九三〇年底或一九三一年初，茅盾曾短期擔任過左聯的執行書記。此後，在黨的領導下，他又積極投身以魯迅爲旗手的左翼無產階級革命文藝運動，在國民黨的反革命文化「圍剿」中堅持鬥爭，以極大的熱情積極從事革命文學的創作。

〔註 1〕 《新民主主義論》，《毛澤東選集》第二卷第六六二頁。
〔註 2〕 《論聯合政府》，《毛澤東選集》第三卷第九八五頁。

　　工農革命和文化革命的深入發展，給蔣介石帶來了極度的恐慌。一九三〇年冬，在結束了一九二七年八月以來長期的軍閥混戰之後，蔣介石反動集團開始調集大量的兵力，向革命根據地展開了空前殘酷的軍事「圍剿」，企圖消滅革命的力量。但是，中國工農紅軍，在毛澤東同志的天才的戰略思想指導下，給進犯者以迎頭痛擊，徹底打垮蔣介石軍隊的四次「圍剿」，在反「圍剿」鬥爭中壯大了自己的力量。

　　在向革命根據地進行殘酷的軍事「圍剿」的同時，國民黨蔣介石對文化戰線上的革命力量和進步力量也展開了反革命的文化「圍剿」，對革命文藝施加極為殘暴的迫害。左聯成立後，他們立即對它進行迫害。國民黨御用文人和形形色色的資產階級反動文人相繼出動，向左翼革命文藝戰線發起猖狂的圍攻，但是，都遭到以魯迅為首的左聯革命作家的有力還擊。國民黨反動派及其走狗文人戰勝不了左翼革命文藝，他們就用暗殺、囚禁、迫害，對革命作家和進步人士展開瘋狂的壓迫。正如魯迅先生所說的：「屬於統治階級的所謂『文藝家』，早已腐爛到連所謂『為藝術的藝術』以至『頹廢』的作品也不能生產，現在來抵制左翼文藝的，只有誣衊，壓迫，囚禁和殺戮；來和左翼作家對立的，也只有流氓，偵探，走狗，劊子手了。」〔註3〕

　　他們不惜用最野蠻、最卑劣的法西斯恐怖手段，來殺害革命作家。一九三〇年秋天，中國左翼戲劇家聯盟的會員宗暉被殺害於南京。一九三一年二月七日，中國左翼作家聯盟的青年作家、共產黨員柔石、胡也頻、白莽（殷夫）、李偉森、馮鏗等五人在上海龍華被秘密槍殺。一九三三年六月十八日，國民黨藍衣社的特務白日行兇，公然在馬路上把民權保障同盟的副會長、學者楊杏佛殺害了。同年，詩人應修人被害於上海，另一共產黨員作家洪靈菲被害於北平，詩人潘漠華被捕於天津，第二年犧牲於獄中。當時，魯迅和茅盾，處境也非常危險。就在楊杏佛入殮的那天，六月二十日，上海的一家外文報紙記載道：「法西斯暴力團的橫行──襲擊共產黨，逮捕左翼作家……這種暴力團的尖刀不但向著共產黨員，而且向著反蔣派的政敵……為了達到這個目的，派往以上海為中心的滬寧、滬杭甬沿線去的偵察隊、鐵血團、團警班（法西斯的政治警察），總計十組，……法西斯暴力團的凶焰上昇，演出許多流血的慘案，使得中國人方面，抱著極端恐怖情緒。現在上了暴力團黑色名單的人……左聯重鎮的魯迅，身邊危險，茅盾也遭法西斯下了逮捕令，這是確實

_____

〔註3〕魯迅：《黑暗中國的文藝界的現狀》，見《二心集》。

的消息。」吉洪諾夫在第二次全蘇作家代表大會上報告時也說過：「中國代表在第一次全蘇作家代表大會上發言時說，中國偉大作家魯迅由於可以理解的理由不能前來參加大會，而另一位傑出的作家茅盾，也和許多其他的作家一樣，當時正處於極端秘密的地下生活當中。」〔註4〕國民黨反動派不僅對革命作家採用法西斯暗殺手段，而且先後多次查禁革命的、進步的文藝作品和圖書雜誌，搗毀進步的文藝機關。僅一九三四年二月十九日，上海各地就有一百四十九種文藝書籍被國民黨中央黨部禁止出售，其中包括魯迅、郭沫若、茅盾以至於巴金的作品。茅盾的大部分作品，包括《蝕》、《野薔薇》、《虹》、《路》、《三人行》、《宿莽》和《子夜》、《春蠶》、《殘冬》等，從一九三四至一九三六年，先後被以「普羅文藝」、「鼓動階級鬥爭」、「詆毀當局」等罪名，禁止發行。一九三四年七月，國民黨又成立所謂「圖書雜誌審查委員會」，限制進步書刊的出版。

但是，國民黨反動派的法西斯恐怖統治，扼殺不了左翼革命文藝的發展。相反的，它卻在這殘酷的迫害下鬥爭和壯大起來了。以魯迅為首的左翼革命文藝戰線，在黨的領導下，給敵人以致命的回擊。他們先後與國民黨法西斯的「民族主義文藝運動」和「第三種人」、「自由人」等形形色色的資產階級反動文藝派別，展開針鋒相對的鬥爭；並且在創作實踐上，也產生了許多革命的、進步的優秀文藝作品，使國民黨反動派的文化「圍剿」遭到可恥的失敗。正如魯迅所說的：「中國的無產階級革命文學在今天和明天之交發生，在誣衊和壓迫之中滋長，終於在最黑暗裡，用我們的同志的鮮血寫了第一篇文章。」〔註5〕「現在，在中國，無產階級的革命的文藝運動，其實就是惟一的文藝運動。因為這乃是荒野中的萌芽，除此以外，中國已經毫無其他文藝。」〔註6〕三十年代的左翼革命文藝運動，在敵人的迫害和圍攻中發展壯大起來，在我國「五四」以來現代革命文藝的發展史上，立下了不可磨滅的歷史功績。對此，毛主席曾給予崇高的評價，指出：「革命的文學藝術運動，在十年內戰時期有了大的發展。這個運動和當時的革命戰爭，在總的方向上是一致的」。〔註7〕又說：「其中最奇怪的，是共產黨在國民黨統治區域內的一切文化機關

〔註4〕見《蘇聯人民的文學》上卷。
〔註5〕《中國無產階級革命文學和前驅的血》，見《魯迅全集》第四卷第二二一頁。
〔註6〕《黑暗中國的文藝界的現狀》，見《魯迅全集》第四卷第二二三頁。
〔註7〕《在延安文藝座談會上的講話》，《毛澤東選集》第三卷第八〇四～八〇五頁。

中處於毫無抵抗力的地位，爲什麼文化『圍剿』也一敗塗地了？這還不可以深長思之麼？而共產主義者的魯迅，卻正在這一『圍剿』中成了中國文化革命的偉人。」〔註8〕在這一場鬥爭中，茅盾也以自己的創作實踐和對敵鬥爭的實際行動，對左翼革命文藝運動的發展，作出了重要的貢獻，發揮了積極的作用。在國民黨白色恐怖的年代裡，在黨的領導下，他和魯迅在爲發展左翼革命文藝的鬥爭中，建立起深厚的友誼。魯迅很重視茅盾的成就，從他由京都回上海後，魯迅先生就很尊重和愛護他。據許廣平的回憶說：

> ××先生（係指茅盾）從東洋回來了，添一枝生力軍，多麼可喜呢！那時候，壓迫並不稍寬，××先生當即被注意了。先生（指魯迅）和他以前在某文學團體裡（係指文學研究會）本有友情，這回手挽手地做民族解放運動工作，在艱難環境之下，是極可珍視的。有時遇到國外友人，詢及中國知識界的前驅，先生必舉××先生以告，總不肯自專自是，且時常掛念及××先生的身體太弱，還不及他自己。〔註9〕

事實上，早在「五四」新文學運動時期，他們就已建立了友情。在茅盾主編《小說月報》的時期，魯迅先生就經常爲它撰稿，如發表在一九二一至一九二二年《小說月報》上的有魯迅的小說《端午節》、《社戲》，翻譯作品《工人綏惠略夫》、《戰爭中的威爾珂》、《世界的火災》等。一九三四年，在國民黨反動派加緊對革命文化進行迫害的情況下，茅盾又協助魯迅先生創辦了《譯文》雜誌，介紹蘇聯及其他國家的革命的和進步的文學。一九三五年底，紅軍突破了蔣介石第五次「圍剿」，勝利抵達陝北革命根據地，完成了震撼世界的二萬五千里長征，當時，儘管國民黨反動派嚴密封鎖消息，但魯迅和茅盾從上海國際友人處得悉這一喜訊，受到了很大的鼓舞。他們經由史沫特萊的幫助，聯名打電報給毛澤東同志和朱總司令，熱烈祝賀長征的勝利。電文中說：「在你們的身上，寄託著人類和中國的將來。」抗戰初期晉冀魯的《解放日報》和一九四七年七月二十七日的《新華日報》，曾摘要發表過電文中的這一句話。一九三六年十月十九日，中國文化革命的偉人魯迅逝世了。在魯迅先生逝世後，茅盾和其他革命作家一起，在黨的領導和影響之下，繼續堅持鬥爭。在以後十幾年中，他用自己的筆，有力地揭露了蔣介石反共反人民投

〔註8〕 《新民主主義論》，《毛澤東選集》第二卷第六六三頁。
〔註9〕 許廣平：《欣慰的紀念》。

降日帝的賣國陰謀，與國民黨反動派進行堅決的鬥爭。他強調要學習魯迅：「不但要從他的遺著中學習文學創作的方法，尤其重要的，是學習他的鬥爭精神。……也惟有學習他這種偉大的鬥爭精神，我們才能跟著他的腳步從鬥爭中創造新中國。」〔註10〕

　　一九二九至一九三二年資本主義世界爆發了破壞力空前巨大的世界性經濟危機，重新瓜分世界和爭奪國外市場，成為各個帝國主義國家的迫不及待的問題。經濟危機也給日本統治者帶來嚴重的打擊，為了擺脫自身的危機，它企圖把歐美帝國主義列強的勢力從中國趕出去，使中國變成它獨佔的殖民地。一九三一年，日本帝國主義利用國民黨蔣介石忙於進行反革命內戰，內部力量空虛的時候，發動了「九・一八」事變。由於蔣介石執行了妥協投降的賣國政策，在短短三個月內，日本侵略者佔領了我東北全境。一九三二年一月二十八日，日帝又發動了對上海的進攻，遭到上海軍民的英勇抵抗。蔣介石不但不積極支持抗戰，反而從中破壞，五月五日和日帝簽訂了賣國的淞滬停戰協定。「九・一八」事變發生後，中國共產黨發表了宣言，號召全國人民一致抗日。茅盾也回應這個號召，積極從事抗日救亡的宣傳工作，揭露國民黨蔣介石的不抵抗主義的投降實質。「一・二八」上海抗戰發生後，魯迅、茅盾等四十三人聯合發表了《上海文化界告世界書》，揭露日本帝國主義者的侵略罪行。從「九・一八」事變到「一・二八」上海抗戰以後，茅盾經常在《申報》副刊《自由談》和《東方雜誌》的文藝欄，發表一些富有戰鬥性的雜文，揭露國民黨的投降政策，後來收在《茅盾散文集》、《速寫與隨筆》裡。一九三二年「一・二八」上海抗戰爆發後，他一度回到他的故鄉烏鎮。在故鄉，他看到了中國江南富庶農村、市鎮，在帝國主義經濟侵略下的破產、蕭條的景象。後來，在故鄉的所見所聞成為他寫《春蠶》、《林家鋪子》、《當鋪前》等短篇小說的素材。

　　一九三五年，日寇向華北發動了新的進攻。在民族存亡的緊急關頭，黨中央發表了「八・一宣言」，提出了停止內戰、共同抗日的主張。一九三五年十二月二十五日，黨中央在陝北瓦窯堡召開了中央政治局會議，在毛主席的領導下，制定了建立抗日民族統一戰線的政治路線。十二月二十七日，毛主席在黨的活動分子會議上，作了《論反對日本帝國主義的策略》的報告，深刻地分析了當時的政治形勢，總結了兩次國內革命戰爭的經驗教訓，對建立

〔註10〕茅盾：《學習魯迅先生》，見《中流》一九三六年十一月五日一卷五期。

抗日民族統一戰線和堅持黨在統一戰線中的領導權問題，作了完整的、系統的科學分析。批判了王明的「左」傾關門主義，同時反對右傾機會主義。以毛主席爲首的黨中央所制定的這一條政治路線，得到了除頑固派以外的全國各階層和廣大工農群眾的支持和擁護，對推動全國人民抗日戰爭的勝利起了決定性的作用。爲了適應新的形勢，建立文藝界的抗日統一戰線，左翼革命文藝陣營內部，經歷了一個曲折的過程，清算了過去工作中的關門主義和宗派主義的錯誤，終於在一九三六年十月初，實現了大團結，發表了《文藝界同人爲團結禦侮與言論自由宣言》，文藝界的抗日統一戰線初步形成。茅盾也在這宣言上簽了名，並積極參加黨領導下的文藝界抗日統一戰線的工作。一九三七年「七七」事變以後，中國軍隊在全國人民抗日高潮的影響下奮起抗戰。八月十三日，日寇又進攻上海，上海守軍奮起抗戰。九月五日，茅盾主編的由《文學》、《中流》、《文季》、《譯文》聯合舉辦的《烽火》週刊正式創刊，發表反映上海軍民抗日鬥爭的作品。一九三七年十一月上海淪陷後，茅盾「帶著顆沉重的心」離開上海，開始了抗日戰爭時期的生活與創作。

以上的敘述，可以說明一點，即：在國民黨反動派的黑暗統治和日本帝國主義開始發動侵略戰爭的年代裡，茅盾在黨的領導下積極參加以魯迅爲旗手的左翼革命文藝運動，從事抗日救亡宣傳工作。在這個時期裡，他不僅積極參加文藝界的對敵鬥爭，而且以飽滿的熱情從事文學創作，用文藝作爲武器，揭露國民黨反動派的黑暗統治，集中地描繪了三十年代半殖民地半封建舊中國的社會現實。

題材的擴大

茅盾在這時期中，寫出許多優秀的作品，如《子夜》,《春蠶》、《秋收》、《殘冬》（合稱農村三部曲），《林家鋪子》等。這些作品是這時期的代表作。其他還有許多短篇小說，後來收入短篇集《春蠶》、《泡沫》、《煙雲集》和開明書店出版的《茅盾短篇小說集》等書中。此外，還寫了一個中篇小說《多角關係》，於一九三七年五月出版。這個時期，茅盾還寫了許多散文，先後收入散文集《茅盾散文集》、《話匣子》、《速寫與隨筆》、《故鄉雜記》、《印象‧感想‧回憶》等書中。一九三六年秋，他主編過報告文學集《中國的一日》。這個包括五百多篇文章八十萬字的集子，是上海文學社仿照高爾基主編的《世界的一日》發起編輯的，內容是反映一九三六年五月二十一日這一天的中國

社會現實，作者包括全國各地的作家和各階層的人士。在這一時期裡，茅盾還繼續從事翻譯介紹外國文學的工作，先後編寫了《西洋文學通論》、《漢譯西洋文學名著》、《世界文學名著講話》等，翻譯作品有蘇聯丹欽科的《文憑》、鐵霍諾夫的《戰爭》，左拉的《百貨商店》，以及譯文集《回憶‧書簡‧雜記》等。關於中國古典文學的選本方面，曾搞過《淮南子》、《楚辭選讀》和潔本《紅樓夢》等。當然，作者的主要成就，是在小說創作方面。

我們知道，作家的世界觀對於他在生活中選取怎樣的題材，是起著積極的作用的。這時期茅盾創作的一個很顯著的特點，是題材擴大了，反映的社會面更廣闊了。從大革命後的《蝕》、《野薔薇》、《虹》，到左聯初期的《路》、《三人行》，描寫的都是小資產階級青年的生活，作品的主角絕大部分是小資產階級知識青年。可以說，在一九二七至一九三一這五年中，作者的注意力是集中在這方面的，他很少描寫到其他階層的生活。這是什麼原因呢？當然，在這段期間內，他所接觸的人物、生活，大部分是小資產階級青年，他瞭解他們的生活與思想，瞭解他們在時代鬥爭中的苦悶與矛盾，因此，必然要以他們作為主要的描寫對象。但是，這僅僅是一方面的原因，更重要的原因，應該從作者的世界觀去尋找。其實，當時除了接觸到小資產階級的生活外，作者也經常接觸到革命者，也搞過工人運動，但是由於他站在小資產階級的立場看當時的現實，因此忽視了這些方面。左聯初期，茅盾剛從日本回國，對當時的社會現實還沒有來得及作深入的觀察和瞭解；因此，雖然作者的思想已有了轉變，但他還只能寫與大革命時期同一類型的題材。到了這一時期，隨著作者立場、思想的轉變，他的眼光就擴大到社會上各個階層中間去，選取最能表現當時的社會面貌、具有典型意義的重大題材。

一九三○至一九三二年，茅盾曾有意識地對三十年代初期錯綜複雜的社會生活，作了深入的觀察和分析。特別是對當時受帝國主義經濟侵略和國民黨殘酷壓榨下的都市、農村和市鎮的破產、蕭條景象，以及工人運動的高漲，階級矛盾的尖銳化等，作了較深入的觀察和分析。

一九三○年四月，茅盾從日本回上海後，正是以蔣介石為一方，以汪精衛、馮玉祥、閻錫山為另一方的國民黨新軍閥之間南北大戰正酣的時候，同時也是上海等各大都市工人運動高漲的時候。另一方面，一九三○年春世界經濟危機也波及上海，中國民族工商業受到經濟危機的嚴重威脅，大批工廠相繼倒閉。帝國主義的經濟侵略，軍閥的混戰，農村經濟的破產，國民黨蔣介石的

黑暗統治：這一切都又直接間接地加速這一危機。在當時的民族工商業中，以紡織、繰絲、捲煙業的受害最重。據中國銀行一九三〇年營業報告記載：「上海絲廠一〇六家中，年終時停業者約達七〇家；無錫絲廠七〇家中，停業者約四〇家；廣東絲廠情形之困難，亦復相類。」「其他蘇、鎮、杭、嘉、湖各廠，十之八九，均已停閉。」〔註11〕民族工商業資本家為了擺脫自身的危機，更加緊對工人階級的壓榨與剝削，他們用增加工作時間、減低工資、大批開除工人等手段，殘酷地掠奪工人，因此引起工人的反抗，從反面促進了工人運動的高漲。當時，茅盾正患眼病和神經衰弱症，一時不能看書和寫作。就在這時候，他一面休養，一面東跑西跑，看人家拉股子，看人家發狂地賭博，看人家辦廠子，開始有意識地對這個近代金融和工業中心的大都市——上海，作深入的觀察。他自己說過：

> 我在上海的社會關係，本來是很複雜的。朋友中間有實際工作的革命黨，也有自由主義者，同鄉故舊中間有企業家，有公務員，有商人，有銀行家。那時我既有閒，便和他們常常來往。從他們那裡，我聽了很多。向來對社會現象，僅看到一個輪廓的我，現在看的更清楚一點了。當時我便打算用這些材料寫一本小說。後來眼病好一點，也能看書了。看了當時一些中國社會性質的論文，把我觀察得的材料和他們的理論一對照，更增加了我寫小說的興趣。

> 當時在上海的實際工作者，正為了大規模的革命運動而很忙。在各條戰線上展開了激烈的鬥爭。我那時沒有參加實際工作，但在一九二七年以前我有過實際工作的經驗，雖然一九三〇年不是一九二七年了，然而對於他們所提出的問題以及他們工作的困難情形，大部分我還能瞭解。〔註12〕

《子夜》就是作者在有意識地對當時社會現實作了細緻、深入的觀察、分析的基礎上創作出來的。這部作品，無論從題材、主題、人物形象的塑造等方面看，都已突破了作者初期創作「所鑄成的既定的模型」。首先表現在題材的選擇上，作者從當時現實生活出發，選取了富有典型意義的、能反映出三十年代初期中國社會面貌的重大題材，涉及的社會生活面十分廣闊。這裡，

〔註11〕陳真、姚洛合編：《中國近代工業史資料》第一輯，三聯書店版，五八、六十頁。
〔註12〕見茅盾：《〈子夜〉是怎樣寫成的》。

有民族工業資本家與帝國主義、金融買辦資產階級的矛盾鬥爭；有上海金融投機市場的畸形發展和資產階級社會人與人之間金錢關係的描寫；有民族工業資本家內部的矛盾傾軋；有民族資產階級與工人階級的矛盾鬥爭；有工人群眾的罷工鬥爭和農民的暴動等等。它所反映的內容，幾乎涉及三十年代初期中國社會的政治、經濟和倫理道德的狀況，涉及各個階層的生活。作品所描寫的人物也更加廣泛了，有民族工業資本家，金融買辦資本家，資產階級學者、律師，交易所經紀人，有逃亡地主、交際花、妓女，也有工人、農民、革命者等。特別是對民族資產階級的描寫，在近代文學中，這類題材的作品還不是很多的，可以說，《子夜》是其中寫得最生動、最成功的一部。

一九三二年「一·二八」上海抗戰後，茅盾一度回到自己的故鄉，浙江桐鄉縣的一個相當熱鬧的市鎮——烏鎮。這個市鎮位於浙江，臨近江蘇，人口將近五萬，是江南的一個富裕的魚米之鄉，繁華不下於一個中等縣城。抗戰前歷次的兵災很少影響到這個市鎮，它成為外地逃荒難民的避難所，因此人口一天天增加起來了（《林家鋪子》裡也描寫到，「一·二八」事變後，從上海等地來了許多避難的人，他們使得林老闆有了大放「一元貨」的機會）。茅盾回到久別的故鄉，沿途看到江南農村的破產、蕭條的景象，市鎮的景況也大不如從前。「現在，這老鎮頗形衰落了，農村經濟破產的黑暗沉重地壓在這個鎮的市塵。」〔註13〕他在故鄉，對農村、市鎮的情況留心觀察研究，也接觸了一些鄉下的親戚、市鎮上的小商人等，這個具有典型性的江南農村和市鎮，在經濟危機和日本帝國主義侵略的影響下，日趨破產、貧困的景象，引起他很大的注意。後來，這次回鄉觀察、分析、搜集所得的材料，就成為寫作《春蠶》、《林家鋪子》、《當鋪前》等短篇的基礎。收在《茅盾散文集》裡的《故鄉雜記》一文，就詳細地記述了這次旅行的情況，例如，文中所寫的小康的自耕農「丫姑老爺」，和已有三十年歷史的雜貨店老闆，就是《春蠶》和《林家鋪子》中的老通寶、林老闆的原型。

除了描寫都市、農村、市鎮的生活外，茅盾也注意到底層社會小人物的生活境遇。在這時期的一些短篇小說中，有許多就是取材於下層社會的小職員以至馬路上的小癟三的生活的。

以上的敘述，說明了當作者的世界觀發生變化，開始由小資產階級的立場轉向無產階級的革命立場的時候，作家的政治視野擴大了，題材也擴大了。

〔註13〕茅盾：《故鄉雜記》，見《茅盾散文集》。

這時期的創作，不再單單局限於寫小資產階級，寫青年學生的生活了，也不再沉湎於苦悶和幻滅之中了。相反的，作者把自己的注意力，集中到對在經濟危機的威脅和國民黨黑暗統治下的三十年代初期半殖民地半封建中國都市、農村、市鎮等各個方面生活的觀察和描繪上，反映現實的面更加廣闊了。這裡，有都市資產階級社會的生活，有農村的貧雇農的生活，有市鎮小商人的生活，也有都市工人的生活，以至下層社會小人物的生活等。人物也不再局限在靜女士、章秋柳、梅女士、火薪傳等這一類型的小資產階級知識青年身上了，在作者的筆下，開始出現三十年代初期各個社會階層的形形色色的人物，如吳蓀甫、趙伯韜、老通寶、林老闆、多多頭、大鼻子等。他們生活在同一時代裡，過著不同的生活，有的受別人壓迫，有的壓迫別人。由於這些作品大多從生活中來，並經過作者細緻、深入的觀察、分析，加以藝術的典型化，因此寫得很真實、生動。

題材的擴大，意味著作家和社會的關係更加密切了，意味著作家對祖國的命運、對人民的疾苦的深切關懷。當然，作品價值的高低、成功與否，首先並不決定於題材，而主要的是決定於作家如何處理這些題材，用什麼立場、什麼觀點去分析和概括它。也就是說，決定於形象化的過程中，作家的世界觀所起的作用。但是，也不能否認，作家的世界觀對於他選取什麼題材，是起著積極作用的。茅盾在這時期中所選擇的題材，就比大革命時代更廣泛，更富有社會意義。他所選擇的社會現象，能概括出第二次國內革命戰爭時期，尤其是三十年代初期國統區社會的基本特徵。這種傾向，同樣也表現在散文中。在大革命時期，作者的一些散文，描寫的時常是一些身邊小事，抒發一些個人的悲哀與苦悶。而到了這時期，特別是一九三二年「一・二八」上海抗戰以後，他的散文大多反映一些重大的社會問題和人民的疾苦。尤其引起我們注意的是，他寫了許多富有戰鬥性的雜文，它像一把利刃，針對著時局，有力地剖析、揭露國民黨反動派妥協投降、反共賣國的罪惡活動。

三十年代的畫家

在《子夜》、農村三部曲（《春蠶》、《秋收》、《殘冬》）、《林家鋪子》和其他一些短篇、雜文中，作者把我們引到「九・一八」事變前後的時代裡去了，引到吳蓀甫、老通寶、林老闆生活的時代裡去了。這是一個階級矛盾、階級鬥爭日趨激化的時代，一個充滿破產與蕭條，壓迫與反抗的時代。帝國主義

和國民黨反動派的統治與迫害，使中國社會經濟陷於貧困和破產的境地，廣
大人民受著飢餓與死亡的威脅。

第一次國內革命戰爭失敗後，中國共產黨在毛澤東同志的正確領導下，
深入農村開展土地革命，建立革命根據地，使中國革命由低潮又逐漸走向高
潮。但是，國民黨蔣介石篡奪了工農革命的勝利果實以後，一方面殘酷地屠
殺革命力量；一方面在帝國主義的支持下，又開始了長時期的軍閥混戰。從
一九二七年八月到一九三○年，前後爆發了七、八次的軍閥混戰。《子夜》就
是在一九三○年四月爆發的以美帝和日帝爲靠山的蔣介石與馮玉祥、閻錫山之
間軍閥混戰的背景上展開的。軍閥的長時期混戰，使中國農村經濟遭到很大
的破壞，促使農村破產；同時，也使得趙伯韜這類依靠帝國主義財團勢力的
金融買辦資本家，能乘機大做其金融投機生意，軍閥混戰成爲他們發財的好
機會。另一方面，一九二九至一九三二年資本主義世界爆發的空前巨大的經
濟危機，也影響到中國市場。帝國主義者，特別是日本帝國主義爲了擺脫自
身的危機，加緊對東方最大市場的中國進行掠奪與侵略。由於以蔣介石爲代
表的大地主、大資產階級，對內殘酷地鎭壓工農革命，對廣大人民加緊政治
壓迫與經濟剝削，對外投靠帝國主義勢力，進行長期的軍閥混戰，把中國社
會進一步拖向半殖民地半封建的深淵，到了三十年代初期，中國社會固有的
各種階級矛盾又進一步激化了。毛主席在一九三○年寫的《星星之火，可以燎
原》這一光輝著作中，對當時國內的階級關係曾作過十分精闢的分析：

> 伴隨各派反動統治者之間的矛盾——軍閥混戰而來的，是賦稅
> 的加重，這樣就會促令廣大的負擔賦稅者和反動統治者之間的矛盾
> 日益發展。伴隨著帝國主義和中國民族工業的矛盾而來的，是中國
> 民族工業得不到帝國主義的讓步的事實，這就發展了中國資產階級
> 和中國工人階級之間的矛盾，中國資本家從拚命壓榨工人找出路，
> 中國工人則給以抵抗。伴隨著帝國主義的商品侵略，中國商業資本
> 的剝蝕，和政府的賦稅加重等項情況，便使地主階級和農民的矛盾
> 更加深刻化，即地租和高利貸的剝削更加重了，農民則更加仇恨地
> 主。因爲外貨的壓迫，廣大工農群眾購買力的枯竭和政府賦稅的加
> 重，使得國貨商人和獨立生產者日益走上破產的道路。

三十年代初期舊中國社會的這一錯綜複雜的階級關係，在茅盾這一時期
的作品中得到比較完整的表現。如果我們把《子夜》同《春蠶》、《秋收》、《殘

冬》，同《林家鋪子》和其他短篇、雜文聯繫起來看，就可以清楚地看到當時社會各個方面的面貌。《子夜》裡民族工業資本家吳蓀甫的命運，同《林家鋪子》裡的小商人林老闆的命運，以及《春蠶》裡的自耕農老通寶的命運是密切相關的。吳蓀甫的絲廠倒閉了，老通寶的蠶「寶寶」再白、再胖，「蠶花」再好，繭子終歸還是賣不出去；千百萬個老通寶破產了，購買力降低了，以農民為主要銷售對象的林老闆，店鋪也得關門了。這正是三十年代初期（「九‧一八」前後）中國社會的基本情況，它在茅盾的筆下再現了。他抓住了時代的最基本的特徵——在帝國主義的侵略和國民黨的黑暗統治下，城鄉經濟的破產和人民的反抗，描繪出三十年代初期中國社會廣闊的生活圖畫。他描寫了都市和農村經濟的蕭條、破產的景象，和工農群眾的赤貧化；描寫了社會下層小人物的悲慘生活，市鎮小商人的悲劇。同時，暴露了國民黨的黑暗統治，揭露了「九‧一八」事變以後國民黨所謂「長期抵抗」政策的投降實質。由於作者抓住了當時現實生活中最基本的矛盾，努力用馬克思主義的階級觀點去分析、概括和反映當時錯綜複雜的階級關係，因此，它相當深刻而成功地反映出三十年代初期的社會現實，描繪出了一幅完整而真實的時代圖畫。

三十年代初期都市、農村和市鎮的生活圖畫

《子夜》描寫的是一九三〇年都市資產階級社會的生活。這部長篇小說所涉及的面是很廣泛的。它反映了三十年代初期半殖民地半封建都市社會的錯綜複雜的社會關係和階級關係，特別是軟弱的民族資產階級在帝國主義的經濟侵略和內戰的破壞下，力圖奮鬥、掙扎，走上獨立發展道路而終於破產的歷史命運。子夜，即夜半子時，正當深夜十一時到次晨一時，這書名正暗示著小說所寫的故事是發生在黎明前最黑暗的年代裡。

《子夜》的規模是宏偉的，它集中地描寫了三十年代初期都市社會的許多主要矛盾，給予生動的、形象化的表現，如民族資產階級與帝國主義的矛盾，民族資產階級與買辦資產階級的矛盾，民族資產階級與民族資產階級之間的矛盾，民族資產階級與工人階級的矛盾等等。小說通過民族工業資本家吳蓀甫這一典型人物的塑造，生動地刻劃出民族資產階級的兩重性，它受帝國主義、買辦資產階級的壓迫，另一方面，它又壓迫別的比它小的資本家，並且十分殘酷地剝削工人，鎮壓工人的反抗。在這部長篇中，作者著重描繪了在帝國主義的侵略和國民黨的反動統治下民族工商業凋零和破產的景象，小說所提出來的中心問題就是民族資產階級的命運和出路問題。在這個近代

金融和輕工業中心的上海社會裡，不僅是「紅頭火柴」周仲偉、綢廠老闆陳君宜和絲廠老闆朱吟秋之類的中等資本家，受到經濟危機的威脅，陷於破產的境地，而且連吳蓀甫這樣有野心、有手段、有魄力的民族工業資本家，最後也免不了破產的命運。他企圖擺脫帝國主義和買辦資產階級的壓迫，走上獨立發展的道路。但是，當他剛邁開第一步時，就受到了重重的包圍，它的最強大的敵人帝國主義和買辦資產階級擋住了它的去路，這位「國際財神爺」扼住了它的咽喉，一切通向資本主義的道路都被堵塞住了。儘管吳蓀甫的手段靈巧，但是在半殖民地半封建的中國社會裡，他的命運和周仲偉、朱吟秋，甚至於《林家鋪子》裡的小商人林老闆一樣，最終的出路只有一條：投降或者是破產。這是半殖民地半封建中國社會民族資產階級必然的歷史命運。《子夜》通過吳蓀甫這個人物生動而具體地說明了這一真理。除了描寫民族工商業的破產，市場的蕭條，金融投機事業的畸形發展，資產階級內部的傾軋以外，《子夜》還相當著力地描寫資本家對廣大工人的殘酷剝削，表現了在黨的領導下城鄉工農群眾革命鬥爭的蓬勃開展等。

在中篇《多角關係》中，描寫的也是「九・一八」事變以後都市工商業的蕭條、破產的景象，不過，它是從側面描寫的。作者通過工廠老闆唐子嘉，在大年關前夜回家躲債所引起的種種複雜的債務關係，反映了當時工商業的危機和廣大工農群眾的貧困化。不過，同《子夜》相比，這個中篇要遜色得多。在一些散文中，如《〈現代化〉的話》、《大減價》、《上海的大年夜》、《證券交易所》等，都是描寫上海工業的日益殖民地化，和在經濟危機威脅下上海工商業的冷落、蕭條的景象。這些文章，也可以幫助我們瞭解《子夜》所描寫的三十年代初的都市社會。

如果說《子夜》描寫的是三十年代初期都市社會的生活，農村三部曲《春蠶》、《秋收》、《殘冬》描寫的則是三十年代初期農村社會的生活。它們的背景是相似的，就這個意義上說，我們可以把農村三部曲看成是《子夜》的姊妹篇。這三個短篇，尤其是《春蠶》，寫得相當成功，它和《林家鋪子》一起成為茅盾短篇創作的代表，成為「五四」以來優秀的短篇小說的典範作品。它通過一個典型的農家——老通寶和他的兒孫們——由小康趨於破產、由自耕農下降為貧雇農的過程，描繪了一幅「九・一八」事變前後中國農村經濟的破產和貧困的圖畫。

小說的背景是一個江南的農村，這是一個典型的半殖民地半封建的農

村。一方面，農民還過著封建迷信的生活，在蠶忙的季節裡，人們還要按舊習慣敬奉蠶花娘娘，祈求她的保佑。老通寶還深信放在牆腳下的大蒜頭要是長不出茂盛的芽來，蠶花一定不好；他認定荷花是白虎星，會沖克自己的「寶寶」的；他相信「眞命天子」會再世的，多多頭他們去搶米囤是「造反」，要「滿門抄斬」的……顯然，這是一個封建迷信還相當嚴重的農村，舊的封建道德觀念和舊的封建勢力還相當有力地影響著農民的生活。這裡還有黃道士之類的迂腐的人物；有張財主之類的地主土豪，爲了怕他祖墳上的松柏被人「偷」去，全村的人要提心吊膽地爲他看管。但是，另一方面，這也是一個半殖民地的農村，資本主義的勢力已經侵入到這個閉塞的村落裡來了。在平靜的小河上，一條柴油引擎的小輪船很威嚴地開進來了；農村的四周圍，到處布滿了繭廠，「『五步一崗』似的比露天毛坑還要多」。鎮上也來了許多洋布、洋紗、洋油之類的貨色，從此，田裡生出來的東西一天天不值錢了，而鎮上的東西卻一天天貴起來。

　　在這個半殖民地半封建的農村裡，老通寶的一家也起了巨大的變化。都市的經濟危機，日本鬼子的侵略，也影響到老通寶的生活。這個純樸而勤勞的農民，一心想靠自己的雙手，掙個像樣的生活，做個安分守己的「順民」。他把一切期望都寄託在蠶「寶寶」身上，指望能得到個好收成。但是，正如老通寶所說的，「世界變了！」好容易盼到一個好年成，雪白發光的「硬古古」的上好繭子，卻竟會沒人要；往常像走馬燈似的「收繭人」，卻替換來了債主和催糧的差役；「五步一崗」似的比露天毛坑還要多的繭廠，大門卻「關得緊洞洞」的；連自家做出來的絲，拿到鎮上去也賣不掉，當鋪也不收。上海絲廠的倒閉，直接威脅著這個以養蠶爲主要副業的江南農村，老通寶做夢也沒想到，因爲春蠶熟，竟「白賠上十五擔葉的桑地和三十塊錢的債」。這個在半殖民地半封建社會裡熬過了大半生的老實農民，只覺得世界眞變了，但不知道爲什麼會變？春蠶季節裡的慘痛教訓，並沒有使他覺悟過來，他又把希望寄託在秋收上。但是，秋收後老通寶的幻想又破滅了，「稻還沒有收割，鎮上的米價就跌了」，而討債的人卻川流不息地往村裡跑。「春蠶的慘痛經驗作成了老通寶一場大病，現在這秋收的慘痛經驗便送了他一條命。」老通寶死後，他的一家子也變了樣，田地賣光了，三間破屋也不是自己的了，還加了一大堆債。最後，這個老通寶想一心死守住的「家」拆散了：四大娘當人家的女傭去，阿四也由自耕農淪爲雇農。作者通過老通寶一家由小康趨於破產的過

程，暴露了在帝國主義的經濟侵略和國民黨反動統治下廣大農村的貧困和破
產的景象，這正是三十年代初期農村經濟破產下的普遍現象。老通寶的命運
是千百萬農民悲慘命運的縮影。在這三篇作品裡，作者不僅揭露了資本主義
勢力侵入農村後對農民的掠奪與壓榨，揭露了在國民黨反動統治下，農民受
「地主、債主、正稅、雜捐」的層層剝削，反映了農村的貧困、凋零的景象；
同時，也表現了農民群眾的覺醒與反抗，這在新一代的青年農民多多頭身上
強烈地表現出來。他不相信命運，不相信老通寶所虔誠信奉的那一套舊觀念，
沒有封建迷信。因此，當飢餓威脅著廣大農民的時候，他勇敢地帶領群眾去
搶米囤，和土豪富商進行鬥爭。最後，在《殘冬》裡，他和陸福慶、李老虎
等，走上反抗的道路，這是千百萬農民在水深火熱之中覺醒後必然要走的道
路。農村三部曲所描寫的這幅三十年代初期農村經濟破產、凋零，農民的覺
醒、反抗的圖畫，是具有深刻的現實意義的。在這時期中，有關農村破產和
貧困化，資本主義經濟勢力侵入農村等情況，茅盾也在許多散文中描寫到，
如《鄉村雜景》、《故鄉雜記》、《陌生人》、《〈現代化〉的話》、《田家樂》等。
在前一節中我們已經提到，農村三部曲是茅盾一九三二年回故鄉時，實際接
觸到農村經濟破產的情況後寫成的。《故鄉雜記》中所寫的有許多是他創作的
原始材料，對我們理解這三篇小說有很大的幫助，文中的「丫姑老爺」實際
上是老通寶的原型。為了幫助讀者瞭解當時農村的實際情況，瞭解作者是如
何去提煉和創造老通寶這個人物的，下面我們引一段原文：

　　　　把蠶絲看成第二生命的我們家鄉的農民做夢也沒有想到他們這
　　第二生命已經進了鬼門關！他們不知道上海銀錢業都對著受抵的大
　　批陳絲陳繭繳眉頭，說是「受累不堪」！他們更不知道此次上海的
　　戰爭更使那些擱淺了的中國絲廠無從通融款項來開車或收買新繭！
　　他們尤其不知道日本絲在紐約拋售，每包合關平銀五百兩都不到，
　　而據說中國絲成本少算亦在一千兩左右呵！

　　　　這一切，他們辛苦飼蠶，把蠶看作比兒子還寶貝的鄉下人是不
　　會知道的。他們只知道祖宗以來他們一年的生活費靠著上半年的絲
　　繭和下半年田裡的收成；他們只見鎮上人穿著亮晃晃的什麼「中山
　　絨」，「明華葛」，他們卻不知道這些何嘗是用他們辛苦飼養的蠶絲，
　　反是用了外國的人造絲或者是比中國絲廉價的日本絲呀！

　　　　遍佈於我的故鄉四周圍，彷彿五步一崗，十步一哨的那些繭廠，

此刻雖然是因為借駐了兵，沒有準備開秤收繭的樣子，可是將要永遠這樣冷關著，不問鄉下人賣繭子的夢是做得多麼好！

但是我看見這些苦著臉坐在沿街石階上的鄉下人還空托了十足的希望在一個月後的「頭蠶」。他們眼前是吃盡當完，差不多吃了早粥就沒有夜飯，──如果隔年還省下得二三個南瓜，也就算作一頓，是這樣的掙扎著，然而他們餓裡夢裡決不會忘記怎樣轉彎設法，求「中」求「保」，借這麼一二十塊錢來作為一個月後的「蠶本」的！他們看著那將近「收蟻」的黑黴黴的「蠶種」，看著桑園裡那「桑拳」上一撮一叢綠油油的嫩葉，他們覺得這些就是大洋錢，小角子，銅板，他們會從心窩裡漾上一絲笑意來。

我們家有一位常來的「丫姑老爺」，──那女人從前是我的祖母身邊的丫頭，我想來應該尊他為「丫姑老爺」庶幾合式，就是懷著此種希望的。他算是鄉下人中間境況較好的了，他是一個向來小康的自耕農，有六七畝稻田和靠廿擔的「葉」。他的祖父手裡，據說還要「好」；帳簿有一疊。他本人又是非常勤儉，不喝酒，不吸煙，連小茶館也不上。他使用他的田地不讓那田地有半個月的空閒。我們家那「丫小姐」，也委實精明能幹，粗細都來得。憑這麼一對兒，照理該可以興家立業的了；然而不然，近年來也拖了債了。可不算多，大大小小百十來塊罷？他希望在今年的「頭蠶」裡可以還清這百十來塊的債。他向我的嬸娘「掇轉」二三十元，預備乘這時桑葉還不貴，添買幾擔葉（我們那裡稱這樣的「期貨葉」為「賒葉」，不過我不大明白是否這個「賒」字）。我覺得他這「希望」是築在沙灘上的，我勸他還不如待價而沽他自己的廿來擔葉，不要自己養蠶。我把養蠶是「危險」的原因都說給他聽了，可是他沉默了半響後，搖著頭說道：……（按：下面一長段的對話，略。）

我們的談話就此斷了。我給這位「丫姑老爺」算一算，覺得他的自耕農地位未必能夠再保持兩三年。可是他在村坊裡算是最「過得去」的，人家都用了羨妒的眼光望著他：……他是在慢性的走上破產！也就是聰明的勤儉的小康的自耕農的無可免避的命運！後來我聽說他的蠶也不好，又加以繭價太賤，他只好自己繅絲了，但是把絲去賣，那就簡直沒有人要；他拿到當鋪裡，也不要，結果他

　　算是拿絲進去換出了去年當在那裡的米，他賠了利息，可是這掉換
的標準是一車絲換出六斗米，照市價還不到六塊錢！

　　　東南富饒之區的鄉下人生命線的蠶絲，現在是整個兒斷了！（見
《茅盾散文集》）

　　《林家鋪子》寫於《春蠶》之前，這兩篇小說的大背景相同，描寫的都
是三十年代初期的現實，只是《林家鋪子》寫的是市鎮小商人的悲劇。這篇
小說的背景也是在富裕的江浙一帶，主要是根據作者的故鄉——烏鎮——的
情況寫成的，這一點我們已經在前面談過了。

　　《林家鋪子》於一九三二年六月十八日寫完，最初發表在上海的《申報》
月刊第一卷第一期（一九三二年七月十五日）上。這篇作品，是對一九三二
年「一‧二八」上海抗戰前後江南城鎮現實生活的藝術概括。小說通過林老
闆的小店鋪從掙扎到倒閉的經過，反映了「一‧二八」前後國民黨反動派對
城鎮商業的摧殘與壓迫，描繪了江南城鎮經濟的破產和農村的貧困化。林家
鋪子為什麼會倒閉呢？這是小說提出的中心問題。顯然，並不是因為林老闆
沒有才幹、不善於經營的緣故，相反的，林老闆是一個謹慎小心的人，善於
巴結顧客，精打細算。在市場蕭條、經濟困難的時候，他能想盡辦法，用「大
放盤」、「一元貨」的辦法，招來一大批顧客。在同業生意清淡的時候，他的
店鋪居然門庭若市。那麼，使林家鋪子倒閉的主要原因是什麼呢？要回答這
問題，我們可以看看《子夜》，看看農村三部曲，把林老闆的悲劇和吳蓀甫的
悲劇，老通寶的悲劇聯繫起來看。這些都是三十年代初期整個中國社會在民
族危機與經濟危機的威脅下，在國民黨的反動統治下必然的悲劇。都市經濟
的破產，農村經濟的破產，也促成小城鎮工商業的破產。儘管他們的階級地
位各不相同，但是，在帝國主義的侵略和國民黨統治下，他們的命運是聯結
在一起的。從小說描寫的故事來看，使得林老闆惶惶不安，最後不能不宣告
破產的原因是：國民黨「黨老爺」的敲詐，錢莊的壓迫，農民購買力的降低，
同業的中傷，卜局長的威脅等等。但是，最直接的原因還是國民黨的壓迫。
小說突出地描寫了國民黨縣黨部的「黨老爺」，如何利用抗戰名義，對小商人
林老闆大肆敲詐勒索的行徑。從「九‧一八」事變到「一‧二八」上海抗戰
前後，他們打著「抗戰」的旗號，到處徵收所謂「國難捐」，像林老闆這樣的
小商人，經不起黑麻子之流的國民黨黨棍的勒索與恫嚇，最後終於破產出走。
另一方面，城鎮的小商業和農村經濟關係是非常密切的，他們銷售的主要對

象是農民，農民一破產，他們的貨也就賣不出去了。在《故鄉雜記》中，茅盾曾寫到烏鎮的一個雜貨店老闆和其他小商人的境遇，描寫了「九‧一八」事變後這個城鎮上商業蕭條冷落的景象，指出「農民是他們的衣食父母。他們盼望農民有錢就像他們盼望自己一樣」，「雖然他們身受軍閥的剝削，錢莊老闆的壓迫，可是他們惟一的希望就是把身受的剝削都如數轉嫁到農民身上」。但是，正如《春蠶》、《秋收》、《殘冬》所描寫的，農民過的是貧困和飢餓的生活，千百萬個老通寶的破產，必然要加速林老闆的破產。作者通過林老闆這一人物典型的塑造，不僅反映了在國民黨的黑暗統治下城鎮小商人的悲劇命運，而且對三十年代初期江南城鄉經濟凋零、農民生活的貧困化，也作了相當真實而生動的描繪。茅盾曾經說過：「《林家鋪子》是我描寫鄉村生活的第一次嘗試」，〔註14〕「題材是又一次改換，我第一回描寫到鄉村小鎮的人生，技術方面，也有不少變動。」〔註15〕同茅盾早期的短篇創作比較，《林家鋪子》在人物形象的刻劃、情節結構的處理、細節的描寫和文學語言的運用等方面，都有顯著的進展，不愧為一個優秀的短篇。當然，這篇小說也有一個不足之處，即作者對林老闆這一類小商人所固有的兩重性的描寫，不如對吳蓀甫的描寫那樣完整。儘管作品中對林老闆剝削人的一面，也有所表現，但在林老闆與店員壽生等的關係上，則只寫了他們的一致的方面，沒有表現他們之間的剝削與被剝削的關係，這是一個比較突出的缺陷。

底層社會小人物的悲慘生活

　　從《子夜》、農村三部曲、《林家鋪子》中，我們可以清楚地看到一幅多麼廣闊的時代圖畫：三十年代初都市、農村、城鎮的現實生活。在茅盾的另一些短篇中，我們又可以發現另一幅現實生活的圖畫，這就是關於下層社會小人物悲慘生活的描寫，如《第一個半天的工作》、《擬浪花》、《當鋪前》、《大鼻子的故事》、《水藻行》等。這些短篇都是描寫「九‧一八」事變以後，在國民黨的反動統治和經濟危機威脅下，在飢餓與貧困線上掙扎的下層社會小人物的悲劇。如《第一個半天的工作》，寫一般公司小職員的生活。黃女士是某大公司的抄寫員，作者通過她在第一個半天的工作，暴露了在黑暗的社會裡，謀生的艱苦與辛酸。在這個惡濁的社會裡，為了保住飯碗，她們必須學會打扮、賣俏，學會調情與逢迎。可是，她們每個月的收入卻是多麼的微小，

〔註14〕　《〈春蠶〉跋》，見短篇小說集《春蠶》，開明書店一九三三年版。
〔註15〕　《我的回顧》。

家裡還有一大堆小孩在等著飯吃呢！為了生活，她們要去做違背自己良心的事。她們不僅要依靠自己的能力，而且要依靠自己的肉體，去賣俏，去調情，這是多麼辛酸呀！《擬浪花》描寫窮車夫阿二的生活。他幻想要買塊布，可是當他辛辛苦苦，用血汗掙來了錢時，布已經漲價了。在國民黨反動統治時代，物價飛漲，窮人的生活根本沒有保障。然而，阿二的主人，如吳先生、吳太太之流的有錢人，卻乘機囤積居奇，做起投機生意來了。《當鋪前》通過貧苦農民王阿大大清早上當鋪的描寫；暴露了農村的破產，農民生活的貧困化。在《故鄉雜記》中的第三節《半個月的印象》中，也有關於作者家鄉當鋪的情況的描寫，茅盾就是根據這些觀察所得的材料寫成短篇《當鋪前》。它描寫了在經濟危機和農村破產的情況下，連當鋪也關門了，只有一家還半開著。這種專門吮吸農民血汗的殘酷高利貸剝削，在這時候也成了貧苦農民最後的一線希望。他們為了換一二塊錢，為了生存下去，忍受著極端殘酷的高利貸剝削，把「身上剛剝下來的棉衣，或者預備秋天嫁女兒的幾丈土布，再不然，——那是絕無僅有的了，去年直到今年賣來賣去總是太虧本因而留下來的半車絲」（《故鄉雜記》），都全部拿去當了。即使是這樣，他們也不一定能換到錢，上當鋪的人太多了，而且當鋪裡也不一定要他們的東西。在這裡，我們可以看到大清早擠在當鋪前的一長列貧苦的窮人，他們擠著，擠著，有人竟暈倒了；這些在飢餓與死亡線上掙扎的人們，正是下層社會窮苦人悲慘命運的縮影。

短篇《大鼻子的故事》，描寫上海馬路上小癟三的生活。這個題材是比較特別的。當作者的眼光注視到社會底層這些過著豬犬不如的生活的窮孩子時，是懷著十分深切的同情的。這類無辜的孩子，失去了父母的愛，失去了童年的歡樂，日本鬼子炸毀了貧民窟，炸毀了他的家。從此，他流浪在街頭，有時，「跟在大肚子的紳士和水蛇腰長旗袍高跟鞋的太太們的背後，用發抖的聲音低喚著『老爺，太太，發好心呀』」；有時，「爬在水泥的大垃圾箱旁邊，和野狗們一同，掏摸那水泥箱裡的發黴的『寶貝』」。他們雖然只有小小的年紀，但生活逼使他們染上了欺騙、盜竊的壞習慣。然而，這些難道是孩子的過錯，不！他們的心靈是純潔的。作者通過大鼻子最後參加反帝遊行的故事，十分生動地說明了這個問題。當他看到巡捕打遊行的學生時，「他腦筋裡立刻排出一個公式來：『他自己常常被巡捕打，現在那學生和那女子也被打；他自己是好人，所以那二個也是好人；好人要幫好人』」，於是，他拾起了被打落

在地上的旗子，還給遊行的學生。並且，他立刻改變了念頭，把女學生掉下的錢袋，不是塞到自己口袋裡，而是送回原處，跟著大家一起高喊：「打倒日本帝國主義」。這篇小說是寫得相當好的。顯然，作者注意到這個問題並不是偶然的，這類孩子在當時的上海已有三四十萬之多，實際上已經是一個嚴重的社會問題了。

在這些短篇中，作者描寫了在飢餓與死亡線上掙扎的窮苦人，他們都是一些下層社會的小人物，如公司小職員、窮車夫、小癟三等。他們在「九・一八」事變後的黑暗社會裡，受生活的煎熬，受飢餓的威脅，生活毫無保障。作者通過他們，暴露了國民黨反動統治的罪惡，它給人民帶來了貧困與災難。作者在描寫這些窮苦人的生活時，表現了革命的人道主義精神。

暴露與諷刺──戰鬥的雜文

這時期，除了長篇和短篇的創作，茅盾還寫了一些富有戰鬥性的雜文。它是針對三十年代初期國民黨反動派統治下的社會現實寫的。「一・二八」上海抗戰以後，茅盾與魯迅時常在《申報》的《自由談》和《東方雜誌》上發表雜文與隨筆。當時，一些資產階級文人曾在報紙上寫文章，驚呼「魯迅與沈雁冰，現在已成了《自由談》的兩大台柱了。」〔註16〕對此，魯迅在《〈偽自由書〉後記》裡，曾經作了詳細的摘引與剖析。茅盾曾說過：「特殊的時代常常會產生特殊的文體」。〔註17〕他這個時期的雜文有一個基本特點，如作者所說，即採用「大題小做」的辦法，針對「九・一八」事變後的時局，集中地對國民黨反動派妥協投降、反共賣國的投降路線──以所謂「長期抵抗」為幌子──進行了無情的揭露與辛辣的諷刺。這類雜文，如《九一八週年》、《血戰後一週年》、《歡迎古物》、《玉腿酥胸以外》、《驚人的發展》、《緊抓住現在》、《阿Q相》、《漢奸》、《第二天》等（收在《茅盾散文集》裡）。作為一個關心時代、關心祖國命運的革命作家和愛國者，茅盾對於國民黨的不抵抗政策和背叛人民的活動給予無情的揭露，許多雜文都是揭露國民黨的所謂「長期抵抗」政策的實質的。如《漢奸》一文，作者指出：「『九・一八』以後，咱們中華民國的特產是漢奸，而出產漢奸最多的，首推官商兩界」。他從熱河老百姓被誣為漢奸談起，指出所謂漢奸者，實際上是那些大人先生們，「做漢奸賣國原來是大人先生們的專利品」。接著他揭露了國民黨蔣介石的所謂

〔註16〕《〈偽自由書〉後記》，《魯迅全集》第五卷第一二五頁。
〔註17〕見《〈茅盾散文集〉自序》。

「長期抵抗」實質上是投降賣國，所謂漢奸是他們隨便亂加的。因爲，在他們看來，「不肯協助國軍抗日的，固然是漢奸，硬要幫著抗日的，也是漢奸，因爲或抗，或不抗，或只抗一月，或希望能抗一月，都是『長期抵抗』政策之巧妙的運用，有敢不服從者，自然是漢奸無疑。」在《阿Q相》中，他把這種自欺欺人的「長期抵抗」政策，比之爲阿Q的精神勝利法。他說：「特別在『九·一八』國難以後，『阿Q相』的『精神勝利』和『不抵抗』總算發揮得淋漓盡致了。」《血戰後一週年》一文，更明白地揭穿了所謂「長期抵抗」的西洋鏡，指出「所謂『長期抵抗』事實上乃是長期不抵抗」。

「一·二八」上海抗戰爆發後，蔣介石越來越暴露出他的反共反人民出賣祖國的眞面目。當我們民族面臨著生死存亡的危急關頭，他不僅拒絕了中國共產黨的停止內戰、共同抗日的倡議，反而高唱所謂「攘外必先安內」的反動老調，瘋狂發動反共反人民的內戰；而對日帝則步步退讓，奉行著可恥的投降政策。一九三二年日寇進攻上海時，上海軍民奮起抗戰，蔣介石從中破壞，逼使十九路軍撤離上海，他卻與汪精衛同謀，於五月五日和日寇簽訂了賣國的淞滬停戰協定。當帝國主義的侵略勢力還沒影響到他們四大家族的經濟利益時，他一心想做偏安夢。「九·一八」事變後，東北大片國土喪失了，廣大中國人民淪爲亡國奴。他們渴望早日驅逐日寇，渴望著抗日軍隊的北上，可是，蔣介石反動派卻無聲無息。在《歡迎古物》一文中，茅盾非常辛辣地諷刺了國民黨的這種賣國行爲。它從國民黨大人先生們搬運北平的古物說起，揭穿了他們背叛人民的可恥行爲。看去，似乎這些老爺們很重視祖國的文化遺產，實際上，正如作者所說的：「如果爲了不值錢的老百姓而丟失了值錢的古物，豈不被洋大人所歡，而且要騰笑國際」。因此，儘管日寇在匆匆忙忙地增兵熱河邊境，我們的大人先生卻還在不慌不忙地載運幾千箱古物。「我們用火車運古物，他們用火車運兵！平津的老百姓眼見古物車南下，卻不見兵車北上，而又聽得日軍步步逼進，他們那被棄無告的眼淚只好往肚子裡吞。」

茅盾的雜文是富有戰鬥性的，它是藝術性的政論文章。「一·二八」以後，國聯曾派所謂調查團來華瞭解，最後發表了所謂《李頓報告書》，當時許多人被這騙局迷住了。在《驚人發展》中，茅盾揭穿了帝國主義者的假面具。他指出，所謂《李頓報告書》只不過是帝國主義者企圖侵略中國，實行所謂「共管」的陰謀而已。「在獨呑的局面下，東北非我所有，但在共管的形式下，東北亦未必爲我所實有。主人公的我們在日內瓦『驚人發展』以後依然是被掠

奪而已」。然而，一些學者先生們卻大爲讚揚其「公正」，殊不知自己已經成爲「第三種人」了。他說：「等著罷！日內瓦在眼前這『驚人發展』以後，還有一次更驚人的發展呢！那時候，李頓調查團功德圓滿，全中國都成了共管下的太平世界：那時候，國難當眞結束，而『長期抵抗』的意想不到的效力於是乎顯著！」

茅盾用雜文這一種形式進行戰鬥，在當時起過積極的戰鬥作用。在祖國面臨著亡國的危機時，他大聲疾呼，揭露國民黨蔣介石背叛人民的陰謀活動，集中地抨擊了他們的所謂「長期抵抗」政策，在廣大群衆中撕開國民黨反動派的假面具。這個主題，在以後抗日戰爭時期中，也成爲他經常注意的中心問題之一。許多創作，如《腐蝕》、《第一階段的故事》等，都是揭露國民黨反共反人民背叛祖國的罪行的。在這場鬥爭中，茅盾充分表現出一個革命作家的堅定立場，疾惡如仇，愛恨分明，富有愛國主義的精神。

從以上的簡單分析中，我們可以看出，茅盾在這一時期的創作活動中，用自己的長篇、短篇、散文和雜文，集中地反映了三十年代初期廣闊的社會生活圖畫。三十年代初期，確實是我國現代革命史上黎明前最黑暗的時期，即「子夜」的時刻。一方面，國民黨反動派進行了連年的軍閥混戰，廣大的農村受戰禍破壞，人民流離失所。軍閥混戰結束後，國民黨蔣介石又發動了空前殘酷的軍事「圍剿」和文化「圍剿」，企圖消滅人民的革命力量，消滅中國共產黨。白色恐怖彌漫三十年代祖國的上空，人民的生命和安全受著嚴重的威脅。「九・一八」事變後，日寇又開始了野蠻的侵略戰爭，我們祖國面臨著嚴重的民族危機。因此，我們說，這是一個矛盾重重的時代，一個苦難的時代。但是，在這「子夜」的黑暗時刻裡，也不是沒有希望，沒有光明的，在中國共產黨領導下的工農革命武裝，粉碎了蔣介石的幾次「圍剿」，開始走向抗日的戰場，肩負起保衛我們祖國的任務。廣大的農村和都市，工農的革命運動也蓬勃發展起來了。

作爲一個左翼革命文藝戰線上的革命作家，一個愛國者，茅盾對這時期祖國的命運、人民的疾苦表現了深切的關懷。他一方面積極參加左翼革命文藝運動，堅持抗日反蔣的鬥爭；另一方面，在創作上，開始力圖用馬克思主義科學的社會觀點和階級觀點，去分析、瞭解和反映三十年代初期錯綜複雜的社會現實，以藝術形象，集中而又生動地描繪出一幅三十年代初期舊中國

的社會生活圖畫。由於當時他還生活在國統區，受著國民黨的迫害，生活環境和當時的條件，都不可能使他突出地來表現當時的工農革命鬥爭。所以，在這時的作品中，他主要是抓住三十年代初期社會生活的基本特徵，經濟的蕭條、破產，人民生活的貧困化，並給予形象化的表現。但與此同時，在《子夜》、農村三部曲等作品中，作者也通過側寫、暗示以至於正面的描寫，反映了三十年代初期城鄉工農群眾的革命鬥爭，以及在中國共產黨領導下工農紅軍在廣大農村勝利發展的形勢。

我們說，茅盾是三十年代的畫家，因為他集中地、真實而生動地反映了這時期的廣闊的社會生活。這幅圖畫是淒涼的、悲慘的；同時也是反抗的，蘊藏著希望的。在這裡活動著的人物，有吳蓀甫、周仲偉、杜竹齋、朱吟秋和林老闆等大大小小的民族工商業資本家；也有老通寶、阿四、荷花、阿二等被壓迫的農民；有趙伯韜、曾滄海、馮雲卿、張財主、黑麻子等買辦金融資本家、地主以至國民黨黨棍，也有何秀妹、張阿新、朱桂英、多多頭、李老虎等三十年代女工和具有反抗性格的新的一代農民，等等。作者相當成功地塑造了三十年代初期舊中國社會各個階級、階層的人物形象。

《子夜》——創作發展道路上的里程碑

《子夜》是茅盾的代表作，也是他的最成功、最優秀的作品。從整個創作過程看，時間也是最長的，從構思到寫成前後共有二年多。作者對這部作品是費過一番苦心的。在寫作之前，寫過詳細的大綱和人物表，中間經過詳細的觀察、分析和搜集材料的過程，關於這一些，我們已經在前面談過了。這部作品的寫作經過大致是這樣：一九三○年四月間作者從日本回國後，參加左翼作家聯盟的活動，同時，因神經衰弱、胃病、目疾同時發作，有較長一段時間不能工作。因此，在一九三○年夏秋之交，利用「訪親問友」，廣泛瞭解、接觸當時上海都市社會的現實，對民族工商業的蕭條、破產的情況和正在開展的工人運動，作了細緻的觀察、分析，開始「有了大規模地描寫中國社會現象的企圖」。〔註18〕一九三一年十月，乃整理所得材料，開始寫作。「其間因病，因事，因上海戰事，因天熱；作而復輟者，綜計亦有八個月之多」，至一九三二年十二月五日始完成。作者原來的計劃很大，打算「寫一部農村

〔註18〕《〈子夜〉後記》。

與都市的『交響曲』，後來中途縮小計劃，只寫都市而不寫農村。〔註 19〕現在小說中的第四章（寫雙橋鎮的農民暴動）就是改變計劃後留下的一個痕跡。儘管如此，從結構上看，這部小說基本上是完整的。

　　在茅盾的創作發展道路上，《子夜》是一部非常重要的作品，它是作者繼《蝕》之後的一部革命現實主義的巨著，是作者創作發展道路上的里程碑。從我國「五四」以來現代革命文學發展的歷史看，《子夜》的出現，也是黨領導下的三十年代左翼革命文藝的重要收穫之一。這部作品於一九三三年一月出版以後，就引起國內外進步文藝界和廣大讀者的普遍重視。當時，魯迅對《子夜》的出版，也是十分重視的，把它看作是左翼文藝戰線的重要成績。從一九三三年二月以後，他在日記、書信和文章中，曾多次提到《子夜》這部作品。下面，我們不妨摘引幾則：

　　　　一九三三年二月三日的日記裡記載：「茅盾及其夫人攜孩子來；並見贈《子夜》一本，柳丁一筐，報以積木一盒，兒童繪本二本，餅及糖各一包。」〔註20〕

　　　　一九三三年二月九日《致曹靖華》信裡說：「國內文壇除我們仍受壓迫及反對者趁勢活動外，亦無甚新局。但我們這面，亦頗有新作家出現；茅盾作一小說曰《子夜》（此書將來當寄上），計三十餘萬字，是他們所不能及的。」〔註21〕

　　　　一九三三年三月二十八日寫的《文人無文》一文裡說：「我們在兩三年前，就看見刊物上說某詩人到西湖吟詩去了，某文豪在做五十萬字的小說了，但直到現在，除了並未預告的一部《子夜》而外，別的大作都沒有出現」。〔註22〕

　　　　一九三四年三月四日《致蕭三》信裡說：「《子夜》，茅兄已送來一本，此書已被禁止了，今年開頭就禁書一百四十九種，單是文學的。昨天大燒書，將柔石的《希望》，丁玲的《水》，全都燒掉了，剪報附上。」〔註23〕

〔註19〕茅盾：《〈子夜〉是怎樣寫成的》。
〔註20〕見《魯迅日記》（下卷）第八一九頁。
〔註21〕見《魯迅書信集》（上卷）第三五二頁。
〔註22〕見《僞自由書》，《魯迅全集》第五卷第六三～六四頁。
〔註23〕見《魯迅書信集》（上卷）第四九八頁。

上述材料說明，在《子夜》出版後不久，魯迅就多次提到這部作品。儘管他對《子夜》並沒有作全面的分析評價，但從書信中可以看出，魯迅是把《子夜》作爲「我們這面」的重要成績看待的，並且認爲它是敵人方面「所不能及的」。從魯迅《致蕭三》的信也說明，《子夜》出版後的第二年年初，就遭到國民黨反動派的查禁（《子夜》於一九三三年一月由上海開明書店出版，第二年二月十九日，國民黨中央黨部就電令上海市黨部，查禁一四九種文藝作品，其中包括《子夜》。事實上，早在一九三三年二、三月間，即《子夜》出版一兩個月後，就遭到國民黨反動派的查禁。後經書商活動，才得到上海僞市黨部的一紙批示，准許經刪改後發行。因此，不久《子夜》再版時，被抽掉了兩章，即寫雙橋鎭農民暴動的第四章，和寫上海裕華絲廠工人的罷工鬥爭的第十五章）。一九三六年初，魯迅曾應史沫特萊之約，託人搜集材料，爲她的英譯本《子夜》的序文提供了材料。這個材料經茅盾轉給了史沫特萊。後來，寫序。〔註24〕史沫特萊的英譯本《子夜》，因戰事關係未能出版，但她同時搞的另一德譯本《子夜》，則於一九三八年在德國的德累斯頓出版了。〔註25〕上述事實說明，《子夜》在三十年代初期出版後，在國內外就產生過積極的影響，起過進步的作用。當時，《子夜》印行後轟動一時，在讀者中曾組織過「子夜會」進行學習討論。

從茅盾創作發展道路上看，《子夜》的出現也不是偶然的。它是在黨所領導的土地革命戰爭和文化革命深入發展的形勢下，在經歷了大革命失敗後一段曲折的過程之後，作者的思想和創作發展道路上所產生的一個重大飛躍。在這部作品中，作者相當眞實地反映了三十年代初期廣闊的社會現實，形象化地表現了當時深刻的社會矛盾和階級矛盾，成功地塑造出三十年代的民族資產階級的典型。《子夜》之所以能獲得這一成就，其中的一個重要原因，就是作家的世界觀改變了。他開始用馬克思主義的階級觀點去認識和反映當時的社會現實，因此，作者對於三十年代的中國社會，以及對當時的民族資產

〔註24〕魯迅：《致胡風》（1936.1.5），見《魯迅書信集》（下卷）第九三二頁。
〔註25〕茅盾同志一九七七年二月九日來信說：「魯迅信中所說將爲英文版《子夜》作序，此英文版是史沫特萊搞的，我曾見其稿本。她那時說將設法在美國出版。史是德國人，同時她又在搞一個德文本；這個德文本於一九三八年在德國德累斯頓出版。那時，魯迅逝世已兩年，而史也在八路軍總司令部一年了。所以她始終未見德文本，而那個英譯稿本因戰事關係，也未在美國出版。解放後我們自己搞了個英譯及法譯。」

階級的基本認識和描寫，有一定的深度，基本上是符合歷史真實的。在這一點上，《子夜》和《蝕》有很大的區別。我們說：《子夜》和《蝕》是茅盾在兩個不同時期的代表作。一個是大革命失敗後的創作初期，一個是左聯時期。在這兩個時期中，作者的思想經歷了一個重大的轉折。大革命失敗後，由於蔣介石的叛變革命，革命鬥爭受到挫折，他一度悲觀消極，小資產階級的思想占上風，因此，對當時的革命形勢作出了消極的估計，在創作中產生悲觀消極的情調。但是，經過作者的努力，尤其是左聯成立後，在黨的領導下，中國革命的深入發展和左翼革命文藝運動的發展，對茅盾的思想和創作都有很大的影響。特別是當時毛主席所領導的中國工農紅軍和革命根據地的迅速發展，使中國革命又逐漸由低潮走向高潮，這對茅盾是一個巨大的鼓舞，使他對革命的未來又充滿信心。所以，他才能夠在國民黨白色恐怖的黑暗年代裏，寫出《子夜》這樣的革命現實主義的文學巨著來。離開了當時客觀的階級鬥爭形勢，離開了作者的思想和創作發展過程，《子夜》這部作品的產生，就不可能得到正確的說明。同樣的，也只有用馬克思主義的歷史唯物主義的觀點，才有可能對這部作品作出正確的、實事求是的評價。

　　在《子夜》的創作過程中，作者已經完全擺脫了大革命失敗後的悲觀消極情緒，對未來充滿了革命樂觀主義的精神。作者力圖把自己的創作活動同當時的現實鬥爭密切結合起來，同對當時托派的鬥爭結合起來，因而這部作品具有鮮明的政治傾向。一九三九年五月，茅盾在烏魯木齊時，曾應新疆學院學生的要求，就《子夜》的寫作經過和意圖作了一次講演。講演記錄稿後來發表在一九三九年六月一日《新疆日報》的副刊《綠洲》上，題為《〈子夜〉是怎樣寫成的》。其中，他曾經這樣來敘述《子夜》的寫作意圖的：

　　　　一九三〇年春世界經濟恐慌波及到上海。中國民族資本家，在外資的壓迫下，在世界經濟恐慌的威脅下，為了轉嫁本身的危機，更加緊了對工人階級的剝削，增加工作時間，減低工資，大批開除工人。引起了強烈的工人的反抗。經濟鬥爭爆發了，而每一經濟鬥爭很快轉變為政治的鬥爭，民眾運動在當時的客觀條件是很好的。

　　　　在我病好了的時候，正是中國革命轉向新的階段，中國社會性質論戰進行得激烈的時候，我那時打算用小說的形式寫出以下的三方面：（一）民族工業在帝國主義經濟侵略的壓迫下，在世界經濟恐慌的影響下，在農村破產的環境下，為要自保，使用更加殘酷的手

段加緊對工人階級的剝削；（二）因此引起了工人階級的經濟的政治的鬥爭；（三）當時的南北大戰，農村經濟破產以及農民暴動又加深了民族工業的恐慌。

這三者是互為因果的。我打算從這裡下手，給以形象的表現。這樣一部小說，當然提出了許多問題，但我所要回答的，只是一個問題，即回答了托派：中國並沒有走向資本主義發展的道路，中國在帝國主義的壓迫下，是更加殖民地化了。中國民族資產階級中雖有些如法蘭西資產階級性格的人，但是因為 1930 年半殖民地的中國不同於十八世紀的法國，因此中國資產階級的前途是非常暗淡的。在這樣的基礎上產生了中國民族資產階級的動搖性。當時，他們的「出路」是兩條：（一）投降帝國主義，走向買辦化；（二）與封建勢力妥協。他們終於走了這兩條路。

在一九七七年新版《子夜》的後記《再來補充幾句》一文裡，茅盾對《子夜》的創作與一九三○年中國社會性質論戰的關係，又作了進一步的說明。他說：

這部小說的寫作意圖同當時頗為熱鬧的中國社會性質論戰有關。當時參加論戰者，大致提出了這樣三個論點：一、中國社會依然是半封建半殖民地的性質。打倒國民黨法西斯政權（它是代表了帝國主義、大地主、官僚買辦資產階級的利益的），是當前革命的任務；工人、農民是革命的主力；革命領導權必須掌握在共產黨手中。這是革命派。二、認為中國已經走上了資本主義道路，反帝、反封建的任務應由中國資產階級來擔任。這是托派。三、認為中國的民族資產階級可以在既反對共產黨所領導的民族、民主革命運動，也反對官僚買辦資產階級的夾縫中取得生存與發展，從而建立歐美式的資產階級政權。這是當時一些自稱為進步的資產階級學者的論點。《子夜》通過吳蓀甫一夥的終於買辦化，強烈地駁斥了後二派的謬論。在這一點上，《子夜》的寫作意圖和實踐，算是比較接近的。

一九三○年發生的中國社會性質問題的論戰，實際上是階級鬥爭在哲學社會科學領域裡的反映。當時論戰的中心問題是：帝國主義的侵略是阻礙、打擊還是促進、幫助了中國民族資本主義勢力的發展？是破壞還是維持了中國的封建經濟和封建勢力？一句話，當時的中國社會，究竟是半殖民地半封建

的社會還是資本主義社會？那時，以托派分子嚴靈峰、任曙爲代表的「動力」派（因他們的文章大多登在《動力》雜誌上而得名），以及一些國民黨的反動政客、文人，爲了維護國民黨的反動統治，竭力鼓吹帝國主義的侵略促使中國的封建經濟解體，促使中國民族資本主義勢力的發展，胡說中國已經進入了資本主義社會（事實上，早在一九二九年底，托陳取消派在他們的反黨綱領《我們的政治意見書》裡，就鼓吹了這種反動觀點，妄圖爲他們反黨反人民的反革命政治路線辯護）。托派的這些謬論，受到了以「新思潮」派（他們的文章因大多發表在《新思潮》雜誌上而得名）爲代表的左翼哲學社會科學工作者的有力批駁。在這場論爭中，一些所謂「進步」的資產階級學者，也出來宣傳既反對共產黨也反對官僚買辦資產階級的統治，鼓吹走中間道路，依靠民族資產階級的勢力建立歐美式的資產階級政權。當時，茅盾把《子夜》的構思同這場論戰聯繫起來，他把自己對金融工業中心的上海的實際情況的觀察，特別是對民族資產階級的處境與前途的觀察，同托派鼓吹的中國已是資本主義社會的謬論一對照，就增強了寫《子夜》的興趣。如作者所說，「看了當時一些中國社會性質的論文，把我觀察得的材料和他們的理論一對照，更增加了我寫小說的興趣。」也就是說，《子夜》這部作品，是以現實生活爲基礎的，但當時關於中國社會性質問題的論戰，對作者選擇和處理材料、提煉《子夜》的主題，起了重要的作用。這部作品主要寫了三個方面的人物，即：民族資產階級，買辦資產階級，革命者和工人群眾。小說所提出的中心問題，是三十年代初期中國民族資產階級的處境和前途問題。在《子夜》中，茅盾通過民族工業資本家吳蓀甫這一典型人物的塑造，通過吳蓀甫在當時錯綜複雜的階級關係中的地位和最終的結局的生動描繪，以典型化的、生動的藝術畫面，有力地駁斥了托派和資產階級學者鼓吹的中國民族資產階級可以走上獨立發展的資本主義道路的謬論。

　　《子夜》所描寫的大大小小的九十多個人物中，吳蓀甫是最突出、最生動，也是寫得最成功的一個。吳蓀甫是《子夜》的中心人物，是全書一切事件和人物的聯結點和矛盾鬥爭的中心。他是三十年代初半殖民地半封建中國社會的民族資產階級的典型，在他身上反映了軟弱的中國民族資產階級企圖擺脫帝國主義和買辦資產階級的壓迫，幻想走上獨立發展的資本主義道路而終於破產的歷史悲劇。民族資產階級的兩重性（受帝國主義、買辦資產階級的壓迫，同時又壓迫工人、壓迫同業中的小企業），以及它在精神上的動搖、

空虛、軟弱的階級特性，在吳蓀甫身上得到相當完整的表現。作者並不是抽象的、孤立的來描寫這些特點，而是把吳蓀甫放到廣闊的社會背景和錯綜複雜的階級關係中來加以表現的。他從當時的現實生活出發，選取了一些具有一九三○年時代特點的重大事件，作爲小說的具體背景，如，一九二九年底開始的資本主義世界的經濟危機對上海民族工商業的影響，一九三○年爆發的蔣介石與馮玉祥、閻錫山之間的軍閥混戰。前者猶如魔鬼的陰影，時時威脅著吳蓀甫、周仲偉、朱吟秋等民族工業資本家的命運，後者則直接影響和左右了上海公債投機市場的行市和吳蓀甫與趙伯韜之間的鬥爭。再如，城市工人的經濟鬥爭和政治鬥爭的發展，和農村經濟的破產與農民運動的興起，以及農村遊資向城市的集中促使金融投機市場的畸形發展，等等。所有這一些事件，實際上構成了影響、支配吳蓀甫等人物的思想行爲和推動故事情節發展的典型環境。作者正是通過這一典型環境，成功地表現了吳蓀甫這一民族工業資本家的兩重性及其歷史命運的。

吳蓀甫是一個野心勃勃的民族工業資本家，他憑藉著自己遊歷歐美資本主義國家的經驗和剛毅果決的辦企業的魄力，幻想要擺脫帝國主義和買辦資產階級的壓迫，走上獨立發展的資本主義道路。據作者說，他所以要以吳蓀甫這個絲廠老闆作爲民族資產階級的代表，一方面是受實際材料的束縛，作者對絲廠情況比較熟悉；另一方面，是絲廠可以聯繫都市與農村，這是與他原先想寫農村與都市交響曲的龐大計劃有關的。如前所述，當時以輕工業和金融業爲中心的上海，受經濟危機的威脅和帝國主義的壓迫最明顯最嚴重的確是絲織業。作者以繅絲業中的資本家作爲民族資產階級的代表，更加便於表現中國民族資產階級受帝國主義的壓迫和破產的命運；同時，也更能表現資本家與工人的尖銳矛盾。因爲，在紡織工業中，資產階級與工人階級的矛盾表現得最尖銳。吳蓀甫一方面在上海辦起裕華絲廠，在經濟危機的威脅下，同業「叫苦連天」之時，這位吳三老爺的「景況最好」；另一方面他又把一隻手伸到農村去，在自己的家鄉雙橋鎮，建立了電廠、錢莊、米坊、油坊和當鋪，殘酷地剝削農民。他「富於冒險的精神，硬幹的膽力」，爲了發展企業，善於選用人材，「有手段把中材調弄成上駟之選」。在同行之中，「這位吳三爺的財力，手腕，魄力，他們都是久仰的」。從自己的階級利益出發，他反對帝國主義的經濟侵略，特別是對日本絲在國際市場上的蠻橫勢力感到頭痛；他渴望排除這種勢力，因爲中國繅絲業的前途和他的命運是緊密地聯繫在一起

的。因此，他希望有一個爲自己服務的政府，反對不斷的軍閥內戰（但當他進入公債市場後，他又希望戰爭能遲一點結束），希望能實現民主政治，認爲「只要國家像個國家，政府像個政府，中國工業一定有希望的」。但是，吳蓀甫所希望的政府並不存在，相反的，在國民黨反動政府的黑暗統治下，「出產稅、銷場稅、通過稅」等重重疊疊的捐稅卻壓在他的頭上。也正因爲這樣，後來他和整天鼓吹要「實現民主政治，真心開發中國工業」的汪派政客唐雲山成了「莫逆之交」。爲了實現自己的野心，他和唐雲山以及另外兩個資本家孫吉人和王和甫，組織了益中信託公司，企圖擴大勢力，擺脫帝國主義和買辦資產階級的壓迫，建立起自己的資本主義王國。他們制定了一個龐大的計劃，這個計劃分兩部分。對內的計劃包括建立紡織業、長途汽車、礦山、應用化學工業等，還準備併吞一些小企業，這實際上是要建立一個托辣斯的組織。對外的計劃，他們說得正大堂皇，把自己的事業和孫中山先生在《建國方略》中所提出的「東方大港」、「四大幹線」的計劃拉扯在一起，利用它作招牌。公司成立後，他們立即吞併了八個小工廠，陳君宜的綢廠和朱吟秋的絲廠也轉移到他們手中。就這樣，吳蓀甫開始沉醉於自己的資本主義王國的美夢裡，他幻想將來有一天：「高大的煙囪如林，在吐著黑煙，輪船在乘風破浪，汽車在駛進原野」；「他們的燈泡、熱水瓶、陽傘、肥皂、橡膠套鞋，走遍了全中國的窮鄉僻壤！他們將使那些新從日本移植到上海來的同部門的小工廠受到一個致命傷。」

　　但是，吳蓀甫的美夢並沒實現，因爲，他生活的時代正是殖民地化日益加深的半殖民地半封建中國社會，經濟危機和帝國主義侵略，加深了民族工商業的危機，它的最強大的敵人帝國主義和買辦資產階級擋住了它的去路，一切通向資本主義的道路都被堵塞住了。當吳蓀甫的企業幻想剛剛開始的時候，他就遇上了勁敵趙伯韜。這位依靠美國金融資本作後臺老闆的「金融界巨頭」、「公債魔王」，用盡一切狡猾的手段，一心要把他的企業吞併掉。這一場激烈的鬥爭，貫穿了這部小說的始終，成爲全書矛盾鬥爭的主線。趙伯韜，這個金融買辦資本家、帝國主義的掮客，靠著美國金融資本的支持，妄圖以金融買辦資本來控制、支配民族工業，通過他，帝國主義者達到了控制中國經濟的目的。他說：「中國人辦工業，沒有外國幫助，都是虎頭蛇尾……吳蓀甫會打算，就可惜有我趙伯韜要和他故意開玩笑，等他爬到半路就扯著他的腿！」他還威脅道：「嚇……三個月後再看罷！也許三個月不到！」在這場搏

鬥中，吳蓀甫一方面把自己在公債投機市場上的損失轉嫁到工人階級身上；另方面一反常態地大搞公債投機，妄圖在公債投機市場上一舉擊垮趙伯韜，徹底擺脫帝國主義和買辦資產階級的控制。小說第九章，作者通過奔走吳趙之間的說客——經濟學教授李玉亭的幻覺，十分逼真地勾畫出這樣一幅圖景：「他覺得眼前一片烏黑，幻出一幅怪異的圖畫：吳蓀甫扼住了朱吟秋的咽喉，趙伯韜又從後面抓住了吳蓀甫的頭髮，他們拚命角鬥」。儘管吳蓀甫手段靈活，最後傾盡全力，甚至把自己的工廠和住宅也抵押出去，企圖背水一戰，但半殖民地半封建社會的歷史條件和先天的軟弱性，決定了他只能以破產出走告終。

吳蓀甫的悲劇的根源在於他的資本主義王國的幻想和本階級不可避免的歷史命運的矛盾。資產階級對於利潤貪婪追求的本性，使得他渴望發展資本主義勢力，擺脫帝國主義的束縛；但是，半殖民地半封建社會的性質又決定他必然要失敗。三十年代的中國民族資產階級是一個軟弱的階級，半殖民地社會的政治、經濟環境使得它發育不全，它只有在帝國主義和買辦資產階級的羽翼下依存著、掙扎著。擺在民族資產階級面前的只有兩條路：破產或者是投降。吳蓀甫這一形象的典型意義就在於它真實地、生動地揭露了這一歷史真實。作者在吳蓀甫身上，不僅表現了民族資產階級的階級弱點——動搖性、軟弱性、妥協性，而且也揭露了他在政治上的反動性。他和工農群眾完全處於對立的地位，憎恨工農革命，憎恨共產黨，口口聲聲罵「共匪」、「農匪」。為了轉嫁自身的危機，彌補自己在投機市場上的損失，他不惜用盡一切手段，加緊對工人進行殘酷的剝削。小說一開始，就點出了吳蓀甫與工人階級的尖銳矛盾和對立。小說的第十三——十五章，集中地描寫了裕華絲廠工人的罷工鬥爭。吳蓀甫與趙伯韜在公債投機市場上的鬥爭失利後，就更加瘋狂地轉嫁自身的損失，採取延長工時、降低工資、開除工人等辦法，加緊對工人的剝削與壓迫，結果引起了工人的罷工鬥爭。當工人的罷工運動興起以後，他不僅親自到廠彈壓，而且通過自己收買的忠實走狗、狡猾毒辣的工賊屠維岳，利用黃色工會，在工人中挑撥離間，散佈毒素，企圖把工人的罷工鬥爭平息下去。而當這一目的不可能實現時，他最後就依靠警棒和流氓打手，把工人鬥爭鎮壓下去。毛主席在一系列的光輝著作中，對一九二七年大革命失敗以後的中國民族資產階級，曾經作了十分深刻而精闢的論述。他指出：「半

殖民地的政治和經濟的主要特點之一，就是民族資產階級的軟弱性」。〔註26〕
這個階級曾經參加了一九二四——一九二七年的大革命，但是，蔣介石叛變
革命以後，它被「革命的火焰所嚇壞，站到人民的敵人即蔣介石集團那一方
面去了。」在半殖民地半封建的社會裡，「他們一方面不喜歡帝國主義，一方
面又怕革命的徹底性，他們在這二者之間動搖著」。「他們拋棄了自己的同盟
者工人階級，和地主買辦階級做朋友，得了什麼好處沒有呢？沒有什麼好處，
得到的只不過是民族工商業的破產或半破產的境遇。」〔註27〕

　　《子夜》通過吳蓀甫在辦實業、搞投機、鎮壓工人運動這三方面情節的
開展，在一定程度上，相當生動而完整地表現了中國民族資產階級的兩重性
及其不可避免的歷史命運。在我國近、現代文學發展史上，成功地描寫民族
資產階級的文學作品並不多見，《子夜》在這一方面，可以說獲得相當突出的
成就。此外，《子夜》還塑造了許多生動的、富有鮮明個性的人物，如金融買
辦資本家趙伯韜、民族工業資本家周仲偉、孫吉人，以及封建地主曾滄海、
馮雲卿，資本家的忠實鷹犬屠維岳等。

　　《子夜》是在一九三〇年廣闊的社會背景上展開的，它除了集中地表現民
族資產階級的生活和命運外，還表現了一九三〇年錯綜複雜的階級矛盾和階級
鬥爭，相當生動地反映了當時的社會現實。就這部作品所反映的社會生活的
廣度和深度看，在當時的左翼革命文藝創作中，應該說是一個相當突出的成
就。在小說所展示的生活畫面裡，有三十年代都市工商業的蕭條、破產的景
象；有資產階級內部的矛盾和傾軋，資產階級社會的靡爛、沒落的生活，和
人與人之間虛僞、冷酷的金錢關係；有工人階級與資產階級的矛盾鬥爭，黨
所領導的工人群眾與黃色工會的鬥爭等。同時，作者還描寫出當時上海金融
投機市場的畸形發展，揭示了這一「冒險家樂園」裡的種種黑暗內幕。例如，
專靠對農民進行殘酷的高利貸剝削的老地主馮雲卿，在農民運動興起後，帶
著遊資到上海過著「寓公」的生活，成了上海公債投機市場上的逐臭青蠅，
爲了獲取趙伯韜的情報，他無恥地出賣女兒的色相。而從前清一直混到民國
的頭戴亮紗瓜皮帽的小官僚何愼庵，和當過民國時代的「革命縣長」，後又以
一萬八千元買來一個稅務局長的肥缺的李壯飛，也是公債市場上的一對賭
棍。這類人，是半殖民地半封建舊中國的特產，實際上是一批寄生蟲、社會

〔註26〕　《論反對日本帝國主義的策略》，《毛澤東選集》第一卷第一三三頁。
〔註27〕　《論反對日本帝國主義的策略》，《毛澤東選集》第一卷第一三一頁。

渣滓和潑皮無賴。《子夜》就通過對這類人物的描寫，對當時半殖民地半封建上海都會的黑暗一角，作了淋漓盡致的揭露與描繪。小說中對雙橋鎮的土皇帝——老地主曾剝皮的刻劃，也是入木三分的。這些地方，同樣顯示出作者細緻入微的觀察力和卓越的語言藝術才能。

在《子夜》中，作者不僅以辛辣有力的筆調，揭露了國民黨統治下三十年代舊中國社會的黑暗現實，而且以充沛的熱情，描寫了三十年代初期城鄉工農群眾的革命鬥爭。儘管由於處在國民黨的白色恐怖的統治之下，作者往往用側寫、暗示的手法來表現，但從全書的字裡行間，特別是從第四章和第十三章——十六章的正面描寫中，我們仍然可以看出作者的這種努力。這類描寫，主要表現在兩個方面。第一，從小說一開始到結尾，作者不斷地通過人物對話和側寫、暗示等間接描寫的方法，對當時黨所領導的工農紅軍，利用蔣、馮、閻軍閥混戰而迅速發展的形勢，作了側面的表現。例如，小說一開始，寫吳老太爺進上海避難，作者寫道：「蓀甫向來也不堅持要老太爺來，此番因爲土匪實在太囂張，而且鄰省的共產黨紅軍也有燎原之勢，讓老太爺高臥家園，委實不妥當」。小說結尾處，吳蓀甫準備出走，作者又借丁醫生之口，點出「紅軍打吉安，長沙被圍，南昌、九江都很吃緊」，暗示出工農紅軍勝利發展的形勢。第二，對城鄉工農群眾的革命鬥爭，作了直接的、正面的描寫。如，第四章描寫農民武裝包圍並拿下雙橋鎮，活捉吳蓀甫的舅父、老地主曾滄海。第十三——十五章，描寫裕華絲廠的女工，在地下黨的領導下開展罷工鬥爭。對於工人群眾的罷工鬥爭，和革命工作者的描寫，作者也是費了相當大的力量的。他描寫了資本家對工人的殘酷剝削，表現了工人群眾高漲的革命熱情，他們與資本家，以及被資本家的走狗所控制的黃色工會展開艱苦的鬥爭。在這場鬥爭中，出現了像張阿新、何秀妹、朱桂英、陳月娥等三十年代女工的形象。特別是對朱桂英一家的描寫，比較形象地反映了工人階級生活的貧困化和革命的要求。當然，同對吳蓀甫等民族工業資本家的描寫比較起來，作者對工人的生活和鬥爭的描寫，顯得很薄弱。對工人形象的塑造，比較概念化，遠不如對吳蓀甫等人物的描寫那樣生動逼眞、繪聲繪影。產生這一缺點的原因，是由於作者對工人群眾的生活和鬥爭缺乏深入的觀察和體驗，描寫時「僅憑『第二手』的材料——即身與其事者乃至於第三者的口述」。所以，比起對民族資產階級的描寫，這部分顯得比較薄弱，還不能寫得有血有肉。作者在《《茅盾選集》自序》中自己也講過：「《子夜》的寫

作過程給我一個深刻的教訓：由於我們生長在舊社會中，故憑觀察亦就可以描寫舊社會的人物，但要描寫鬥爭中的工人群眾則首先你必須在他們中間生活過，否則，不論你的『第二手』材料如何多而且好，你還是不能寫得有血有肉的。」

　　在《子夜》中，作者還企圖批判當時黨內李立三左傾機會主義路線的錯誤。一九三○年六月，李立三「左」傾路線第二次統治了黨的領導機關。在革命力量向前發展的形勢下，特別是一九三○年五月蔣、馮、閻軍閥戰爭爆發後的有利於革命的形勢下，他們錯誤地否認了毛澤東同志在長時期中用主要力量創建農村根據地，以農村包圍城市，以根據地的發展來推動全國革命高潮的思想，極端錯誤地號召全國各中心城市發動武裝起義，脫離實際地號召發動總同盟罷工。結果使黨和革命力量遭受極大的損失，尤其是當時上海的黨組織，受到的損失更加嚴重。《子夜》中所描寫的罷工運動正是發生在這個時候。作者企圖通過罷工運動的領導者克佐甫、蔡真等「左」傾路線領導下的幹部，表現盲動主義、冒險主義給革命工作帶來的危害。他們不瞭解當時的歷史條件，不深入群眾，在敵人佔優勢、廣大工人群眾還沒普遍發動起來的時候，一味蠻幹，盲目發動上海閘北絲廠的總同盟罷工。結果在資本家的軟硬兼施和國民黨的武裝鎮壓下，歸於失敗，給革命工作帶來嚴重的損失。但是，作者對「左」傾路線領導下的黨員克佐甫、蔡真等的描寫，浮於表面，有點流於漫畫化之嫌。有些情節的描寫，也不盡妥當，如寫到瑪金等討論如何領導罷工鬥爭的嚴肅場面時，卻插進了對蔡真、蘇倫的色情狂的描寫，破壞了鬥爭的嚴肅性。在表現當時黨組織的盲動和混亂時，也寫得很表面，並沒有把這些盲動主義者寫得入木三分。同時，作者雖然也寫了瑪金這一正面的共產黨員形象，她反對當時的「左」傾盲動主義的做法，反對盲目發動總罷工。但是，她為什麼要反對，也說不出道理來，顯得十分軟弱無力。這個人物，並不能反映出當時黨內對立三路線的抵制與鬥爭。正由於如此，所以作者企圖批判立三路線的錯誤這一目的，不可能得到成功的表現，對於當時城鄉革命鬥爭的艱苦性、複雜性和未來的光明前景，也不可能作出深刻的、全面的反映。關於這一些，作者自己後來也作過懇切的自我批評。

　　我們知道，從我國小說發展的歷史看，由傳統的章回體小說發展到今天不分章回的新小說，是經過了「五四」以來以魯迅為首的許多老一輩革命作家的辛勤勞動和革新創造，才逐步完成並趨於成熟的。也就是說，現代的新

小說，是「五四」新文學運動中產生的，在新民主主義革命時期趨於成熟的。解放以後，我國的小說創作，在「五四」以來小說創作所取得的成績的基礎上，又有了重大的發展。今天，我們回頭來看茅盾的《子夜》，儘管可以看出它還存在著一些缺點，但是從現代小說發展的歷史看，應該說，《子夜》是屬於這一革命性變革過程中的一部比較成熟的長篇小說。它在運用新的形式，表現反帝反封建反對官僚資產階級的革命新內容方面，突出地顯示了作者卓越的藝術才能。從藝術上看，《子夜》在人物形象的塑造、情節結構的安排與處理、文學語言的運用與細膩的心理描寫，以及藝術技巧的運用等方面，都有許多寶貴的經驗，值得我們學習和借鑒的。從人物形象的塑造看，作者善於從廣闊的歷史背景上，在錯綜複雜的、尖銳的矛盾衝突中來刻劃人物。比如，對吳蓀甫這一人物形象的塑造，作者不僅通過他與趙伯韜的矛盾鬥爭這一主要情節線索的展開來表現，而且還通過他與朱吟秋等中小資本家的矛盾鬥爭，與廣大工人群眾的矛盾鬥爭，與雙橋鎮窮苦農民的矛盾，以及吳蓀甫家庭內部的矛盾衝突等次要情節線索的發展來表現。也就是說，作者把吳蓀甫擺在三十年代初期客觀存在著的階級矛盾、階級鬥爭的複雜關係中，從各個不同的角度上來表現他做什麼和為什麼這樣做，使這一人物的思想行為和性格特點，得到比較豐富的、多方面的展現。因此，吳蓀甫這一人物就寫活了，他不僅具有民族資產階級的本質特點，而且具有鮮明的個性，如黑格爾所說的，是「這一個」。

茅盾在《創作的準備》一書中，曾說到自己如何寫人物的經驗。他說，文學家是以社會生活中的人物作為自己的描寫對象的，而「你所接觸的，自然是一個一個的活人，但是你切不可把他們從環境游離開了去觀察；你必須從他們的相互關係上，從他們與他們自己一階層的膠結，與他們以外各階層的迎拒上，去觀察。」但是，「單單記得『不把人物從環境游離開了去觀察』，還是十分不夠。必須記住人是在環境影響之下經常地變動著的！必須要記錄『他』這經常地變動的過程」。茅盾還以寫商人為例，說明一個商人在店鋪裡做生意，同他會朋友、上館子以至回到家中的表現，不會是完全一樣的。要全面的瞭解、觀察一個商人，「你必須跟著他到處跑。從他的店鋪裡跟他出來，跟他到小館子裡，到朋友家裡，到他家裡，到他臥房裡，一直跟他到『夢』裡。」〔註28〕因此，一個作家要使自己筆下的人物成為具有鮮明個性的「活

〔註28〕以上均引自《創作的準備》，重慶生活書店一九三六年初版。

人」，而不是「標本式」的人物，就不能光從一個固定不變的場合和角度，而應該從各種不同的場合和角度去觀察和表現他。《子夜》裡對吳蓀甫的描寫，就是如此。僅以第十二章為例，作者就從四個不同的場合和角度，用細膩多彩的筆墨，波瀾起伏地展示一向剛愎自信的吳蓀甫，在與趙伯韜決戰過程中空虛、煩躁的精神狀態和色厲內荏的性格特徵。這四個場合是：一、吳蓀甫與趙伯韜的姘頭劉玉英在旅館密談，劉向吳出賣了趙伯韜準備「殺多頭」的情報。作者著重刻劃吳表面鎮定果斷、內心虛弱多疑的精神狀態。如寫吳在與劉約定秘密聯絡方法時，突然看到窗上出現兩個人頭影子，「臉色有點變了」。他「快步跑到那窗前，出其不意地拉開窗一望……原來是兩個瘋三打架。」接著，作者又用語意雙關的妙筆寫道：「窗外那兩個瘋三忽然對罵起來，似乎也是為的錢。『不怕你去拆壁腳！老子把顏色你看』──這兩句跳出來似的很清楚。房裡的吳蓀甫也聽著了，他的眉頭皺得更緊些，看了劉玉英一眼，搖搖身體就站起來」。二、吳蓀甫在益中信託公司與孫吉人、王和甫密商對付趙伯韜的辦法。這一段，作者著重刻劃吳蓀甫在同夥面前竭力保持自信力和強作鎮定，他「就像一個大將軍講述出生入死的主力戰的經過似的，他興奮到幾乎滴下眼淚」。利用劉玉英提供的情報，面對趙伯韜開始實行的「經濟封鎖」，他們一致決定把公債上的損失轉嫁到工人頭上，立即下令對所屬工廠實行「裁人，減工資，增加工作時間，新訂幾條嚴密到無以復加的管理規則：一切都提了出來，只在十多分鐘內就大體決定了」。但是，黃奮帶來了「閻軍全部出動」的消息，津浦路北段軍事形勢的飛速變化，「快到就連吳蓀甫那樣的靈敏手腕也趕不上呀」。這時，作者描寫吳失去了自持力，他「自言自語地狂笑著，退後一步，就落在沙發裡了；他的臉色忽然完全灰白，他的眼光就像會吃人似的」。三、吳蓀甫當晚九點鐘回到公館，像一匹受傷的野獸，四處尋事發火。作者採用環境氣氛的烘托、細膩的心理描寫等藝術手法，細緻入微地描繪了吳公館夜晚的淒婉冷清的氣氛：五開間三層樓的大洋房，所有的燈都熄了，「只三層樓上有兩個窗洞裡射出燈光，好像是蹲在黑暗裡的一匹大怪獸閃著一對想吃人的眼睛」；黑魆魆的樹蔭下襯出吳少奶奶等四個穿白衣裳的人，傳來林佩珊唱的淒婉的時行小調「雷夢娜」。這樣一種環境氣氛的烘托，是為刻劃吳蓀甫服務的，它與吳蓀甫的暗淡前景是相一致的，但與吳的暴躁心情卻又形成強烈的對照。作者著意描寫吳蓀甫在家人面前，借題發火，毫無顧忌地發洩因公債投機失敗積壓在心頭的無名火。他怒斥弟妹，把阿萱玩

的「鏢」丟進池子裡，又教訓妻子對妹妹管教不嚴，達到蠻橫無理的程度。
這同他在劉玉英和孫吉人等人面前的表現相比，完全是另一副面孔。這一段
描寫，十分生動地刻劃出吳蓀甫虛弱、煩躁、色屬內荏的性格特點。在《子
夜》中，這段情景交融的心理描寫，可謂是全書中細膩的心理描寫的最精彩
的段落。茅盾十分擅長於以細膩多彩的筆墨刻劃人物心理，在《子夜》中，
類似的例子還很多。四、吳蓀甫在書房裡接見下屬屠維岳。作者筆鋒一轉，
描寫吳在下屬面前竭力控制自己，不讓他看出自己的心境。當他得知自己廠
裡的工人即將發動罷工，甚至可能引起上海絲廠的總同盟罷工時，又不耐煩
地「咆哮著」，不顧一切地下令照樣扣發工人的工資，又不准屠辭職，不給寬
限。作者通過吳蓀甫在上述四種不同場合的表現，十分生動地描繪出吳蓀甫
的虛弱本質和個性特點，它對於形象化地表現民族資產階級的兩重性，起了
重要的作用。在《子夜》這部三十多萬字、九十多個人物的作品中，雖然不
是所有的人物都寫得很成功的，但就吳蓀甫這一主要人物，以及趙伯韜、周
仲偉、杜竹齋、馮雲卿、曾滄海等人物形象的塑造看，則寫得栩栩如生、呼
之欲出，充分顯示出作者的語言藝術才能。

　　《子夜》在結構藝術上，也有顯著的特點。小說的故事發生於一九三○年
五至七月，前後只有兩個月左右的時間，人物卻有九十多個，情節線索錯綜
複雜，但作者卻處理得有條不紊，脈絡分明。小說的第二章，在情節結構的
處理上，就很有特色。作者通過寫吳老太爺的喪事，把小說裡的主要人物和
幾條情節線索都作了交代，構思巧妙，結構集中緊湊。在近三十個出場人物
中，有赴吳府奔喪的吊客十六、七人，他們是來自軍界、政界、工商界和文
化界等各個不同階級和階層的人物。他們三五成群，七嘴八舌，從軍閥戰爭
談到交易所行市，從工商業的凋零談到輪盤賭、跑狗場、必諾浴。表面上看
來，似乎是隨意寫來，並無深意，實際上，作者巧妙地通過人物對話和場面
描寫，把小說裡一些主要人物的各自不同的身份、地位、經歷、教養以及個
性特點，都作了初步的交代，為後來人物思想性格的發展勾畫出初步的輪廓。
與此同時，作者也把小說裡的主線以及一些次要線索的線頭，都提了出來。
從結構上看，作者把眾多的人物和複雜的線索，集中在一章裡頭，巧妙而自
然地交代出來，是頗費匠心的。這種處理，對於小說裡矛盾衝突的迅速展開，
起了重要的作用。《子夜》在結構上的另一特點，是作者善於在基本情節的發
展過程中，穿插一些小結構、小插曲（包括某些細節描寫），來豐富基本情節，

刻劃人物。如第八章對公債投機市場上三個賭徒──馮雲卿、何慎庵、李壯飛的描寫，即穿插在吳趙鬥爭這一主線中的一個小結構，它對展示吳趙鬥爭和金融投機市場的黑幕，起了補充的作用。再如第四章關於曾家駒的國民黨黨證的細節描寫，也是妙筆生花、幽默辛辣。它不僅起了表現曾滄海父子腐朽、反動的思想的作用，而且表現了作者鮮明的政治傾向。當曾家駒後來拿出那張又髒又皺的國民黨黨證在吳公館顯耀時，作者通過杜學詩之口罵道：「見鬼！中國都是被你們這班人弄糟的。」此外，作者還運用對照、呼應的手法，來安排情節、刻劃人物。如第二章寫杜竹齋與趙伯韜在吳府假山上的密談，第十七章寫吳蓀甫失敗前與趙伯韜在夜總會的會談，就是一種前後照應的寫法。第三章的「死的跳舞」與第十七章黃浦江夜遊，也屬於這種結構。從藝術上看，它起了對比、呼應的作用，對表現吳蓀甫思想性格的發展和展示民族工商業的暗淡前景，都產生了一定的藝術效果。當然，從《子夜》總的結構看，由於作者中途縮小了原來的計劃，把農村的部分略去了，只留下作為伏筆的第四章（後來除了曾家駒和費小鬍子這兩個人物又再度出現外，這條線索基本上中斷了），結果在全書中成了若即若離的部分。儘管從總的方面看，基本上沒有影響結構的完整性，但這畢竟是一個缺陷。所以，茅盾在《子夜》一九七七年十二月新版後記中，形象地稱之為「半肢癱瘓」。另外，小說的第十七──十九章，是情節發展的高潮部分，卻未能充分展開，給人以匆促收場之感。這也是個不足之處。

《子夜》在文學語言的運用上，也有比較突出的成就。作者在敘述人物語言的運用方面，具有細膩明快、色彩鮮明的獨特風格。他不單善於用明快而形象化的語言，來敘述故事、交代情節、刻劃人物，如前面談到的第二章和第十二章；而且善於用細膩多彩的筆墨來描繪環境氣氛、刻劃人物的心理。如開卷頭一段，寫五月傍晚上海蘇州河兩岸的景色，就猶如靜物寫生，細膩鮮豔，具有油畫般的效果。再如，寫吳老太爺乘坐一九三〇年式的汽車，進入眩人耳目的上海大都會，作者借吳老太爺的眼睛，描繪當時上海的表面繁華，同時也生動地刻劃了這具封建僵屍的迂腐與惶恐不安的心情。這裡，作者的語言生動形象，既寫景又寫人。如對汽車、霓虹燈、電風扇以及舊上海的花花世界的描繪，都是通過吳老太爺的眼睛來表現的，因此它產生了一種獨特的藝術效果，即把客體主觀化了。這些段落，都不是為寫景而寫景，為烘托氣氛而烘托氣氛，主要還是為了寫人。在人物語言的運用方面，《子夜》也善

於用個性化的人物語言，來展開故事情節、刻劃人物性格。例如，同是民族工業資本家，吳蓀甫的語言與周仲偉、孫吉人的語言就各具特色，顯示了各自不同的性格特點。馬克思說：「語言是思想的直接現實」。〔註 29〕文學語言的運用，並不單純是個詞藻與技巧的問題，而是直接反映了作家對於社會生活和人物思想性格的觀察、理解和掌握的程度，當然，也是最能顯示作家的藝術才能和獨特風格的。這在《子夜》的語言運用上，也可以得到證明。例如，作者對於工人群眾和革命者的描寫，語言就比較一般化，缺少具有個性化的人物語言。其所以如此，還是由於作者對工人群眾的生活和鬥爭缺乏深入的觀察和體驗。上述的《子夜》的成功經驗和失敗教訓，對於我們今天的社會主義文學創作，仍然具有一定的借鑒意義。

從以上對茅盾這時期的創作所做的粗略分析中，我們可以得出這樣一個基本的結論：左聯時期是茅盾創作發展道路上的重要時期，也是他創作上成熟的時期。《子夜》的發表，正標誌著作者在思想和創作上的一個重大轉折，也可以說是一個新的飛躍。茅盾在這個時期的創作活動，不僅對左翼革命文藝運動作出了重要貢獻，而且也反映了在無產階級思想的指引和黨的領導下，我國「五四」以來現代革命文學的深入和發展。

這時期創作的最根本的特徵，不僅表現在題材擴大，反映的社會面更加廣闊，更重要的是作者開始努力用馬克思主義的世界觀來認識和反映當時的社會現實。在這時期的創作中，我們可以明顯地看出一個重要的特點：就是作者對於三十年代半殖民地半封建中國社會錯綜複雜的現實，是以馬克思主義的社會觀點——階級觀點去分析、解剖、概括和反映的，是以豐富的社會科學知識和生活經驗作基礎的。因此，在他的作品中，具有嚴峻的革命現實主義精神，對三十年代廣闊的社會生活面貌，作了相當深刻的反映。這樣一個轉變，一方面是由於黨的革命事業對茅盾的鼓舞和左翼革命文藝運動的影響；另一方面，也是由於他能比較重視自己世界觀的改造，努力地鑽研社會科學，學習馬克思列寧主義，訓練自己的觀察和分析社會現實的能力。他說過：「一個做小說的人不但須有廣博的生活經驗，亦必須有一個訓練過的頭腦能夠分析那複雜的社會現象；尤其是我們這轉變中的社會，非得認真研究過社會科學的人每每不能把它分析得正確。」〔註 30〕正是由於作者掌握了這一

〔註29〕《德意志意識形態》，《馬克思恩格斯全集》第三卷第五二五頁。
〔註30〕見《我的回顧》。

武器，因此對於三十年代社會現實的認識和反映是相當眞實而生動的，並且具有一定的深度和廣度。比如對民族資產階級、買辦資產階級，對農村經濟的破產和農民的貧困化，對國民黨反動政權的暴露等。當然，這並不是說，在茅盾的作品中，是以社會科學的分析來代替生動的生活內容本身的描寫的。應該承認，在轉變期中（左聯初期）曾經存在過這種傾向，但很快就被克服了。《子夜》、《春蠶》、《林家鋪子》等作品的藝術水平，超過作者以前任何時期的創作，成爲我國現代文學史上的優秀作品。

同時，在這時期的創作中，也表現出作者的革命樂觀主義的精神和對人民反抗鬥爭的歌頌，這和大革命時期的悲觀情調相比，截然不同。比如《子夜》中對工人群眾罷工鬥爭的描寫，農村三部曲中對多多頭等青年農民的反抗鬥爭的描寫，雜文中對國民黨反動政權的暴露與諷刺，以及散文如《雷雨前》、《黃昏》等對革命未來的歌頌，等等。這些都明顯地表現出作者鮮明的愛憎，表現出他對於未來的確信。例如，在散文《雷雨前》中，他熱情地歌頌革命的未來，預示著革命暴風雨的即將來臨。作者用「灰色的幔」象徵三十年代的黑暗社會，用雷電象徵革命的力量。在文章的結尾，像高爾基的《海燕》一樣，作者以高昂的革命激情唱道：「轟隆隆，轟隆隆，再急些！再響些吧！讓大雷雨沖洗出個乾淨清涼的世界！」在《黃昏》一文中，他又以激蕩的大海和呼嘯著的狂風，象徵著革命的風暴即將降臨：「海又動盪，波浪跳起來。轟！轟！在夜的海上，大風雨來了！」這些散文的調子激昂熱烈，充滿著革命樂觀主義的精神。如果拿它們來和作者在大革命失敗後所寫的《賣豆腐的哨子》、《霧》、《叩門》等比較，恰好成了強烈的對比。

表現在文藝思想上，他強調革命文學要表現廣大工農群眾的革命鬥爭，揭露國民黨反動政權的黑暗統治，創造出無愧於偉大革命時代的無產階級革命文學作品來。這種思想，在他一九三○年回國後所寫的一些文藝論文，如《中國蘇維埃革命與普羅文學之建設》、《我們所必須創造的文學作品》、《我們這文壇》、《都市文學》、《機械的頌讚》等文章中，表現得很明顯。例如，在一九三一年發表於左聯的刊物《文學導報》上的《中國蘇維埃革命與普羅文學之建設》一文中，〔註31〕作者在當時黨所領導的工農革命鬥爭形勢的鼓舞下和左聯的無產階級革命文學口號的影響下，就明確地提出要建設中國的無產階級革命文學。他認爲，一切革命的作家，都應該認清過去的缺點，接受過

〔註31〕《文學導報》，第一卷第八期。

去的經驗教訓，從當前的革命現實中，即「從工廠中赤色工會的鬥爭」中、「從農村的血淋淋的鬥爭」中、「從蘇維埃區域」中、「從一切統治階級的崩潰聲中，革命巨人威脅的前進聲」中，汲取創作的題材，忠實、刻苦地創作出無愧於偉大革命時代的無產階級革命文學作品來。在這篇文章中，作者擺脫了自己以前的小資產階級的悲觀情緒和文藝觀點，繼續堅持並發揚了文學研究會時期、特別是一九二五年「五卅」運動前後的革命文學主張，並且進而把無產階級革命文學的建設與黨所領導的工農群眾的革命鬥爭緊密地聯繫起來。

稍後，在《都市文學》、《機械的頌讚》、《我們這文壇》等文中，作者也強調要表現勞動群眾的生活。他指出，隨著都市經濟的畸形發展，反映在文學上，消費和享樂成了都市文學的主要色調。當時，許多所謂反映「都市生活」的作品，「其題材多半是咖啡館裡青年男女的浪漫史，亭子間裡失業知識分子的悲哀牢騷，公園裡林蔭下長椅子上的綿綿情話」，〔註32〕「大多數的人物是有閒階級的消費者，闊少爺，大學生，以至流浪的知識分子；大多數人物活動的場所是咖啡店，電影院，公園。」〔註33〕他主張都市文學應該表現勞動者的生活，要有「勞動者在生產關係中被剝削到只剩一張皮的描寫」，要有「站在機器旁邊流汗的勞動者」的描寫。在《我們這文壇》一文中，他說：「我們唾棄那些不能夠反映社會的『身邊瑣事』的描寫；我們唾棄那些『戀愛與革命』的結構；『宣傳大綱加臉譜』的公式；我們唾棄那些向壁虛造的『革命英雄』的羅曼司；我們也唾棄那些印板式的『新偶像主義』──對於群眾行動的盲目而無批判的讚頌與崇拜；我們唾棄一切只有『意識』的空殼而沒有生活實感的詩歌、戲曲、小說。」〔註34〕並且提出將來真正壯麗的文藝將是「批判」的、「創造」的、「歷史」的、「大眾」的，一切進步的作家只有「攀住了飛快的時代輪子向前」，否則，將被時代的輪子所碾碎、所拋棄。這種觀點，和大革命失敗後所寫的《從牯嶺到東京》、《讀《倪煥之》》、《寫在〈野薔薇〉的前面》等幾篇文章所闡述的觀點，已經有極大的不同。而茅盾自己在左聯時期中，也正是努力按照這一種觀點，來從事創作活動的。例如，作者在《中國蘇維埃革命與普羅文學之建設》一文（署名施華洛）中所提出的文

〔註32〕《機械的頌讚》，《茅盾文集》第九卷。
〔註33〕《都市文學》，《茅盾文集》第九卷。
〔註34〕《茅盾文集》第九卷第六一頁。

學主張，就在《子夜》、《春蠶》等作品中得到不同程度的表現。這篇文章是寫於一九三一年下半年，當時正是作者開始著手寫《子夜》等作品的時候。

　　總之，茅盾在左聯時期的文藝思想和創作活動，和大革命失敗後的創作初期比較起來，已經有了重大的發展和轉變，這一轉變爲作者後來在抗日戰爭時期和解放戰爭時期的文學活動，奠定了堅實的基礎。

七 爲祖國而戰──抗戰時期的生活與創作（一九三七至一九四五年）

　　從一九三七年「七‧七」事變到一九四五年八月十四日抗戰勝利，是茅盾創作活動的第四個時期。在這苦難的八年中，我們祖國面臨著生死存亡的關頭，日本帝國主義侵略者在我國的土地上進行了滅絕人性的法西斯侵略戰爭。他們大規模的屠殺、姦淫、擄掠、蹂躪我們的人民，侵佔我們的土地。在這苦難的時代裡，仇恨的烈火燃燒著每一個愛國同胞的心，全國人民奮起迎擊侵略者，投入到轟轟烈烈的全民抗戰中去。一切愛國的作家、詩人、文學藝術工作者，也毫不例外地投入這場戰鬥。茅盾也以左翼革命作家、愛國主義戰士的身份，投身到這場鬥爭中。

　　從抗日戰爭一開始，就存在著兩條根本不同的路線：一條是以國民黨蔣介石集團爲代表的大地主大資產階級的反共賣國的投降路線，一條是以中國共產黨爲代表的全民抗戰的路線。抗戰爆發後，由於全國人民的壓力，也由於日寇的侵略嚴重地打擊了英美帝國主義在中國的利益和以四大家族爲代表的大地主大資產階級的利益，蔣介石才被迫接受中國共產黨提出的停止內戰，聯合抗日的主張，全國抗日民族統一戰線正式形成。因此，在武漢陷落前的抗戰初期，曾經一度出現了生氣蓬勃的新氣象。配合著全國人民的抗日衛國戰爭，文藝工作也出現了蓬勃的新局面，許多作家都走出亭子間，走向街頭，走向戰場，組織了各種服務團、演劇隊、宣傳隊，參加到火熱的鬥爭中去。爲了廣泛地團結文藝界一切抗日力量，一九三八年三月二十七日，在武漢正式成立了「中華全國文藝界抗敵協會」（以下簡稱「文協」），茅盾被

選爲理事。「文協」是在黨的領導下以革命的、進步的作家爲骨幹的文藝界抗日民族統一戰線的組織。他們在《發起旨趣》中表示，要「像前線將士用他們的槍一樣，用我們的筆，來發動民衆，捍衛祖國，粉碎寇敵，爭取勝利。民族的命運，也將是文藝的命運」。當時，在黨的領導下，「文協」做了不少工作。它出版會刊《抗戰文藝》，號召作家「入伍」、「下鄉」，組織「作家戰地訪問團」，派遣代表到前線慰勞抗日戰士。但是，自從一九三八年十月武漢失守後，隨著日帝的誘降，汪精衛集團的公開叛國，國民黨蔣介石由「應戰」變爲「觀戰」，由消極抗戰變爲積極反共反人民，企圖出賣祖國，與日本帝國主義妥協。因此，抗戰初期的一點蓬勃氣象又迅速消失了，代之而起的是法西斯統治的恐怖氣氛。一九三九年，蔣介石集團秘密頒佈了《防止異黨活動辦法》和《共黨問題處置辦法》等反動的議案；並於一九三九至一九四三年之間，發動了三次反共高潮，企圖消滅共產黨和抗日根據地，以便與汪僞合流，投向日帝的懷抱。同時，他們在國統區內實行法西斯特務統治，屠殺愛國的青年，迫害進步的文藝家，抗戰文藝運動受到嚴重的摧殘。在這白色恐怖的統治下，文藝工作者受到政治的和經濟的壓迫，有些人表現了消沉情緒。但總的說來，絕大多數人並沒有失去對抗日戰爭勝利的信心，中國共產黨領導下的解放區和敵後堅持抗戰的軍民大衆的偉大力量，始終成爲鼓舞國統區一切進步文藝工作者的勝利信心的基本力量。一九四二年，毛主席發表了《在延安文藝座談會上的講話》，它標誌著我國的無產階級文學藝術進入了一個嶄新的歷史時期。正如周揚同志所說的：「無產階級的文藝路線曾經經歷了它的幼稚的階段，犯過教條主義、宗派主義及其他各種錯誤，到一九四二年毛澤東同志《在延安文藝座談會上的講話》發表後，才奠定了堅固的理論基礎，並且在實踐中完全證明了這條路線的正確。」〔註 1〕當時，國統區的文藝工作者，由於環境關係，雖然沒能普遍而深入地學習毛主席的《講話》，但是它給進步的文藝工作者指出了明確的方向。在這一時期中，他們堅持了文藝戰線的抗日救亡鬥爭，揭露蔣介石集團反共賣國的罪惡活動，與國民黨反動派展開激烈的鬥爭，與文藝戰線上各種資產階級反動的文藝思想，如梁實秋之流的文藝與「抗戰無關」論，以反動文人陳銓爲代表的公然鼓吹法西斯的「戰國策」派的「民族文學」論等，進行堅決的鬥爭，給予無情的抨擊。茅盾是當時國統區的重要革命作家之一，由於國民黨的迫

〔註 1〕 《文藝戰線上的一場大辯論》。

害，生活的壓迫，在苦難的八年中，他輾轉於香港和國統區之間，堅持與國民黨賣國政權展開尖銳的鬥爭。當時，革命的、愛國的文學工作者都受到限制和迫害，言論、集會、結社都沒有自由，書籍、雜誌、報紙的檢查、扣留和禁止，也一天天加緊起來了。茅盾就說過：「作家們把自己的作品拿出來的時候，早就料到讀者是不會滿意的。爲什麼？因爲他知道：被許可反映到他作品中的現實不過是讀者所耳聞目擊者百分之一二，至於在現實的總體中恐怕至多千分之一二；而這百分之一二或千分之一二尚受抽筋拔骨之厄，作者幾乎沒有勇氣承認是自己的產品。」〔註2〕但是，在這種情況下，茅盾並沒有放棄戰鬥，他極力主張對國統區的黑暗世界，予以暴露和諷刺。他認爲「批評家號召了作家寫新的光明，緊接著必須號召作家們同時也寫新的黑暗」，因爲消滅黑暗勢力，「是爭取最後勝利之首先第一的要件。目前的文藝工作必須完成這一政治任務。」〔註3〕在他這時期的長篇小說、短篇小說、散文和雜文中，有許多都是暴露國民黨反共反人民、投降日帝的賣國陰謀的，同時，他也描繪了國統區後方的黑暗世界，人民生活的貧困化等。這一切，正是當時我們民族的最重大的主題之一。當時，除了共同的敵人之外，還必須與國民黨反動派的投降路線展開鬥爭，因此，揭露國民黨反共賣國的罪惡活動，成爲國統區革命作家的重大任務之一。茅盾的《腐蝕》、《清明前後》等，就是在這樣的情況下產生的。從茅盾的創作發展道路看，他在這時期繼承和發揚了三十年代左翼革命文藝運動的優良傳統，在祖國、人民面臨著深重的災難，國民黨反動統治者進行著反共反人民、出賣祖國的陰謀活動時，他用文學作爲鬥爭的武器，抓住當時政治生活和現實生活中的重大事件，給予揭露和批判。同時，對於人民的英勇抗敵精神，和對黨所領導的敵後堅持游擊鬥爭的英雄人民，則給予熱情的歌頌。他在這時期的創作中，表現了一個革命作家的堅定立場，對於國民黨黑暗統治的揭露，比起左聯時期，更加直接，更加鮮明。

　　總的說來，抗戰時期，是我們祖國多災多難的時期，茅盾和祖國、人民一起經歷了這個苦難的時代，在日本帝國主義和國民黨反動派的壓迫下堅持鬥爭；用自己的筆爲祖國而戰。

〔註2〕茅盾：《雜談文藝現象》，見《青年文藝》新一卷二期。
〔註3〕茅盾：《論加強批評工作》，見《抗戰文藝》二卷一期。

顛沛流離的生活與創作

　　一九三七年七月七日，日本帝國主義爲了實現獨佔中國、變中國爲其殖民地的野心，又發動侵略戰爭，爆發了「蘆溝橋事變」。八月十三日，日本帝國主義又向上海大舉進攻。「八‧一三」事變的爆發，激起全國人民的抗日怒火，上海軍民在全國人民的聲援下，奮起抗擊侵略者。當時，茅盾也在上海，他以極大的熱情，用自己的筆參加了這場鬥爭。「八‧一三」事變後到上海淪陷以前，他主編了《吶喊》週刊（後改名《烽火》週刊，是由《文學》月刊社、《中流》半月刊社、《文季》月刊社、《譯文》月刊社聯合舉辦的）。在《吶喊》創刊獻詞《站上各自的崗位》一文裡，他寫道：「大時代已經到來了。民族解放的神聖的戰爭要求每一個不願做亡國奴的人貢獻他的力量」。在這期間，他寫了一些反映「八‧一三」後上海軍民抗擊侵略者和戰時生活的散文、特寫，後來大多收在《吶喊小叢書》第一種《炮火的洗禮》中。一九三七年十一月十二日，經過八十多天的奮戰，上海終於淪陷了。上海淪陷後，茅盾「帶著一顆沉重的心」，由上海轉香港到了長沙。一九三八年初，黨領導的生活書店準備出版一個以團結進步的文藝力量爲目的的刊物，請茅盾擔任主編，這一刊物便是《文藝陣地》。於是茅盾在一九三八年二月間從長沙來到漢口，籌備《文藝陣地》（半月刊）的創刊工作，大約二月下旬離開漢口到廣州。因爲，當時《文藝陣地》的編輯部決定設在廣州，而不設在漢口，原因是武漢印刷不便，同時也是爲了政治上的方便——遠離國民黨的政治中心，避免主編人和他們打交道。從一九三八年四月刊物創刊到一九三八年底茅盾到新疆前，《文藝陣地》一直由他負責主編。這個刊物的《發刊辭》裡說：「朋友們都有這樣的意見：我們現階段的文藝運動，一方面需要在各地多多建立戰鬥的單位，另一方面也需要一個比較集中的研究理論，討論問題，切磋，觀摩，……而同時也是戰鬥的刊物。《文藝陣地》便是企圖來適應這需要的。」那時候，薩空了正在香港籌備《立報》的復刊工作，邀請茅盾去編副刊《言林》。一九三八年二月底，他就住在香港，一方面爲《立報》編副刊，一方面也到廣州爲生活書店主編《文藝陣地》。《第一階段的故事》是應讀者的需要，用通俗的形式寫成，在《言林》上連載的，邊寫邊發表，前後有八個月之久。起先，作者想題名爲《何去何從》，因爲，一九三七年抗戰爆發後，我們整個國家民族，以及每一個中國人，面前都擺著許多不同的道路，何去何從成爲一個重要的問題。但是，當時因爲怕題名太明顯惹起麻煩，所以改爲《你往

哪裡跑》。到了一九四五年在重慶印單行本時，才改名爲《第一階段的故事》。

　　一九三八年底，茅盾應杜重遠的邀請，離開香港赴新疆。當時，新疆的督辦盛世才的反共面目尚未暴露，他請杜重遠到新疆，杜籌備建立新疆學院，自任院長，寫信邀茅盾到新疆。一九三八年十二月二十日，茅盾離開香港經海防到蘭州，〔註4〕在蘭州住了一段時間。大約一九三九年三月間，茅盾離蘭州經哈密到迪化（今烏魯木齊）。到新疆後，茅盾在新疆學院任教，並主持「新疆各族文協聯合會」等團體的工作。〔註5〕茅盾和他夫人孔德沚，以及兒子、女兒，在新疆住了一年多。那時候，盛世才的反動面目已開始暴露出來，一九三九年底與一九四〇年間，杜重遠就被盛世才軟禁起來。一九四〇年四月十七日，茅盾的母親在上海病故，他就藉此機會請假，但由於盛世才的拖延，他於同年六月間才離開迪化經哈密到蘭州。茅盾在歸途中於西安遇到朱德同志，一九四〇年六月底，他和夫人、孩子一起搭朱德同志的車隊，到了革命聖地延安。〔註6〕在延安期間，茅盾住在魯迅藝術學院，並曾在魯藝講過課。後來，茅盾曾就這次新疆之行沿途所見所聞，和在延安所看到的革命軍民朝氣蓬勃的新生活，寫了許多散文。這些散文，大多收入一九四三年在桂林出版的散文集《見聞雜記》裡，其中，包括著名的優秀散文《白楊禮讚》和《風景談》。一九四〇年底，茅盾把孩子留在延安學習，又到了重慶。一九四一年一月，就發生「皖南事變」，國民黨背信棄義地襲擊我新四軍部隊，妄圖消滅黨所領導的抗日武裝，製造了震驚中外的第二次反共高潮。「皖南事變」後，茅盾即於一九四一年春離開了國民黨反動統治的臨時首都——重慶，又第二次到了香港。同年夏天，他便以「皖南事變」前後國民黨法西斯特務統治的罪惡爲題材，寫出了著名的作品《腐蝕》。這部作品也是邊寫邊發表的，在香

〔註 4〕 參見《〈見聞雜記〉後記》。

〔註 5〕 茅盾同志一九七八年二月十九日來信說：「新疆學院當時沒有文學院，張仲實回憶屬實。但我所教的是『社會教育』，講義自編，並不教《創作基本知識》或《語文》。我在新疆還有其它雜務，如『新疆各族文協聯合會』主席（新疆各民族——包括漢族——各有一個文協。我去後，盛世才即謂我的主要工作不是教書，而是辦這個聯合會。聯合會是我到新後成立的）、中蘇文化協會會長（這也是我到新後成立的）。還任『文化訓練班』主任。每週去講話一次，等等。」

〔註 6〕 茅盾同志一九七八年二月十九日來信說：「在西安遇見朱總司令，他要回延安，我就搭上他的車隊，時在六月尾。在延安住約半年，住魯藝，沈霞沈霜都留延安學習。」

港鄒韜奮主編的《大眾生活》上連載，在當時的讀者中產生很大的影響。一九四〇年底茅盾到了重慶後，《文藝陣地》又在重慶復刊，他雖不再單獨負責主編工作，但也參與工作，並經常爲刊物寫稿。

一九四一年底，日本不宣而戰，襲擊了珍珠港美國海軍根據地，進攻了太平洋上的美英殖民地，於是，太平洋戰爭爆發了。不久，香港就淪陷了。當時，茅盾和另一些進步的文化人，越過日寇封鎖線，離開香港，在黨所領導的東江游擊隊的幫助下，經歷重重的困難，最後到了桂林。關於這段經歷，他在《脫險雜記》中有詳細的描寫。關於香港的這段生活，他後來寫有特寫《生活之一頁》、《劫後拾遺》等。一九四二年秋多之交由香港回到桂林後，他又寫了長篇《霜葉紅似二月花》，還有一些短篇小說和雜文。一九四三年，即蘇德戰爭爆發後的第三年，茅盾從桂林到了重慶，住在重慶市郊的唐家沱，直到抗戰勝利。〔註7〕這段時間，他又寫了許多散文，後來編集成散文集《時間的記錄》。小說《走上崗位》，也寫於這一時期（沒有寫完，發表於一九四三年的《文藝先鋒》第三卷三期）。一九四五年中秋，他在抗戰勝利聲中寫完了劇本《清明前後》，有力地揭露了當時國民黨反動統治下的霧重慶的黑暗現實。一九四五年八月十四日，日本宣佈無條件投降，中國人民堅持了八年之久的艱苦卓絕的偉大的抗日戰爭勝利結束。不久，茅盾經廣州、香港回到了上海。

在這時期內，茅盾雖然過著顛沛流離的生活，奔波於抗戰大後方的西南、西北和香港之間，受著日寇和國民黨反動派的壓迫，生活相當艱苦。但是，他始終沒有放棄文學這一武器，相反的，他緊抓住當時現實生活中的主要矛盾和鬥爭，用筆進行戰鬥。在這時期中，他寫了許多作品，長篇小說有《第一階段的故事》、《腐蝕》、《霜葉紅似二月花》，短篇集有《委屈》；短篇、散文集《耶穌之死》，劇本有《清明前後》。還有許多散文集，如《炮火的洗禮》、《見聞雜記》、《時間的記錄》和特寫《生活之一頁》、《劫後拾遺》等。此外，翻譯作品有蘇聯巴甫連科的《復仇的火焰》、格羅斯曼的《人民是不朽的》，以及與戈寶權等合譯的傳記小說《高爾基》等。

在這時期的創作中，除了《霜葉紅似二月花》是寫辛亥革命後到「五四」前夕的社會生活外，其他的作品，都是取材於當時的現實生活，反映抗戰時

〔註7〕 見茅盾：《〈蘇聯愛國戰爭短篇小說譯叢〉後記》，上海永祥印書館一九四六年版。

期的生活與鬥爭的。散文集《炮火的洗禮》，描寫的是「八‧一三」上海抗戰期間的現實的。《時間的記錄》是一九四三至一九四五年間寫的散文集，描寫的也是抗戰時期的景象。當時正是國民黨統治最黑暗的時期，因此，文字上比較曲折隱晦，但思想內容仍是鮮明的。他在《後記》中說：「世界的民主潮流是這樣的洶湧澎湃，然而看看我們自己的國家，卻那麼不爭氣。貪官污吏，多如夏日之蠅，文化掮客，幫閒篾片，囂囂然如秋夜之蚊，人民的呼聲，悶在甕底，微弱到不可得聞。在此時期，應當寫的實在太多，而被准許寫的又少得可憐，無可寫而又不得不寫，待要閉目歌頌罷，良心不許，擱筆裝死罷，良心又不安；於是而凡能幸見於刊物者，大抵半通不通，似可懂又若不可懂……我寫這後記，用意不在藉此喊冤，我的用意只在申明這一些小文章本身倒眞是這『大時代』的諷刺。沉默是偉大的諷刺，但『無物』也可以成爲諷刺，這些小文章倘還有意義的話，則最大的意義或亦即在於此。命名曰《時間的記錄》者，無非說，從一九四三—— 一九四五年，這震撼世界的人民的世紀中，古老中國的大後方，一個在『良心上有所不許』以及『良心上又有所不安』的作家所能記錄者。」《生活之一頁》，是茅盾由香港回到重慶以後寫的，描寫的是香港陷落的情形。《劫後拾遺》也是描寫日寇攻陷香港前前後後的情形的。除此之外，《見聞雜記》是寫一九四○年冬到一九四一年春西北大後方人民的生活和一些戰時景象。《腐蝕》、《清明前後》、《第一階段的故事》等，則直接描寫當時國統區的黑暗世界，揭露國民黨法西斯反動政權的罪惡。在這些作品中，作者以鮮明的政治立場，無情地揭露國民黨反共反人民、叛賣祖國的陰謀。他抓住當時現實生活中最重大的事件，反映出與祖國人民的命運密切相關的重大主題；同時，他對黨所領導的敵後人民的抗敵鬥爭，對抗戰初期全國軍民高漲的愛國熱情，則給予熱情的歌頌。在祖國多災多難時期，充分表現出一個革命作家和愛國者的堅定立場。但是，由於作者經常生活在不安定的環境中，過著飄遊不定的生活，當時的時間和條件都不允許他有充分的時間來醞釀和修潤自己的作品，許多東西都是匆忙寫出，在報刊上邊寫邊發表的，因此，有許多長篇都沒寫完，而且在作品的質量方面也受到影響。本來茅盾一直想寫大規模地反映抗戰生活的小說，也因爲這些關係，始終沒有實現。就是寫成的一些東西，也正如作者自己所說的，常常是「虎頭蛇尾」的。不過，這並不等於說，這個時期沒有產生優秀的作品。《腐蝕》就是繼《子夜》之後的又一傑出的作品，它是抗戰時期國統區革命文學的重

要收穫之一，是作者在這時期的代表作。其他如散文《白楊禮讚》、劇本《清明前後》等，在當時也曾經發生過很大的影響。

無情的暴露──從《腐蝕》到《清明前後》

八年抗戰，對全國人民是一個嚴重的考驗，當時不僅要抵抗日本帝國主義的侵略，而且要對蔣介石反共賣國政權展開鬥爭。那時，蔣介石雖然被迫抗戰，但並沒有放棄消滅共產黨的罪惡活動，他時時刻刻準備和日本帝國主義妥協。特別是一九三八年十月武漢失守後，這種反共賣國的罪惡活動越來越露骨。以蔣介石為代表的國民黨反動政權，對外屈膝妥協，對內實行了法西斯的特務統治，大量的屠殺愛國青年和進步人士。面對著這個黑暗的世界，茅盾用自己的筆，和反動勢力展開鬥爭。在這時期創作中的一個重要的主題，就是暴露與鞭撻國民黨反動統治的罪惡，揭穿他們的反共反人民和投降日本帝國主義的陰謀。從《腐蝕》到《清明前後》，這個主題鮮明地貫穿在他的創作活動中。我們只要拿《腐蝕》、《清明前後》和《見聞雜記》來分析一下，就可以清楚地看到一幅國統區黑暗世界的圖畫。

《腐蝕》是茅盾在這時期的代表作。它寫於一九四一年夏天，在香港鄒韜奮主編的《大眾生活》上連載。這是一部日記體的小說。它以國民黨發動的第二次反共高潮（「皖南事變」）為背景，暴露了抗戰大後方國民黨特務統治的血腥罪惡，揭穿了國民黨反動派反共反人民、勾結漢奸的賣國陰謀。像一把利刃，作者剖開了這個充滿「太平景象」和「高唱救國抗日」的臨時首都重慶的黑暗現實，揭露了國民黨法西斯統治的核心部分──特務機關的血腥罪行。

《腐蝕》是一篇充滿血淚的控訴書。它通過生動的藝術形象──日記主人公趙惠明，一個失足的女特務從受騙、犯罪到覺醒、自新的過程，揭露了國民黨法西斯特務統治對青年的精神和肉體的摧殘與殺害，撕開了國民黨特務機關的血淋淋的醜惡面目。小說一開始，作者就假託在重慶某公共防空洞的最深處的岩壁上，發現了「一束斷續不全的日記」，「日記的主人不知為誰氏，存亡亦未卜」。日記中夾有一男一女的兩張照片；日記內有一處，「墨痕溼化，若為淚水所漬，點點斑駁」。通過這樣一種引人入勝的藝術虛構，作者一開始就賦予這部日記體的小說一種藝術的真實感。他在《前言》中寫道：「嗚呼！塵海茫茫，狐鬼滿路，青年男女為環境所迫，既未能不淫不屈，遂招致

莫大的精神痛苦，然大都默然飲恨，無可伸訴。我現在斗膽披露這一束不知誰氏的日記，無非想藉此告訴關心青年幸福的社會人士，今天的青年們在生活壓迫與知識饑荒之外，還有如此這般的難言之痛。」我們知道，藝術的力量在於用生動的形象來反映現實，給讀者以極大的感染，引起讀者在精神上的反應──愛或憎，同情或憤怒，從而達到教育的效果。《腐蝕》的主人公趙惠明，是一個失足的女特務，但是她最後又走上自新的道路。作者對這人物的複雜的精神世界深刻而細膩的描寫，深深地打動了讀者的心，引起我們對國民黨法西斯特務統治的仇恨，對被迫害的青年的同情，以及從趙惠明這類「不明大義」的失足女特務的遭遇中，引出教訓。趙惠明本來是官僚家庭出身的嬌女，中學時代曾經追求過光明正義，參加過學生運動和前線的救亡工作。但是，由於她本身的階級烙印，她的愛虛榮、驕奢淫逸和資產階級的個人主義，使得她後來被騙失足於特務群中。作者把她作爲一個被腐蝕者來描寫，通過日記這一特殊的體裁，十分細膩深刻地解剖了她的內心的矛盾。一方面她做過壞事，成爲狐鬼世界裡的一名幫兇，雙手沾滿了革命者的鮮血；另一方面，她厭惡這個世界，渴望擺脫這個黑暗的環境。她留戀過去，想念自己遺棄掉的兒子，想念自己的愛人小昭。有時候，她會突然升起一種念頭，希望馬上有一顆炸彈掉下來，把自己化作一道煙；有時她也想做個好人，跳出這人間地獄。但是，這種自發的厭惡與反抗是出於個人主義的動機，並沒有明確的思想基礎。促使趙惠明走上自新道路的，是她的愛人、革命者小昭的出現和被害，這對她是一個沉重的打擊。現實的教育使她更清楚地看到國民黨特務機關的罪惡，所以，最後當她遇到和自己從前一樣走到懸崖邊沿的女學生 N 時，敢於不惜犧牲自己，冒險把她救了出來，這是她走上自新道路的一個決定性的轉變。作者通過這個特殊的人物，一個被國民黨特務拉下泥坑的幫兇，深刻、有力地揭露了國民黨特務機關的內幕，控訴了法西斯特務政治對青年精神上的摧殘與毒害。這對於當時一些走上迷途的青年，無疑是一個當頭棒喝。《腐蝕》對於趙惠明最後走上自新道路的處理，在國民黨反動派的黑暗統治年代裡，是有一定的現實意義的。

　　解放後，茅盾在談到當時的創作過程時，曾經就爲什麼要寫趙惠明走上自新道路的問題，作了詳細的說明。他說，寫《腐蝕》時原來有一個「總的結構計劃的」，即：準備寫到小昭被害，小說就結束了。但是，在小說邊寫邊發表時，「來了意外的要求」。其一是，「讀者們要求給她一條自新之路。《大

眾生活》編輯部接到這樣的讀者的來信一天多似一天，以致編輯部終於向我提出，要求我予以考慮」。其二是，《大眾生活》發行部出於技術上的考慮，要求作者「多『拖』幾期」，便於以後搞合訂本。〔註8〕作者接受了這兩方面的要求，「結果是在原定結構上再生枝節，而且給了趙惠明一條自新之路」。這就是說，創作過程中讀者對趙惠明這一日記主人公的最終結局所寄予的希望，起了重要的作用，促使小說的情節結構向前發展，出現了趙惠明捨身救 N 逃出魔掌的行動。在二月十日這最後一天的日記裡，趙惠明這樣寫道：

…………

我犯了什麼彌天大罪？我知道沒有。我只要救出一個可愛的可憐的無告者，我只想從老虎的饞吻下搶出一隻羔羊，我又打算拔出一個同樣的無告者——我自己！這就是我的罪狀！我願我這罪狀公佈出去，告訴普天下的善男信女！

我要用我的「行動」來挺直我自己：如果得直，那是人間還有公道，如果事之不濟，那就是把我的「罪狀」公佈出去，讓普天下的善男信女下一個斷語！

…………

這麼想定了以後，我好比已經把家眷和後事都安排停當了的戰士，一身輕鬆地踏上我的長期苦鬥。

應該承認，小說對於主人公的最後結局的處理，是有一定的現實根據的。因為在國民黨的法西斯特務統治下，確有不少受騙而不能自拔的青年墜入魔窟，這些人之所以受騙，當然有各自的階級根源和思想根源，但他們同國民黨反動集團的核心的、骨幹的人物相比，還有一定的區別。作者通過趙惠明這樣一個人物形象的塑造，通過她從受騙、犯罪到覺醒、自新的過程的描寫，至少起了這麼兩個作用：一、揭露、控訴國民黨反動派腐蝕、毒害青年的罪惡。這是小說的主要矛頭之所在，趙惠明走上自新之路這樣一種處理，本身就既是對她過去的罪惡歷史的否定，同時，更主要的是對國民黨特務統治的否定。小說值得肯定的地方，首先也是表現在這個方面。二、通過趙惠明的經歷和道路，對於當時尚認不清國民黨反動派的猙獰面目的某些讀者來說，小說起了一定的教育作用。與此同時，對於當時那些「不明大義」而又不能自拔的受騙犯罪的青年，也敲起了警鐘，起了分化瓦解的作用。當然，趙惠

〔註8〕 《〈腐蝕〉後記》，《茅盾文集》第五卷第三○五～三○六頁。

明的最終結局，也不是硬插上去的一條尾巴。從作者一開始對這一人物的身份、地位的設計，及其思想性格的發展邏輯看，日記主人公最終走上自新之路，是存在著一定的必然性的。否則，讀者的要求再強烈，作者也不可能離開小說原有的基礎，去硬裝上一條光明的尾巴。事實上，當時的大多數讀者之所以提出那樣的要求，也不單純是出於對趙惠明這個人物的同情，相反的，有不少人是從擴大作品的社會意義和教育效果出發的。茅盾在解放後《腐蝕》的新版《後記》中，曾經回憶過當時的情況：

　　　　一九四一年的讀者爲什麼要求給予趙惠明以一條自新之路呢？是不是爲了同情於趙惠明的「遭遇」？就我所知，因同情於趙惠明而要求給她以自新之路的讀者，只是很少數；極大多數要求給以自新之路的讀者倒是看清了趙惠明這個人物的本質的，——她雖然聰明能幹，然而虛榮心很重，「不明大義」（就是敵我界限不明），雖然也反抗著高級特務對於她的壓迫和侮辱，然而她的反抗動機是個人主義的，就是以個人的利害爲權衡的，而且一到緊要關頭，她又常常是軟下來的；但是，一九四一年的極大多數的讀者既然看清了趙惠明這個人物的本質，而又要求給以自新之路，則是因爲他們考慮到：（一）既然《腐蝕》是通過了趙惠明這個人物暴露了一九四一年頃國民黨特務之殘酷、卑劣與無恥，暴露了國民黨特務組織只是日本特務組織的「蔣記派出所」（在當時，社會上還有不少人受了欺騙，以爲國民黨特務組織雖然反共，卻也是反日的），暴露了國民黨特務組織中的不少青年分子是受騙、被迫，一旦陷入而無以自拔的，那麼，（二）爲了分化、瓦解這些脅從者（儘管這些脅從者手上也是染了血的），而給《腐蝕》中的趙惠明以自新之路，在當時的宣傳策略上看來，似亦未始不可。這種種，是當時的很大一部分讀者提出他們的要求的論據，而作者的我，也是在這樣的論據上接受了他們的要求的。〔註9〕

《腐蝕》這一部作品，對於當時蔣介石集團勾結汪僞大搞反共賣國的罪惡活動，也作了有力的揭露與鞭撻。《腐蝕》是在「皖南事變」的歷史背景上展開的，這時正是國民黨反共活動最猖狂的時候，爲了掃除投降道路上的障礙，他們不惜用一切手段來殺害共產黨員和進步的愛國青年，在國統區內實

〔註9〕《茅盾文集》第五卷第三〇六～三〇七頁。

行恐怖的法西斯特務統治。《腐蝕》把這個醜惡的世界赤裸裸地剝開來了，它
在我們面前展開一幅充滿血腥味的人間地獄的圖畫。這兒是狐鼠鬼魅的天
下，不是人的世界。正如日記主人公所寫的，要想在這兒生活下去，「需要陰
險，需要卑鄙——一句話，愈不像人，愈有辦法」。「在這個地方，人人笑裡
藏刀，攛人上屋拔了梯子，做就圈套誘你自己往裡鑽——全套的法門，還不
是當作功課來討論。」釘梢、查看信件、拷打、威嚇、美人計，成為他們迫
害進步青年的家常便飯，甚至在特務機關內部也實行連環監視。「皖南事變」
前後，在「寧可枉殺三千，不讓一人漏網」的訓令下，其猖獗的程度更無以
復加。N一個班三十幾個同學，一下子隻剩了十幾個；某大員的訓話，三十幾
分鐘就宣佈了五十多名「奸黨」。「蘇北事件」和「皖南事變」發生的前夕，
這群糞坑裡的「金頭蒼蠅」更加活躍，他們到處互通消息：「消滅『異黨』的
武力，這次已經下了決心，而且軍事部署，十分周密，勝利一定有把握」；「剿
共軍事，已都布置好了，很大規模，不久就有事實證明」。在這裡，作者揭穿
了國民黨蔣介石製造的「皖南事變」這一政治陰謀的反動實質，撕開他們的
反共反人民的猙獰面目。「皖南事變」是國民黨反共親日派妄圖實現的大陰謀
的第一步，他們企圖在全國範圍內破壞共產黨的組織，消滅黨所領導的堅持
抗日鬥爭的工農革命武裝，然後與汪偽合流，投向日本帝國主義的懷抱，宣
佈加入德、意、日三國的反共同盟。「皖南事變」發生後，黨中央立即揭露了
這一大陰謀。在《腐蝕》中，我們也可以看到，汪偽特務可以自由出入於國
統區之間，進行投降破壞活動，他們實際上是一丘之貉。汪記特務和蔣記特
務只不過是一家店鋪的兩塊招牌而已。「皖南事變」前，我們也可以從汪偽特
務舜英口中聽到這樣的話：「方針是已經確定了，不過大人大馬，總不好打自
己的嘴巴，防失人心，總還有幾個過門」。作者通過小說裡蔣、汪特務之口，
有力地揭露了「皖南事變」的實質，同時也說明了蔣介石反動政權和汪偽的
血肉關係。事實上，從一九四一年起，國民黨蔣介石就喪心病狂地大量指使
他的部隊投降偽軍和日寇，然後打起反共的旗幟協同敵軍進攻我解放區，蔣
介石還把這通敵賣國的陰謀，下流無恥地名之為「曲線救國」。《腐蝕》中也
揭露了這汪蔣合流的陰謀，像何參議、陳胖子、周經理等國民黨的要人，紀
念會上「咬牙切齒，義憤填胸的高唱愛國」；背地裡卻同松生、舜英等汪偽特
務，大談其「分久必合」的賣國機密。他們還厚顏無恥地舉杯共祝：「快則半
年，分久必合，咱們又可以泛舟秦淮，痛飲一番了。」

　　《腐蝕》是具有尖銳的政治意義的，它像一把鋒利的匕首，剖開了國民黨法西斯統治的心臟──特務機關──的醜惡面目，把它公之於光天化日之下。在「皖南事變」剛剛發生不久，抗日戰爭還在繼續進行之中，《腐蝕》的發表是具有重大的政治意義的。它不僅控訴了國民黨特務統治對愛國青年的摧殘與迫害，而且無情地揭露了國民黨反共賣國的陰謀，在廣大讀者中間，揭開了「皖南事變」的眞相。在這裡，作者不僅是一個卓越的藝術家，而且也是一個堅定的革命作家和愛國主義戰士。他迅速地抓住了當時政治生活中最尖銳、最重要的題材，表現了抗戰時期我們民族的最嚴重的主題。在我國現代文學史上，如果要尋找揭露抗戰時期國民黨反共反人民的罪惡活動的作品，《腐蝕》是最重要的作品之一。

　　我們說，一個關心祖國命運、關心人民疾苦的作家，他的筆是不可能離開現實生活中的重大主題的。和《腐蝕》一樣，劇本《清明前後》也是暴露國統區黑暗世界的，它揭露了以四大家族爲代表的官僚資本統治下霧重慶的卑鄙、黑暗、和人民生活的貧困。這個劇本寫於一九四五年抗戰勝利聲中，由「中國藝術劇社」排練上演，它以當時轟動重慶的黃金案爲題材，直接暴露了國民黨反動統治的罪惡。作者在《後記》中寫道：「『清明』前的某一天，把一天之內報上的新聞排列一看，不禁既悲且憤！這是個什麼世紀，而我們還在做著怎樣的夢呵！我們應該以能爲中國人自傲，因爲血戰八年的敵後軍民是我們的同胞，而在敵後解放區挺著筆桿苦幹的，也正是我們的同業；除了英勇的蘇聯人民，老實說：我以爲這次在戰爭中的其他民族都還沒有像我們似的經得起這樣慘酷的考驗呢，我們怎能不引以自傲？然而，一看到那些專搶桌子底下的骨頭，舐刀口上的鮮血的人們也是我的同胞，也有我的同業，我恨得牙癢癢地，我要聲明他們不是中國人，他們比公開的漢奸還要可惡。但是，非但這樣的聲明曾無發表之可能，甚至在所謂盟邦眼中，這班人還正是中國人的代表，還正是往來的對象！那時，我這麼想：如果隻手終不能掩盡天下人耳目，如果百年以後人類並不比現在退化，那麼，即使焚盡了一切說眞話的書刊，但教此一日的報紙尙傳留得一份，也就足夠描畫出時代是怎樣的時代，而在戰爭中的我們這個中國又是怎樣一個世界了！我不相信有史以來，有過第二個地方充滿了這樣的矛盾，無恥，卑鄙與罪惡；我們字典上還沒有足量的詛咒的字彙可以供我們使用。」接著作者又談到由於第一次寫劇本，加上剛寫了兩幕，抗戰勝利的消息傳來了，自己也曾擔心題材過時了，

對自己寫劇本的技術也不滿意，「可是轉念一想，公然賣國殃民的文字還在大量生產呢，我何必客氣而不在這烏煙瘴氣中喊幾聲？我終於在勝利聲中把五幕寫完了」。

劇本《清明前後》，就是揭露國民黨反動統治下的臨時首都──霧重慶的「無恥，卑鄙與罪惡」的。它有三條線索：一是民族資本家林永清在國民黨官僚資本的壓迫下奮鬥、掙扎而終於覺醒的過程；一是小職員李維勤買黃金受害的悲劇；一是黃夢英救喬張的活動。劇本的基本線索是民族資本家在官僚資本壓迫下的命運和出路問題。作者通過這三個方面，反映抗戰勝利前後國統區政治的腐敗與黑暗。以四大家族為代表的官僚資產階級，在抗戰時期得到迅速的膨脹，他們利用抗日的招牌，大量掠奪與搜刮全國人民的財富，在金融、商業、農業、工業等方面實行壟斷，許多民族工業都受到嚴重的破壞。林永清是一個有愛國思想的工業資本家，抗戰爆發後，他為了支持抗戰，克服了重重的困難，把工廠遷到大後方。但是，他不僅得不到國民黨政府的支持，相反的，在官僚資本的壓迫下，在國民黨的「統制」、「管制」、「官價」、「限價」等腳鐐手銬的束縛下，面臨著破產的威脅。為了擺脫重重的困難，堅持把工廠辦下去，他掉到金澹庵之流的黃金圈套中去。在這裡，作者表現了林永清在兩條道路之間的鬥爭：一是拒絕金澹庵之流的誘惑，把工廠堅持辦到底；一是屈服於誘惑之下。最後，林永清認識到不改變黑暗的政治社會，民族工業的發展是不可能的，因此，他堅決走上民主鬥爭的道路。同時，作者還通過小職員李維勤買黃金的悲劇，暴露了官僚買辦資產階級控制下霧重慶的卑鄙、黑暗與無恥。「乘抗戰風雲而騰達」的金澹庵和無恥的流氓政客余為民之流，乘國難時投機倒把，營私舞弊。當陰謀暴露後，他們不惜用毒辣的手段來陷害小職員李維勤，把他當作替死鬼。而這群大老鼠，卻因為能走後門，有權勢，反而落得乾乾淨淨。作者通過這個小悲劇，通過唐文君的發瘋，有力地控訴了這個黑暗的社會。《清明前後》給我們描繪了一幅國民黨戰時首都霧重慶的暗淡、淒慘的圖畫。在這個世界裡，吃得開，兜得轉的是金澹庵、嚴幹丞、余為民和方科長之流的社會害蟲，所謂上層社會的人物；而愛國的民族工業卻得不到發展，底層社會的人民過著極端悲慘的生活（劇本中通過小職員李維勤的悲劇、難民的呻吟等，加以表現）。在抗戰勝利前後，這個劇本是具有很大的現實意義，它和《腐蝕》一樣抨擊了國民黨的反動統治。因此，當《清明前後》上演時，國民黨反動派就通過反動的宣傳機器──

一偽中央廣播電臺，說該劇有毒素，企圖欺騙觀眾，爲自己的罪惡辯護，後來並禁止演出。從這裡也正說明了，《清明前後》是具有強烈的政治意義的。所以何其芳同志稱之爲「力作」，認爲「這個戲有著尖銳而又豐富的現實意義」。〔註10〕但是，由於作者寫慣了小說，第一次寫劇本，難免有一些缺點，如人物對話太多、太長，缺乏動作性，有些小說化的傾向等。

《見聞雜記》是作者赴新疆時，來回沿途所見所聞的記錄，共收十八篇散文。它反映了一九四〇年多至一九四一年春，抗戰大後方的西北人民的生活習慣，風土人情，尤其是戰時物價飛漲，人民生活日益貧困的情形。他在後記中說：「戰爭對於人民生活的影響，那時始急劇地表面化，而驚駭告語，皇皇然若不可終日者，則爲生活費用之跳躍地上漲。」作者在這些散文中，著重描寫國統區大後方人民的貧困、悲慘的生活情景。如《拉拉車》一文，寫由寶雞到廣元一帶的苦力，作者充滿同情地描寫他們被生活所迫，從事沉重的體力勞動的情形：「上坡時彎腰屈背，腦袋幾乎碰到地面，那種死力掙扎的情形，眞覺得淒慘。然而和農村裡的他們的兄弟們相較，據說他們還是幸運兒呢！」這是一幅多麼淒慘的生的掙扎的圖畫啊！

在國統區的大後方，如寶雞、成都、蘭州、貴陽以至首府所在地的霧重慶等都市裡，要不是時時拉警報，我們幾乎聞不出一絲兒抗戰的氣息來。在國難未消的時候，這些都市卻充滿了虛假的繁榮，一片「太平景象」，暴發戶，發國難財的投機商，走私販子，賣笑妓女等等，充塞了這些都市。如《『戰時景氣』的寵兒──寶雞》一文，描寫成爲交通樞紐的寶雞，變成投機家、商人和暴發戶的樂園，而農民卻受到殘酷的壓榨，「他們已經成爲『人渣』，但他們卻成就了新市區的豪華奢侈，他們給寶雞贏來了『繁榮』」。在《霧重慶拾零》一文中，作者揭露了這個戰時首都的所謂「太平景象」的眞面目。這裡，官僚、投機商、暴發戶，這些國難的幸運兒成爲霧重慶的活躍人物、闊佬；而公務員、小職員和體力勞動者的生活卻毫無保障。物價飛速上漲，鈔票貶值，廣大人民過著飢寒交迫的生活，有的甚至於餓死。「在霧重慶的全盛期，國府路公館住宅區的一個公共防空洞中，確有一個餓殍擱在那裡三天。」當時國民黨統治區的所謂太平景象，其實是一幅廣大群眾貧困和飢餓的圖畫。

從以上的敘述，我們可以說，作者在這時期的創作中，是面對國統區的

<hr>

〔註10〕何其芳：《〈清明前後〉的現實意義》，見《關於現實主義》。

黑暗現實，無情地揭露和鞭撻國民黨反動政權的罪惡，他把自己的創作主題和當時的政治鬥爭密切結合起來，表現出一個革命作家的鮮明立場。

熱情的歌頌

茅盾在抗戰時期創作活動的另一重要主題，是對英勇抗戰的中國人民的熱烈歌頌，對黨所領導的在敵後堅持游擊鬥爭的廣大人民群眾的熱烈讚揚。早在「九‧一八」事變以後，他就注意到這個主題了，如短篇《右第二章》、《手的故事》等。《右第二章》描寫「一‧二八」上海抗戰的情形。小說塑造了阿祥這一英勇抗敵的上海工人的形象。作者對他們不怕犧牲、英勇抗敵的崇高愛國熱情予以熱烈的歌頌，同時，它也揭露了國民黨可恥的投降政策給人民帶來的災難。像阿祥、春生這樣優秀的工人階級的兒女，在祖國遭受日寇蹂躪的時候，他們挺身而起，積極參加上海軍民的抗敵鬥爭。但是，國民黨蔣介石對人民的抗戰不但不支持，反而從中破壞。阿祥恨東洋鬼，一心要把鬼子趕走，但是他卻得不到這份愛國的自由，他不是死在敵人的刺刀下，反而死在國民黨手中。五月五日，蔣介石與日寇簽訂了賣國的淞滬停戰協定，上海依然是一片繁華，到處花花綠綠，好像什麼事情也沒有發生過似的。在這個時候，只有阿祥的老婆發瘋了，她到處喊道：「還我的阿祥來！」阿祥的死是對國民黨投降政策的一個嚴重抗議。《第一階段的故事》是直接取材於抗戰初期「八‧一三」上海戰爭的，在這部作品裡，作者表現了上海軍民英勇抗戰的精神和高漲的愛國情緒，表現了上海各階層對抗戰所採取的不同態度。在這場抗擊敵寇侵略的偉大鬥爭中，英勇的上海軍民堅守上海八十多天，嚴重地打擊了日寇囂張的氣焰。上海軍民八十多天的血戰，出現了許多可歌可泣的事蹟，同時也出現了許多可鄙可憎的漢奸、特務，發國難財的投機商。在這裡，有愛國的民族資本家何耀先，進步的青年仲文、何家慶，還有許多無名的抗戰英雄；同時也有投機倒把的反動資本家潘梅成以及托派分子朱懷義等。作者寫難民收容所，寫青年們的時事討論會，同時也寫上海人民募捐、支持前線等活動。小說著重歌頌上海軍民英勇抗敵的愛國精神，想以「上海戰爭那時『民氣』的振興」來鼓舞人民的鬥爭情緒，同時也揭露國民黨阻礙上海抗戰的陰謀活動。作者原來想把小說題名為《何去何從？》最初發表時擔心題目太明顯，改為《你往哪裡跑？》實際上，這正是作品所提出的中心問題：在國家民族面臨著生死存亡的關頭，每一個人面前都存在著一個選擇

什麼道路的問題。故事的結尾，上海戰事結束了，作者寫仲文等愛國的進步
青年，選擇了正確的道路──到陝北去。這象徵了當時知識青年中間的覺悟
分子，已經認識到只有走中國共產黨的道路，才能救中國。事實上，抗日戰
爭爆發後，許多青年逐漸認清了國民黨反動政權的投降面目後，就堅決地走
向抗日的聖地──延安去。作者正反映了這一歷史事實。《第一階段的故事》
是有一定的教育意義的，它忠實地記錄了抗戰時期上海人民的生活與鬥爭。
但應該指出，這部作品對於當時上海抗戰的描寫還是比較表面的，人物形象
也不夠鮮明，對戰時生活也還是一些浮光掠影的描寫。嚴格說來，它比較近
似於報告文學。

　　在這個時期的散文中，茅盾以嚴峻的現實主義筆法，暴露國民黨統治區域
的黑暗與腐敗，同時，也以滿腔的熱情，歌頌中國人民在反侵略戰爭中的英勇
不屈的鬥爭精神。在散文集《炮火的洗禮》裡，作者滿腔熱情地歌頌在侵略者
燃起的戰火中堅持抗戰的上海軍民。「八・一三」抗戰一開始，日本侵略者用大
炮、飛機，不斷轟毀我民舍、廠房和各種設施，妄圖一舉攻佔上海，直取南京，
迫使蔣介石反動政府投降，實現其所謂三個月內滅亡中國的戰略方針。侵略者
的這一狂妄野心，遭到了英勇的上海軍民的迎頭痛擊。上海各界的廣大人民群
眾，在全國人民的支持下，配合駐守上海的軍隊，奮起反擊，英勇頑強地保衛
大上海，前後堅守了八十多天。在《炮火的洗禮》一文裡，茅盾寫道：「這都是
十天的惡戰，三日夜滬東區的大火，在中國兒女的靈魂上留著的烙印，在醞釀，
在鍛鍊，在淨化而產生一個至大至剛，認定目標，不計成敗──配擔當這大時
代的使命的氣魄！……敵人的一把火燒得了我們的廬舍和廠房，卻燒不了我們
舉國一致的抗戰的力量！不，敵人這一把火，將我們萬萬千千顆心熔成一個至
大無比的鐵心了！」「在炮火的洗禮中，中國民族就更生了！讓不斷的炮火洗淨
了我們民族數千年來專制政治下所造成的缺點，也讓不斷的炮火洗淨了我們民
族百年來所受帝國主義的侮辱。古老的偉大的中華民族，需要在炮火裡洗一個
澡！」在另一篇散文《寫於神聖的炮聲中》裡，作者以滿腔的熱情歌頌中國人
民的反侵略戰爭：「現在半個中國已經響徹了炮聲。這就是中國民族求獨立自由
的偉大的怒吼！我們願意流盡最後一滴血，但我們所得的代價將是日本帝國主
義的崩潰和中國民族的解放自由！……我以幸生於今世，作為我們民族走上神
聖的歷史階段時微末的一份子，而且將與我們的敵人日本帝國主義壓迫下的日
本民眾站在同一戰線上，引為莫大的光榮！」「八・一三」上海抗戰後，在中國

共產黨的敦促和全國人民的壓力下，蔣介石被迫發表抗戰聲明。但是，他們在戰爭一開始，就採取消極防禦的戰略，而對共產黨所領導的抗日武裝和全國人民的抗日愛國運動，一味地加以限制和破壞，對日本侵略者仍然沒有放棄妥協投降的方針。在《『孤島』見聞》裡，作者對此曾作了無情的揭露。他說：「炮聲離開上海更加遠了，上海逐漸淪陷爲『孤島』；報紙上的社論早已只好談談『國際形勢』或如何救濟難民了，最近則連『敵軍』的『敵』字也改爲『日』字（差幸『我軍』二字尙未變『華軍』）……可是我見過若干內地半官方報紙滿幅『寇』字『賊』字『凶』字，可謂極盡文字討伐之能事。」而國民黨的達官要人，在國難當頭之時，卻紛紛溜之乎也。「中華民國廿六年十二月的上海，已經是一個孤島了。一個月以前姓名常見於各報的要人名士都已經走了，從十一月二十日起，報上就不見那些煊煌的名字了。但十二月裡，報紙的角落裡又見過一二次，則是報導他們已經到了香港，『或將赴漢口，或將轉道廣西入滇或入蜀』。」

在這個時期的散文中，茅盾也以滿腔的激情，歌頌黨領導下敵後抗日根據地的人民堅韌不拔、堅持鬥爭的崇高精神與高尙品格，歌頌解放區人民自由愉快的生活與勞動。由於作者還是生活在國統區內，受到國民黨反動統治的迫害，他不可能直接描寫那些黨所領導下的人民的抗敵鬥爭，描寫那些正面的英雄形象，因此，有些文章比較曲折隱晦，常常從側面來表現。不過，在這些文字中，我們仍然可以體會到作者的情感，聽到他的歌頌與讚美的聲音。下面我們就以《白楊禮讚》和《風景談》爲例來談談。前一篇散文寫於一九四〇年三月，後一篇散文寫於一九四〇年十二月。《白楊禮讚》是大家熟悉的一篇優秀散文。作者借傲然挺立在西北大平原上的白楊樹的形象，用高昂的音調，讚美了在黨所領導下的北方敵後堅持抗戰的英雄人民，歌頌他們堅強不屈的鬥爭精神，歌頌他們的質樸、嚴肅和力爭上游的精神。抗戰時期，特別是抗戰後期，國民黨蔣介石公開地走上反共反人民的道路，他們一心想消滅黨所領導的眞正堅持抗戰的人民革命力量，以便與日本帝國主義妥協。拯救我們民族命運的重任落在中國共產黨肩上。在祖國面臨著深重災難的時刻，只有黨所領導的敵後革命根據地的廣大人民群眾，用自己的鮮血，英勇地在與敵人作艱苦的鬥爭。作者所歌頌的正是這樣一些人民。他借「宛然象徵了今天在華北平原縱橫決蕩，用血寫出新中國歷史的那種精神」的白楊樹，高聲地唱道：「我讚美白楊樹，就因爲它不但象徵了北方的農民，尤其象徵了今天我們民族解放鬥爭所不可缺的樸實，堅強，力求上進的精神。」無論從

思想內容或者藝術技巧上看，都應該說這是一篇優秀的抒情散文，它已成爲「五四」以來我國現代散文發展史上的名篇之一。

在另一篇散文《風景談》中，作者同樣用尊敬與熱情的筆調，歌頌了解放區人民在黨的領導下的愉快幸福的生活。這篇散文是作者從延安回來以後寫的，由於環境的關係，寫得比較晦澀些，不過我們仍然可以看出作者對於解放區人民的生活、勞動和充滿朝氣的精神，所給予熱烈的歌頌與讚美。表面上看，這篇文章好像在寫風景，實際上是在寫主宰風景的人。也就是作者所說的：「自然是偉大的，然而人類更偉大。」下面我們抄兩段來看看：

> 夕陽在山，乾坼的黃土正吐出它在一天內所吸收的熱，河水湯湯急流，似乎能把淺淺河床中的鵝卵石都沖走了似的。這時候，沿河的山坳裡有一隊人，從「生產」歸來，興奮的談話中，至少有七八種不同的方音。忽然間，他們又用同一的音調，唱起雄壯的歌曲來了，他們的爽朗的笑聲，落到水上，使得河水也似在笑。看他們的手，這是慣拿調色板的，那是昨天還拉著提琴的弓子伴奏著《生產曲》的，這是經常不離木刻刀的，那又是洋洋灑灑下筆如有神的，但現在，一律都被鋤鍬的木柄磨起了老繭了。他們在山坡下，被另一群所迎住。這裡正燃起熊熊的野火，多少曾調朱弄粉的手兒，已經將金黃的小米飯，翠綠的油菜，準備齊全。這時候，太陽已經下山，卻將它的餘輝幻成了滿天的彩霞，河水喧嘩得更響了，跌在石上的便噴出了雪白的泡沫，人們把沾著黃土的腳伸在水裡，任它沖刷，或者掬起水來，洗一把臉。在背山面水這樣一個所在，靜穆的自然和彌滿著生命力的人，就織成了美妙的圖畫。

這一段實際上是描寫延安魯迅藝術學院的學員朝氣蓬勃的新生活的。他們來自全國各地，操著「七八種不同的方音」；他們當中有美術家、音樂家、雕塑家，也有文學家；有男的，也有女的。爲了同一的目標，他們都聚集到抗日的聖地──延安來，過著愉快幸福的生活。勞動開始改變他們的精神面貌。作者對於他們充滿革命朝氣的精神，寄予無限的敬意。接著，他又描寫了富有象徵意義的解放區清晨的景色：

> ……我披衣出去，打算看一看。空氣非常清冽，朝霞籠住了左面的山，我看見山峰上的小號兵了。霞光射住他，只覺得他的額角異常發亮。然而，使我驚歎叫出聲來的，是離他不遠有一位荷槍的

戰士，面向著東方，嚴肅地站在那裡，猶如雕像一般。晨風吹著喇叭的紅綢子，只這是動的；戰士槍尖的刺刀閃著寒光，在粉紅的霞色中，只這是剛性的。我看得呆了，我彷彿看見了民族的精神化身而爲他們兩個。

從這段意味深長的文字中，我們可以看出，作者對於黨所領導的抗日鬥爭事業，是寄予無限的尊敬的。後來，在解放前中華全國文藝協會主編的《現代作家文叢》之一的《茅盾文集》的《後記》裡，作者曾經說過：「本集中尙有雜文二篇，即《白楊禮讚》與《風景談》。祝福這些純潔而勇敢的祖國兒女，我相信他們不久就可以完成歷史付給他們的使命，而他們的英姿也將在文藝上有更完整而偉大的表現。」〔註11〕此外，這時期的散文《秦嶺之夜》、《過封鎖線》和《脫險雜記》，也是歌頌黨所領導的敵後游擊區的英雄兒女的。作者也說過：「《秦嶺之夜》和《過封鎖線》二篇，由於檢查官實在寫得相當晦澀，但其中的人物多麼可敬而可愛，或者也還可以看出來。」〔註12〕

從一九三七至一九四五的八年抗戰中，茅盾的筆尖沒有離開當時最主要的矛盾和鬥爭，在祖國多災多難的時刻裡，他把自己的創作主題和祖國人民的命運結合在一起。一九三七年「八·一三」上海抗戰爆發後，他就提出文藝工作者要站上自己的崗位，用文藝的武器來參加戰鬥。他說：「我們一向從事於文化工作，在民族總動員的今日，我們應做的事也還是離不了文化，——不過是和民族獨立自由的神聖戰爭緊緊地配合起來的文化工作；我們的武器是一枝筆，我們用我們的筆曾經畫過民族戰士的英姿，也曾經描下漢奸們的醜臉譜，也曾經喊出了在日本帝國主義鐵蹄下的同胞們的憤怒，也曾經申訴著四萬萬同胞保衛祖國的決心和急不可待的熱忱⋯⋯這都是我們所曾經做的，我們今後仍將如此做」。在八年抗戰的時期中，國統區革命的和進步的文藝工作者，「在政治的、經濟的、文化的三重壓迫下，和日本帝國主義、美國帝國主義、國民黨反動派鬥爭，固守著自己的崗位，對於抗日民族解放戰爭，對於反動統治下的民主運動，對於人民解放戰爭，都起了積極的推動或配合作用」。〔註13〕他們在困難的環境中堅持鬥爭，起過相當大的作用。但是，當時國統區的文藝界也產生一些不良的傾向，如不能反映社會生活中的最主要

〔註11〕 見《茅盾文集》，春明書店有限公司一九四八年版。
〔註12〕 見《茅盾文集》，春明書店有限公司一九四八年版。
〔註13〕 茅盾：《在反動派壓迫下鬥爭和發展的革命文藝》。

的鬥爭，而去描寫一些次要的、表面的社會現象，有的專寫都市生活的小鏡頭，抗戰加戀愛的新式傳奇，甚至於出現一些感傷的、頹廢的傾向。實質上，這些傾向都是經不起國民黨白色恐怖的摧殘與壓迫的退縮表現。和這種傾向相反，茅盾這時期的創作，具有鮮明的革命立場和強烈的現實意義。他抓住時代鬥爭中最主要的事件，抓住現實生活中最主要的矛盾，給予迅速的反映。他把文學當作鬥爭的武器，無情地揭露國民黨統治的罪惡，同時也歌頌黨和人民的抗戰。這種揭露與批判，和左聯時期的一些作品相比，要更加直接和鮮明，就像短劍一樣，和國民黨反動派直接鬥爭。在面臨著投降和分裂的危機下，他相當集中地抨擊了國統區的黑暗現實，把國民黨反共反人民的猙獰面目，剝落於光天化日之下，在當時曾經產生過相當大的影響，起了積極的進步作用。他的一些作品，不僅在海外和國統區內流行，而且穿過了國民黨的封鎖線，在解放區獲得了廣大的讀者。周揚同志在第一屆全國文學藝術工作者代表大會上就講過：「郭沫若的《屈原》、茅盾的《清明前後》、《腐蝕》，以及國統區許多優秀的有思想的作品，都在解放區獲得了廣大的讀者，對他們起了教育的作用。」〔註14〕

　　在這個時期中，作爲一個左翼的革命作家，一個愛國主義戰士，茅盾以自己的創作實踐，對黨所領導的中國人民抗日反蔣的鬥爭，作出了重要的貢獻。從《子夜》到《腐蝕》、《白楊禮讚》、《清明前後》，我們可以看出，作者對國民黨反動政權的批判態度，是越來越鮮明和堅定了。同時，對於中國革命的未來，對於「五四」以來我國革命新文藝的未來，作者也寄予熱情的期望。一九四五年，在紀念「中華全國文藝界抗敵協會」成立七週年和第一屆「五四」文藝節時，茅盾寫了《五十年代是「人民的世紀」》一文。在文章中，他回顧了「五四」以來新文藝運動的發展歷史和經驗教訓，提出「文藝應當配合著今天的民主運動。而要在這大時代中擔當起本身的任務，文藝界應該加強自我檢討：對於民眾的認識是不是充分？有沒有站在民眾之上或站在民眾之外的非民眾立場的觀點？如何更能接近民眾？如何虛心學習，從民眾的活的語言中汲取新的血液以補救蒼白生硬的知識分子的『白話文』？如何批判地運用和改進民間形式？如何掌握民間形式而眞正實現『文藝下鄉』？如何挹取民間形式的精英作爲創造民族形式的一個原素？只有在這樣加強自我檢討的過程中，新文藝方能更益壯大，方能普遍而又提高，方能有效地遏止

〔註14〕周揚：《新的人民的文藝》。

文藝上的反民主的各種黑潮，方能配合當前的民主運動，作新時代的號角！」
最後，他滿腔熱忱地寫道：「新文藝今天已進入了成年時期。一向是多災多難
的，受慣了風吹雨打，受慣了摧折幽閉，然而終於成年了，腳踏著實地，面
向著光明。它的前程是無限的，只要能夠堅持一貫的奮鬥不屈的精神，發揚
光輝的傳統。五十年代是『人民的世紀』！」在這篇文章中，可以看出毛主
席的光輝著作《在延安文藝座談會上的講話》對作者思想的影響；同時，從
「五十年代是人民的世紀」這個題目，也可以看出作者對中國革命的未來、
對革命新文藝的未來所表示的信心與希望。

八　抗戰勝利後和中華人民共和國成立後的活動（一九四六年—）

　　一九四五年八月十四日，日本宣佈無條件投降，全國人民歡欣鼓舞地迎接這一偉大的勝利。在日本侵略者宣佈投降的前一天，毛主席在《抗日戰爭勝利後的時局和我們的方針》這一著名的講演裡指出：「從整個形勢看來，抗日戰爭的階段過去了，新的情況和任務是國內鬥爭。蔣介石說要『建國』，今後就是建什麼國的鬥爭。是建立一個無產階級領導的人民大眾的新民主主義的國家呢，還是建立一個大地主大資產階級專政的半殖民地半封建的國家？」形勢的發展正如毛主席所預見的，抗戰勝利後，中國就面臨著兩種命運、兩種前途的決戰。日本帝國主義投降以後，在美帝國主義的積極支持下，國民黨反動派立即加緊進行反革命內戰的準備，全國人民又面臨著一場新的災難。美帝國主義代替了日本帝國主義的位置，中國人民並沒有擺脫殖民地的地位。以毛主席為首的黨中央，對蔣介石反動集團妄圖挑起內戰的陰謀，採取了「針鋒相對，寸土必爭」的方針。為了粉碎蔣介石玩弄的「和談」陰謀，一九四五年八月，毛主席在周恩來同志的陪同下，親赴重慶談判。這一行動得到了全國人民的熱烈讚揚，揭穿了蔣介石假和談、真備戰的猙獰面目。一九四六年六月，蔣介石反動集團在美帝國主義的支持下，向我中原解放區發動猖狂的進攻，開始了全國規模的反革命戰爭。在黨中央毛主席的英明領導下，我解放區軍民奮起反擊，偉大的人民解放戰爭開始了。

　　一九四五年八月日本投降後不久，茅盾從重慶回到上海。一九四六年一月起，他曾參加編輯「中外文藝聯絡社」的刊物《文聯》半月刊，同時也寫

了一些雜文、文藝評論，翻譯出版了《蘇聯愛國戰爭短篇小說譯叢》和卡達耶夫的《團的兒子》等作品。在這個時期裡，茅盾繼續以自己的筆，堅持與國民黨反動政權進行鬥爭，揭露美帝國主義妄圖奴役中國人民的陰謀，指出這是新的更嚴重的危險。在《魯迅是怎樣教導我們的》一文中，他寫道：

> 假使魯迅活到今天，看見八年抗戰之後，人民依然得不到勝利的果實，日本帝國主義雖然暫時失敗了，可是中國淪爲殖民地的危險卻比從前更甚，過去日本帝國主義抱著稱霸世界的迷夢，故要先來征服中國，現在的稱霸世界的迷夢者卻用「友好」的面具，「援助」的方式來達到它那把中國變成「菲律賓第二」的目的；過去日本帝國主義者把中國看成它的帝國的「生命線」，而現在的取日本而代之的征服世界者卻把中國包括在它的保護世界安全的「戰略基地」之內；從前日本貨傾銷不足又繼之以武裝走私，而現在中國民族工業也被外貨的傾銷和走私打擊得氣息奄奄——這一切的一切，如果魯迅還活著看到了，他會覺得意外麼？……現在，正是強盜混在人叢中大喊捉賊，好話說盡，壞事做盡，抓住了被打者的手卻還自稱是調停，明明要把我們淪爲附庸，卻還滿嘴的援助我們獨立，「民主」者「民」之「主」，諾言即是食言，——這樣昏天黑地的時代，所以魯迅遺教中的這一點（指「誅心之論」——筆者注）尤其重要。

我們引這一長段的話，主要是說明在抗戰勝利以後，茅盾對時局的基本態度。面對著美帝國主義的侵略和國民黨的黑暗統治，他強調要繼承魯迅的戰鬥精神，對那些自稱朋友實爲盜賊的敵人，要提高警惕，同他們進行堅決的鬥爭。一九四六年十二月五日，茅盾應蘇聯對外文化協會的邀請赴蘇訪問。（我們前面已經談過，早在一九二〇年，茅盾就積極介紹十月革命勝利後蘇聯的情況，駁斥那些對列寧所領導的世界上第一個無產階級專政的國家的無恥誹謗和誣衊，熱烈讚揚蘇聯人民在布爾什維克黨的領導下所獲得的新成就）。一九四七年四月初，從蘇聯訪問回國後，他寫了《蘇聯見聞錄》、《雜談蘇聯》等書，全面系統地介紹了蘇聯人民的生活與鬥爭，讚揚他們在斯大林領導下建設社會主義的偉大成就。回國後不久，由於國民黨發動反革命內戰，革命的、進步的作家都受到迫害，茅盾又到了香港。在香港的期間，他和其他的一些革命文化人在一起，繼續堅持革命文藝工作。在這時期內，他寫過一些文藝論文、雜文和隨筆，並參加過《小說》月刊的編輯工作。一九四八年下

半年著手寫反映抗戰時期生活的長篇小說《鍛煉》，共寫了二十五章（十多萬字）。這部未完成的長篇，從一九四八年九月九日起至十二月二十九日止，曾在香港的《文匯報》上連載。從一九四八年九月開始，在毛主席的革命路線和戰略思想指引下，我中國人民解放軍在遼闊的戰線上，先後勝利地進行了遼瀋、淮海、平津三大戰役，給蔣家王朝以毀滅性的打擊，國民黨反動集團土崩瓦解。就在全國即將解放的勝利前夕——一九四八年底，黨中央布置在香港的民主人士秘密離開香港，茅盾這時就從香港到大連（當時已解放），又從大連到瀋陽，住了一個月。一九四九年一月三十一日北京和平解放後，黨中央派專車邀請所有在瀋陽的民主人士到北京籌備政協會議。一九四九年二月中旬，茅盾和郭沫若、沈鈞儒、李濟深等，同車離瀋陽到了北京。〔註1〕

　　一九四九年七月，在北京召開了第一屆全國文學藝術工作者代表大會，會上茅盾當選為全國文聯副主席和全國文協（中國作家協會前身）主席。中華人民共和國成立後，在黨的領導下，他參加國家領導機關和全國政協的領導工作，為社會主義革命和社會主義建設事業貢獻力量。他曾先後擔任過中央文化部部長、歷屆的人大代表和全國政協副主席等職務。同時，也積極參加中外文化交流的活動，如一九五三年二月，同郭沫若等出席維也納的世界人民和平大會；一九五六年底，代表中國作家出席亞洲作家代表會議；一九五八年十月，又率領中國作家代表團，出席在蘇聯塔什干召開的亞非作家代表大會。作為「五四」以來我國新文學運動的積極倡導者，新民主主義革命時期我國富有經驗的前輩老作家之一，茅盾在新中國成立以後，在黨的領導和毛主席的無產階級革命文藝路線指引下，繼續為繁榮發展社會主義的文學藝術事業貢獻力量。建國以後，他曾擔任《人民文學》和《譯文》的主編，寫過許多文藝評論方面的文章，努力宣傳黨的文藝方針政策，扶植文藝界的新生力量。同時，在黨的領導下，他積極參加建國以來歷次的政治運動和文藝界的重大的思想鬥爭。茅盾從解放以後到一九六一年間所寫的文藝評論方面的文章，大多收入《鼓吹集》和《鼓吹續集》中。此外，《夜讀偶記》和《關

〔註1〕茅盾同志一九七八年一月十七日來信說：「一九四八年底從香港赴大連（時已解放），又從大連到瀋陽，居一個月，即一九四九年陽曆二月中旬由瀋陽赴北京（日子忘記了，記得是在瀋陽過陰曆年）。那時北京剛剛解放，同車（是一列專車）赴京者百餘人，大都是香港赴東北，等候赴京者。沈鈞儒、李濟深以及民盟民革其他成員多人，又郭沫若夫婦，（我亦與夫人在一處）皆同車赴京。」

於歷史和歷史劇》等文藝論著，發表後也產生過較大的影響。作者在一九五八年寫的《鼓吹集》的《後記》裡，曾經說過這樣一段話：

> 三十九年前我開始寫第一篇關於文學的論文，爲了趕任務。現在想起來，自己也常常驚訝那時候自己的大膽……然而所以會這樣膽大，自有其原因，就是那時候我意識到這是趕任務，而這個任務是值得趕、必須趕的！
>
> 這是什麼樣的任務呢？
>
> 這就是反對那既有封建思想又有買辦意識的鴛鴦蝴蝶派文學！
>
> 從此以後，常常寫些小文章，都是爲了趕任務。……當作家出版社建議，將一九四九年到現在我所寫的論文結集而爲單行本的時候，我是頗爲遲疑的。但終於同意了，倒不是自以爲這十年來的論文寫得好，而是因爲這十年來我所趕的任務是最爲光榮的。在黨的領導下，有意識有目的地鼓吹黨的文藝方針和毛主席的文藝思想，這不是我們的最光榮的任務麼？我能側身於這個最光榮的任務的行列，還不是光榮的事兒麼？至於主觀願望是否和客觀效果相符合，需要自己反省檢討，也需要同志們和朋友們的幫助，那麼，這本論文集的印行，主要意義也就在這裡了。

作者的這一段話，可以說也是對他解放以來的文學活動的基本概括。

九　結束語

　　茅盾從一九一六年開始文學活動到今天，經歷了整個新民主主義革命時期，並經歷著社會主義革命與社會主義建設的歷史時期，而他的絕大部分作品，基本上都是寫於新民主主義革命時期的。四十年來，在茅盾的思想和創作發展道路上，儘管也有過苦悶、消沉的時期，他的一些作品，儘管也還存在著這樣那樣的缺點和錯誤，但就其主流和基本傾向看，作者的思想和創作的發展趨勢，是同黨所領導的中國人民推翻三座大山的新民主主義革命鬥爭，同社會主義革命和社會主義建設時期的偉大鬥爭，密切地聯繫在一起的。特別是在國民黨統治的黑暗年代裡，他思想上的起伏發展，創作上的成敗得失，同黨所領導的艱苦卓絕的、翻天覆地的偉大革命鬥爭，是息息相關的。四十年來，他積極參加和倡導「五四」新文學運動，在黨的領導和鼓舞下，投身以魯迅為旗手的左翼無產階級革命文藝運動，積極從事文藝戰線上的抗日反蔣的鬥爭，寫出了像《子夜》、《春蠶》、《林家鋪子》、《腐蝕》和《白楊禮讚》等優秀的作品，對我國的新民主主義革命鬥爭，對「五四」以來我國現代文學的發展，起過積極的進步作用，作出了一定的貢獻。這是茅盾一生的思想和創作的主導方面。當我們把茅盾四十年的文學道路作一番分析之後，至少可以看出以下幾點：

　　首先，我們注意到作者與整個新民主主義革命鬥爭的密切關係。從五四運動到中華人民共和國的成立，中國人民在中國共產黨的領導下進行了轟轟烈烈的新民主主義革命，經歷了艱苦複雜的鬥爭。在這場革命鬥爭中，革命的文藝戰線也是重要的一翼，而茅盾就是這戰線上的重要的革命作家之一。他四十年來的文學活動，是和這一偉大的革命鬥爭密切聯繫著的。在漫長的

四十年中，他一共寫了六部長篇、六個中篇、五十多個短篇，一個劇本，十多部散文集，還有許多翻譯作品和文藝理論、文藝批評與學術研究方面的論著。茅盾的創作，從《蝕》三部曲、《子夜》、《腐蝕》到《清明前後》等等，從各個側面反映了新民主主義革命的各個重要時期的社會現實，表現了中國現代社會的劇烈變革。如《霜葉紅似二月花》寫辛亥革命以後到「五四」前夕的社會變化；《虹》寫五四運動到「五卅」時期的革命浪潮；《蝕》三部曲寫大革命時代的生活與鬥爭；《子夜》、農村三部曲、《林家鋪子》等描寫第二次國內革命戰爭時期錯綜複雜的社會矛盾，以及三十年代中國都市、農村、市鎮的面貌；《第一階段的故事》、《右第二章》、《炮火的洗禮》、《鍛煉》和《白楊禮讚》、《風景談》等，寫抗日戰爭時期的生活與鬥爭，歌頌中國人民在抗戰中反擊侵略者的英勇鬥爭精神，和黨領導下的敵後解放區人民堅韌不拔、英勇抗戰的崇高品格；《腐蝕》和《清明前後》，揭露抗戰期間國民黨反動派反共反人民、叛賣祖國的罪惡活動，描寫國統區後方的黑暗世界和慘無人道的法西斯統治，以及抗戰勝利前夕霧重慶的黑暗歲月等等。所有這些作品，都程度不同地表現了時代鬥爭的脈搏和歷史發展的趨勢，構成了一幅現代中國社會的現實主義圖畫。茅盾是這個時代的畫家──卓越的藝術巨匠。在他的筆下，出現了異常廣泛的，各個階級、階層的形形色色的人物形象，如「五四」前夕的封建紳糧大戶和地方富商；五四運動到大革命時代的小資產階級革命青年；第二次國內革命戰爭時期的民族工業資本家、買辦金融資本家、政客、交易所經紀人、市鎮小商人、農民、工人、革命者，以至於公司小職員、街頭小癟三等下層社會小人物等；抗戰時期國統區的漢奸、特務、流氓政客，民族資本家、革命者，青年學生以及公司小職員等。這些人物，有些已經成為我國現代文學中的典型形象了，如吳蓀甫、趙伯韜、老通寶、林老闆等。從茅盾的全部作品中，我們可以看出一個基本的傾向，即作者力求把自己的創作活動與時代的鬥爭緊密地聯繫在一起。正如王若飛同志所說的：「從茅盾先生的創作過程中，我們可以看到中國社會的大變動，也可以看到中國人民解放運動的起落消長。茅盾先生的最大成功之處，正是他的創作反映了中國大時代的動態，而且更重要的是他創作的中心內容，與中國人民解放運動是相聯繫著的。」﹝註1﹞正因為如此，他才能寫出有血有肉、具有豐富

﹝註1﹞ 《中國文化界的光榮，中國知識分子的光榮》──祝茅盾先生五十壽日，見延安《解放日報》一九四五年七月九日第四版。

的思想內容的作品來。在這些作品中，他反映了各個時期最主要的社會矛盾和社會鬥爭，他的注意力經常集中在最富有時代性和巨大的社會意義的事件上，而不是去描寫瑣碎的身邊小事和個人的悲歡，這個特點在茅盾的創作中是十分顯著的。也正因為如此，他的藝術構思也很宏偉，氣魄浩大，常常能寫大規模反映時代生活的作品。在這方面，有許多同時代的作家是不及他的。茅盾說過：「偉大的作家，不但是一個藝術家，而且同時是思想家——在現在，並且同時一定是不倦的戰士。他的作品，不但反映了現實，而且一貫著他那時代的人生問題和思想問題，他提出了解答。」〔註2〕茅盾自己的創作，也是沿著這個方向去努力的。在國民黨黑暗統治的年代裡，他始終團結在黨的周圍，堅持不懈地與反動勢力進行鬥爭，同時又用自己的優秀作品，來為革命鬥爭服務。所以周揚同志在中國文學藝術工作者第二次代表大會上的報告中說：「我們傑出的作家郭沫若和茅盾，都是三十幾年來新文藝運動戰線上的老戰士。他們對革命文藝的創造是作了很多貢獻的」。

其次，我們說，茅盾所走過來的道路也不是一帆風順的，相反的，是經過摸索和鬥爭的。在他的創作發展道路上，也是經過不斷的努力，最後才獲得重大成就的。文學研究會時期，他是一個年輕的文藝批評家，文壇上的革新者。他積極參加黨所領導的社會鬥爭，並且用進步的觀點，來從事文學活動和革新《小說月報》，成為「五四」新文學運動的重要倡導者之一。隨著革命鬥爭的發展，他參加到大革命鬥爭的浪潮中去，積極從事革命宣傳工作。但是，由於蔣介石叛變革命，篡奪了工農革命的果實，使中國革命暫時轉入低潮時期。蔣介石叛變革命後，大量屠殺革命青年和共產黨員，實行白色恐怖統治。面臨著這一黑暗社會，目睹著革命同志的被害，加以自身又受國民黨蔣介石的迫害，和革命斷了聯繫，因此，茅盾在思想上和創作上一度陷入了悲觀消沉的時期。經歷了這一場革命突變之後，加以親眼看到國共合作時期統一戰線內部的矛盾鬥爭和其中的黑暗現象，他一時看不清革命的前途，只看到漆黑的一片。所以，在這時期的創作中，他一方面集中地描寫黑暗現實，揭露黑暗的社會；但另一方面，也流露出比較濃厚的小資產階級情感，流露出悲觀失望的情緒，這就使得《蝕》和《野薔薇》等作品的現實意義帶有較大的局限性。不過，這種悲觀的情緒並沒有長期纏住他，隨著黨和毛澤東同志領導下的中國革命的深入發展，他對中國革命未來又恢復了信心。一

〔註2〕見《創作的準備》。

九三○年四月，他從日本京都回到上海後，在黨的領導下，積極從事左翼革命文藝運動。左聯初期，作者力圖在創作上走一條新路，但由於缺乏生活基礎，一度曾產生概念化的傾向，這明顯地表現在《三人行》的創作上，但這個過程並不長久。從左聯成立以後，茅盾的創作就有了顯著的變化，他開始努力用馬克思主義的階級觀點來觀察、分析和反映社會現實，力求歷史地、真實地表現時代的面貌。一九三三年《子夜》的發表，是他創作發展道路上的里程碑。這部作品，標誌著作者的思想和創作上出現了重大的轉折，產生了新的飛躍。左聯時期的創作活動，奠定了他在我國現代革命文藝運動中的重要地位，並對黨領導下的左翼革命文藝運動的發展作出了重要的貢獻。他在這時期中，寫出了許多優秀的革命文學作品，其中，《子夜》、《春蠶》、《林家鋪子》等，成為他小說創作的主要代表作。抗日戰爭爆發以後，我們祖國和人民開始進入一個苦難重重的時代，作為一個革命的作家，一個愛國主義戰士，茅盾用自己的筆進行戰鬥。在八年抗戰時期中，他一方面過著顛沛流離的生活，輾轉於國統區與香港之間；一方面繼續堅持寫作，並且積極參加文藝界抗日民族統一戰線的工作。在祖國面臨著帝國主義的侵略，面臨著投降和分裂的危機時，他把文學作為政治鬥爭的武器，無情地揭露和鞭撻國民黨反動政權的罪惡，把它的反共反人民的猙獰面目暴露在廣大讀者面前。同時，對於堅持抗戰的英雄人民，則給予熱烈的歌頌。在這時期的創作中，他繼承和發揚了左聯時期革命文學的優秀傳統，對國民黨反動政權的暴露，更加直接和鮮明；立場更加堅定。抗戰勝利後和人民解放戰爭時期，他繼續用自己的筆，來揭露國民黨反動派的黑暗統治，揭露美帝國主義妄圖奴役中國的陰謀。直到新中國成立後的社會主義時代，他又把自己的精力貢獻給祖國的社會主義文化事業。回顧作者所走過的這四十年的道路，我們可以清楚地看出，一個作家的成長道路不會是很平坦，必然是有摸索和鬥爭的。只有當他站在時代的革命潮流一邊，站在人民一邊，他才能夠獲得重大的成就，他的作品才有生命力，才經得起時間的考驗。

再其次，我們從茅盾四十年的文學道路中，也可以明白地看到黨的領導和作家自我改造精神的重要性。三十幾年來，黨領導人民進行的革命鬥爭，是一切進步作家獲得對未來的信心的基本力量。他們從這革命鬥爭中汲取了力量，看清了方向；反過來，又用自己的筆直接或間接地為革命事業服務。歷史的事實證明，一切能獲得偉大成就的作家，不管是詩人、小說家或是戲

劇家，他們都是和人民的鬥爭緊密地聯繫在一起，站在時代進步潮流的一邊的。「五四」以來現代文學的歷史也證明了這一點，眞正能成爲卓越的藝術家，爲人民所熱愛的，像魯迅、郭沫若、茅盾、巴金、曹禺等，他們都是在不同程度上和不同時期內團結在黨的周圍，站在革命鬥爭的一邊或者對革命是同情或支持的。正因爲如此，他們才能在自己的作品中，反映出時代鬥爭的脈膊和人民的疾苦與希望，反映出歷史發展的趨勢；他們的藝術才有生命力，才能獲得廣大讀者的喜愛，在讀者當中起教育和影響的作用。

　　在四十年的文學活動中，茅盾和黨的關係是很密切的。他始終很關心人民解放運動的發展，並且力求把自己的創作和革命鬥爭結合起來。在早期的活動中，他直接參加革命鬥爭，受過革命的鍛煉。左聯時期，他對黨的領導很尊重，並且能積極擁護各種革命的主張，在自己的創作中，力求用正確的觀點來反映時代的眞實面貌。同時，作者還有一個可貴之處，即努力學習馬列主義，用它來指導自己的創作，改造自己的思想。一九三〇年春從京都回上海後，他就開始認眞地學習社會科學的知識，學習馬克思列寧主義，鍛煉自己的觀察和分析社會現象的能力。在許多地方，他都反覆地強調指出，一個作家必須懂得社會發展的規律，瞭解社會科學的知識，只有這樣才能正確地去觀察，去描寫和反映現實。例如，在談到短篇小說的創作時，他說：「在橫的方面，如果對於社會生活的各環節茫然無知，在縱的方面，如果對於社會發展的方向看不清楚，那麼，你就很少可能在繁複的社會現象中恰好地選取了最有代表性、典型性的，即具有深刻的思想性的一事一物，作爲短篇小說的題材。對於全面茫無所知，就不可能深入一角：這是我在短篇小說的寫作方面所得到的一點經驗教訓。」〔註 3〕又說：「沒有社會科學的基礎，你就不知道怎樣去思索；然而對於社會科學倘只一知半解，你就永遠只能機械地——死板板地去思索。」〔註4〕這種虛心學習，追求進步的精神，始終貫徹在他的創作過程中。也正是因爲有這種精神，所以才使得他的作品能具有革命的現實主義精神，在藝術上也達到精湛的境地。他自己就說過：「每逢翻讀自家的舊作，自己看出了毛病來的時候，我一方面萬分慚愧，而同時另一方面卻長出勇氣來，因爲居今日而知昨日之非，便是我的自我批評的工夫有了進展；……我永遠自己不滿足，我永遠『追求』著。我未嘗誇大，可是我也不

〔註 3〕　見《〈茅盾選集〉自序》。
〔註 4〕　《思想與經驗》，見《話匣子》。

肯妄自菲薄！是這樣的心情，使我年復一年，創作不倦。」〔註5〕顯然，這種虛心學習、自我改造、自我批評的精神是很可貴的，如果要說一個藝術家有什麼成功的秘訣的話，這恐怕就是重要的一條。

最後，我們還必須指出，茅盾的創作態度是很嚴肅認真的。這首先表現在對文學的主張上。他始終認為文學是有積極的社會作用的，並把文學作為鬥爭的武器，主張新文學應該反映時代的鬥爭、人民的疾苦。因此，他堅決反對那些所謂「超現實」的、無病呻吟的、為藝術而藝術的傾向。這種態度在他早期的文學活動中就已經明確地表示出來了。在《文學家可為而不可為》一文中，他指出有兩種文學家：一種是自命風雅的人，覺得政治齷齪，於是寄情山林，笑傲風月，自命「清高」。和這種人相反，另一種文學家，「他們知道你不管政治，政治卻要管你；他們知道在萬般商品化的社會裡，文學也有商品化的危險，而且已在逐漸商品化了；他們知道文學不是個人得意時作消遣失意時發牢騷的玩意兒，文學是表現時代，解釋時代，而且推動時代的武器；他們要做文藝家，正因為關心著政治的腐敗，社會的混亂，以及文學商品化的危險。」（重點是筆者加的）作者自己正是持後一種態度的。由於他把文學看作鬥爭的武器，認為文學有推動時代前進的責任，因此，在他選取題材和進行創作的過程中，就力求能表現時代鬥爭中的重大主題，反映現實生活中的重大事件和重要鬥爭，並且表明了作者自己的態度。他說過：「一位作家的『世界觀、人生觀』應當而且必須表白在他的作品中；一位作家應當而且必須用他的作品來批評社會，來憎恨那應該憎恨的，擁護那應當擁護的，讚頌那值得讚頌的。」〔註6〕這一種對待藝術創作的認真嚴肅的態度，以及愛恨分明的政治立場，也是值得我們學習的。這一種態度還表現在創作上虛心學習、追求進步的精神上。他說過：「我所能自信的，只有兩點：一，未嘗敢『粗製濫造』；二，未嘗為要創作而創作——換言之，未嘗敢忘記了文學的社會的意義。」〔註7〕由於作者四十年來堅持著這種態度，所以他的作品的藝術水平和思想水平得到迅速的提高。從《蝕》、《虹》、《三人行》、《子夜》、《腐蝕》等一連串的作品中，我們也可以看到這種發展的過程。

在談到茅盾的創作成就時，我們還要簡單談談茅盾在古典文學和外國文

〔註5〕見《我的回顧》。
〔註6〕見《創作的準備》。
〔註7〕見《我的回顧》。

學方面的素養。每一個有成就的大作家，他們都善於批判地繼承祖國文學的優秀傳統，同時也汲取其他國家進步文學的精華的。魯迅、郭沫若、茅盾等在古典文學和外國文學方面都有很好的素養，並不同程度地運用到自己的創作中，這也是他們能在藝術上獲得重要成就的原因之一。茅盾對中國古典文學也有過研究，花過一定工夫，他注釋過《楚辭》、《莊子》、《墨子》等書，也寫過古代中國神話方面的研究論著。同時，我們也知道，他翻譯過許多外國文學作品，特別是一些弱小民族的進步文學和十月革命後蘇聯的革命的、進步的文學。他在我國古典文學遺產的整理、研究和外國進步文學的翻譯介紹方面的活動，對他的創作也起過重要的作用。

茅盾在我國現代文學的發展過程中，貢獻是多方面的。他不僅是「五四」以來我國優秀的小說家、散文家，也是著名的文藝評論家和翻譯家，「五四」以來現代革命文藝運動的領導者之一。四十年來，他在思想和創作發展道路上的經驗教訓、成敗得失，對於我們今天繁榮發展社會主義的文學藝術事業，仍然具有重要的借鑒意義。

1967.5.1 初稿
1958.12.1 定稿
1978 年 2 月修改

後　記

　　這本書是我一年前的畢業論文，從初稿完成到最後定稿，其間經過了三次的修改。在寫作的過程中，我力求全面地勾劃出茅盾四十年來的文學發展道路，並給予正確的、歷史的評價。我自己是這樣去努力的，但由於水平限制，所以雖經多次的修改，最後總是不能滿意。同時，因為這篇論文的中心論題是談茅盾的創作發展道路，因此不可能對每篇作品都做全面、細緻的分析，研究也很不深入。對於茅盾創作的藝術特點，也限於水平和時間關係，所以未能做系統的研究。

　　本書的書名，是一九五七年我寫完論文初稿時擬定的，從茅盾發表第一篇文章算起，到當時恰好四十年。現在仍然保留原來的書名，不再改動。

　　這裡，我應該感謝前輩們對我的鼓舞和幫助。在開始寫這篇論文時，指導我畢業論文的王氣中先生，曾熱心地幫助我搜集材料，經常給予鼓勵和幫助。我還應該特別感謝茅盾同志和以群同志對我的親切關懷和幫助。在寫作論文的過程中，我碰到許多疑難的問題。每當我寫信向茅盾同志請教的時候，他總是很及時、確切，而且毫無保留地解答了我的問題。論文寫完後，他又答應我的要求，仔細地審閱論文初稿，提出許多寶貴的意見，糾正了一些錯誤，並對幾十年前的事實作了重要的說明（有些已收入注中）。這一切，在寫作的當時，對我有莫大的鼓舞和啟發，對我理解作者在當時的創作有極大的幫助。論文寄到上海文藝出版社後，又得到以群同志親切的關懷和幫助，他提出許多很寶貴的意見，鼓勵我修改。稿子修改後，又幫我訂正，並答應我的要求，寫了一篇序。上海文藝出版社有關的編輯同志，以及南大的一些老師和同學，也對我有很大鼓舞和幫助。這裡，謹向他們表示衷心的感謝。

　　作為一本初次的試作，一定有許多缺點和錯誤。現在呈獻於讀者面前，希望得到批評和指正。

　　　　　　　　　　　　葉子銘

　　　　　　　　　　　　1958.12.17 於南京大學中文系

新版後記

　　一九五六年，在黨中央提出向科學進軍的號召鼓舞下，我結合畢業論文的寫作，想遵照毛主席關於研究近百年來中國各種文化史的教導，開始學著從事現代文學的研究工作。這本東西，就是當時學習的一個初步成果；或者說，是屬於學步時期的一篇習作。既然是習作，自然免不了幼稚的毛病，有這樣那樣的缺點。儘管如此，它於一九五九年出版後，卻得到各方面同志的熱情關懷和勉勵，有些同志還就書中的一些缺點和不足之處，提出了十分寶貴的意見，這對我是一個很大的鼓舞和鞭策。當時，由於自己一度轉搞古典文學、文藝理論的工作，所以未能作進一步的修改。

　　但是，在「四人幫」橫行之時，他們揮舞「文藝黑線專政」論的大棒，在社會主義的文藝陣地上縱橫踐踏，妄圖一筆勾消「五四」後我國半個多世紀來革命文藝的歷史。當時，一大批「五四」以來的優秀作品都被打入了冷宮，我的這本小小的習作，更不在話下，也成了所謂鼓吹「三十年代文藝黑線」的黑書。然而，「四人幫」的一切倒行逆施，到頭來為他們自身挖掘了墳墓。以華主席為首的黨中央，一舉粉碎了禍國殃民的「四人幫」，現正率領著全國億萬人民舉行新的長征。文藝戰線上生機勃勃、百花競妍，迎來了社會主義文藝的春天。在這樣的大好形勢下，今年春節前，上海文藝出版社的編輯同志，提出要再版這本書，我欣然同意了。二十多年前，是黨的教育和培養，使我有勇氣和信心，學著做文藝戰線上的一名小兵；今天，又是黨粉碎了「四人幫」加在我身上的精神枷鎖，並使得這本書獲得再次與讀者見面的機會。魯迅曾經說過：「幼稚是會生長，會成熟的，只不要衰老，腐敗，就好。倘說待到純熟了才可以動手，那是雖是村婦也不至於這樣蠢。她的孩子學走

路，即使跌倒了，她決不至於叫孩子從此躺在床上，待到學會了走法再下地面來的。」〔註1〕作爲二十年前的一本習作，幼稚之處並沒有什麼可掩飾的，拿出來，一可就正於廣大讀者；二可鞭策自己在新的長征中努力學習，跟上時代前進的步伐。

　　基於這樣的想法，在全國科學大會召開的前夕，我在領導和同志們的支持下，利用寒假的時間，就自己現有的認識水平，對原書又作了一次改、刪、補的工作，搞出現在這個修訂本。修訂本保留了原書的書名、結構和基本內容，但在有關茅盾的生平史實和《子夜》等作品的分析方面，作了較多的充實和修改。爲了更準確地敘述茅盾的生平和創作活動，對原書中的某些事實進行核實，我在修改前又請茅盾同志對這本書重新作了審閱。他來信指出原書中有關他生平史實方面的一些錯誤，並提供了一些重要的材料。徵得茅盾同志的同意，我把這類材料，包括過去我與他的通信中的有關材料，收入修訂本中。這些材料，有些是直接反映在關於他生平和創作活動的敘述中；有些涉及過去評論中有過誤傳的史實或新的重要材料，則收入本書的注中。這樣做的目的，是爲了給「五四」以來的重要作家之一——茅盾的研究工作，提供一些比較可靠的史料。

作者

1978.4.11 於南京大學中文系

〔註1〕《無聲的中國》，《魯迅全集》第四卷第十三頁。